सुन यार

मलंगा

भाग-1

सुन यार मलंगा

भाग-1

अमरेश द्विवेदी

वाणी प्रकाशन

प्रकाशन के उत्कृष्टतम 63 वर्ष

vaniprakashan.com

सजिल्द पहला संस्करण : 2026

वाणी प्रकाशन

4695, 21-ए, दरियागंज, नयी दिल्ली-110 002

फ़ोन : +91 11 23273167, 23275710

शाखाएँ

अशोक राजपथ, पटना-800 004, बिहार

कॉफ़ी हाउस कैम्पस, महात्मा गांधी मार्ग, प्रयागराज-211 001, उत्तर प्रदेश

महात्मा गांधी अन्तरराष्ट्रीय हिन्दी विश्वविद्यालय, वर्धा-442 001, महाराष्ट्र

sales@vaniprakashan.in
vaniprakashan@gmail.com

Sun Yaar Malanga Part-1
by Amresh Dwivedi

ISBN : 978-93-7348-006-0

Novel

मूल्य : ₹ 650

जी.एस. ऑफ़सेट, दिल्ली-110 095 में मुद्रित

वाणी प्रकाशन का लोगो मक़बूल फ़िदा हुसैन की कूची से

बबुआ भैया और भाभी के
श्रीचरणों में समर्पित

अस्वीकरण

यह एक काल्पनिक उपन्यास है। इसकी कथा, पात्र, संवाद, परिस्थितियाँ और घटनाएँ लेखक की कल्पना की उपज हैं। किसी जीवित या मृत व्यक्ति, समुदाय और संस्था से कोई भी समानता पूर्णत: संयोग मात्र है। उपन्यास में प्रयुक्त कुछ स्थानों के वास्तविक नाम केवल पाठकीय सुगमता एवं विश्वसनीयता के लिए हैं, इनका वास्तविक इतिहास, भूगोल या वर्तमान स्थिति से कोई सीधा सम्बन्ध नहीं है। किसी भी प्रकार के क़ानूनी, सामाजिक या नैतिक विवाद की स्थिति में यह स्पष्ट किया जाता है कि यह एक काल्पनिक रचना है और इसका उपयोग किसी भी वास्तविक व्यक्ति या घटना के विरुद्ध साक्ष्य के रूप में नहीं किया जा सकता है। पाठक इसे मनोरंजन एवं साहित्यिक मूल्यांकन के लिए ही ग्रहण करें। उपन्यास में यदि कोई संवेदनशील विषय हो, तो वह चिन्तन हेतु है, न कि तथ्यात्मक सलाह।

Disclaimer

This novel is a work of fiction. Its plot, characters, dialogues, circumstances, and events are entirely the product of the author's imagination. Any resemblance to actual persons, living or deceased, or to real events, communities, or institutions, is purely coincidental. Certain real place names have been used solely for atmospheric authenticity and ease of reading; they bear no relation to the actual history, geography, or current status of those locations. In the event of any legal, social, or ethical controversy, it is hereby clarified that this is a work of fiction and cannot be used as evidence against any real person, entity, or event. Readers are requested to treat it solely as a source of entertainment and literary appreciation. If the novel contains sensitive subject matter, such content is intended for reflection and contemplation only and should not be construed as factual advice or endorsement.

1

लन्दन

2005

फ़रवरी का महीना ढलान पर था।

रात के दो बज रहे थे। हवा ठिठुरती जान पड़ती थी। चारों तरफ़ सन्नाटा पसरा था। एक काली वैन लैडब्रोकग्रोव रेलवे लाइन के क़रीब वेस्टवे अंडरपास पर रुकी और एक शख़्स को उतारकर तेज़ी से बेज़वॉटर रोड की ओर निकल गयी।

वो शख़्स बदहवास वहीं खड़ा रहा। उसे कुछ समझ नहीं आ रहा था। थोड़ी देर तक वो इधर-उधर देखता रहा, फिर बैग वहीं किनारे रखकर फ़ुटपाथ पर लेटा और कुछ ही पलों में सो गया। सुबह जब धूप तेज़ हुई और अंडरपास रोशन हुआ तो उसकी आँखें खुलीं। उसने बैग से सिगरेट निकाली और वहीं बैठकर पीने लगा। उसे थोड़ी ताज़गी महसूस हुई थी। जैकेट और बैग को कन्धे पर रखकर वो चलने लगा। इलाक़ा उसे कुछ जाना-पहचाना सा लगा। सामने 'डाकू' रेस्तराँ था। थोड़ी देर इधर-उधर ताकता वो वहीं खड़ा रहा, फिर आगे बढ़ गया और वेस्टबोर्न पार्क रोड की तरफ़ बायें मुड़कर एक घर के सामने ठहर गया। कुछ याद करने की कोशिश कर रहा था। कुछ पल सोचता रहा, फिर आगे बढ़ गया। बीस मिनट लगातार चलने के बाद वो क्वींसवे ट्यूब स्टेशन के सामने पहुँचकर रुक गया। सामने से गाड़ियाँ गुज़र रही थीं। कार, टैक्सी, सेंसबरी, टेस्को, एम एन एस, वेटरोज़ और मॉरीसन की डिलिवरी वैन।

दोपहर का सूरज नीले आसमान में चमक रहा था। मौसम ख़ुशगवार था। मन्द-मन्द हवा बह रही थी। वो शायद थक गया था। पालथी मार कर स्टेशन के सामने ही कचरे के डिब्बे और लाल लेटरबॉक्स के बीच ज़मीन पर बैठ

गया। जैकेट उसने बैग पर रख दी और फिर से सिगरेट पीने लगा। अब उसका मन एकदम शान्त और स्थिर था। वो एकटक शून्य में देख रहा था।

सिर के लम्बे बाल जटा बन गये थे। दाढ़ी ज़मीन को छू रही थी। चेहरा पतला और क़ुपोषित लग रहा था। गाल पिचक गये थे और आँखें धँस गयी थीं। उसने सफ़ेद मटमैली शर्ट और फटी-पुरानी जींस पहन रखी थी। थोड़ी देर उसी मुद्रा में रहने के बाद वो बेचैन होने लगा। शायद भूखा था। अचानक इधर-उधर देखने लगता। बैग से बोतल निकालकर उसने पानी पिया और फिर वैसे ही रख दिया। उसे फिर थोड़ी घबराहट महसूस हुई। थोड़ी देर वैसे ही बैठा सुस्ताता रहा। फिर तेज़ी से उठा और चलने लगा। बेज़वॉटर ट्यूब स्टेशन, पिज़्ज़ा प्वॉइंट और व्हाइटलीज़ मॉल के बग़ल से गुज़रता हुआ वो पोर्चेस्टर गार्डेन्स वाली सड़क पर दायें मुड़ा और इंडियन करी रेस्तराँ 'स्पाइस ज़ोन' के बाहर जाकर खड़ा हो गया। थोड़े-थोड़े अन्तराल पर भीतर झाँक लेता। क़रीब दस मिनट बाद एक युवक बाहर निकला। उसने उसे एक पैकेट दिया। उसमें खाने के लिए कुछ था। वो वहीं फ़ुटपाथ पर बैठकर खाने लगा। दो रोटी और सम्भवत: बीती रात की बची कोई सब्ज़ी थी। पर उस थोड़े से खाने से उसकी भूख नहीं मिटी। खाना ख़त्मकर उसने हाथ धोया, पानी पिया और उठकर उसी रास्ते पर चलने लगा जिससे आया था। चलते हुए वो 'कलिंका' सूवेनियर शॉप से सटे 'ताज़ा कबाब हाउस' के बाहर जाकर खड़ा हो गया और कातर निगाहों से भीतर झाँकने लगा। बाहर दो टेबल-चेयर लगी थी जिस पर ग्राहक बैठे थे और तीन-चार लोग क्यू बनाकर अपने-अपने ऑर्डर की प्रतीक्षा कर रहे थे। धीमी गति से घूमते ओवन पर लगातार चिकन और लैंब शवारमा सिंक रहा था। लाल यूनिफ़ॉर्म पहने कबाब हाउस के लेबनानी और तुर्की लड़के अपने काम में जुटे थे। एक की नज़र उस पर पड़ी।

'क्या चाहिए?'

वो नहीं चाहता था कि भिखारी जैसा नज़र आ रहा शख़्स कबाब हाउस के बाहर खड़ा रहे क्योंकि कस्टमर उससे परेशान होने लगे थे। वो अपने गन्दे दाँतों से मुस्कुराया और आँखें बड़ी कर उसने हाथ से मुँह और पेट की तरफ़ इशारा किया जिसका मतलब था कि वो भूखा है।

'पैसे हैं?' लड़के ने पूछा तो वो बस मुस्कुराया।

उसकी हालत देखकर हल्की दाढ़ी और लम्बे बाल वाले लड़के को शायद दया आ गयी। उसने ओवन के नीचे प्लेट पर पड़ी चिकन की खुरचन उठायी और सामने दराज़ से एक पीटा ब्रेड निकाला जो सम्भवत: बासी और सूखा था। ब्रेड को उसने चाकू से बीच से काटा, उसमें खुरचन और सलाद भरकर रैपर में लपेटा और जल्दी से बाहर आकर उसे पकड़ा दिया। 'उधर जाकर खा लो।'

शवारमा पाकर भिखारी चहक उठा और तेज़ क़दमों से चल पड़ा। कन्धे से बैग और जैकेट लटकाये वो क्वींसवे स्टेशन से सटे बेज़वॉटर रोड पर आ गया। पेडेस्ट्रियन लाइट ग्रीन होने पर उसने सड़क पार किया और केंसिंग्टन पार्क के भीतर दाख़िल हो गया। नाइट्सब्रिज की दिशा में थोड़ी दूर चलने के बाद वो बायीं ओर पगडण्डी पर मुड़ा और सामने ही मखमली घास पर बैठकर बहुत चाव से शवारमा खाने लगा। भूख तेज़ थी। उसकी भावभंगिमा देखकर लग रहा था कि शवारमा उसे पसन्द आया था। खाकर वो वहीं घास पर लेट गया, आसमान में एकटक ताकता। पन्द्रह मिनट बीते होंगे, वो फिर बेचैन होकर बैठ गया। बैग से निकालकर उसने सिगरेट जलायी और उठकर चलने लगा। डायना मेमोरियल प्लेग्राउंड के सामने से मार्बल आर्च की तरफ़ जाती पगडण्डी पर वो चला जा रहा था। लैंकास्टर गेट ट्यूब स्टेशन के सामने इटैलियन गार्डेन्स से गुज़रता हुआ क़रीब पच्चीस मिनट में वो मार्बल आर्च पहुँच गया। थोड़ी देर तक वहीं फ़ाउंटेन के पास खड़ा लोगों को देखता रहा। फिर पीछे घोड़े के मुँह वाली पत्थर की उल्टी प्रतिमा को निहारने लगा। जी भरने पर सड़क पारकर वो एजवेयर रोड की तरफ़ चलने लगा था। एजवेयर रोड कॉन्टीनेंटल फ़ूड के शौक़ीनों की पसन्दीदा जगह है जहाँ थाई, लेबनीज़, इंडियन, इटैलियन, टर्किश, इजिप्शियन ज़ायके वाले रेस्तराँ और टेकअवे आउटलेट्स की भरमार है।

वो सेंसबरी की तरफ़ से फ़ुटपाथ पर चल रहा था। उसकी चाल अब धीमी पड़ने लगी थी। शायद बहुत ज़्यादा थक गया था और आराम करना चाहता था। पर उसे जगह मिल नहीं पा रही थी। थोड़ी दूर चलने के बाद उसे फिर भूख महसूस हुई। स्टार बक्स कैफ़े और अल बलाद रेस्तराँ पार करने के बाद वो अपर बेकरली स्ट्रीट के कोने पर बैठ जाना चाहता था। पर वहाँ

कुछ लोग हाथों में ड्रिंक लिए और सिगरेट का धुआँ उड़ाते हुए बातें कर रहे थे। वो और आगे बढ़ गया। पाम पैलेस कैफ़े के सामने से गुज़रकर वो अल अरेज़ एक्सप्रेस के सामने सड़क के कोने में बैठ गया। अब वो बुरी तरह पस्त हो गया था। उसने सिगरेट जलायी और जल्दी-जल्दी पीने लगा। उसे थोड़ी राहत महसूस हुई। अब कुछ खाने की तलाश में वो इधर-उधर देखने लगा। पर उठकर जाने की हिम्मत नहीं हो रही थी। अल अरेज़ एक्सप्रेस के बाहर बैठे लोग खाने-पीने में व्यस्त थे। वो चाहता था कि उसे भी कुछ खाने को मिल जाये। उसे फिर घबराहट होने लगी थी। उसने उठने की कोशिश की, पर उठ नहीं पाया...बैठा रहा। फिर लेट गया। उसकी चेतना साथ छोड़ने लगी थी। उसकी हालत देखकर राहगीर उसके सामने सिक्के रखने लगे। लोगों को लग रहा था कि वो बीमार है और उसे पैसों की ज़रूरत हो सकती है। पर अब वो हिल भी नहीं रहा था। उसके कानों में ट्रैफ़िक की आवाज़ें आ रही थीं। उसने आँखें खोलने का प्रयास किया...पर खोल नहीं पाया। अब वो बेहोश होने लगा था। उसने कुछ बुदबुदाने की कोशिश की पर बोल नहीं पाया और छटपटा कर निढाल हो गया।

थोड़ी ही देर में वहाँ भीड़ जमा हो गयी। लोगों ने इमरजेंसी एंबुलेंस सेवा को 999 पर फ़ोन किया, पर एंबुलेंस को आने में देर हो रही थी। तभी एक शख़्स ने सामने से आ रही काली टैक्सी रोकी और कुछ लोगों की मदद से बेहोश भिखारी को टैक्सी में लिटा दिया। उसका बैग रख दिया गया और वो व्यक्ति भी सवार हो गया। टैक्सी तेज़ी से सेंट मैरीज़ हॉस्पिटल की तरफ़ भागी। मशहूर पैडिंगटन स्टेशन के क़रीब ये लन्दन का बड़ा अस्पताल है। भिखारी को इमरजेंसी वॉर्ड में पहुँचा दिया गया। डॉक्टरों ने उपचार शुरू कर दिया था। उसे सीपीआर दिया जा रहा था। इमरजेंसी आईसीयू के सभी क्रिटिकल केयर उपकरण उसके शरीर से जोड़ दिये गये थे। काफ़ी देर तक उसे होश में लाने की कोशिश चलती रही। पर तमाम प्रयासों के बावजूद वो अचेतावस्था में ही रहा, हालाँकि वेंटिलेटर की मदद से साँस चल रही थी। थोड़ी देर में लन्दन की मेट्रोपॉलिटन पुलिस भी अस्पताल पहुँच गयी। उसके बैग की पड़ताल की जा रही थी। दो-चार गन्दे कपड़े, ढेर सारी सिगरेट, दो लाइटर। बाहर की तरफ़ रखी पानी की बोतल के अलावा बैग में और कोई सामान नहीं था। प्रारम्भिक

जाँच के बाद डॉक्टरों ने पुलिस को बताया कि 'मरीज़ बेहोशी की हालत में अस्पताल लाया गया है और वो कोमा में है।' अस्पताल के कपड़े पहनाते हुए नर्स को उसके बायें हाथ के ऊपरी हिस्से में एक छोटा-सा टैटू दिखा। लिखा था–'NEEL-VASAVI'।

2

राँची

1999

'का बेट्टा मुरारी, आगे का विचार है? राँची में ही रहोगे या बाहर जाने का प्लान है?' सिगरेट का कश लेते हुए बिश्वजीत ने पूछा।

'साला, हमरा जिन्दगी में कुछो प्लान से हुआ है जो आगे होगा। ग्रैजुएशन का सब्जेक्ट तक तो हम चूज नहीं कर पाये...आगे का क्या कहें। देखते हैं क्या करते हैं...बात करेंगे बाबूजी से।' मुरारी ने बिश्वजीत से सिगरेट माँगते हुए चिन्ता से कहा।

'क्यों? तुम तो संस्कृत में इतने अच्छे हो, एमए-पीएचडी कर लोगे तो टीचर-लेक्चरर तो बन ही सकते हो?'

'इस देश में संस्कृत का कोई फ्यूचर है रे। कौन पढ़ता है आज संस्कृत। जिसको किसी सब्जेक्ट में ऐडमिशन नहीं मिलता है, वही न पढ़ता है संस्कृत और हिन्दी। हम तो इकोनॉमिक्स पढ़ना चाहते थे, उस दिन बटुक शास्त्री नहीं मिला होता तो इ हाल नहीं होता हमारा।'

'क्या हुआ, बटुक शास्त्री क्या कर दिया?'

'अरे यार, तुमको तो पता ही है इंटर में फर्स्ट क्लास था मेरा। पापा से बात भी कर लिए थे कि इकोनॉमिक्स पढ़ेंगे। पर सब चौपट हो गया।'

'मतलब?'

'इंटर में संस्कृत में डिस्टिंक्शन आया था। पर डिस्टिंक्शन तो इकोनॉमिक्स में भी था और लॉजिक में भी अच्छा नम्बर था। पर किस्मत में जो लिखा होता है, वही होता है। उसको कोई बदल नहीं सकता।'

‘पर हुआ क्या? तीन साल में तुमने कभी जिक्र नहीं किया।’, बिश्वजीत ने एक और सिगरेट सुलगाते हुए पूछा। दोनों सेंट ज़ेवियर कॉलेज के साइकिल स्टैंड के पीछे की तरफ़ पेड़ की आड़ में खड़े होकर बातें कर रहे थे।

‘अरे ऐडमिशन के लिए भागते हुए जा रहे थे कि सीढ़ी पर बटुकवा पकड़ लिया। बोला, ‘बेटा, तुम तो संस्कृत ले रहे हो ना? तुम्हारा इतना अच्छा नम्बर आया है। तुम पर बहुत विश्वास है बेटा कि तुम हमारी परम्परा को आगे बढ़ाओगे। तुम मुझे निराश नहीं करोगे। ज़रूर संस्कृत लेना बेटा। देश को और संस्कृत विषय को तुम जैसे मेधावी छात्रों की ज़रूरत है।’

‘बटुक की ऐसी विश्वास भरी बात सुनकर पता नहीं हमको क्या हुआ। सोचकर आये थे इकोनॉमिक्स ऑनर्स और ऐडमिशन फॉर्म में भर दिये संस्कृत ऑनर्स। साला, सब गुड़ गोबर कर दिये।’

‘अरे ऐसे कोई इनफ़्लूएंस होता है क्या?’

‘अब, विनाश होना होगा तो ऐसे ही तो मति फिरेगा ना?’ तभी बाइक की चाबी उंगली में नचाते हुए नील का प्रवेश हुआ।

‘क्या भाई लोग...मस्ती है ना? बीए तो पास कर लिए, अब आगे का क्या प्रोग्राम?’

‘अबे नील, तुमको मुरारी के ऐडमिशन की कहानी मालूम है?’

‘वो बटुक वाली? हा..हा। दिलचस्प एपिसोड है मुरारी की लाइफ़ का। ए डिविज़न क्रिकेट लीग के समय हरमू ग्राउंड में सुनाया था।’

‘साला, हम तो संस्कृत पढ़ रहे हैं, पर तुम तो इंग्लिश मीडियम स्टूडेंट होकर भी हिन्दी में ऑनर्स कर लिए बे नील। हिन्दी का क्या स्कोप है? वही टीचर या कवि-लेखक? तुम क्या तीर मारने वाले हो?’, मुरारी ने सिगरेट का धुआँ छोड़ते हुए कहा।

‘अरे बेटा, हम तो यूपीएससी करेंगे। दिल्ली जाने का प्लान बना रहे हैं। बाक़ी देखते हैं क्या होता है।’

‘अरे नील, ये हिन्दी तुम्हारी पर्सनैलिटी को सूट नहीं करता बे?’, बिश्वजीत ने हँसते हुए कहा।

‘क्यों? हिन्दी में क्या दिक़्क़त है? देखना हिन्दी से ही हम कुछ बड़ा करके दिखायेंगे।’

'हाँ, हिन्दी से तो तुम सुमित्रानन्दन पन्त और निराला बन जाओगे और बन भी गये तो अंग्रेज़ी के माहौल वाले जॉब मार्केट में क्या ही उखाड़ लोगे?', मुरारी ने खीझते हुए कहा।

'अब देखो, सब्जेक्ट का तो जो होना था, सो हो गया। हिन्दी मैंने अपनी रुचि के हिसाब से ही लिया है। अच्छा लगता है पढ़ना। अब ये हम पर है कि अपने चुनाव को हम कितना सही या ग़लत ठहराते हैं और विषय के ज्ञान का कैसा इस्तेमाल करते हैं। बाक़ी क़िस्मत किसको पता है। चलो कैन्टीन चलते हैं, छोटे-भटूरे खिलाता हूँ तुम लोगों को।'

'हाँ, ये प्रस्ताव बढ़िया है, मुँह में पानी आ गया।', बिश्वजीत ने कहा।

तीनों दोस्त टहलते हुए मेन ग्राउंड पारकर कैन्टीन पहुँच गये और तीन प्लेट छोले-भटूरे का ऑर्डर दे दिया गया।

'कल फ़ेयरवेल में तो आ रहे हो ना तुम लोग?', बिश्वजीत ने पूछा।

'हाँ, आया ही जायेगा। कॉलेज का आख़िरी दिन है। फिर तो बाय-बाय हो ही जायेगा। कॉलेज की लड़कियाँ अब बिछड़ जायेंगी।', मुरारी ने कहा।

'बिछड़ जायेंगी तो ऐसे बोल रहे हो जैसे दिनभर उनके साथ ही रहते थे। साला तीन साल में नज़र उठा के किसी से बात करने की हिम्मत तो हुई नहीं तुमको, सपने में ही हनीमून मनाते रहे बेटा तुम।', नील ने मुरारी को छेड़ा।

'तुम तो बड़ा गर्लफ्रेंड बना के ऐश कर रहे थे बे? ज़्यादा बनो मत। जो हाल तुम्हारा था, वही हाल हमारा था। जैसे तुम बण्डा थे, वैसे ही हम भी थे।', मुरारी के चेहरे पर व्यंग्य के भाव थे।

'अच्छा, ठीक है मुरारी बाबा। मान लिए कि तुम्हारी तरह हम भी लड़कियों के मामले में फट्टू ही थे।'

'मान लिए तो ठीके किये। हमको क्या चिढ़ा रहे हो।'

'क्या बे बिश्वजीत, सुना तुम्हारी प्रमिला भौमिक एमए करने कलकत्ता जा रही है? अब तुम क्या करेगा? तुम्हारा तो लाइफ़ ही चौपट हो जायेगा। उसकी सेवा करने का एक ही तो काम था तुम्हारे पास।, मुरारी ने चुटकी ली।

'साला, मजाक बनाता है हमारा...इन्सल्ट करता है।'

'क्या सच में प्रमिला कलकत्ता जा रही है?', नील ने पूछा।

'हाँ यार, मैंने भी यही सुना है कि उसका खड़ूस बाप उसको कलकत्ता भेज रहा है। बप्पा को जब पता चला कि प्रमिला और मेरा चक्कर चल रहा है तो वो उसको यहाँ से हटा देना चाहता है। साला, हर लड़की का बाप अमरीश पुरी क्यों होता है समझ में नहीं आता।'

'अरे तो तुम भी कलकत्ता चले जाओ। किसने रोका है?', नील ने सुझाव दिया।

'अरे यार, ये इतना आसान है क्या? तुम तो मेरी फ़ैमिली को जानते ही हो। वो लोग नहीं भेज पायेंगे। हम लोग तो रिफ़्यूजी हैं, जो है यहीं राँची में ही है। कलकत्ता में हमारा कोई नहीं...और पैसा-रुपया भी तुम लोग से छुपा नहीं है।'

'अरे बंगाली, दिल छोटा मत करो। जिन्दगी खत्म नहीं हो गया है यहाँ।', मुरारी ने उम्मीद बंधायी।

'हाँ, अब उम्मीद ही है दोस्त। देखते हैं क्या होता है।'

'चलो अब चला जाये, कल मिलते हैं फ़ेयरवेल में। देखते हैं जूनियर सब क्या इन्तज़ाम किया है।', नील ने कैन्टीन से निकलते हुए कहा।

तीनों दोस्त कॉलेज के बाहर आ गये थे। मुरारी और बिश्वजीत साइकिल से आगे बढ़ गये। नील की स्प्लेंडर मेन रोड पर बायें मुड़ गयी थी।

3

सेंट ज़ेवियर्स कॉलेज में उस दिन अलग ही रौनक़ थी। ऑडिटोरियम सुन्दर, आकर्षक और रंग-बिरंगे कपड़ों में सजे-धजे लड़के-लड़कियों से गुलज़ार था। थर्ड ईयर के छात्र कॉलेज की यादों को सहेजकर जीवन यात्रा में आगे बढ़ने वाले थे। फ़ेयरवेल पार्टी का उत्साह सबके चेहरे पर नज़र आ रहा था, पर ये एहसास भी था कि आज के बाद कई दोस्त बिछड़ जायेंगे। कुछ आगे की पढ़ायी के लिए दूसरे शहरों में चले जायेंगे तो कुछ बैंक, एसएससी, मैनेजमेंट, यूपीएससी जैसी परीक्षा की तैयारियों में जुट जायेंगे। मौज-मस्ती के दौर वाला कॉलेज अब पीछे छूट रहा था।

जूनियरों ने कॉलेज फ़ंड और कॉन्ट्रीब्यूशन से विदायी समारोह की भव्य तैयारी की थी। ऑडिटोरियम रंग-बिरंगे कपड़े, झालर और लाइट से सजा था। सब कार्यक्रम शुरू होने का इन्तज़ार कर रहे थे।

प्रमिला भौमिक, रश्मि पात्रा, पद्मा डागर, वर्णिका सूद, नम्रता सिन्हा जैसी थर्ड ईयर की ग्लैम गर्ल्स सबसे आगे बैठी थीं...और पास ही बैठे थे मुरारी, नील, बिश्वजीत, गगन, अनन्त, विशाल, यश, सचिन जैसे तमाम चर्चित लड़के। लड़के, लड़कियों की तरफ़ देखकर बातें कर रहे थे और लड़कियाँ, लड़कों की तरफ़।

'अबे बिश्वजीत, प्रमिला से पूछो तो? क्या वो सच में कलकत्ता जा रही है?', मुरारी ने उकसाया।

'अबे दोस्तों के साथ बैठी है। अभी रहने देता हूँ। थोड़ी देर में मौका मिला तो पूछूँगा।'

'ठीक है, ठीक है, ये तुम्हारा पर्सनल मामला है, तुम बेहतर समझता है।', मुरारी ने कहा।

तभी पर्दा खुला। एक लड़की ने संक्षिप्त इंट्रोडक्शन के बाद प्रिंसिपल फ़ादर डिसूज़ा को स्टेज पर बुलाया। उन्होंने रस्मी भाषण देते हुए कॉलेज छोड़कर जा रहे छात्रों को उज्ज्वल भविष्य की शुभकामना दी और फिर सांस्कृतिक कार्यक्रम शुरू हो गया। सेकेंड ईयर के पारितोष ने जगजीत सिंह की मशहूर ग़ज़ल 'ये दौलत भी ले लो ये शोहरत भी ले लो' सुनायी। उसके बाद निहारिका प्रसाद ने भरतनाट्यम नृत्य प्रस्तुत किया। क़रीब घण्टा भर चले सांस्कृतिक कार्यक्रम के बाद सभी छात्र लंच के लिए ग्राउंड में बने पण्डाल में जमा हो गये थे।

नील, मुरारी, बिश्वजीत और उनके तमाम दोस्त गोल घेरा बनाकर खाने का लुत्फ़ उठा रहे थे। सामने ही उनकी क्लास की चर्चित लड़कियाँ आपस में बातें करते हुए खाना खा रही थीं। मौक़े और दस्तूर के मुताबिक आँखों ही आँखों में संवाद भी चल रहा था। मुरारी के ज़ोर देने पर बिश्वजीत प्रमिला के पास गया।

'कैसी हो प्रमिला?'

'अच्छी हूँ।'

'सुना तुम आगे की पढ़ायी के लिए कलकत्ता जा रही हो?'

'हाँ, बाबा नहीं चाहते कि मैं राँची में और रहूँ। उनको शायद किसी ने हम दोनों की दोस्ती के बारे में बता दिया है।'

'अरे एक लड़का और एक लड़की दोस्त नहीं हो सकते क्या?'

'हो क्यों नहीं सकते! लेकिन बाबा को लगता है कि अभी मेरा सारा ध्यान पढ़ाई में होना चाहिए। वो मुझे आईएएस बनाना चाहते हैं। कलकत्ता यूनिवर्सिटी में ऐडमिशन के लिए बात भी कर आये हैं।'

'तो क्या हमारे रिलेशन का कोई भविष्य नहीं?'

'बिश्वजीत तुम जानते हो कि मैं तुम्हें पसन्द करती हूँ। पर अभी हम कर ही क्या सकते हैं। हमें अपना करियर भी बनाना है। तुम अच्छी तरह पढ़ाई करो। कुछ अच्छा बनकर दिखाओ। क्या पता बाबा का दिल पिघल जाये। जाने के बाद मैं तुमको चिट्ठी लिखती रहूँगी। तुम भी लिखना और अपना ख़याल रखना।'

'क्या ख़याल रखना प्रमिला, ये इतना आसान है क्या?'

'बिशो, कुछ साल की बात है। फिर सब ठीक हो जायेगा।'

'अरे प्रमिला सारी लव स्टोरी यहीं पूरी कर लेगी क्या? इधर तो आ।', पद्मा डागर ने चिल्लाकर कहा। बाक़ी लड़कियाँ हँस पड़ी थीं।

'जाने से पहले मिलोगी तो?', बिश्वजीत ने पूछा।

'हाँ, मिलकर जाऊँगी। ख़बर भिजवाऊँगी। कॉलेज में ही मिल लेंगे। फिर चिनार (रेस्तराँ) चलेंगे।' बिश्वजीत थोड़ा आश्वस्त हुआ था। पर चिन्ता की लकीरें बरक़रार थीं।

'क्या बोली बे प्रमिला?', पास आने पर मुरारी ने पूछा। बिश्वजीत ने पूरी बात बता दी थी।

पार्टी में सब अपने-अपने क़रीबी दोस्तों से मिलने में व्यस्त थे। उन्हें मालूम था कि कॉलेज की मुलाक़ातों का सिलसिला अब पहले जैसा नहीं रहने वाला है। धीरे-धीरे एक दूरी आ ही जानी है।

बहरहाल, कॉलेज फ़ेयरवेल पार्टियों का जैसा अन्त होता है, वैसा ही इसका भी हुआ। कॉलेज छोड़ रहे छात्रों ने जूनियर्स को शानदारी पार्टी के लिए शुक्रिया कहा और फिर कॉलेज से, उसकी दरो-दीवार से, उसकी मीठी और हसीन यादों से विदा लिया।

बिश्वजीत, नील, मुरारी और प्रमिला, पद्मा, वर्णिका की मण्डली साथ ही बाहर आयी। सब गेट के सामने रिक्शे का इन्तज़ार कर रहे थे कि उनकी

नज़र लड़ते हुए दो लड़कों पर पड़ी। दोनों कॉलेज के बाहर गोलगप्पे-चाट की रेड़ी लगाते थे।

'हमरा गांधी समझले हीं बे कि चुपचाप तोर हरामीपंथी देखते रहबौ।'

'त का तू हमरा जवाहर समझत हीं बे कि तोरा हम गुरु मान के छोड़ देबो।'

'आपन आदतवा सुधार ले, नाई तो ठीक ना होतो रे।', पहले ने धमकी दी थी।

'अइसन मारबो ना बेट्टा कि फेसप्लेटवे चेंज हो जतौ रे।' दूसरे का जवाब आया था।

मामला गन्दी गालियों तक न पहुँच जाये इसका अन्दाज़ा लगाते हुए नील और मुरारी ने बीच-बचावकर झगड़ा शान्त कराया था।

'अरे का फ़ालतू में लड़ रहा है तुम लोग। जाओ अपना-अपना काम करो। कस्टमर भाग जायेगा', मुरारी ने डाँटते हुए कहा। लड़के नहीं चाहते थे कि क्लास की लड़कियों के सामने भद्दी गालियों का पुराण शुरू हो जाये।

'अच्छा भाई लोग, चला जाये।', नील ने बाइक की तरफ़ क़दम बढ़ा दिया था।

'हाँ हाँ, चला जाये। आज ही कौन-सा हम लोग बिछड़ रहे हैं जो इतना परेशान होने की ज़रूरत है। मिलते रहेंगे। क्यों जी?', मुरारी ने तेज़ आवाज़ में कहा था। लड़कियाँ उसकी बात पर मुस्कुरा पड़ी थीं। बिश्वजीत और प्रमिला ने एक-दूसरे को आत्मीय निगाहों से देखा था। फिर सब रिक्शे पर सवार होकर अपने-अपने गंतव्य की ओर चल पड़े थे। बिश्वजीत, नील की बाइक पर बैठ गया था। उसे काँके रोड वाले ऑटो पर बिठाकर नील जब घर पहुँचा तो माँ ने एक लिफ़ाफ़ा दिया। लिफ़ाफ़ा खोलकर पढ़ते ही नील ज़ोर-ज़ोर से चिल्लाने और उछलने लगा।

'माँ मेरा दिल्ली के जेएनयू में हो गया है। विश्वास नहीं हो रहा माँ। इससे बड़ी ख़ुशख़बरी नहीं हो सकती मेरे लिए। मेरी तो ज़िन्दगी ही बदल जायेगी माँ।' माँ ने बेटे को प्रसन्न देखा तो वो भी ख़ुश हो गयीं। नील ने माँ का पैर छुआ और फिर गले लग गया।

'माँ, भारत की सबसे मशहूर यूनिवर्सिटी में हो गया है मेरा। मुझे तो विश्वास ही नहीं हो रहा माँ।'

'मेरा बेटा पढ़ने में इतना तेज है, ऐडमिशन तो होना ही था।', माँ गर्व से भर गयी थी, पर मन के भीतर ये एहसास भी जाग गया था कि दुलारा बेटा अब दूर चला जायेगा। नील दौड़कर नीचे दुकान में गया और पिताजी के पैर छू लिए।

'पापा, मेरा दिल्ली के जेएनयू में एमए में हो गया है।'

'अरे वाह, ये तो बहुत बड़ी बात हो गयी बेटा। एक किराना भण्डार वाले अनपढ़ बाप के लिए इससे बड़ी खबर क्या हो सकती है। मन खुश कर दिये बेटा। कब जाना है?'

'पन्द्रह जुलाई तक ऐडमिशन लेना है...हफ़्ता भर का ही टाइम है। लेटर आने में देर हो गया पापा।'

'कोई बात नहीं, हफ्ता भर है ना। जाने की तैयारी करो।'

दोनों बड़े भाई जोगेसर और कामेसर भी काम छोड़कर पास आ गये थे।

'कोई खुशखबरी है का?', जोगेसर ने पूछा। नील ने ख़बर बताकर बड़े भाइयों के पैर छू लिए थे।

'जेएनयू में। उ तो बहुत बड़का यूनिवर्सिटी है, एकदम नामी।', जोगेसर ने कहा। दोनों भाई ख़ुशी से झूम गये थे।

'खुश कर दिये नील। बाबू, हम लोग तो पढ़ नहीं पाये, लेकिन अब तुम पढ़-लिख कर बड़ा आदमी बन जाओगे तो समझ लेंगे कि हम भी पढ़ लिए।' दोनों ने नील को गले लगाकर आशीर्वाद दिया था।

'बाबूजी, आप लोग दुकान देखिये। हम मिठाई बँटवाने का प्रबन्ध करते हैं। इ खबर ऐसे ही बताने वाला नहीं है।', कामेसर ने कहा।

दुकान के कर्मचारी झिंगन को पंजाब स्वीट हाउस से बीस किलो घी वाला लड्डू छोटे-छोटे पैकेट में पैक करवाकर लाने का आदेश दे दिया गया था।

'चार-चार लड्डू का पैकेट बनवाना झिंगन?'

'जी भैया। समझ गये। तुरंते लेकर आते हैं।'

पिता ने बड़े बेटों से ख़ुशी बाँटी, 'हमारे घर में अब तक कोई पढ़ नहीं पाया क्योंकि हालात ही ठीक नहीं था। जब समय बदला तो तुम दोनों का पढ़ाई का टाइम निकल गया था। इ तो भगवान का लाख-लाख शुक्र है कि नील

पढ़ने में तेज निकला है। बाबूजी जिस सपने के साथ गाँव छोड़कर निकले थे, लगता है उसके पूरा होने का समय आ गया है।'

सुदामा पाण्डे को अपने दिवंगत पिता बिनेसर पाण्डे की याद आ गयी थी जिन्होंने भोजपुर क्षेत्र का अपना पुश्तैनी गाँव छोड़ने के बाद पत्नी और इकलौते बेटे के साथ बहुत संघर्ष किया था। सालों मज़दूरी करने के बाद बहुत मुश्किल से रातू रोड में एक छोटी-सी किराने की दुकान खोली थी। समय गुज़रा और हालात थोड़े सँभले तो दुकान राँची मेन रोड में शिफ़्ट हो गयी और समय के साथ बढ़ती चली गयी। अब ये शहर की मशहूर किराना दुकान मानी जाती है। अच्छे-अच्छे घरों में 'पाण्डे किराना भण्डार' से ही राशन जाया करता है।

नील, सुदामा पाण्डे के घर बहुत बाद में पैदा हुआ। दूसरे बेटे कामेसर और नील के बीच दस साल का अन्तर था। नील के आते ही घर की हालत तेज़ी से सुधरने लगी थी। वो दस साल का था तब दादाजी गुज़र गये, लेकिन तब तक 'पाण्डे किराना भण्डार' चमक गया था। बिनेसर पाण्डे इस एहसास के साथ परलोकवासी हुए कि क़िस्मत बदलने का जो सपना लेकर वो गाँव से निकले थे, वो उनके जीवन काल में ही पूरा हो गया...अब बाल-बच्चों को कोई तकलीफ़ नहीं होगी। पूरा परिवार मानता था कि नील उनके लिए सौभाग्य लेकर आया है। भगवान कृष्ण के प्रति अगाध श्रद्धा के कारण ही बिनेसर पाण्डे ने अपने सबसे छोटे पोते का नाम नील माधव पाण्डे रखा था।

नील बचपन से ही मेधावी था। पढ़ने-खेलने सब में तेज़। वो हर कक्षा में अव्वल आता। उसके शिक्षक उससे बेहद प्रसन्न रहा करते। व्यवहार में भी कुशल था और दोस्तों में बेहद पॉपुलर। बड़ों को सम्मान और छोटों को दुलार देने में कोई कंजूसी नहीं करता था। पढ़ाई, खेल और सामाजिक व्यवहार में उसकी अच्छी प्रगति देखकर लोग उसके बारे में बातें करते और सुदामा पाण्डे से कहते कि 'छोटा बेटा उनका नाम रोशन करेगा।' सुनकर सुदामा पाण्डे फूले नहीं समाते थे।

इन गुणों के साथ ही नील का व्यक्तित्व भी बेहद आकर्षक था। माता-पिता दोनों साँवले थे, पर नील गौर वर्ण का था। घर में सभी मझोले कद के थे, पर नील लम्बा और सुदर्शन। कई बार तो लोग बातें भी करते कि 'लगता

ही नहीं कि नील पाण्डे परिवार का बच्चा है।' बहरहाल, नील कीचड़ में खिले कमल की तरह अपनी जीवन यात्रा में आगे बढ़ रहा था...और अब उसने जेएनयू की प्रवेश परीक्षा पासकर एक बार फिर सबको हैरान कर दिया था।

नील को विज्ञान के विषय उतने रोचक नहीं लगते थे, हालाँकि 12वीं की परीक्षा उसने भौतिकी, रसायन और गणित लेकर प्रथम श्रेणी में ही पास की थी। पर हिन्दी साहित्य उसे बेहद प्रिय था। हमेशा हिन्दी की कोई न कोई किताब पढ़ता रहता। लाइब्रेरी उसकी सबसे पसन्दीदा जगह थी। अज्ञेय की 'शेखर एक जीवनी', 'नदी के द्वीप', 'अपने-अपने अजनबी' और प्रेमचंद के 'गोदान', 'निर्मला', 'सेवासदन' जैसे उपन्यास उसने बारहवीं के दौरान ही पढ़ डाले थे।

अंग्रेज़ी साहित्य में भी वो बराबर रुचि लेता था। अंग्रेज़ी वाले दोस्तों से पूछकर उसने साहित्य के इतिहास पर कई किताबें पढ़ डाली थीं। उसे लगता था कि किसी भी साहित्य के विकास को समझने के लिए ज़रूरी है कि उसे तुलनात्मक दृष्टिकोण से पढ़ा जाये। ख़ुशवंत सिंह का 'ट्रेन टु पाकिस्तान', मुल्कराज आनन्द की 'कुली', नीरद सी. चौधरी की 'द बायोग्राफ़ी ऑफ़ ऐन अननोन इंडियन' जैसी तमाम किताबें उसने पढ़ डाली थीं। हमेशा नयी किताबों की तलाश में रहता। ज्ञान की अद्‌भुत भूख थी उसे। राजनीति विज्ञान, समाज शास्त्र, अर्थशास्त्र, इतिहास जैसे मानविकी के विषयों पर भी लाइब्रेरी से किताबें ला-ला कर अपना ज्ञान बढ़ाता रहता।

पढ़ाई के साथ नील टेबल टेनिस और क्रिकेट भी खेला करता। क्रिकेट में ओपनिंग बैटिंग करता और लेग स्पिन बॉलिंग। कॉलेज की टीम में शामिल था और ज़िला क्रिकेट लीग में हरमू से खेलता था। अठारह का होते ही भाइयों ने उसके लिए हीरो होंडा स्प्लेंडर बाइक ख़रीद दी थी। उसी पर दिनभर व्यस्त नज़र आता।

सुदामा पाण्डे को जानने वालों को लड्डू के साथ जब नील के दिल्ली जाने की ख़बर मिली तो बधाई देने वालों का ताँता लग गया।

'नील आपका नाम रोशन करेगा पाण्डे जी।'

'अरे, बहुत तेज़ है आपका लड़का। हमेशा पढ़ाई में लगा रहता है।'

'अब दिल्ली जा रहा है तो कुछ बड़ा ही करेगा अपना नील।'

'पूत के पाँव पालने में ही नज़र आ जाते हैं। नील का तो हम लोग को लगता ही था कि वो और बच्चों से अलग है।'

सुदामा पाण्डे और उनकी पत्नी लोगों की ऐसी बातें सुनकर मंद-मंद मुस्कुरा रहे थे। बच्चे के सुनहरे भविष्य का सपना उनकी आँखों में चमकने लगा था। आपस की बातचीत में पति-पत्नी हैरान भी होते कि आख़िर किस संस्कार से नील की चाल परिवार से एकदम अलग निकली है। पर जवाब उन्हें नहीं मिल पाता था। लेकिन नील को अपनी भावी दिशा को लेकर कोई भ्रम नहीं था। एमए के बाद वो आईएएस की परीक्षा में बैठना चाहता था। उसने तय कर लिया था कि इतिहास और हिन्दी साहित्य विषय लेकर वो यूपीएससी की मुख्य परीक्षा देगा।

बिश्वजीत, मुरारी, गगन, अनन्त, विशाल और यश जैसे गहरे दोस्तों को जब ख़बर मिली तो उन्होंने पार्टी की मांग रखी। सभी दोस्त काँके रोड के मशहूर हॉट लिप्स रेस्तराँ में जुटे। वेज, नॉन वेज व्यंजनों की जमकर दावत उड़ायी गयी। पनीर और चिकन टिक्का के स्टार्टर के बाद पनीर चिली, चिकन चिली, वेज मंचूरियन, कड़ाही पनीर जैसी तमाम लज़ीज़ डिशेज़ मंगवाई गयी थीं।

'साला नील, तुम तो छुपा रुस्तम निकला बे। जेएनयू का एंट्रेंस कब भर दिया?', मुरारी ने पूछा।

'अरे यार, हिन्दुस्तान टाइम्स के एजुकेशन वाले पन्ने पर पढ़ा था तो भर दिया था। ये थोड़े ना पता था कि हो ही जायेगा। बिश्वजीत को तो बताया भी था। पर उसने कोई इंटरेस्ट ही नहीं शो किया।'

'हाँ बे बिश्वजीत?' मुरारी ने पूछा।

'हाँ, बोला तो था। पर हमको लगा कि यहाँ का एग्जाम में तो कुछ होइये नहीं रहा है, जेएनयू में कौन पूछेगा? इसीलिए हम नहीं भरे।'

'साला, पता चलता तो हम भी भर देते।', मुरारी को थोड़ी जलन हुई थी।

'चलो, जिसके क़िस्मत में रहता है, उसी को मिलता है। नील के भाग्य में जेएनयू जाना लिखा था तो उसको भगवान ने मौक़ा दे दिया।', यश ने कोल्ड ड्रिंक सिप करते हुए कहा।

'चल भैवा, तोर तो भाग्य चमक गलौ। चलो...हम लोग कभी दिल्ली जायेंगे, तो नील के यहाँ ठहरने का इन्तज़ाम रहेगा। क्या बे रखेगा ना हम लोग को, कि भुला जायेगा?' गगन ने चिली चिकन मुँह में डालते हुए पूछा।

'अरे यार, तुम लोग कैसी बातें कर रहे हो। बचपन की दोस्ती कोई भूलता है क्या। और तुम जैसे दोस्त तो क़िस्मतवालों को मिलते हैं। हम तो छुट्टी में आयेंगे ही। तुम लोग को जब दिल्ली आना होगा बस बता देना। दिल्ली पहुँचने के बाद सारी ज़िम्मेदारी मेरी।', नील ने आश्वस्त किया था।

नील की कामयाबी की पार्टी ज़ोरदार रही थी, लेकिन मुरारी पार्टी एन्जॉय करते हुए भी थोड़ा दुखी था। उसे लग रहा था कि वो पिछड़ गया है। काश वो भी दिल्ली जा पाता। पर ज़ेहन में यही कौंधा, 'क़िस्मत में होंगे कोड़े तो कहाँ से खाओगे पकौड़े।'

4

नील के दिल्ली जाने की तैयारी चल रही थी। बड़े भाइयों ने उसके लिए नयी बजाज पल्सर मोटरसाइकिल ख़रीदी थी ताकि उसे दिल्ली में दिक़्क़त ना हो। पाण्डे भण्डार के दो कर्मचारी बाइक को पुआल और बोरे से कवर कर रहे थे। माँ पार्वती देवी बेटे के पढ़-लिखकर बड़ा आदमी बनने के ख़्वाब से ख़ुश थीं, लेकिन कलेजे का टुकड़ा इतनी दूर जा रहा था, इस बात से बेहद उदास भी थीं। राँची-दिल्ली राजधानी एक्सप्रेस ट्रेन का टाइम हो चला था। सुदामा पाण्डे चिल्लाये, 'तुम लोग तैयारी ही करते रह जाओगे कि स्टेशन भी जाओगे। ट्रेन कहीं छूट ना जाये। पाँच बजने वाला है।'

'बाबूजी, सब तैयारी हो ही गया है। बस निकल ही रहे हैं हम लोग।', जोगेसर ने कहा।

पैक होने के बाद मोटरसाइकिल को छोटे ट्रक से स्टेशन भेज दिया गया था। अब परिवार के सभी लोग नील को छोड़ने जा रहे थे। पार्वती देवी ने अभी से रोनी सूरत बना ली थी।

'अरे माँ, दिल्ली ही तो जा रहे हैं। जब घर की याद आयेगी, आ जायेंगे।'

'हाँ बेटा, वो तो तुम आ ही जाओगे...पर माँ का कलेजा है ना बेटा, मन नहीं मान रहा है। बचपन से कभी तुम घर से इतनी दूर नहीं गये। चिन्ता हो रही है।' वो साड़ी का पल्लू मुँह में रखकर रोने लगी थीं। नील माँ के गले से लिपट गया था। जैसे ही वे लोग राँची जंक्शन पहुँचे, देखा ट्रेन स्टेशन में प्रवेश कर रही है। ट्रेन रुकी तो जैसा भारतीय स्टेशनों पर अक़्सर होता है, पहले चढ़ने

वालों ने गेट को लगभग जाम कर दिया। सबको मालूम था कि ट्रेन यहीं से शुरू होती है, स्टेशन पर आधे घण्टे रुकेगी। पर फिर भी अनावश्यक अफ़रा-तफ़री मच ही गयी थी। पाण्डे भण्डार के कर्मचारियों ने नील का सारा सामान सेकेंड एसी की उसकी सीट के नीचे रख दिया था। बजाज पल्सर पीछे पार्सल बोगी में चढ़ा दी गयी थी। नील अपनी लोअर बर्थ पर बैठा था। माता-पिता और दोनों भाई आसपास बैठ गये थे। सब लगातार नील को समझा रहे थे। माँ के आँसू थम नहीं रहे थे।

'अरे माँ, तुम ऐसे करोगी तो मैं कैसे रह पाऊँगा दिल्ली में। घर छूट रहा है। इतनी दूर जा रहा हूँ। मैं जा नहीं पाऊँगा माँ।' नील की आँखें नम हो गयी थीं।

'अपना खयाल रखना बबुआ। वैसे तो तुम हम दोनों से भी समझदार हो, फिर भी बड़े हैं तो कह देते हैं कि किसी गलत संगत में मत पड़ना। सिर्फ पढ़ाई पर ध्यान लगाना। किसी चीज की जरूरत हो तो फोन कर देना। यहाँ की बिल्कुल भी चिन्ता मत करना। हम सबको तुम पर बहुत नाज है।', कहते हुए भैया जोगेसर ने नील के सिर पर हाथ फेर दिया था। कामेसर भैया ने भी नील को गले लगा लिया था। पिता सुदामा पाण्डे सामने की सीट पर गम्भीर मुद्रा में बैठे थे। बोले, 'ट्रेन अब खुलने वाली है, उतरो सब लोग। बेटा, भगवान की दया से पैसे-रुपये की कोई कमी नहीं है। पर पाण्डे परिवार में शिक्षा क़ी कमी रह गयी थी। तुम बहुत बड़ी जगह पढ़ने जा रहे हो। तुम्हीं इस ख़ानदान की धारा बदल सकते हो। बड़ा अफ़सर बनना बेटा।' वो उठ गये थे, नील ने उनके पैर छू लिए थे।

माँ को बहुत ज़्यादा रुलाई आ रही थी। पर जानती थीं कि अगर वो रोने लगीं तो नील के लिए जा पाना मुश्किल हो जायेगा। उन्होंने कलेजे पर पत्थर रखा और खड़ी हो गयीं। नील ने माँ और भाइयों को गले लगाया और गेट तक छोड़ने आया। जैसे ही सब नीचे उतरे ट्रेन के खुलने का संकेत हो गया। अगले ही पल ट्रेन खिसकने लगी थी। सब हाथ हिला रहे थे। नील भी ऊपर से हाथ हिला रहा था। जोगेसर चिल्लाये, 'मोटरसाइकिल का क्या करना है ध्यान है ना?'

'हाँ, सब याद है भैया, चिन्ता मत कीजियेगा। पहुँचकर फ़ोन करता हूँ।'

ट्रेन राँची स्टेशन से बाहर निकल गयी थी। नील दुखी भाव से थोड़ी देर तक गेट से पीछे छूटते स्टेशन को देखता रहा और फिर अपनी बर्थ पर आकर बैठ गया।

राजधानी एक्सप्रेस ने रफ़्तार पकड़ ली थी। सामने की सीट पर एक बुज़ुर्ग बैठे थे। उनके ऊपर वाली बर्थ पर बैठे व्यक्ति ने जेम्स हेडली चेज़ की नॉवेल 'वॉन्ट टु स्टे अलाइव' खोल ली थी और पढ़ने में व्यस्त हो गये थे। नील के ऊपर की बर्थ का कोई दावेदार अभी नहीं आया था। शायद अगले किसी स्टेशन का कोटा था।

'पूरा परिवार छोड़ने आया था, दिल्ली जा रहे हैं क्या?', सामने बैठे बुज़ुर्ग ने पूछा।

'जी, दिल्ली ही जा रहा हूँ। वहीं एमए में ऐडमिशन हो गया है।'

'बहुत अच्छी बात है। कहाँ ऐडमिशन हुआ है?'

'जेएनयू में।'

'अरे वाह! ये तो बहुत बड़ी बात है। किस विषय में बेटा?'

'जी, हिन्दी साहित्य में।'

'अच्छा तो आप साहित्य के विद्यार्थी हैं!'

'जी, साहित्य में मेरी बहुत रुचि है। आगे चल कर कहानियाँ लिखना चाहता हूँ, उपन्यास लिखना चाहता हूँ, और आईएएस भी बनना चाहता हूँ।'

'वाह! अब तक कहाँ पढ़ रहे थे बेटा?'

'जी, सेंट ज़ेवियर्स कॉलेज से ग्रैजुएशन किया है।'

'वो भी तो बिहार का टॉप कॉलेज है। बहुत बढ़िया बात है बेटा। कामयाब बनिये।' ये कहकर बुज़ुर्ग सिरहाने रखा अपना सामान टटोलने लगे थे।

नील की नज़र साइड बर्थ पर गयी थी। वहाँ एक नव विवाहित जोड़ा बैठा था। दोनों आपस में बातें कर रहे थे। उनका ध्यान एक-दूसरे पर ही केन्द्रित था।

ट्रेन ने अब पूरी रफ़्तार पकड़ ली थी। खिड़की के बाहर पेड़-पौधे तेज़ी से पीछे भाग रहे थे। घण्टे भर में अँधेरा गहराने लगा। नील की बर्थ बोगी के बीच में थी। मुँह धोने के लिए वो वॉश बेसिन तक गया। उसी की उम्र के दो लड़के सिगरेट पीते हुए बातें कर रहे थे। उन्होंने दरवाज़ा खोल रखा था। बाहर

से हवा आ रही थी। नील ने अच्छी तरह चेहरा धोया, रुमाल से मुँह पोंछा और फिर टॉयलेट में चला गया। निकलने के बाद उसने उन लड़कों को एक बार फिर ग़ौर से देखा और फिर अपनी सीट पर पहुँच गया। उसे घर के सभी लोगों की याद आ रही थी। वो अब एक बिल्कुल नयी दुनिया में क़दम रखने जा रहा था। दिल्ली वो पहले भी गया था, लेकिन जेएनयू में ऐडमिशन एक नया अनुभव देने वाला था। वो बहुत रोमांचित था, पर पीछे छूट गयी ज़िन्दगी की तमाम घटनाएँ फ़्लैश की तरह उसके ज़ेहन में आ-जा रही थीं। उसे थोड़ी भूख महसूस हुई तो उसने बग़ल में रखे बैग से माँ का दिया ठेकुआ निकाला और खाने लगा।

तभी टीटी बग़ल में आकर बैठ गया। टिकट चेक होते ही पीछे से पैंट्री वाला लड़का आया। 'रात के खाने में क्या लेंगे? वेज या नॉन वेज?'

'खाना है मेरे पास, कुछ नहीं चाहिए।' पैंट्री वाला चला गया था।

सामने वाले बुज़ुर्ग सफ़ेद बेडशीट बिछा रहे थे। नील का भी ध्यान सीट पर रखे ब्लैंकेट और बेडशीट पर गया। वो भी बिछाने लगा। फिर तकिये पर ब्लैंकेट रखकर उसने जूते खोल दिये और आराम से बैठ कर बाहर की तरफ़ देखने लगा। बैग से उसने 'फ्रंटलाइन' और हिन्दी 'इंडिया टुडे' निकालकर सीट पर रख दिया था।

'नया वाला इंडिया टुडे है क्या?', सामने वाले बुज़ुर्ग ने पूछा।

'जी।'

'लाइये ना बेटा, थोड़ा देखते हैं।'

उसने 'इंडिया टुडे' उठाकर दे दिया था और ख़ुद 'फ्रंटलाइन' पलटने लगा था। थोड़ी देर वो वैसे ही पन्ने पलटकर शीर्षक पढ़ता और तस्वीरें देखता रहा। मन नहीं लग रहा था उसका। तब तक ट्रेन की रफ़्तार धीमी पड़ने लगी।

'लगता है बोकारो आ गया!', बुज़ुर्ग ने कहा।

'जी, शायद।' फिर वो खिड़की से बाहर देखने लगा ताकि कुछ अन्दाज़ा लगे। बाहर उसे सिग्नल केबिन दिखा था जिसके बाहर उसने पढ़ा - 'बोकारो जंक्शन'।

'हाँ, बोकारो ही है।', उसने बुज़ुर्ग को बताया।

ट्रेन रुक गयी थी। कुछ लोग चढ़ रहे थे। उसने डिब्बे के भीतर झाँक कर देखा कि कहीं ऊपर वाली बर्थ का कोई दावेदार तो नहीं आ रहा। एक लड़की और एक लड़का हाथ में सूटकेस लिए भीतर बढ़ते चले आ रहे थे। लड़की ने बर्थ का नम्बर देखा और कहा, 'यहीं पर सामान रख दो गणेश, यही है।' मतलब ऊपर वाली बर्थ उसी लड़की की थी। साथ में आया व्यक्ति उसका सूटकेस नीचे रखने लगा। व्यवस्थित करने के बाद उसने कहा, 'दीदी, हमरा सीट उधर आखिर में है, गेट के पास। वहीं जा रहे हैं। कुछ चाहिए तो बता दीजियेगा।'

'हाँ, गणेश। कुछ ज़रूरत होगी तो बुला लूँगी। जाओ आराम करो।' वो जाकर अपनी बर्थ पर बैठ गया था। ट्रेन सरकने लगी थी। लड़की बग़ल में बैठी थी और लगातार खिड़की से बाहर देख रही थी। नील ने नज़र घुमाकर लड़की को ग़ौर से देखा। कोई 20-21 की उम्र। सुन्दर चेहरा। गोरा रंग। घुँघराले बाल जो बेतरतीब बिखरे थे। काला और सफ़ेद सलवार-कुर्ता पहने लड़की ने सफ़ेद दुपट्टा गले में लपेट रखा था। अब वो पालथी मारकर बैठ गयी थी। कोल्हापुरी चप्पल नीचे रखी थी। वो अभी भी बाहर की तरफ़ एकटक देख रही थी। रात का अँधेरा और गहरा रहा था। दूर जंगल में कहीं-कहीं आदिवासियों की झोपड़ी में दीया टिमटिमाता नज़र आता। ट्रेन भागती जा रही थी।

नील का व्यक्तित्व ऐसा था कि लड़कियाँ नज़रअन्दाज़ नहीं कर पाती थीं। पर यहाँ बग़ल में बैठी लड़की उसकी तरफ़ से बिल्कुल उदासीन थी। न केवल उसकी तरफ़ से बल्कि हर तरफ़ से। वो लगातार या तो बाहर देखती या फिर अपना पॉश्चर ठीक करती। उसे किसी और चीज़ में कोई दिलचस्पी नहीं थी। लड़की की तरफ़ से थोड़ा भी संकेत मिलता तो नील अब तक उससे 'हाय-हलो' कर चुका होता। पर यहाँ कोई उम्मीद नज़र नहीं आ रही थी।

अब उसे जिज्ञासा होने लगी। 'आख़िर क्या बात है कि इतनी सुन्दर लड़की ऐसा आचरण कर रही है जैसे उसके ऊपर दुखों का पहाड़ टूट पड़ा हो। या फिर क्या वो अत्यधिक डिफ़ेंसिव होकर ख़ुद को सुरक्षित रखने के लिए ऐसा रूख़ा व्यवहार कर रही है।' कुछ देर और यूँ ही चलता रहा। फिर नील से जब बर्दाश्त नहीं हुआ तो उसने पहल की।

‘आपको ऊपर के बर्थ पर दिक़्क़त तो नहीं होगी?’

‘जी नहीं, शुक्रिया।’, पहली बार उसने नील की तरफ़ मुँह कर कुछ बोला था। पर सुन्दर मुखाकृति सख़्त ही बनी रही थी।

‘ओके-ओके।’

‘आप कहीं ये तो नहीं चाहते कि मैं अभी ही ऊपर चली जाऊँ?’

‘नहीं-नहीं, ऐसी कोई बात नहीं। आप आराम से बैठ सकती हैं।’

‘नहीं, वैसे सोने का वक़्त हो चला है। आप कहेंगे तो मैं ऊपर जाकर बैठ सकती हूँ।’ सामने बैठे बुज़ुर्ग और ऊपर वाला व्यक्ति नील और लड़की की बातचीत ध्यान से सुन रहे थे।

‘नहीं-नहीं, आप आराम से बैठिये। अभी मैं डिनर करूँगा, उसके बाद ही सोऊँगा।’

‘ओके-ओके। जब लगेगा, बता दीजियेगा।’

‘श्योर।’ नील अब खिड़की से बाहर देखने लगा था। थोड़ी देर वो वैसे ही बाहर देखता रहा। फिर उसने बैग से खाने की चीज़ें निकालीं। टिफ़िन, पेपर प्लेट, नैपकिन, चम्मच, गिलास। माँ ने रात के खाने के लिए आलू-गोभी की सूखी सब्ज़ी और पूरी रखी थी। नील को ट्रेन यात्रा में ये कॉम्बिनेशन बेहद पसन्द था। खाने के बाद उसने स्वीट डिश के रूप में एक रसगुल्ला मुँह में दबाया और फिर सारा यूज़्ड सामान फेंकने और हाथ धोने के लिए वॉश बेसिन की तरफ़ गया। एसी से बाहर निकलने पर ट्रेन की आवाज़ काफ़ी तेज़ हो गयी थी। बोगी का केयरटेकर और पैंट्री कर्मचारी भी वहीं खड़े थे, पर वे अपने काम में व्यस्त थे। नील ने ट्रेन का दरवाज़ा खोलने की कोशिश की तो केयरटेकर ने मना कर दिया।

‘भैया, मत खोलिए। पत्थर-वत्थर मार देता है सब। ख़तरनाक इलाक़ा है ये।’

‘अच्छा अच्छा’, कहकर नील पीछे हट गया।

शीशे के दरवाज़े से उसने देखा कि बगल वाली लड़की का सहायक सामने ही साइड बर्थ पर बैठा है। उसने सोचा कि मन में जो जिज्ञासा है, उसे शान्त कर लिया जाये। वो दरवाज़े से घुसा और अपनी बर्थ की ओर जाने की बजाये, वहीं उसकी बर्थ पर सामने की ख़ाली जगह पर बैठ गया।

‘और भाई क्या हालचाल?’ लड़के ने नील को ग़ौर से देखा और फिर बोला, ‘हालचाल त ठीके है भैयाजी।’

'पहचान रहे हो ना?'

'हाँ, हाँ...दीदी जहाँ बैठी हैं, वहीं आपका भी सीट है।'

'हाँ पहचान तो लिए। दिमाग़ बहुत तेज़ है तुम्हारा।'

'अरे भैया, तेज का तो पता नहीं, पर एक बार किसी को देख लेते हैं ना, तो भुलाते नहीं हैं।'

'हाँ, वो तो दिख रहा है...और कहाँ जा रहे हो?'

'बस कानपुर तक।'

'वहीं रहना होता है?'

'अरे नहीं, दीदी को पहुँचाने जा रहे हैं। उनका ससुराल पड़ता है वहाँ।'

'अच्छा अच्छा। तुम्हारी दीदी की शादी हो गयी है, ये तो पता ही नहीं चलता? कब हुई शादी? अभी तो ज़्यादा उम्र नहीं लग रही।'

'अब का बतायें भैया। दीदी जइसा किस्मत देवता दुश्मन को भी ना दें। एकदम हँसता-खेलता परिवार पल भर में उजड़ गया। हमेशा चहकते रहने वाली दीदी को तो जैसे काठ मार गया हो। अब न हँसती हैं ना मुस्कुराती हैं। हमेशा ऐसे ही उदास रहती हैं।'

'अरे ऐसा क्या हो गया भाई।'

'अरे भैया, का बतायें। वइसे आप कहाँ जा रहे हैं?'

'हम तो दिल्ली जा रहे हैं।'

'अच्छा अच्छा।'

'हाँ, तुम दीदी के बारे में कुछ बता रहे थे।'

'भैया, फरवरी में दीदी का सादी हुआ था, यहीं बोकारो से। लड़का कानपुर का ही था। सादी के बाद घूमने के लिए दीदी और जीजाजी सिमला गये थे, उ हिमाचल में है ना सिमला!'

'हाँ, हाँ, है ना शिमला। हिल स्टेशन है।'

'हाँ, वहीं पता नहीं का हुआ। जीजाजी का तबीयत खराब हुआ और वहीं खतम हो गये। बताते हैं कि हाट फेल हो गया उनका। कोई कुछो नहीं कर पाया। सादी के चार दिन में ही दीदी का जिन्दगी तबाह हो गया।'

'ओह, ये तो बहुत दुख की बात है। इतना बड़ा दुर्भाग्य। विश्वास नहीं हो रहा।'

'अरे कइसे बिसवास होगा। बोकारो और कानपुर में भी किसी को बिस्वास नहीं हो पाया। दीदी का जिन्दगी तो सूरू होने से पहले ही खतम हो गया भैया।'

'बहुत अफसोस की बात है। तो वहीं ससुराल जा रही हैं तुम्हारी दीदी?'

'हाँ भैया। ससुराल वाला लोग बहुत अच्छा है। वो लोग तो चाहता है कि दीदी का दोबारा सादी हो जाये। पर दीदी किसी का सुनना ही नहीं चाहती हैं। बस ऐसे ही बैठी रहती हैं। जीजाजी के जाने के बाद से दीदी बोकारो में ही थी। अब बहुत बुलाने पर कानपुर जा रही हैं। देखते हैं भैया, दीदी का किस्मत में क्या लिखा है!'

'भाई। ये सब सुनकर तो मेरा भी मन बहुत दुखी हो गया है। अच्छा ठीक है, दीदी का ख़याल रखो। बात होती है फिर।' नील उठकर अपनी बर्थ पर चला आया था। लड़की वैसे ही बैठी थी, बाहर ताकती।

'आप क्या अभी बैठना चाहती हैं? मैं अब सोना चाह रहा था। रात के ग्यारह बजने वाले हैं।'

'अरे हाँ, मैं तो भूल ही गयी थी कि समय काफ़ी हो गया है।'

'आपने कुछ खाया नहीं?', नील ने पूछा।

'जी, मैं घर से खाकर चली थी। थैंक्यू।' और वो उठकर वॉशरूम की तरफ़ चली गयी। इस बीच उसके सहायक ने आकर ऊपर बेडशीट वग़ैरह बिछा दिया। फिर नीचे आकर बोला, 'भैया। आपसे बात करके अच्छा लगा। किस्मत में होगा तो फिर भेंट होगा। गाड़ी छहे बजे कानपुर पहुँच जाता है। अगर आप जगे रहे तो सुबह बात हो जायेगी। नहीं तो हमरा तरफ से राम-राम।'

'ठीक है भाई।'

'परनाम भैया।'

'प्रणाम-प्रणाम।' तब तक लड़की वॉशरूम से आ गयी थी।

'गणेश, गहरी नींद में मत सो जाना। मैं सोने जा रही हूँ। इधर भी नज़र रखना।'

'जी दीदी, आप एकदम चिन्ता मत कीजिये और निश्चिन्त होकर सोइये। हम हैं ना, जगले रहते हैं हम।'

नील लेटकर बहुत देर तक लड़की के बारे में सोचता रहा। फिर उसने मन बदलने के लिए 'फ्रंटलाइन' पढ़ना शुरू कर दिया। रात के बारह बज रहे

थे। पढ़ते हुए उसे नींद आ गयी थी। राजधानी एक्सप्रेस रात की नीरवता को चीरती हुई भागी जा रही थी।

सुबह क़रीब सात बजे नील की नींद खुली तो उसने सबसे पहले ऊपर की बर्थ देखी जो कि ख़ाली थी। फिर वो तेज़ी से वॉश बेसिन की तरफ़ गणेश को देखने गया। पर उसकी बर्थ पर कोई और बैठा था। वो थोड़ा उदास हो गया। रात जो कहानी उसने सुनी थी, उससे उसका मन अभी भी भारी था। पैंट्री वाले से पूछा तो पता चला कि कानपुर निकले घण्टा भर हो गया है। वो वहीं खड़ा होकर बाहर देखने लगा, 'ज़िन्दगी भी क्या चीज़ है। किसके भाग्य में क्या लिखा है, कोई नहीं जानता। ईश्वर किसी को ऐसी ज़िन्दगी ना दे। ओह!'

उसने पैंट्री वाले से चाय की डिमांड की और टॉयलेट में घुस गया। फ्रेश होकर लौटा तो चाय आ गयी थी। उसने ट्रे अपनी तरफ़ खींच कर चाय बनायी और बिस्कुट के साथ पीने लगा। पैंट्री वाला अख़बार लेकर आ गया था।

'भैया, इंग्लिश वाला लीजियेगा कि हिन्दी वाला?'

'इंग्लिश वाला दे दो। कौन सा अख़बार है वैसे?'

'इंग्लिश में तो 'टाइम्स ऑफ़ इंडिया' है भैया।'

'ठीक है वही दे दो।' वो बाक़ी लोगों को पेपर देता हुआ आगे बढ़ गया था।

सामने बैठे अंकल जी जाग गये थे और चाय पीते हुए पेपर देख रहे थे। सामने ऊपर की बर्थ वाले सज्जन अभी सो ही रहे थे। राजधानी एक्सप्रेस छोटे-छोटे स्टेशनों को पीछे छोड़ती भागी जा रही थी। चाय ख़त्म करने के बाद नील पेपर देखने लगा। अख़बार में कारगिल युद्ध से जुड़ी ख़बरें भरी थीं। एक दिन पहले ही प्रधानमंत्री अटल बिहारी वाजपेयी ने भारतीय सेना के 'ऑपरेशन विजय' को सफल घोषित किया था। हालाँकि भारतीय और पाकिस्तानी सैनिकों के बीच कारगिल की पहाड़ियों पर लड़ाई अभी भी जारी थी।

'भाई, और कितनी देर में दिल्ली पहुँच जायेंगे?', नील ने पैंट्री वाले लड़के से पूछा।

'अलीगढ़ क्रॉस होने वाला है, बस दो घण्टा और।'

'अच्छा अच्छा।'

क़रीब सवा ग्यारह बजे राजधानी नयी दिल्ली स्टेशन पर पहुँची। सवारियाँ बाहर निकलतीं उससे पहले ही कुली कंपार्टमेंट में दाख़िल हो गये थे। नील ने एक को सामान उठाने को कहा।

'कहाँ जायेंगे भैया?'

'बाहर ऑटो तक जाना है, लेकिन पहले सामान उतारकर बाहर रखो। फिर बताते हैं।' दो सूटकेस, एक होल्डऑल और एक छोटा रैकसैक उतार लिया गया था। नील ने कुली से कहा, 'सामान लेकर पीछे पार्सल बोगी तक चलो, वहाँ मोटरसाइकिल उतरनी है।' वहाँ पहुँचकर नील ने देखा कि उसकी बाइक पीछे काफ़ी अन्दर रखी है। सामान उतरवा रहे रेलवे कर्मचारी से उसने पूछा, 'ये सारा सामान उतारकर कहाँ रखा जायेगा और उसे कब और कैसे प्राप्त किया जा सकता है।'

'पहाड़गंज साइड में एकदम आगे जाइयेगा तो पार्सल ऑफ़िस मिलेगा। वहीं जाकर पता कर लीजिये। वैसे ये सारा सामान दो-तीन घण्टे में वहाँ पहुँच जायेगा।'

'जानकारी के लिए बहुत-बहुत धन्यवाद भाई।' नील कुली के साथ पार्सल ऑफ़िस की ओर चल पड़ा।

'भैया, पहाड़गंज साइड से ही ऑटो लीजियेगा न?', कुली ने पूछा।

'हाँ हाँ, पार्सल ऑफ़िस में पता करने के बाद वहीं से ऑटो ले लेंगे।'

'भैया, लम्बा चलना पड़ रहा है, दो सौ लग जायेगा।'

'अरे क्या बात करते हो यार। लूटो मत। डेढ़ सौ दे देंगे।'

'नहीं भैया। इतने में नहीं हो पायेगा। इसीलिए हम पहले ही पैसा तय करना चाह रहे थे।'

'अच्छा अच्छा, ले लेना दो सौ। अब चलो आराम से।'

प्लैटफ़ॉर्म नम्बर पन्द्रह से एक नम्बर प्लैटफ़ॉर्म तक कुली सामान लेकर दस मिनट में पहुँच गया। पार्सल दफ़्तर से पता चला कि शाम तक काग़ज़ी कार्रवाई होने के बाद वो बाइक ले जा सकता है।

'अगर कल सुबह आकर ले जायें तो कोई दिक़्क़त तो नहीं?'

'नहीं, कोई दिक़्क़त नहीं। कल आराम से ले लीजियेगा। बस काग़ज़ दिखाना है और ले लेना है। आपकी बाइक यहीं पीछे खड़ी मिलेगी।', काउंटर पर बैठे कर्मचारी ने कहा।

नील कुली के साथ पहाड़गंज की तरफ़ बाहर निकला। चारों तरफ़ भीड़ थी। दर्जनों ऑटो और टैक्सी वाले सवारियों को घेरकर अपने साथ चलने को कह रहे थे। एक ऑटो वाले के साथ वो स्टैण्ड की तरफ़ चल पड़ा। नील ने कुली से ही जेएनयू का प्रीपेड करवाया, उसे पैसे दिये और ऑटो पर सवार हो गया।

देश की राजधानी में उसकी नयी ज़िन्दगी की शुरुआत हो रही थी। पहली बार वो अकेले रहने जा रहा था। रोमांच भी था और कई तरह की आशंकाएँ भी मन में घुमड़ रही थीं। 'कैसे रहेगा। कैसे दोस्त मिलेंगे। पता नहीं होस्टल कैसा होगा। मन लगेगा कि नहीं।'

पहाड़गंज से निकलकर ऑटो अब कनॉट सर्कस का चक्कर लगा रहा था। कनॉट प्लेस की चकाचौंध, ट्रैफ़िक का शोर, सुन्दर-सुन्दर डिज़ाइनर कपड़ों में चहकती-चमकती लड़कियाँ–सब कुछ नील को बेहद सम्मोहक लग रहा था। थोड़ी ही देर में कनॉट सर्कस का चक्कर लगाकर ऑटो जनपथ मार्ग में दाख़िल हो गया जहाँ विदेशी सैलानी आते-जाते दिख रहे थे। कोल्हापुरी चप्पल-जूतों की दुकानें, मेटल क्राफ़्ट, हैंडी क्राफ़्ट के आउटलेट्स। वो दोनों तरफ़ देखता जा रहा था। अकबर रोड, तीन मूर्ति मार्ग होता हुआ ऑटो अब शान्ति पथ पर दौड़ रहा था। शान्तिपथ के दोनों तरफ़ दूतावासों के बोर्ड पढ़कर नील रोमांचित हो रहा था। पाकिस्तान उच्चायोग, फ्रांस, म्यांमार, नीदरलैंड्स, अफ़ग़ानिस्तान और रूस के दूतावास देखकर वो कल्पना की एक नयी दुनिया में पहुँच गया था। मन में तरह-तरह के अच्छे ख़याल आ रहे थे। सोचा, 'जल्दी ही बाइक से यहाँ आयेगा और तसल्ली से पूरे इलाक़े को देखेगा।'

ऑटो रोज़ गार्डेन चौराहे से शान्ति पथ पर चलता हुआ अब महात्मा गांधी मार्ग (रिंग रोड) पर भाग रहा था। नील को इन्हीं सड़कों पर बाइक दौड़ानी थी, तो वो रास्तों को समझने की कोशिश भी कर रहा था। भीकाजी कामा रेड लाइट से दायें मुड़कर ऑटो अफ्रीका एवेन्यू मार्ग पर आ गया। नील ने ऑटो वाले से ज़्यादा बात नहीं की थी क्योंकि वो ज़ाहिर नहीं करना चाहता था कि दिल्ली में बिल्कुल नया है। दिल्ली के ऑटो वालों की बदमाशी के क़िस्से वो सुन चुका था। एहतियात के तहत ही उसने प्रीपेड ऑटो लिया था। बेर सराय, जेएनयू ओल्ड कैंपस होते हुए ऑटो अब बाबा गंगनाथ मार्ग पर चल

रहा था। अगले पाँच मिनट में ऑटो जेएनयू के मुख्य प्रवेश द्वार पर रुका। गेट पर गार्ड्स की तैनाती थी। हर आने-जाने वाली गाड़ी पर नज़र रखी जा रही थी। हालाँकि, ऑटो बिना रुके ही भीतर चला गया। ऑटो वाले ने कहा, 'बताइयेगा, कहाँ चलना है। यहाँ भीतर का बहुत आइडिया नहीं है हमको।'

'आगे ज़रा रोकना।'

नील ने बस स्टॉप पर खड़े एक लड़के से पूछा, 'ब्रह्मपुत्रा हॉस्टल कैसे जायेंगे?'

'सीधा चलते रहिये, टी प्वाइंट पर लेफ़्ट मुड़ जाइयेगा और फिर अगले टी प्वाइंट पर किसी से पूछ लीजियेगा।' नील ने लड़के को 'थैंक्यू' कहा था।

सतलज हॉस्टल, कमल कॉम्प्लेक्स, गोदावरी होस्टल को पीछे छोड़ता हुआ ऑटो साबरमती होस्टल के क़रीब टी प्वाइंट से लेफ़्ट हो गया। नील जेएनयू के प्राकृतिक सौन्दर्य से भरे परिवेश को आँखों में क़ैद करता जा रहा था। थोड़ी देर बाद ही रिंग रोड वाला टी प्वाइंट आ गया। नील ने फिर सिर बाहर निकाल कर पैदल आ रहे एक लम्बे से लड़के से ब्रह्मपुत्रा होस्टल का पता पूछा।

'लेफ़्ट से ले लीजिये, चलते रहिये आपको ब्रह्मपुत्रा होस्टल वाले टर्न का बोर्ड दिख जायेगा। वहीं से बायें ले लीजियेगा।'

'थैंक्यू।', नील ने चिल्ला कर कहा था क्योंकि ऑटो तब तक आगे बढ़ गया था।

दायीं तरफ़ ऐडमिनिस्ट्रेटिव ब्लॉक नज़र आ रहा था। थोड़ा आगे बढ़ने पर अरावली गेस्ट हाउस का बोर्ड दिखा। फिर लाइब्रेरी कैन्टीन, पार्थसारथी रॉक, वीसी आवास के मोड़ को छोड़ते हुए ऑटो अब ब्रह्मपुत्रा हॉस्टल वाले मोड़ पर आ गया था।

'यहीं से बायें ना भैया?'

'हाँ हाँ, बायें ले लो।'

आगे सड़क नीची होती गयी और फिर ऊपर उठने लगी। चारों तरफ़ हरियाली का समन्दर। सामने से एक नीलगाय जंगल से निकली और दौड़ती हुई सड़क पारकर दूसरी तरफ़ जंगल में प्रवेश कर गयी।

'यहाँ तो चारों तरफ़ जंगल है भैया। बहुत जानवर सब रहता है। हमारा यहाँ पहले आना नहीं हुआ है, लेकिन साथी लोग बताता है कि जेएनयू में बहुत जंगल है। नीलगाय और मोर खूब है यहाँ।'

'हाँ। ठीक कह रहे हो।'

पूर्वांचल स्टॉप पर तीन बसें खड़ी थीं। 615 नम्बर की बस जिस पर सामने लिखा था मिंटो रोड। कॉर्नर पर एक पान की दुकान थी। मोटी मूँछ वाले एक बुज़ुर्ग से सज्जन भीतर बैठे थे। वहीं से दायें मुड़कर ऑटो अब ब्रह्मपुत्रा हॉस्टल के सामने खड़ा था। सामान उतारने के बाद नील ने ऑटो वाले को पैसे दिये और चारों तरफ़ नज़र दौड़ाई। दोपहर की तीखी धूप थी। बाहर इक्का-दुक्का लोग ही नज़र आ रहे थे। लाल ईंट के स्थापत्य वाले हॉस्टल के सामने बड़ी-सी ख़ाली जगह थी। दायीं तरफ़ दो-तीन दुकानें थीं जिनमें एक खुली थी और बाक़ी दो बन्द थीं। नील को वहाँ का भूगोल बहुत समझ में नहीं आ रहा था। उसने सामने से आते एक दाढ़ी वाले सीनियर टाइप लड़के से पूछा, 'सर, 39 नम्बर रूम में जाना है। कैसे जायेंगे?'

'राजीव के रूम में?'

'जी सर।'

'लप्पू...ए लप्पू।', वो ज़ोर से चिल्लाये।

20-22 साल का एक लड़का होस्टल के बाहर आ गया था।

'अरे इनको राजीव के रूम में पहुँचा दो। सामान भी है। ले जाओ सब।' फिर नील की ओर देखकर पूछा, 'न्यू ऐडमिशन है क्या?'

'जी सर।'

'राजीव के रिलेटिव हो?'

'हाँ। भैया लगते हैं।'

'ओके-ओके। मेरा नाम रिपुदमन सिंह है। राजीव को बताना। चलो मिलते हैं।' वो आगे निकल गये थे।

लप्पू दोनों सूटकेस और होल्ड ऑल लेकर चल पड़ा था। नील भी रैकसैक लेकर उसके पीछे-पीछे चल रहा था। घुसते ही एक लम्बा गलियारा था। रूम नम्बर-39 पहुँचकर नील ने नॉक किया।

'अरे नील आ गये। आओ-आओ भीतर आओ। कोई दिक़्क़त तो नहीं हुई?'

'नहीं भैया। बहुत आराम से आ गये। सब कुछ बहुत अच्छा रहा।'

'आओ-आओ बैठो। लप्पू सामान उधर रख दो सब।'

'जी भैया।', लप्पू सामान रखकर जाने लगा था।

'भैया कुछ पैसे दे दें इसको?'

'अरे, नहीं ये तो हमारा लप्पू है। आगे बहुत मौक़ा आयेगा इसको खिलाने-पिलाने का। क्यों जी लप्पू?'

'हाँ भैया। आप लोग हैं तो क्या दिक़्क़त है।' और वो चला गया था।

'और नील, सुनाओ कैसे हैं सब राँची में?'

'सब अच्छे हैं भैया।'

'मुँह-हाथ धो कर जल्दी से तैयार हो जाओ, खाना खाने चलते हैं मेस में।'

नील दस मिनट में नहाकर आ गया था। जल्दी से कुर्ता-पाजामा पहनकर तैयार हुआ और राजीव के साथ चल पड़ा। अचानक उसे कुछ याद आया।

'भैया माँ को फ़ोन कर देते हैं। बहुत चिन्ता कर रही होगी।'

'हाँ हाँ, कर दो। गेट के बाहर निकलते ही दायीं तरफ़ टेलीफ़ोन बूथ है। हम यहीं वेट कर रहे हैं। आओ तुम।'

नील ने माँ को फ़ोनकर सारी बात बतायी और ये भी कहा कि शाम को फिर बात करेगा। वो राजीव भैया के साथ मेस की ओर बढ़ गया था। लॉबी में थोड़ा आगे जाकर ही ब्रह्मपुत्रा का मेस था। भीतर काफ़ी शोर हो रहा था। खाना खाते हुए लड़के आपस में ज़ोर-ज़ोर से बातें कर रहे थे। राजीव ख़ाली जगह देखकर बैठ गये और नील को बग़ल में ही बैठने को कहा।

'का राजीव! छोटा भाई आया है?'

'छोटा भाई ही समझ लो। राँची से ही है। एमए में नया ऐडमिशन है।'

'अरे वाह। स्वागत है तुम्हारा बाबू जेएनयू में।', सामने बैठे एक सीनियर ने कहा।

'ये अनुपम हैं नील। तुम्हारी तरह ही शानदार क्रिकेटर हैं। ब्रह्मपुत्रा की शान हैं अनुपम।'

'ये भी क्रिकेट खेलता है क्या?', अनुपम ने पूछा।

'अरे अनुपम, नील ज़बर्दस्त बैट्समैन और बॉलर है। राँची डिस्ट्रिक्ट टीम से खेलता था।'

'अरे वाह! तब तो मज़ा आयेगा।'

'ऐडमिशन के बाद देखते हैं कौन-सा हॉस्टल मिलता है। खेलेगा वहीं से। हाँ, इंटर हॉस्टल टूर्नामेंट में तो इसका खेल देखने का मौक़ा मिलेगा ही आपको।', राजीव भैया ने कहा।

'ग़ुलाम भाई दाल बढ़ाइये ज़रा।'

'ये लीजिये आज़ाद भाई।'

'नील, ये ग़ुलाम रसूल भाई हैं और ये हैं आज़ाद कुमार मिश्रा। दोनों अगल-बग़ल के कमरे में रहते हैं। है ना इंटरेस्टिंग बात।', अनुपम ने कहा।

'जी सर।', नील उन दोनों की तरफ़ देखने लगा। दोनों मुस्कुरा रहे थे।

'अरे भेलारी जी, सब्ज़ी यहाँ ख़त्म हो गया है भाई। भेजवाइये।', अनुपम ने सामने खड़े मेस कर्मचारी से कहा।

'जी सर, अभी लाते हैं।'

'रोटी सब एकदम कड़ा हो गया है। रुको गरम-गरम रोटी अन्दर से लाते हैं।' अनुपम किचन की तरफ़ चले गये थे।

'बाबू, बास्केट बॉल भी खेलते हो?', आज़ाद ने पूछा।

'जी सर, थोड़ा बहुत खेल ही लेते हैं।'

'शाम को बाहर ग्राउंड में बास्केट बॉल जमता है। राजीव ले आना इसको भी।'

'हाँ, अभी तो आया ही है। ले आयेंगे।' तब तक अनुपम ढेर सारी गरमागरम रोटी लेकर लौटे थे।

'नील, जनवरी में इंटर हॉस्टल क्रिकेट टूर्नामेंट होता है यहाँ। बड़ा मज़ा आता है। राजीव बताये हो कि नहीं, डाउन कैंपस वाला हम लोगों को क्या कहता है।', अनुपम ने कहा।

'जान जायेगा धीरे-धीरे सब।'

'हाँ, ये भी सही है। चलो मिलते हैं फिर।', अनुपम खाना ख़त्मकर जाने लगे थे।

'अच्छा अनुपम मिलते हैं।', राजीव ने कहा था। नील भी मुस्कुराया था।

नील जब राजीव के साथ हाथ धोने के लिए वॉशरूम की तरफ़ बढ़ा तो देखा कि कोने वाली टेबल पर एक लड़की लंच कर रही है। वो थोड़ा हैरान हुआ।

'भैया, क्या हॉस्टल में लड़की लोग भी रहती है?'

'अरे नहीं। किसी की गेस्ट होगी।'

मेस से दोनों बाहर निकले तो राजीव ने कहा कि चलो थोड़ा पैदल टहलकर आते हैं। खाना भी पच जायेगा। दोनों टहलते हुए आईआईएमसी (इंडियन इंस्टीटट्यूट ऑफ़ मास कम्युनिकेशन) की तरफ़ निकल गये थे। रास्ते में राजीव ने नील को शादीशुदा लोगों का हॉस्टल महानदी दिखाया था।

'यहाँ मैरेड लोग भी रहता है?'

'अरे पीएचडी करते-करते उम्र हो ही जाती है। कई लोग कैंपस में ही प्रेम कर लेते हैं, फिर शादी भी हो जाती है। अब शादी के बाद कहाँ जायेंगे रहने। इसलिए यूनिवर्सिटी ने ऐसे छात्रों के लिए मैरेड हॉस्टल बनाया है।'

'अरे वाह, ये तो ग़ज़ब बात है।'

'हमारे कई दोस्त यहाँ रहते हैं। कभी कुछ घर टाइप खाने का मन होता है, तो महानदी में अड्डा जमता है हम लोगों का।'

'भैया हम बाइक भी लाये हैं। अभी स्टेशन पर ही है। जाकर कल लाना होगा। आपके पास समय होगा?'

'वैसे तो कल एक ज़रूरी काम था, लेकिन ये ज़्यादा ज़रूरी है। ठीक है सुबह चलकर पहले बाइक ले आयेंगे। तुम चला लोगे ना दिल्ली की सड़क पर?'

'हाँ भैया, वैसे तो कोई दिक़्क़त नहीं है। लाइसेंस भी है।'

'ठीक है, मेरी बाइक से सुबह चलेंगे और फिर तुम्हारी बाइक लेकर आ जायेंगे।'

शाम में नील ने घर फ़ोनकर सबसे बात की थी और जेएनयू के पहले दिन के अनुभव की सारी बातें बतायी थीं।

अगले दिन ब्रेकफ़ास्ट के बाद राजीव और नील स्टेशन के लिए निकले। जैसे ही हॉस्टल से बाहर पहुँचे सामने कीकर के पेड़ों पर कई मोर बैठे नज़र आये। इससे पहले नील ने मोर चिड़ियाघरों में ही देखे थे। राजीव बाइक की पार्किंग की तरफ़ बढ़ गये थे। नील मुड़कर मोरों को देख रहा था।

'भैया यहाँ तो मोर बहुत हैं। इनको डर नहीं लगता?'

'अरे जेएनयू अरावली पर बसा है न। मोरों का तो ये प्राकृतिक परिवेश है। इन्सानों के साथ उन्होंने जीने का सलीका भलीभाँति सीख लिया है।'

‘कल आ रहे थे तो नीलगाय भी देखे थे भैया।’

‘हाँ, जेएनयू के जंगल में नीलगाय भी बहुत है। पर डरने की कोई बात नहीं। वो बस इधर-उधर दौड़ती और सड़क पार करती ही नज़र आयेगी। कभी-कभी एकदम सामने भी आ जाती है।’

‘लौटकर तुमको जेएनयू दिखा देंगे, अभी आईआईएमसी से होकर चलते हैं, शॉर्टकट पड़ेगा।’

‘ठीक है भैया।’

नई दिल्ली रेलवे स्टेशन पर काग़ज़ी कार्रवाई के बाद नील की बाइक जल्दी ही मिल गयी थी। आगे-आगे राजीव भैया और पीछे-पीछे नील बाइक लेकर जेएनयू लौट आये थे।

‘खाना खाकर थोड़ा आराम कर लो। शाम में गंगा ढाबा ले चलेंगे तुमको।’

‘ठीक है भैया।’, नील ने गंगा ढाबा के बारे में बहुत सुन रखा था। ख़ुश हो गया था।

लंच करने के बाद नील ने माँ को फ़ोन लगाया।

‘कैसे हो बेटा? सब ठीक है ना?’

‘हाँ माँ, यहाँ सब कुछ ठीक है। राजीव भैया बहुत ख़याल रख रहे हैं। आज बाइक लाने भी साथ गये थे। उनके कमरे में कोई दिक़्क़त नहीं है माँ। तुम बिल्कुल चिन्ता मत करना। और जेएनयू तो मत पूछो माँ। बहुत अच्छी जगह है पढ़ने के लिए। चारों तरफ़ हरियाली...जंगल, पहाड़...साफ़-सुथरा कैंपस। माँ, मैं बहुत ख़ुश हूँ कि मेरा ऐडमिशन यहाँ हो रहा है। मैं यहाँ से कुछ बनकर निकलूँगा।’

‘बहुत अच्छी बात है बेटा। तुम ख़ुश हो, तो हम भी ख़ुश हैं। लो पापा बात करेंगे।’

‘प्रणाम पापा।’

‘ख़ुश रहो। ठीक से पहुँच गये? सब अच्छा है ना? सारा इन्तज़ाम हो गया है ना?’

‘जी पापा। यहाँ सब ठीक है। भैया लोग कहाँ हैं?’

‘वो लोग दुकान में हैं। रात में बात कर लेना उनसे। ऐडमिशन कब है?’

‘कल होगा पापा।’

‘ठीक है। अपना ख़याल रखना। किसी चीज़ की ज़रूरत हो तो तुरन्त बताना।’

‘जी पापा। प्रणाम।’

‘ख़ुश रहो।’

5

‘नील, ए नील। अरे उठो भाई। लगता है बहुत थक गये हो। शाम के पाँच बज गये हैं। चलो गंगा ढाबा चलना है ना?’

‘अरे! पाँच बज गया भैया। आँखें मलते हुए नील तेज़ी से उठ बैठा। ज़्यादा ही सो लिए। बहुत थक गये थे भैया।’

‘हाँ वो तो स्वाभाविक है। जल्दी से मुँह-हाथ धो लो और तैयार हो जाओ। चलो तुमको कैंपस दिखा दें और गंगा ढाबे की चाय पिला लायें।’

‘जी भैया तुरन्त आते हैं बाथरूम से।’ दस मिनट में ही तैयार होकर दोनों हॉस्टल के बाहर आये।

‘पल्सर से चलते हैं भैया?’

‘पल्सर कल से चलाना। आज मेरी बाइक से ही चलते हैं।’

‘ठीक है भैया।’ राजीव बाइक चलाते हुए ही उसे बताते जा रहे थे।

‘देखो ब्रह्मपुत्रा के आसपास का लोकेशन तो मोटामोटी देख ही लिए हो। एक रास्ता महानदी और आईआईएमसी की तरफ़ चला जाता है और एक ये वाला जिस पर हम लोग चल रहे हैं...डाउन कैंपस चला जाता है। तुम इधर से ही आये हो पर एक बार में रास्ता समझ में नहीं आता है जेएनयू का। ये रिंग रोड है। रिंग रोड मतलब ये जो सामने ऊँची सी बिल्डिंग देख रहे हो ना।’

‘जी भैया।’

‘ये जेएनयू का लैंडमार्क है। हवाई जहाज़ से भी दिखता है। ये मेन लाइब्रेरी है यहाँ की। इसी के चारों तरफ़ ये रिंग रोड बना है। इसी रिंग रोड के भीतर सारे स्कूल्स हैं। जैसे तुम्हारा स्कूल एस्एल यानी स्कूल ऑफ़ लैंग्वेजेज़, एसआईएस यानी स्कूल ऑफ़ इंटरनेशनल स्टडीज़, ट्रिपल एस यानी स्कूल ऑफ़ सोशल साइंसेज़ इत्यादि। एक-दो दिन में सब समझ में

आ जायेगा।' राजीव पश्चिमाबाद वाले मोड़ से गुज़रते हुए स्कूलों के बारे में बता रहे थे।

'बीच में एक लाइन से सारे स्कूल हैं और लाइब्रेरी के पास ही फ़ेमस लाइब्रेरी कैन्टीन है। ले चलेंगे वहाँ भी।'

'जी भैया। मौसम बहुत सुहाना लग रहा है। लगता है बारिश होगी।'

'हाँ, दिल्ली में वैसे बारिश कम ही होती है। लेकिन मिड जुलाई चल रहा है। अब तो बारिश होनी ही चाहिए। आसार देखकर लग रहा है कि आज बारिश होगी।'

'ये स्कूल ऑफ़ कम्प्यूटर साइंसेज़ है और वो रहा ऐडमिनिस्ट्रेटिव ब्लॉक। वाइस चांसलर वहीं बैठते हैं।'

'सुन्दर इमारत है भैया। आते हुए दिखाई पड़ा था।'

'कल तुमको ऐडमिशन के लिए सबसे पहले यहीं आना है। यहाँ से ही सारी प्रक्रिया शुरू होगी।'

'क्या-क्या करना होगा भैया। क्या बहुत कॉम्प्लीकेटेड है।'

'अरे नहीं। बड़ा मज़ा आयेगा। इसको सरप्राइज़ रहने देते हैं। कल का अनुभव तुम ही बताना शाम को।'

'क्यों ऐसी क्या बात है भैया?'

'बस इसको कल पर छोड़ दो। जेएनयू में ऐडमिशन भी एक एक्सपीरियेंस होता है।' राजीव ने कौतूहल पैदा कर दिया था। नील के मन में तरह-तरह की जिज्ञासा हो रही थी।

'वो साबरमती हॉस्टल है। वो वहाँ सामने। उसमें एक विंग में लड़का लोग रहता है और दूसरे विंग में लड़की लोग।'

'ये कैसे भैया?'

'अरे सिस्टम ही ऐसा बनाया गया है। उदय प्रकाश की कहानी 'राम सजीवन की प्रेम कथा' नहीं पढ़े हो?'

'हाँ भैया, पढ़ी है, बहुत मज़ेदार कहानी है।', वो हँसने लगा था।

'कहते हैं इसी साबरमती हॉस्टल की कहानी तो है वो।'

'क्या वो सच्ची कहानी है भैया?'

'ये तो उदय प्रकाश जी ही बता सकते हैं। दिल्ली में ही रहते हैं। कभी मिलने का मौक़ा मिल ही जायेगा तुमको।' नील को ये सारी जानकारियाँ बहुत रोचक लग रही थीं।

'इस साबरमती ढाबे का आलू बौण्डा और समोसा भी बड़ा फ़ेमस है। कैंपस के बाहर से भी लोग यहाँ समोसा खाने आते हैं। आया जायेगा यहाँ भी, पहले गंगा ढाबा चलते हैं।'

'जी भैया।' नील देख रहा था कि सड़क भरी हुई है। लड़के और लड़कियाँ झुंड बनाकर गपियाते हुए चले जा रहे हैं। बड़ा ही रोमैंटिक-सा माहौल लगा था उसे। राँची जैसे शहर से आये नील के लिए ये सब नज़ारा कल्चरल शॉक की तरह था। उसे अपनी आँखों पर यक़ीन नहीं हो रहा था। सड़क के किनारे कहीं लड़का और लड़की बैठकर बातें कर रहे थे। कहीं लड़की के हाथ में सिगरेट थी और वो बड़े आराम से कश का आनन्द ले रही थी।

'वो लड़कियों का गोदावरी हॉस्टल है, उसी के सामने वो रहा पेरियार हॉस्टल और उसके थोड़ा आगे जाने पर कावेरी हॉस्टल है। लौटते हुए दिखा देंगे।'

'जी भैया। ऐसा लगता है कि कैंपस को समझने में ही महीना भर लग जायेगा।'

'अरे, ऐसा नहीं है दो-चार दिन में सब समझ में आ जायेगा। तुम्हारे पास तो बाइक भी है। जल्दी समझ जाओगे।'

'जेएनयू में आते समय ये सब दिखा था, लेकिन अब थोड़ा परिचय बन रहा है।'

'ये कमल कॉम्प्लेक्स है। हम लोग शॉर्ट में केसी बोलते हैं इसको। यहाँ ज़रूरत की सारी चीज़ें मिल जाती हैं। एक बुक कॉर्नर है, सब्ज़ी, फल, दूध सब मिल जाता है। चौधरी के होटल में समोसा-जलेबी मिल जाता है और चाइनीज़ खाना हो तो कीचाज़ है। शाम को यहाँ स्टूडेंट्स की भीड़ रहती है।'

'कैंपस में तो सब कुछ मिल जाता है भैया! सॉर्टेड है लाइफ़ यहाँ।'

'हाँ, और वो जेएनयू का हॉस्पिटल है। तबीयत ख़राब होने पर यहाँ इलाज भी हो जाता है। कुछ बड़ा हो, तभी बाहर के अस्पताल में जाना पड़ता है।'

'लो ये रहा फ़ेमस गंगा ढाबा। जानते हो इसका नाम गंगा ढाबा क्यों है?'

‘क्यों भैया?’

‘अरे वो सामने वाला हॉस्टल देख रहे हो न, वो गंगा है, लड़कियों का हॉस्टल...और वो पीछे सतलज हॉस्टल, बताना भूल गया था। उसी के बगल में पीछे की तरफ़ झेलम है...देख ही लोगे।’

दोनों गंगा ढाबे पर पहुँच गये थे। सूरज ढलने लगा था। शाम उतर आयी थी। नील चारों तरफ़ नज़रें घुमाकर माहौल का जायज़ा ले रहा था। थोड़ी-थोड़ी दूर पर बैठने के लिए गोलाकार जगह बनी थी जहाँ चारों तरफ़ सीमेंट के स्लैब रखे थे। कहीं-कहीं पत्थर पर ही लड़के-लड़कियाँ बैठे थे। ढाबे के बग़ल में जूस कॉर्नर था जहाँ जूस और शेक बनाया जा रहा था। थोड़ी दूर पर ही सिट्टू की मशहूर पान की दुकान थी जहाँ पान-सिगरेट बिरादरी की लगभग सारी चीज़ें मौजूद थीं। दो-चार लोग लगातार वहाँ जमे हुए थे। ढाबे की बायीं तरफ़ के होटल से फ़िश फ्राई की ख़ुशबू आ रही थी। बस स्टॉप के पीछे पेड़ की आड़ में एक लड़का और लड़की एक-दूसरे में खोये थे।

काउंटर पर टोकन लेने के बाद राजीव भैया ने बग़ल में खड़े ढाबा ब्वॉय सन्तोष को दो चाय और समोसा देने को कहा। चाय-समोसा लेकर दोनों ढाबे की दायीं तरफ़ एक ख़ाली जगह पर बैठ गये। सामने वाली सीमेंटेड स्लैब्स पर पाँच-छह लोग बैठे थे और तेज़ आवाज़ में किसी टॉपिक पर बहस कर रहे थे। थोड़ी दूर पर वैसी ही एक जगह पर चार लड़कियाँ बैठ कर गप्प मार रही थीं, उनके हाथ में सिगरेट और कोल्ड ड्रिंक थी। बग़ल से गुज़र रहे एक लड़के ने राजीव को देखकर हाथ उठाया।

‘और सब बढ़िया?’

‘हाँ, यार सब ठीक ही चल रहा है।’, राजीव ने कहा।

‘तुम्हारे मन में यहाँ का माहौल देखकर तरह-तरह के सवाल उठ रहे होंगे। है ना?’

‘हाँ भैया। ये कुछ अलग ही माहौल है। सेंट ज़ेवियर में भी हम लोग बैठकी किया करते थे, लेकिन ऐसा नहीं था कि लड़की आराम से सिगरेट पी रही है, लड़का-लड़की एकदम खुलकर बातें कर रहे हैं।’

‘हाँ, कुछ दिन में तुमको भी आदत पड़ जायेगी। और क्या पता तुम भी अपनी गर्लफ्रेंड को लेकर यहाँ आने लगो। बाइक वाले लड़कों की लड़कियाँ जल्दी दोस्त बन जाती हैं वैसे।’

'अरे क्या भैया! पर है बहुत मस्त जगह। लगता है ख़ूब मज़ा आने वाला है।'

'जानते हो, यहाँ इतने लोग बैठे दिखायी पड़ रहे हैं न, पर सब जेएनयू के नहीं हैं। शाम के समय बाहर के भी लोग गंगा ढाबे की रौनक़ देखने चले आते हैं। कुछ शोहदे टाइप के लड़के भी होते हैं जिन्हें लगता है कि गंगा ढाबे पर जेएनयू की लड़की पटायी जा सकती है। कई बार बाहर वालों के साथ इन्हीं सब हरकतों की वजह से मार भी हो चुका है।'

'यहाँ गंगा ढाबा पर ही?'

'हाँ, पर भीतर कैंपस में सिक्योरिटी रहती है। आते समय गेट पर तुमने देखा ही होगा। कुछ वैसा बड़ा नहीं होता है। सिक्योरिटी वाले तुरन्त मामले को शान्त कर देते हैं।'

'चाय पी लिए ना, चलो अब चलते हैं। यहाँ का माहौल तो देख ही लिए अब थोड़ा गोदावरी ढाबे का नज़ारा भी देख लो।'

पाँच मिनट में ही उनकी बाइक गोदावरी और कावेरी हॉस्टल के बीच ऊँचाई वाली जगह पर रुकी थी। वहाँ भी गंगा ढाबे की तरह ही रौनक़ थी। ढाबे के सामने बैठे लड़के-लड़कियाँ चाय की चुस्की के साथ आपस में बातें कर रहे थे। मामू के जूस कॉर्नर की बायीं तरफ़ पेड़ के नीचे लड़कियों की एक टोली बैठी थी। उनमें कई लड़कियाँ शॉर्ट्स और टीशर्ट में थीं। एक-दो ने ही सलवार-कुर्ता पहना था। पास खड़े लड़कों की नज़र उन्हीं अल्ट्रा मॉडर्न टाइप लड़कियों पर थी और लड़कियाँ भी बीच-बीच में लड़कों की तरफ़ देख ले रही थीं।

'तो ये है गोदावरी ढाबा जिसे नीलगिरी ढाबा भी कहते हैं। थोड़े दिनों में जब तुम्हारी दोस्ती का दायरा बढ़ेगा तो तुम भी यहाँ की किसी मण्डली में शामिल हो जाओगे। वो सामने पेरियार हॉस्टल है। दिलचस्प कहानियाँ हैं इस हॉस्टल की। चलो अब चला जाये!'

'हाँ भैया चलते हैं अब।' बाइक चल पड़ी थी। वैसे नील इतनी जल्दी वापस नहीं जाना चाहता था, पर घड़ी पर नज़र पड़ी तो हैरान हो गया।

'पौने आठ बज गया भैया। इतनी जल्दी समय बीत गया।'

'अरे यही तो ब्यूटी है जेएनयू की। यहाँ नौ साल कैसे गुज़र जाता है पता ही नहीं चलता।', राजीव भैया ने हँस कर कहा।

'जानते हो क़िस्सा है कि एक बार एक लड़का जेएनयू घूमने आया और जब लौटने लगा तो रास्ता भूल गया। फिर उसने एक सीनियर टाइप लड़के से पूछा कि बाहर निकलने का रास्ता किधर से है? तो पता है उस सीनियर ने क्या कहा?'

'क्या कहा भैया?'

'बोला कि अरे बाहर का रास्ता तो हम भी पिछले नौ साल से ढूँढ रहे हैं, पर मिल ही नहीं रहा। आपको मिल जाये तो हमें भी ज़रूर बताइयेगा।' सुनकर नील हँस पड़ा था।

6

सुबह ब्रेकफ़ास्ट के बाद नील जल्दी-जल्दी तैयार हो रहा था। उसके ज़ेहन में ऐडमिशन का रोमांच जो था। राजीव भैया ने बताकर एक्साइटमेंट और बढ़ा दिया था। हल्की नीली शर्ट, जीन्स, रीबॉक का सफ़ेद स्पोर्ट्स शू। बालों को बहुत क़रीने से झाड़ लिया था उसने।

'बड़ा जल्दी तैयार हो गये?'

'हाँ भैया। जाकर जल्दी से ऐडमिशन ले लेते हैं। आप तो हॉस्टल में ही रहेंगे ना?'

'हाँ हाँ, आज कहीं का प्रोग्राम नहीं है। तुम बोलोगे तो तुम्हारे साथ चल भी सकते हैं।'

'कोई दिक़्क़त होगी तो आकर बुला लेंगे भैया, या रिसेप्शन पर फ़ोन कर देंगे।'

'हाँ, अब तो तुम सब देख ही लिए हो। कोई परेशानी हो तो बताना। जाओ देखो जेएनयू में ऐडमिशन कैसे होता है। इसी प्रोसेस में डिपार्टमेंट भी देख लोगे। चलो ऑल द बेस्ट।'

'थैंक्यू भैया।'

सवा दस तक नील अपनी बाइक से ऐडमिनिस्ट्रेटिव ब्लॉक पहुँच गया। वहाँ लड़के-लड़कियों की अच्छी-खासी भीड़ नज़र आ रही थी। बाइक पार्किंग में लगाकर जैसे ही वो क़रीब पहुँचा, कई लोग उसे बुलाने लगे।

'न्यू ऐडमिशन? यहाँ आओ। हम तुम्हें सारी जानकारी देते हैं। हम बतायेंगे कि क्या करना है।'

'माई नेम इज़ अतुल। मेरे साथ आओ। ऐडमिशन का पूरा प्रोसेस बताता हूँ।'

नील कुछ समझ पाता उससे पहले ही उसने ख़ुद को अतुल के साथ एक काउंटर पर खड़ा पाया था।

'देखो वहाँ भीतर कॉल लेटर दिखाकर पेमेंट करना है। वहीं से फ़ोलियो मिलेगा...लेकर आओ तो हम भरने में तुम्हारी मदद करेंगे। जाओ और जल्दी आओ। मैं यहीं तुम्हारा इन्तज़ार कर रहा हूँ।'

नील ने नज़रें घुमाकर देखा। कई छोटे-छोटे टेंट लगे थे जिनमें अलग-अलग छात्र संगठनों का नाम लिखा था। आइसा, एनएसयूआई, एबीवीपी, एसएफ़आई आदि-आदि। अतुल एनएसयूआई से थे। जैसे ही वो फ़ोलियो लेकर लौटा, अतुल ने उसे अपने पास बुला लिया।

'लाओ फ़ोलियो दो।', और वो पूछ-पूछ कर उसे भरने लगे। छह फ़ोलियो थे जिन्हें भरना था। अतुल ने पूरी गम्भीरता से फ़ोलियो पूरा करने में उसकी मदद की। फिर उसे बताया, 'अब डिपार्टमेंट में जाना है। शॉर्टकट रास्ता इधर से है...पर तुम शायद बाइक से हो, तो रिंग रोड होकर जाना होगा। समझ गये ना?'

'जी, समझ गया। थैंक्यू सर, बहुत शुक्रिया आपका।'

'अरे इसमें थैंक्यू की कोई बात नहीं, बस इलेक्शन के समय हमें याद रखना। मेरा नाम अतुल कुमार है और मैं एनएसयूआई से हूँ। हिस्ट्री में पीएचडी कर रहा हूँ। अच्छा लगे तो वोट एनएसयूआई को ही देना। वैसे कोई दबाव नहीं है।', अतुल मुस्कुरा रहे थे।

आभार व्यक्त कर नील बाइक की तरफ़ बढ़ा, तभी नीले रंग की बड़ी-सी कार थोड़ी दूरी पर रुकी। एक बेहद सुन्दर लड़की बाहर निकली। हल्के पीले रंग का सलवार-कुर्ता...सामान्य से ऊँचा क़द...गोरा रंग...हवा में लहराते लम्बे बाल। लाल दुपट्टा उसने पीछे की तरफ़ रखा था। ब्राउन कलर की गॉगल

उसके व्यक्तित्व में चार चाँद लगा रही थी। वो नील की तरफ़ ही बढ़ी आ रही थी। नील अपलक उसे देखता रह गया। 'क्या ख़ूबसूरत लड़की है? जेएनयू में ऐसी सुन्दर लड़कियाँ भी पढ़ती हैं?' लड़की बिल्कुल सामने आ गयी थी और उसने भी आकर्षक व्यक्तित्व वाले नील को आँखें भरकर देखा था। नज़रें मिलीं और थोड़ी देर तक मिली ही रह गयीं। लड़की आगे बढ़ गयी, पर नील को जैसे कुछ हो गया था। उसके पैर ठिठक से गये थे। वो बाइक की तरफ़ बढ़ने की बजाये वहीं से लड़की को देखता रहा। थोड़ी दूर जाकर वो मुड़ी और नील को देखकर मस्कुरायी। जीवन में हुई इस नयी घटना के संकेतों को नील समझ पाता उससे पहले ही छात्र संगठन की कई कार्यकर्ताओं ने लड़की को घेर लिया था। उसके साथ भी वही फ़ीस और फ़ोलियो वाली प्रक्रिया दोहराई जा रही थी। प्रक्रिया समझने के बाद लड़की बिल्डिंग के भीतर जाने लगी थी, पर उसने न जाने क्यों एक बार फिर मुड़कर प्यार भरी नज़रों से नील को देखा। थोड़ी दूर चली गयी थी वो, पर उसके देखने ने नील को बेचैन कर दिया था। लड़की अब बिल्डिंग के भीतर जा चुकी थी। नज़रों के इस खेल से हैरान नील को याद आया कि उसे डिपार्टमेंट जाकर आगे की प्रक्रिया पूरी करनी है। पर मन ने कहा कि 'थोड़ा और रुक जाने में कोई हर्ज़ नहीं है।' फिर ख़याल आया कि वो जेएनयू क्या करने आया है और ये क्या कर रहा है। उसने बाइक स्टार्ट की और डिपार्टमेंट की ओर बढ़ गया। पर नज़रों के खेल का एक मीठा-सा एहसास उसके ज़ेहन में रह गया था। स्कूल ऑफ़ लैंग्वेजेज़ की पार्किंग में बाइक खड़ीकर वो भीतर पहुँचा तो देखा काउंटर पर भीड़ लगी है। तमाम छात्र अपने-अपने फ़ोलियो के साथ लाइन में खड़े थे।

'यहाँ का प्रोसेस क्या है?', उसने स्मार्ट से नज़र आ रहे एक लड़के से पूछा।

'कौन-सा सब्जेक्ट है गुरु?', जीन्स और खादी का सफ़ेद कुर्ता पहने उस लम्बे लड़के ने पलटकर पूछा।

'हिन्दी।'

'अरे वाह! मैं भी हिन्दी में ही हूँ...हलो! ', उसने हाथ आगे बढ़ाया था।

'मुकुन्द नाम है मेरा। मुकुन्द शर्मा।'

'मैं नील, नील माधव पाण्डे।', आँखों में आँखें डालकर नील ने गर्मजोशी से मुकुन्द से हाथ मिलाया था।

'नाइस मीटिंग, नील।'

'सेम हियर।', नील को मुकुन्द से मिलकर बहुत अच्छा लगा था। सुदर्शन काया वाला आकर्षक व्यक्तित्व।

'नील, पहले डिपार्टमेंट में जाकर फ़ोलियो इनिशियल करा लो, फिर यहीं बाहर काउंटर पर सेमेस्टर की फ़ीस जमा करनी है और अपना फ़ोलियो रखकर बाक़ी अलग-अलग जगह जमा करा देना है, जैसेकि लाइब्रेरी, डीन ऑफ़िस, हॉस्टल। आओ मेरे साथ, मैं करवाता हूँ।' नील मुकुन्द के पीछे-पीछे चल पड़ा था।

थोड़ी देर में ही सारा काम होने के बाद मुकुन्द ने कहा, 'चलो अब तुम हो गये जेएनयू के स्टूडेंट। मंडे से क्लास शुरू।'

'तुम्हें तो सब पहले से ही पता है, तुम्हारी वजह से काम फ़टाफ़ट हो गया।'

'अरे मैं बीते तीन महीने से यहीं सतलज हॉस्टल में अपने एक सीनियर के साथ रहकर एंट्रेंस की तैयारी कर रहा था, इसलिए कैंपस के बारे में मुझे सब कुछ मालूम है। मैंने तो ऐडमिशन भी पहले ही ले लिया है। घूमने आया हूँ सेंटर।'

'ये तो बड़ी अच्छी बात है।'

'चलो कैन्टीन में चाय पिलाता हूँ तुमको।', नील, मुकुन्द के साथ हो लिया था।

'ऑफ़िस तो तुमने देख ही लिया है। एमए का क्लास रूम उधर कोने में है। वहीं से नीचे बेसमेंट में जाकर कैन्टीन है। फ़ोटोकॉपी वग़ैरह भी यहीं हो जाता है। वो देखो उस जगह।'

कैन्टीन में ठीक-ठाक भीड़ थी। पूरा कोलाहल। लड़के-लड़कियाँ चाय-समोसे के साथ ख़ूब ज़ोर-ज़ोर से बातें कर रहे थे। मुकुन्द ने कैन्टीन वाली आंटी को पैसे दिये और दो कप चाय और समोसे की डिमांड की।

'समोसा कितना?'

'दो ही आंटी।'

दोनों कैन्टीन से सटे कॉरीडोर में आ गये थे। वहाँ टेबल और बैठने के लिए बेंच रखी थी। ऊँची हाइट वाली राउंड टेबल भी थी जहाँ खड़े होकर स्नैकिंग और चाय का लुत्फ़ लिया जा सकता था।

'चलो वहाँ चलते हैं और खड़े होकर चाय पीते हैं। माहौल भी तुम्हें समझ में आयेगा।', मुकुन्द ने कहा, फिर पूछा, 'और, कहाँ से हो?'

'राँची से।'

'और तुम?'

'मैं लखनऊ से हूँ।' तभी तीन और लड़के उनकी तरफ़ चलकर आये।

'का भाई मुकुन्द, अकेले-अकेले मज़े ले रहे हो! हमें चाय नहीं पिलाओगे?'

'अरे आओ-आओ दोस्तों। नील, इनसे मिलो। ये पुष्कर त्रिपाठी है, इलाहाबाद से, अंकित सिंह बनारस से और ये हैं महापढ़ाकू प्रांजल राय। ये भी बनारस से हैं। और ये है नील माधव पाण्डे, राँची से।' नील ने तीनों से हाथ मिलाया था।

मुकुन्द उनके लिए चाय लेने चला गया था। पेमेंट करने के बाद चिल्लाया, 'भाई लोग, यहाँ आकर चाय-समोसा ले लो, मैं सबके लिए तो नहीं ला सकता।' तीनों भाग कर उसके पास चले गये थे।

'तुम इन लोगों को कैसे जानते हो मुकुन्द?'

'अरे जेएनयू में ऐडमिशन के लिए पन्द्रह दिन की कोचिंग करायी जाती है। हम सब उसी कोचिंग में मिले थे। तभी से गाढ़ी दोस्ती हो गयी हमारी।'

'मैं वही सोच रहा था कि तुम पहले से ही इतने लोगों को जानते हो, कुछ तो बात है।'

'अब तक हिन्दी डिपार्टमेंट में हम चार पक्के दोस्त थे और अब तुम भी ग्रुप में शामिल हो गये हो।'

'और भाई नील, देखने में तो जबर स्मार्ट हो। गर्लफ्रेंड तो रही ही होगी तुम्हारी राँची में?', प्रांजल ने कन्धे पर हाथ रखते हुए पूछा। अचानक पूछे गये इस सवाल के लिए नील क़तई तैयार नहीं था।

'नहीं, ऐसा तो कुछ नहीं था दोस्त।'

'अरे, बनो मत। चन्द्रचूड़ सिंह जैसी पर्सनैलिटी पर कोई न कोई तो मरा ही होगा गुरु।', अंकित ने चुटकी ली।

'अरे यार, ऐसा कुछ नहीं था।'

'साले, तुम लोग पहले ही दिन पाण्डे की रैगिंग करने लगे। आज पहला दिन है उसको साँस तो ले लेने दो...और अगर पाण्डे पर कोई अब तक नहीं मरा है तो अब मर जायेगा। इसमें कौन-सी बड़ी बात है।', मुकुन्द की इस बात पर सब हँस पड़े थे।

'चाय ख़त्म हो गयी। चलो-चलो ऊपर देखते हैं। पता तो चले और कौन-कौन आया है हिन्दी डिपार्टमेंट में।', मुकुन्द ने कहा।

'हाँ हाँ, चलो-चलो।', सबकी मिली-जुली आवाज़ सुनायी पड़ी थी।

पाँचों जब एसएल के कॉरीडोर से होते हुए बाहर पहुँचे तो काउंटर पर वैसे ही भीड़ लगी थी। पाँचों वहीं सीढ़ियों के सामने खड़े हो गये।

'का हो मुकुन्द, ऐडमिशन हो गया?' सामने से आते एक सीनियर ने पूछा।

'जी सर। हो गया ऐडमिशन।'

'तो जाओ घूमो-फिरो, मज़े करो जेएनयू में। अब क्या है।'

'हाँ, सर जाते हैं।' सीनियर आगे बढ़ गया था।

तभी एक लड़का बदहवास-सा उनके पास पहुँचा। छोटा क़द, लगभग मुंडे हुए बाल। दुबला-पतला शरीर। बेहद घबराया हुआ।

'सर ये कार्ड कहाँ जमा होगा, आपको पता है?' उसने बहुत जल्दी-जल्दी पूछा।

'नया ऐडमिशन है? किस डिपार्टमेंट में हो?', अंकित ने पूछा।

'हिन्दी में।'

'अच्छा अच्छा...सहपाठिये हो।', मुकुन्द ने कहा।

'आप भी हिन्दी में हैं क्या?', वो मुस्कुरा पड़ा था। उसकी घबराहट थोड़ी कम हुई थी।

'हम सब हिन्दी में ही हैं यार। क्या नाम हुआ तुम्हारा?'

'देवेन्द्र प्रसाद। और आप लोग?' मुकुन्द ने सबका परिचय करवाया था।

'अबे प्रांजल, जाकर थोड़ा देवेन्द्र को बता दो कि क्या करना है। हम लोग यहीं खड़े हैं। जल्दी से आओ तो फिर थोड़ा घूमा-फिरा जाये, मज़ा लिया जाये।' मुकुन्द ने प्रांजल का कन्धा दबाते हुए कहा। प्रांजल, देवेन्द्र के साथ डिपार्टमेंट की तरफ़ चला गया था।

तभी एक सुन्दर-सी लड़की तेज़ क़दमों से सामने से आती नज़र आयी। सफ़ेद सलवार कुर्ता, लाल रंग का दुपट्टा। गोल चेहरा, गेहुआँ-गोरा रंग। आकर्षक कमनीय काया। आँखों में गहरा काजल। बोलती, चंचल आँखें। मुस्कुराता चेहरा। चारों दोस्त एकटक उसे देखते रह गये।

'अरे ग़ज़ब सुन्दर है यार। काश हिन्दी में होती तो मज़ा ही आ जाता।', मुकुन्द ने आहें भरते हुए कहा।

'अबे ये मेरी वाली है। तुम सब अपनी भाभी समझो। कोई इसको किसी और नज़र से नहीं देखेगा।' मुकुन्द ने नील, अंकित और पुष्कर की ओर देख कर कहा। सब एक साथ हँस पड़े थे।

'अरे पहले आ तो जाने दो। अभी तो ये भी नहीं पता कि न्यू ऐडमिशन है कि नहीं। है भी तो किस डिपार्टमेंट में है। और तुम शादी के मंडप तक पहुँचने को उतावले हो रहे हो।', पुष्कर ने खिंचाई करते हुए कहा।

लड़की सीधा उन्हीं की तरफ़ आयी। 'हलो! मेरा नाम वसुधा है, वसुधा मिश्रा। हिन्दी सेंटर में ऐडमिशन लेने आयी हूँ। क्या आप बता सकते हैं, कहाँ जाना होगा और क्या प्रोसेस है?' चारों दोस्त इतने बोल्ड इंटरैक्शन के लिए क़तई तैयार नहीं थे। थोड़े हड़बड़ा से गये।

'हाँ हाँ, क्यों नहीं। हम सब भी हिन्दी में ही हैं, एमए फ़र्स्ट सेमेस्टर। ये नील है, ये अंकित, ये पुष्कर और मैं मुकुन्द।' वसुधा ने सबसे हाथ मिलाया था।

'आपसे मिलकर बहुत अच्छा लगा।', मुकुन्द ने कहा।

'आपसे? हम तो एक ही साथ पढ़ रहे हैं ना, तो फिर इतना आदर-सम्मान क्यों? तुम लोग मुझे भी 'तुम' ही बुलाओगे तो अच्छा लगेगा मुझे।'

'हाँ वसुधा ये ठीक है। हम तुम्हें तुम ही बुलायेंगे। चलो तुम्हें बताता हूँ कि ऐडमिशन के लिए क्या करना है।' मुकुन्द ने आगे बढ़कर कहा।

'आता हूँ दोस्तों वसुधा को बताकर। तुम लोग यहीं रुकना। तब तक प्रांजल भी आ जायेगा।' मुकुन्द झटककर वसुधा के साथ डिपार्टमेंट की ओर चला गया था। जाते हुए पीछे मुड़कर मुस्कुराया भी था।

'मुकुन्द का तो लगता है वसुधा पर गम्भीर रूप से दिल आ गया है। पहली नज़र का प्यार टाइप मामला है।', अंकित ने कहा।

'क्यों नहीं? प्यार ऐसे ही तो होता है। कौन जाने कहीं सच में दोनों एक-दूसरे के लिए गम्भीर हो जायें। वैसे इतनी जल्दी निष्कर्ष पर नहीं पहुँचा जा सकता।', नील ने सँभलते हुए कहा।

'जो भी हो डिपार्टमेंट में कम से कम एक सुन्दर लड़की तो आ ही गयी है।', पुष्कर ने सबसे ज़रूरी इन्फ़ॉर्मेशन दिया।

'क्यों, ऐसा क्यों कह रहे हो?', नील ने पूछा।

'अरे यार, जेएनयू का हिन्दी सेंटर बदनाम है कि यहाँ सुन्दर लड़कियाँ नहीं आती हैं। और अगर ग़लती से कोई आ गयी तो क्या सीनियर, क्या जूनियर...सब साला उसी पर लाइन मारने लगता है, उसको ख़ुश करने में जुट जाता है। लड़की की तो चाँदी हो जाती है। साला लड़का लोग का बुरा कट जाता है। और कुछ समय बाद पता चलता है कि मोहतरमा का दूसरे डिपार्टमेंट के किसी लड़के से इश्क़ हो गया है। वो लगातार उसके साथ नैन-मटक्का करती पायी जा रही है और हिन्दी डिपार्टमेंट के तमाम मजनूँ हाथ पर हाथ धरे बैठे हैं। कोचिंग के दौरान पता चली थी ये सारी कहानी।', पुष्कर ने विस्तार से प्रसंग की व्याख्या कर दी थी। सब हँस पड़े थे।

'मुकुन्द और प्रांजल आते हैं तो हॉस्टल अप्लाई करने चलते हैं।', नील ने कहा।

'हाँ हाँ, हॉस्टल भी आज ही अप्लाई करना होगा नहीं तो पता नहीं कौन-सा हॉस्टल मिले। कुछ सोचा है कौन-सा हॉस्टल लेना है।' पुष्कर ने पूछा।

'नहीं, अभी तो ब्रह्मपुत्रा में एक भैया के साथ रह रहा हूँ। वो कह रहे थे कि कावेरी अप्लाई करना। कैसा हॉस्टल है कावेरी?'

'हमें भी कोई बहुत इंटर्नल जानकारी नहीं है, लेकिन सब कहते हैं कि कावेरी, पेरियार और सतलज अच्छे हॉस्टल हैं।', अंकित ने बताया। तब तक मुकुन्द और प्रांजल सामने से आते नज़र आये।

'भाभीजी को कहाँ छोड़ आये दोस्त?', अंकित ने चुटकी ली।

'साले, मज़ाक़ बना रहे हो। वक़्त आयेगा तो वो भी होगा। चिपकू समझे हो बे...लड़की देखी नहीं कि लग गये उसके पीछे-पीछे। ध्यान था मुझे कि तुम लोग इन्तज़ार कर रहे हो। वसुधा को बता दिया है सब, वो डिपार्टमेंट में ही है। काफ़ी मिलनसार है। वहीं काका और दीदी से बात कर रही है। क्लास में तो मुलाक़ात होगी ही।' मुकुन्द ने सफ़ाई दी।

'हाँ, ये बात तुम मर्दानगी वाली कर दिये हो। इज़्ज़त बढ़ गयी तुम्हारे लिए। चलो पहले नील का हॉस्टल अप्लाई कर दिया जाये।', मुकुन्द ने कहा।

'तुम लोग कौन सा हॉस्टल ले रहे हो?' नील ने पूछा।

'हम तीनों ने पेरियार पहला चॉइस दिया है, चाहो तो तुम भी दे दो। वैसे मिल जाये ये ज़रूरी नहीं। जहाँ ख़ाली होता है, वहीं दे देते हैं। चलो पहले ऐप्लीकेशन तो डालें!' सब डीन ऑफ़िस की तरफ़ बढ़ गये थे। वहाँ जाकर पता चला कि कावेरी और पेरियार के लिए सबसे ज़्यादा छात्रों ने दिलचस्पी दिखायी है, ऐसे में इन दोनों हॉस्टल का मिल पाना मुश्किल ही था। कावेरी के लिए ऐप्लीकेशन डालने के बाद मुकुन्द ने कहा, 'अब क्या कर सकते हैं, पहले लिस्ट आने देते हैं, फिर सोचा जायेगा।'

'हाँ, ये भी ठीक बात है। चलो भाई लोग खाने का टाइम हो गया है, लाइब्रेरी कैन्टीन चलकर लंच किया जाये?', अंकित ने प्रस्ताव दिया।

'हाँ चला जाये लाइब्रेरी कैन्टीन, नील देख भी लेगा।', मुकुन्द ने कहा। डीन ऑफ़ स्टूडेंट के दफ़्तर से पैदल लौटते हुए मुकुन्द ने नील को सेंट्रल लाइब्रेरी दिखायी।

'राजीव भैया ने भी कल रिंग रोड से दिखाया था।'

'बाद में भीतर से देख लेना, अभी तो भूख लग रही है, कैन्टीन ही चलते हैं।', पुष्कर ने पेट पर हाथ फेरते हुए कहा।

'नील, दिल में यूपीएससी का सपना लेकर तो नहीं आये?', मुकुन्द ने पूछा।

'हाँ क्यों नहीं? वही सपना लेकर तो आया हूँ दिल्ली और इसके लिए जेएनयू से अच्छी जगह क्या हो सकती है।'

'तो लो लाइब्रेरी के पीछे की ये जगह देख लो। इसको धौलपुर हाउस कहते हैं। यूपीएससी वाले यहीं बैठकर तैयारी करते हैं। अब तुम्हारा ठिकाना भी यही होगा।', मुकुन्द ने कहा।

'ये तो बहुत अच्छी बात है। मैं भी यहीं पढ़ा करूँगा। पर क्या मेन लाइब्रेरी में नहीं पढ़ सकते?'

'नहीं, मेन लाइब्रेरी में अपनी किताब नहीं ले जा सकते। वहाँ बैठकर लाइब्रेरी की ही किताब पढ़ सकते हैं।' अंकित ने कहा।

'अच्छा अच्छा। समझ गया।' वे लाइब्रेरी कैन्टीन पहुँच गये थे।

‘भीतर बैठें कि बाहर?’, पुष्कर ने पूछा।

‘मौसम तो वैसे ठीक है, लेकिन गर्मी बहुत लग रही है। उमस भी है। भीतर ही बैठते हैं।’, मुकुन्द ने सलाह दी। पाँचों दोस्त भीतर चले गये और एक ख़ाली टेबल पर जगह ले ली गयी। एक कुर्सी कम पड़ रही थी तो उसे बग़ल वाली टेबल से खींच लिया गया।

‘क्या सिस्टम है यहाँ का? आज की ट्रीट मेरी तरफ़ से।’, नील ने कहा।

‘अरे तुम अभी जेएनयू में गिरे ही हो, बहुत मौक़े आयेंगे खिलाने-पिलाने के। आज तुम रुको बे। आज सबको खाना मैं खिला रहा हूँ। बताओ कौन क्या खायेगा।।’, काउंटर की ओर जाते हुए मुकुन्द ने पूछा।

‘क्या-क्या मिलता है यहाँ?’, नील ने पूछा।

‘सब कुछ मिलता है। जाओ तुम भी आज का मेन्यू देख लो।’, पुष्कर ने कहा।

‘मेरे लिए मसाला डोसा।’ अंकित ने कहा।

‘मैं अनियन उत्तपम लूँगा।’, पुष्कर की आवाज़ आयी।

‘मेरे लिए इडली और दालबड़ा ले लेना।’, प्रांजल चिल्लाया।

तब तक नील ने काउंटर पर हाथ से लिखा मेन्यू कार्ड पढ़ लिया था।

‘यार, मैं भी मसाला डोसा ले लूँगा।’, नील ने कहा।

‘सब मसाला डोसा खा रहे हैं तो मैं भी वही ले लेता हूँ।’ ऑर्डर देकर दोनों टेबल पर लौट आये।

‘सब कुछ क्या यहीं आ जायेगा?’, नील ने पूछा।

‘नहीं तैयार होने के बाद काउंटर से आवाज़ आयेगी। देखो किसी का डोसा तैयार हो गया है। वो चिल्ला रहा है।’, पुष्कर ने हाथ के इशारे से बताया।

पाँच-सात मिनट बाद ऑर्डर तैयार होने की कॉल लग गयी थी। मुकुन्द, प्रांजल और पुष्कर जाकर सबका ऑर्डर ले आये थे।

‘यार बड़ा सस्ता है यहाँ सब कुछ। मसाला डोसा आठ रुपये में। मुझे तो यक़ीन ही नहीं हो रहा।’, नील ने हैरान होते हुए कहा।

‘ये जेएनयू है दोस्त। यहाँ सब कुछ बाज़ार से सस्ता मिलता है। ऐसे ही नहीं कैंपस के बाहर रह कर पढ़ाई करने वाले लड़के भी खाना खाने कैन्टीन चले आते हैं।’, मुकुन्द ने कहा।

'हाँ, मैंने ब्रह्मपुत्रा के मेस में देखा कि कुछ लोग मेरी ही तरह कूपन कटाकर खाना खा रहे थे।'

'अभी तो हम लोग भी कूपन कटाकर ही खाना खा रहे हैं। हॉस्टल मिलने के बाद ही मेस का खाना मिलेगा ना?', प्रांजल ने कहा। खाना खाने के बाद सबने चाय-कॉफ़ी पी और फिर बाहर निकल आये।

'मेरी बाइक उधर एसएल की पार्किंग में खड़ी है।', नील ने बताया।

'अरे तुम बाइक रखे हो। बेटा तुम्हारे तो मज़े हैं। जेएनयू में बाइक वालों की गर्लफ्रेंड बहुत जल्दी बन जाती है...और नील तो स्मार्ट भी है।', मुकुन्द ने चुटकी ली।

'अरे क्या यार! तुम भी ना!' नील ने मुस्कुराते हुए कहा।

'ठीक है हम लोग तो झेलम और सतलज में गेस्ट रह रहे हैं। मिलते हैं जल्दी ही।' मुकुन्द ने कहा।

'मंडे को क्लास में मिलते हैं।', नील ने कहा।

'वैसे तुम्हारे पास बाइक है। अगर मिड कैंपस आओ तो देख लेना हम लोगों को सतलज या झेलम में। मैं सतलज में रूम नम्बर दस में रह रहा हूँ।' मुकुन्द ने बताया।

'ठीक है अगर आया तो आ जाऊँगा मिलने। आ ही जाऊँगा। हॉस्टल में बैठकर क्या करूँगा।',

'अगर सब लोग तैयार हों तो शाम में चला जाये प्रिया में मूवी देखने। 'हम दिल दे चुके सनम' देख लिए हो?', मुकुन्द ने पूछा।

'नहीं, वैसे आइडिया अच्छा है। चला जा सकता है।' नील ने कहा। सब तैयार हो गये थे।

छह से नौ वाले शो के लिए शाम पाँच बजे गंगा ढाबे पर मिलने का प्रोग्राम बन गया। लौटकर वहीं अण्डा पराठा खाना था। नील ने ब्रह्मपुत्रा लौटकर राजीव भैया को सारी बातें बतायीं।

'अरे तुम्हारा अनुभव तो ज़्यादा ही बढ़िया रहा। पहले ही दिन चार अच्छे दोस्त मिल गये। सारा काम भी कर आये। काफ़ी जल्दी जेएनयू ने अपना लिया तुमको। लाइब्रेरी कैन्टीन कैसा लगा?'

'अरे भैया, शानदार जगह है। खाने-पीने की चीज़ें भी बहुत सस्ती हैं।'

'हाँ, यहाँ ढाबे और कैन्टीन वालों को कॉन्ट्रैक्ट इसी आधार पर मिलता है कि वो चीज़ें बाज़ार भाव से सस्ती बेचेंगे। इसीलिए तो जेएनयू में बहुत ख़र्च नहीं होता...और जिन छात्रों को जेआरएफ़ मिल जाता है, उनके तो क्या कहने। सबसे पहले सब बाइक ख़रीदते हैं। खैर, तुम्हारे पास तो पहले से ही बाइक है।'

'और धौलपुर हाउस भी देख लिए भैया। वहाँ जाकर पढ़ेंगे।'

'तुम्हारा दोस्त लोग तो बड़ा जानकार है। एक दिन में ही बहुत कुछ बता दिया।'

'हाँ, वे लोग पहले से एंट्रेंस की कोचिंग के लिए यहीं रह रहे थे, इसलिए उनको सब पता है।'

'चलो ये भी अच्छा रहा। एक तरह से मेरी चिन्ता थोड़ी और कम हो गयी।'

'हाँ भैया। शाम को उन लोगों ने फ़िल्म जाने का भी प्रोग्राम बना दिया है। कोई प्रिया सिनेमा है, वहीं।'

'बड़ा ही तेज़ चल रहा है सब कुछ। पर एक तरह से अच्छा भी है। शुरुआत में ही जेएनयू में लगता है कि कहाँ आ गये। दोस्त बनने में टाइम लगता है। और अभी तो क्लास भी शुरू नहीं हुई है तुम्हारी। जाओ देख आओ। कौन-सी फ़िल्म जा रहे हो 'हम दिल दे चुके सनम'?'

'हाँ भैया।'

'हाँ, बहुत अच्छी फ़िल्म है, जाओ देख लो।'

'अच्छा भैया।'

फिर राजीव दोपहर बाद की नींद लेने लगे थे। कुछ और समझ में न आता देख नील भी थोड़ी देर के लिए सो गया था।

7

नील को दिन में सोने की आदत नहीं थी। थोड़ी देर में ही उठ गया। कुछ देर इधर-उधर करता रहा। बाहर जाकर स्टैंड पर लगा पेपर पढ़ आया। टीवी रूम

में झाँक कर देखा तो कुछ लड़के नज़रें गड़ाकर फ़ैशन टीवी देख रहे थे। मेस के कर्मचारी डिनर बनाने से पहले गपियाते हुए चाय पी रहे थे।

पौने पाँच बजे नील तैयार होने लगा और राजीव भैया को बताकर निकल गया। मुकुन्द और अंकित गंगा ढाबे पर पहुँच गये थे। पुष्कर और प्रांजल अभी नहीं आये थे। बाइक वहीं साइड में खड़ीकर तीनों इन्तज़ार करने लगे। पाँच मिनट के भीतर ही वे लोग भी आ गये।

'मैं और नील आगे जाकर टिकट लेते हैं। तुम लोग पैदल पहुँचो।' मुकुन्द ने कहा।

'हाँ, ठीक है हम लोग पीछे से आते हैं।', अंकित ने कहा।

प्रिया पहुँचकर बाइक होटल वसन्त कॉन्टिनेंटल के आगे पार्किंग में खड़ी कर दी गयी और दोनों दोस्त टिकट काउंटर पर पहुँचे। नील प्रिया के आसपास का नज़ारा देख रहा था। चकाचौंध भरा माहौल, बड़े-बड़े ब्राण्ड के आउटलेट, टीजीआई फ्राइडे। चमचमाते ग़ुब्बारे बेचती महिलाएँ। कोने में पान-सिगरेट की जगमग करती दुकान। चारों तरफ़ मॉडर्न कपड़ों में चहलक़दमी करती सुन्दर-सुन्दर लड़कियाँ। नील हैरानी भरी नज़रों से इस दृश्य का आनन्द ले रहा था। तब तक मुकुन्द टिकट लेकर आ गया।

'कितने पैसे लगे?'

'पचास रुपये।'

'पाँच टिकट केवल पचास रुपये में?'

'हाँ यार, जेएनयू का आईकार्ड दिखाने से टिकट पर डिस्काउंट मिलता है।'

'पर तुम्हारे पास तो आईकार्ड नहीं है अभी।'

'अरे सतलज के जिस कमरे में रह रहा हूँ, उन्हीं भैया से आईकार्ड ले लिया था।'

'वाह, कितनी जानकारी रखे हो तुम भाई!'

'अरे ऐसा कुछ नहीं। जेएनयू में थोड़ा पहले आने का फ़ायदा है ये सब। चलो तुमको एक राउंड दिखा दूँ, तब तक वे लोग भी पहुँच जायेंगे।'

दोनों प्रिया के एल शेप वाले मार्केटिंग कॉम्प्लेक्स में विंडो शॉपिंग करने लगे। प्रिया के बायीं तरफ़ का फ़ुटपाथ बाज़ार नील को काफ़ी आकर्षक लगा

था। रंग-बिरंगे कपड़ों में अतरंगे-से लोग ख़रीदारी कर रहे थे। सामने कॉर्नर पर ओम बुक शॉप का बोर्ड लगा था। नील को ये सारा मंज़र सम्मोहक लग रहा था। दोनों प्रिया कॉम्प्लेक्स के एंट्रेंस तक गये फिर लौट आये। तब तक प्रांजल, पुष्कर और अंकित भी पहुँच गये थे। पाँच-दस मिनट बीते होंगे कि सिनेमा हॉल का गेट खुल गया। लोग भीतर जाने लगे।

'मैं और पुष्कर जल्दी से जाकर सीट लूटते हैं, तुम लोग पहुँचो।'

'क्या मतलब?' नील ने हैरानी से पूछा।

'अरे हमारा टिकट फ्रंट स्टॉल का है ना। उसमें सीट की नम्बरिंग नहीं होती। फ्रंट स्टॉल की दस रो में से सबसे पीछे की रो में सीट मिलने पर फ़िल्म देखने में मज़ा आता है और ये आगे दौड़कर सीट लूटने पर ही सम्भव है, नहीं तो सिर ऊपर कर पूरी फ़िल्म देखनी पड़ती है।' अंकित ने ज़रूरी जानकारी साझा की थी।

'वाह, ये तो और भी दिलचस्प है। सिनेमा देखने का रोमांच और बढ़ गया है।' नील ने मुस्कुराते हुए कहा। अंकित, प्रांजल और नील हॉल के भीतर दाखिल हो गये थे। फ्रंट स्टॉल एरिया में पहुँचकर वे मुकुन्द और पुष्कर को ढूँढ़ने लगे। अँधेरे में कुछ समझ नहीं आ रहा था। तभी मुकुन्द ने आवाज़ देकर बुलाया। उन्हें फ्रंट रो की सबसे पीछे वाली पाँच सीट मिल गयी थी।

फ़िल्म देखी गयी। इंटरवल में पॉप कॉर्न भी खाया गया। फ़िल्म ख़त्म होने के बाद वे एग्ज़िट से घूमकर एक बार फिर प्रिया के सामने पहुँचे। वहाँ नौ से बारह वाले शो के लिए भारी भीड़ जमा थी। कई लोगों को तो टिकट भी नहीं मिल पायी थी।

'इधर से मैं नील के साथ जाऊँगा, तुम लोग पैदल आओ।', पुष्कर ने कहा।

'ठीक है, हम लोग पैदल बढ़ते हैं।', मुकुन्द ने तेज़ी से चलते हुए कहा।

नील और पुष्कर जब गंगा ढाबे पर पहुँचे तो वहाँ चहल-पहल थी। उन्होंने बैठने के लिए जगह तलाशनी शुरू की, पर कोई सीट ख़ाली नहीं थी। दोनों वहीं खड़े होकर जगह ख़ाली होने का इन्तज़ार करने लगे। सामने बैठी चार लड़कियाँ चाय-सिगरेट के साथ किसी अंग्रेज़ी फ़िल्म पर डिस्कशन कर रही थीं। वो काफ़ी तेज़ बोल रही थीं। 15-20 मिनट में बाक़ी तीनों भी पहुँच गये।

तब तक लड़कियाँ उठकर जाने लगी थीं। मुकुन्द दौड़कर उनकी सीट पर बैठ गया। उसकी हरकत पर लड़कियाँ हँस पड़ी थीं। 'तुम तो सीट लूट लेना चाहते हो। लगता है आगे चल कर संसद में जाओगे। क्यों?', एक लड़की ने हँसते हुए कहा।

'ऐसा कुछ नहीं है। भूख ज़ोरों की लगी है। अब बैठकर आराम से खाया जायेगा।', मुकुन्द ने मुस्कुराकर सफ़ाई दी।

'ओके-ओके। नो प्रॉब्लम। एन्जॉय।', दूसरी लड़की ने कहा। फिर चारों सिट्टू की दुकान की तरफ़ बढ़ गयी थीं।

'कौन क्या ख़ायेगा बताओ? मैं और अंकित जाकर ऑर्डर करते हैं।' नील ने पेशकश की।

'नील तो फ़िल्म देखने के बाद फ़ॉर्म में आ गया लगता है।', मुकुन्द ने कहा। सब हँस पड़े थे।

'फ़ॉर्म की बात नहीं। आज तुम लोगों के साथ दिन इतना अच्छा गुज़रा कि मज़ा ही आ गया। पता ही नहीं चला कि एक नयी जगह पर मेरा पहला दिन है। अरे याद आया। दिनभर की भागमभाग में मैं घर फ़ोन करना ही भूल गया। यहाँ कोई एसटीडी बूथ है क्या?'

'हाँ, है ना? अरावली के पास। खाना खा लो फिर जाकर फ़ोन कर लेना।', मुकुन्द ने कहा।

'ठीक है। चलो अंकित ऑर्डर कर देते हैं।'

आसमान में चमकते चाँद का दुधिया प्रकाश चारों ओर अपना सौन्दर्य बिखेर रहा था। ढाबे के चारों ओर फ़ैले दरख़्तों की सुन्दरता देखते ही बन रही थी। सिट्टू की पान-सिगरेट की दुकान पर दो-चार लोग लगातार बने हुए थे। गंगा ढाबे के बग़ल वाले जूस कॉर्नर पर आठ-दस लोग अपने ऑर्डर के तैयार होने का इन्तज़ार कर रहे थे।

थोड़ी देर में नील ने पुकारा तो मुकुन्द और पुष्कर खाना लेने चले गये। सबने अण्डा पराठे का ऑर्डर दिया था। चाय बाद में आनी थी।

'फ़िल्म काफ़ी अच्छी लगी, नहीं? अजय देवगन ने वनराज की भूमिका शानदार निभायी है।', पराठा खाते हुए मुकुन्द ने कहा।

'पर रियल लाइफ़ में ऐसा नहीं होता यार। फ़िल्म में ही ऐसे आदर्श प्रेमी होते हैं।', अंकित ने कहा।

'अरे यार प्रेम कहानियाँ भी हमारे बीच से ही तो बनती हैं। कौन-सी प्रेम कहानी क्या मोड़ लेगी ये कौन जानता है।', पुष्कर ने जोड़ा।

'हाँ, हमारी भी तो नयी ज़िन्दगी शुरू ही हो रही है कैंपस में। देखते हैं किसके भाग्य में कौन-सी लड़की है। नील का तो तगड़ा वाला अफ़ेयर होगा।', मुकुन्द ने कहा।

'और तुम्हारा नहीं! आज वसुधा वाला एपिसोड हम देख चुके हैं गुरु।', नील ने मुस्कुराते हुए कहा।

'हाँ यार, वसुधा लड़की तो अच्छी है। पर अभी मालूम नहीं कि सिंगल है कि उसका कोई ब्वॉयफ्रेंड है। देखते हैं। अगर सिंगल हुई तो मज़ा ही आ जायेगा।'

'पकाओ-पकाओ। मन में ख़ूब ख़याली पुलाव पकाओ सालों। अपनी तरफ़ से हंड्रेड पर्सेंट प्रेम करने में जाता क्या है।', अंकित ने कहा तो सब हँस पड़े।

अण्डा पराठा ख़त्म करने के बाद नील को लेकर मुकुन्द अरावली वाले एसटीडी बूथ पहुँचा। नील ने घर फ़ोन कर माँ को दिनभर का अपडेट दिया। फिर मुकुन्द को सतलज छोड़कर वो क़रीब ग्यारह बजे ब्रह्मपुत्रा पहुँचा।

'भैया बहुत मज़ा आया।' नील ने राजीव भैया से कहा।

'हाँ अच्छी फ़िल्म है एचडीडीसीएस।' नील समझ गया था कि राजीव भैया ने फ़िल्म के शॉर्ट फ़ॉर्म का इस्तेमाल किया है।

'खाना खा लिए हो?'

'हाँ भैया, गंगा ढाबा पर हम सबने अण्डा पराठा खा लिया। बड़ा मज़ा आया।'

'चलो तुम्हारा जेएनयू में बप्तिस्मा हो गया। तुम सोने की तैयारी करो, अब मैं ज़रा गंगा ढाबे से होकर आता हूँ।'

'इस वक़्त भैया?'

'अरे गंगा ढाबा रात में दो बजे तक खुला रहता है। दो घण्टे से लगातार पढ़ रहे थे, अब थोड़ा ब्रेक लेकर आते हैं। कावेरी में एक दोस्त से किताब भी लेनी है।'

नील जब बिस्तर पर गया तो दिनभर हुई तमाम घटनाएँ उसे याद आ रही थीं। उसे वो पीले सलवार-कुर्ते वाली लड़की भी याद आयी जो ऐडमिनिस्ट्रेटिव ब्लॉक के बाहर दिखी थी। लड़की का पलटकर देखना उसे रोमांचित कर गया था। 'पता नहीं कौन थी। फिर दिखी भी नहीं। जेएनयू में आज मेरा पहला ही दिन है। अगर ऐडमिशन लिया है तो कभी न कभी दिख ही जायेगी।' इन्हीं ख़यालों में डूबता-उतराता नील नींद में सरक गया था।

8

19 जुलाई, 1999

सोमवार

सेमेस्टर का पहला दिन। ख़ूब अच्छी तरह तैयार होकर नील सुबह नौ बजे क्लास रूम में पहुँचा। वहाँ पहले से ही मौजूद वसुधा, मुकुन्द, अंकित आपस में बातें कर रहे थे।

'आओ आओ नील।', मुकुन्द ने कहा। वसुधा और अंकित ने भी मुस्कुराहट के साथ 'हलो' कहा था।

'18 लोग हैं हमारी क्लास में।', मुकुन्द ने बताया।

'हाँ, आते ही होंगे बाक़ी लोग।' नील बोला। थोड़ी देर में एक-एक कर कई और छात्र आ गये थे। एक विस्मय और घबराहट का भाव सबके चेहरे पर देखा जा सकता था। मुकुन्द, नील, अंकित, प्रांजल, पुष्कर, देवेन्द्र और वसुधा आपस में मिल चुके थे। कक्षा में वसुधा के अलावा चार और लड़कियाँ थीं–रजनी, पवित्रा, पल्लवी और डॉली। इन सबके अलावा सात अन्य लड़के थे अक्षत, ऋषि, मुकेश, योगेश, विनोद, सुरेन्द्र और कल्याण। ऋषि और सुरेन्द्र पहले दिन अनुपस्थित थे।

सब एक-दूसरे से बातें कर रहे थे कि कक्षा में शिक्षक का आगमन हुआ। आते ही उन्होंने सबसे पहले दरवाज़े की कुण्डी लगा दी और फिर सभी छात्रों पर एक नज़र डाली। लम्बा क़द, गोरा रंग, करीने से सँवारे बाल। उन्होंने लाल रंग की टीशर्ट और काले रंग की पैंट पहन रखी थी। अवस्था कोई 55 वर्ष की होगी।

'स्वागत है आप लोगों का जेएनयू में। मेरा नाम प्रोफ़ेसर दुष्यन्त पराशर है। सबसे पहले आप लोग अपना परिचय दीजिये। शुरुआत लड़कियाँ करें, अपने बारे में, अपनी रुचि के बारे में बतायें और ये भी बतायें कि हिन्दी में एमए कर आगे क्या करना चाहती हैं।'

थोड़ी देर में पहले लड़कियों और फिर लड़कों ने अपना-अपना परिचय दे दिया था। ज़्यादातर छात्र उत्तर प्रदेश और बिहार से थे, दो लोग दिल्ली से थे, कल्याण मध्य प्रदेश से था। इंट्रोडक्शन ख़त्म होने के बाद अब लड़के-लड़कियाँ इन्तज़ार कर रहे थे कि प्रोफ़ेसर दुष्यन्त पराशर आगे क्या करते हैं।

'देखिये, आप लोगों का बैच तो काफ़ी अच्छा लग रहा है। उम्मीद है आप लोग यहाँ अच्छी तरह पढ़ाई करेंगे और अपना एक अलग मुकाम हासिल करेंगे। जहाँ तक मेरा सवाल है तो मैं आप लोगों को उपन्यास और भाषा विज्ञान पढ़ाऊँगा। सिलेबस आप लोगों ने देख ही लिया होगा। अगर नहीं देखा तो आज ही देख लीजियेगा। मेरी छात्रों से दो ही अपेक्षा रहती है और वो पूरी होना बेहद अनिवार्य है...नहीं तो मैं कक्षा में आने नहीं देता। एक तो ये कि जो विषय पढ़ाया जा रहा हो, उसकी किताब आपके पास होनी चाहिए। मैं क्या पढ़ाऊँगा ये आपको पहले से पता होगा और दूसरी बात ये कि आप समय से पहले क्लासरूम में मौजूद हों। समय पर क्लास में आना मेरी एक ख़राब आदत है। आने के बाद मैं दरवाज़ा बन्द कर देता हूँ और अगर कोई इमरजेंसी ना हो तो मेरी कक्षा में खटखटा कर भीतर आने की सख़्त मनाही है। इसके अलावा आप यहाँ कुछ सीखने आये हैं तो मैं मानता हूँ कि उस पर आपका ध्यान रहेगा ही।'

इस संक्षिप्त वक्तव्य के बाद दुष्यन्त सर ने अटेंडेंस लिया था और फिर उपन्यास की विकास यात्रा पर एक छोटा-सा लेक्चर दिया था। छात्रों पर उनका बहुत गहरा प्रभाव पड़ा था। क्लास पूरी तरह शान्त होकर उनकी बातें सुनती रही। पढ़ाने का उनका अन्दाज़ काफ़ी रोचक था और वो बहुत इन्वॉल्व होकर लेक्चर दे रहे थे, इसलिए छात्रों को भी मज़ा आ रहा था। क्लास ख़त्म करने के बाद उन्होंने कहा, 'कल मैं गोदान पढ़ाऊँगा। सभी लोग उपन्यास लेकर आयें। आपको एक बार फिर से जेएनयू में आने वाले दिनों के लिए शुभकामनाएँ।'

अपनी किताबें और नोटबुक लेकर दुष्यन्त सर बाहर निकल गये थे। उनके जाते ही कक्षा में कोलाहल शुरू हो गया। बातचीत का विषय दुष्यन्त सर ही थे। 'बहुत सख़्त टीचर थे भाई। और पढ़ाते हुए कैसे घूर-घूर कर देख रहे थे। मौक़ा ही नहीं मिला इधर-उधर देखने का।', पाँचवीं बेंच पर बैठे मुकुन्द ने खड़े होकर कहा। उसकी नज़र पहली बेंच पर बैठी वसुधा पर थी।

'हाँ, पर बहुत अच्छा पढ़ा रहे थे। समय कैसे गुज़र गया पता ही नहीं चला।', वसुधा ने कहा। बाक़ी छात्र भी उनके बारे में ही बातें कर रहे थे। थोड़ी देर तक कोलाहल जारी रहा। किसी टीचर का कोई अता-पता नहीं था। मुकुन्द ने नील से कहा कि 'चलकर ऑफ़िस में पूछ आते हैं।'

'अरे तुम लोग रुको, मैं चला जाता हूँ।', आगे बैठे योगेश ने कहा।

'ठीक है तुम पता कर आओ।', मुकुन्द मुस्कुराया। बग़ल में बैठे नील से कहा, 'ये भाई पढ़ाकू लगता है। पहले ही दिन से घनघोर सीरियस है।'

योगेश पास में बैठे कल्याण को लेकर जब ऑफ़िस पहुँचा तो पता चला कि अगली क्लास रघुनन्दन शर्मा सर की है। वो वहीं खड़े होकर अपनी डाक चेक कर रहे थे।

'चलिए-चलिए आप लोग, मैं बस पहुँच ही रहा हूँ।', रघुनन्दन सर ने कहा।

रघुनन्दन सर थोड़े ढीले-ढाले, सुस्त मिज़ाज टीचर लग रहे थे। कक्षा में आते ही पहले कुर्सी पर बैठ गये। सेमेस्टर की पहली क्लास है और नये छात्र बैठे हैं, इससे उन्हें कोई फ़र्क़ नहीं पड़ रहा था। पहले तसल्ली से उन्होंने वो सारी चिट्ठियाँ देखीं जो थोड़ी देर पहले डिपार्टमेंट के पोस्ट बॉक्स से उन्होंने उठायी थीं। फिर वो छात्रों की तरफ़ मुख़ातिब हुए। गोरा चेहरा, भारी डील-डौल, हल्की मूँछ, क्रीम कलर की शर्ट और ब्राउन ट्राउज़र। रघुनन्दन सर बहुत प्रयासकर खड़े हो गये थे।

'चलिए स्वागत है आप लोगों का। पहली क्लास किसकी थी?'

'सर, दुष्यन्त सर की।', योगेश ने तपाक से जवाब दिया।

'फिर तो ठीक है। उन्होंने आपको सारी ज़रूरी जानकारी दे ही दी होगी। और जो नहीं दी है वो आने वाले समय में धीरे-धीरे मिल ही जायेगी। देखिये, मैं आप लोगों को कविता पढ़ाऊँगा। अगर आपने सिलेबस देखा हो तो वही

'राम की शक्ति पूजा', 'सरोज स्मृति', 'अँधेरे में', इत्यादि। यानी आधुनिक कविताएँ पढ़ाऊँगा मैं। अगले दिन से किताब लेकर आइयेगा। आज पहला दिन है तो आप लोगों को क्या तंग किया जाये। आज आप लोग एक-दूसरे को जानिये, जेएनयू के मज़े लीजिये। इसके बाद भी तो क्लास होगी?'

'जी सर, अभी दो क्लास और है।', योगेश ने ही जवाब दिया था। वो डिपार्टमेंट जाकर सारी जानकारी ले आया था।

'अच्छा अच्छा, चलिए फिर। मैं अगली क्लास में मिलता हूँ।' और वो धीरे-धीरे मस्त चाल में चलते हुए निकल गये थे। उनके जाते ही कक्षा में चर्चा शुरू हो गयी थी।

'साला, टीचर-टीचर में कितना अन्तर होता है। कहाँ दुष्यन्त सर और कहाँ ये भाई साहब। हमारे कविता बोध की तो वॉट लग गयी समझो।', मुकुन्द ने पास बैठे नील, अंकित, प्रांजल और पुष्कर से कहा।

'जेएनयू में भी ऐसे धरोहर टीचर होंगे, ऐसा नहीं सोचा था।', पुष्कर ने हैरानी जताई।

'चाहे कितना भी धरोहर हो गुरु पर ग़ज़ब का टशन है बन्दे का। उसको फ़र्क़ ही नहीं पड़ा कि सेमेस्टर का पहला दिन है, नये छात्रों को कुछ बताना है, कम से कम परिचय ही ले लेता। मस्त था भाई। इसके लिए एक अलग तरह का टैलेंट होना चाहिए टीचर में। पर क्या पता आने वाले समय में ये कुछ अलग ही पढ़ा दें।', मुकुन्द ने हँसते हुए कहा।

'हो सकता है भाई, दार्शनिकों वाली मुद्रा थी सर की।', नील ने कहा।

रघुनन्दन सर ने क्लास क़रीब 20 मिनट पहले छोड़ दी थी। इस समय का इस्तेमाल लड़के-लड़कियों ने एक-दूसरे को और जानने-समझने में किया। सब आपस में बातें कर रहे थे। भरपूर शोर हो रहा था। तभी दुबली-पतली काया वाले कुर्ता-पाजामा धारी शिक्षक का पदार्पण हुआ।

'आप लोगों ने तो यूनिवर्सिटी की क्लास को मीना बाज़ार बना दिया है।', वो हँसते हुए बोले। सब खड़े हो गये थे।

'बैठिये-बैठिये, आप लोग बैठिये। वैसे यूनिवर्सिटी का पहला दिन है, कक्षा में शिक्षक नहीं होंगे तो शोर होना तो लाज़िमी है।', एक कड़क आवाज़

में कही गयी इस हास्यपरक बात का भी छात्रों पर गम्भीर असर हुआ था। सब एकदम शान्त हो गये थे और शिक्षक को ग़ौर से देख रहे थे।

'दोस्तों, मेरा नाम विश्वंभर दीक्षित है। जयपुर का रहनेवाला हूँ। जेएनयू में पन्द्रह वर्षों से पढ़ा रहा हूँ और आप लोगों को इस साल मध्यकालीन कविता पढ़ाऊँगा। मतलब कबीर, सूर, तुलसी और जायसी। चलिए यूनिवर्सिटी में आपका और आपके साथ मेरा पहला दिन है तो हम परिचय कर लेते हैं। मैंने अपने बारे में संक्षिप्त जानकारी दे ही दी है। अब आप लोग बारी-बारी से अपने बारे में बतायें।'

सब अपना-अपना परिचय देने लगे थे। अक्षत ने अपने बारे में बताने के बाद कहा, 'सर, पता नहीं कहना चाहिए कि नहीं, पर आपसे मिलकर बहुत अच्छा लगा। ऐसा लगा जैसे मुझे आपकी तरह के गुरु की ही तलाश थी, जो आज पूरी हो गयी।' अक्षत की इस बात पर सब हँस पड़े थे।

'अरे इसमें हँसने की क्या बात है। इन्हें अपनी बात पूरी तो कर लेने दीजिये। हाँ, भई अक्षत कहो, क्या कह रहे थे?', विश्वंभर सर ने थोड़ा हैरान होते हुए कहा। आशंका भी थी कि पता नहीं अक्षत क्या कह देगा।

'सर, आप मुझसे पूछेंगे तो मैं बता नहीं पाऊँगा, लेकिन मुझे जैसा लगा मैंने बोल दिया। मैं कोई बात मन में नहीं रखता। पर मुझे लग गया है कि मैं आपसे बहुत कुछ सीखूँगा।', और वो ज़ोर-ज़ोर से हँस पड़ा था।

'अच्छी बात है। आप भी मुझे कम दिलचस्प नहीं लग रहे हैं। मुझे भी लगता है कि आपसे बहुत कुछ सीखने को मिलेगा।', उन्होंने भी ठहाका लगा दिया था। इस प्रकरण से कक्षा का माहौल थोड़ा हल्का हो गया था।

'देखिये, कल से हम कबीर पर चर्चा शुरू कर देंगे। लेकिन एक बात मैं ज़रूर आपसे कहना चाहता हूँ कि आप लोग केवल हिन्दी तक ही सीमित मत रहियेगा। दूसरी भाषा के साहित्य को भी पढ़ियेगा। आपमें से कई छात्र सम्भवत: प्रशासनिक सेवा का सपना भी लेकर आये होंगे। तो उसमें कोई बुराई नहीं है, बशर्ते आप अपनी साहित्य की पढ़ाई के साथ न्याय कर रहे हैं, कक्षा का काम पूरा कर रहे हैं। और मैं तो कहता हूँ कि आज रोज़गार की जितनी समस्या है, उसे देखते हुए ये ज़रूरी है कि छात्र मल्टी टास्किंग करें। ख़ुद को ज़्यादा उपयोगी बनायें। कहने का अभिप्राय ये है कि हिन्दी साहित्य की पढ़ाई

के साथ-साथ आप लोग अपने ज्ञान का विस्तार ज़रूर कीजियेगा। ये भारत की सबसे मशहूर यूनिवर्सिटी है। यहाँ की लाइब्रेरी में लाखों किताबें हैं। आप ख़ुद को जैसा बनाना चाहेंगे, वैसा बना सकते हैं। बस नीयत सीखने की होनी चाहिए। कल आप लोग श्यामसुन्दर दास वाली 'कबीर' की किताब लेकर आइयेगा। कल से शुरू करते हैं। आप लोगों से मिलकर अच्छा लगा। उम्मीद है आपको भी निराशा नहीं हुई होगी।'

'नहीं सर', 'बहुत अच्छा लगा सर', 'मज़ा आ गया सर', जैसे वाक्य सुनाई पड़े थे।

विश्वंभर सर की बातों से भारी प्रभावित और कुछ हद तक सम्मोहित सभी छात्र खड़े हो गये थे। उनके जाने के बाद सब आपस में बातें करने लगे। 'क्या शानदार टीचर है यार। मज़ा ही आ गया। क्लास कब ख़त्म हो गयी, पता ही नहीं चला। लगा अभी और बातें करते तो कितना अच्छा रहता।', मुकुन्द ने ये बात थोड़ी ऊँची आवाज़ में कही थी। कक्षा में उसकी इस प्रशंसात्मक टिप्पणी पर लगभग सहमति थी।

'इनकी क्लास में मज़ा आने वाला है दोस्तों, मैंने ऐसे ही इन्हें गुरु नहीं कहा है।,' अक्षत ने मुस्कुराते हुए कहा।

'हाँ, भाई अक्षत की तो गुरु की तलाश ही पूरी हो गयी। तुम भी कम बड़े गुरु घण्टाल नहीं हो बॉस।', मुकुन्द ने कहा। सब हँस पड़े थे।

आख़िरी क्लास हिन्दी साहित्य के इतिहास की थी। छात्र, शिक्षक के आने का इन्तज़ार कर रहे थे। दस मिनट से ज़्यादा का समय गुज़र गया था, पर शिक्षक का कोई अता-पता नहीं था। सब आपस में बातें करने लगे। क्लास की चारों लड़कियाँ रजनी, पवित्रा, पल्लवी और डॉली, वसुधा के आसपास जमा हो गयी थीं। लड़कों का ध्यान लड़कियों पर ही था। मुकुन्द सबकी नज़रें बचाकर वसुधा को देखने की कोशिश कर रहा था।

क़रीब आधे घण्टे का समय बीतने के बाद एक सज्जन कक्षा में दाख़िल हुए। गोल मटोल चेहरा, गोरा रंग, सिर के बाल आगे से थोड़े कम, राख़ के रंग की शर्ट और ब्राउन ट्राउज़र पहन रखी थी उन्होंने। कुर्सी पर बैठकर उन्होंने पहले पूरी क्लास का अवलोकन किया।

'अच्छा, आप लोग ही नये बैच के छात्र हैं। कितने बच्चे हैं इस साल?'

'सर अठारह, पाँच लड़कियाँ और 13 लड़के।,' योगेश ने तपाक से उत्तर दिया।

‘हाँ, इतने ही होते हैं। कभी अठारह तो कभी उन्नीस। मेरा नाम राम भरोसे प्रसाद है और मैं आप लोगों को हिन्दी साहित्य का इतिहास पढ़ाऊँगा। आज मेरी आने की स्थिति नहीं थी क्योंकि बेटे की तबीयत ठीक नहीं। लेकिन चूँकि आज आप लोगों का पहला दिन है, इसलिए सोचा कि थोड़ी देर के लिए आपसे मिल ही लिया जाये।’

उसके बाद राम भरोसे सर ने सबका परिचय लिया। फिर अपने बारे में भी बताया कि वो यूपी से हैं, शुरुआती शिक्षा उन्होंने गाँव में लेने के बाद बीएचयू से पीएचडी तक की पढ़ाई की है। ये सब होते-होते कक्षा का समय समाप्त हो गया था और अगली क्लास में मिलने की बात कहकर राम भरोसे सर विदा हो गये थे। पहले दिन ही लगातार चार क्लास के बाद थक चुके छात्र अब बाहर निकलने लगे थे। पाँचों लड़कियाँ एक साथ निकली थीं।

‘चलो दोस्तों कैन्टीन चला जाये?’, मुकुन्द ने कहा। सब सहमत हो गये थे। समोसा-चाय के बाद नील ने पूछा, ‘अब चला जाये ना? हॉस्टल में भी खाने का टाइम ज़्यादा नहीं बचा है।’ ‘हाँ हाँ, अब चला जाये।’, सबने समवेत स्वर में कहा था। कल फिर मिलने की बात कह सब विदा हुए थे।

नील बाइक लेकर निकला तो हल्की बूंदा-बांदी शुरू हो गयी थी। पर उसे बहुत अच्छा लग रहा था। राँची में बारिश के दिनों में ऐसा ही मौसम रहा करता था। दिनभर लगातार बारिश हुआ करती और पठारी इलाक़ा होने की वजह से शाम को सड़कें एकदम साफ़-सुधरी नज़र आतीं। जेएनयू की भौगोलिक संरचना उसे राँची जैसी ही लगी थी। हॉस्टल में लंच के बाद उसने पहले घर और फिर मुरारी को फ़ोन लगाया।

‘क्या बेटा, राँची छोड़ते ही भूल गये हमको?’

‘अरे यार नील, तुम्हारे जाने के बाद एकदम मन नहीं लग रहा है बॉस। ज़िन्दगी एकदम झण्ड हो गयी है। पता चल रहा है कि हमारी ज़िन्दगी में तुम्हारी क्या अहमियत थी।’

‘मुझे भी तुम लोगों की बहुत याद आ रही है मुरारी, पर सब कुछ हमारी सोच के मुताबिक़ तो नहीं होता ना। मैंने जेएनयू की परीक्षा दी थी, पर यक़ीन नहीं था कि हो ही जायेगा। शायद क़िस्मत को यही मंज़ूर था कि मैं यहाँ आकर पढ़ूँ।’

'कैसा लग रहा है बे वहाँ?'

'बहुत अच्छी जगह है यार। कैंपस तो एकदम राँची जैसा ही लगता है। समझ लो कि पतरातू घाटी वाला जंगल-पहाड़ हो और वहीं कैंपस बना दिया गया हो। मतलब भूगोल के लिहाज से बहुत ज़्यादा अन्तर नहीं लग रहा, लेकिन सब कुछ बहुत मेन्टेण्ड है। एकदम साफ़-सुथरा कैंपस। चारों तरफ़ पेड़-पौधे। सुबह मोर नज़र आते हैं। आते-जाते नीलगायें दिख जाती हैं। ऐसा लगता है जैसे प्रकृति के आँगन में रह रहे हों।'

'हाँ यार, तुम्हारा क़िस्मत अच्छा था जो तुम जेएनयू चले गये। हम लोग तो साला यहीं लटक गये हैं।'

'ऐसा क्यों कहते हो। हम सबका अच्छा होगा। आगे क्या प्लान है तुम्हारा?'

'संस्कृत से बीए कर लिए हैं, एमए में ऐडमिशन के अलावा और कर भी क्या सकते हैं। यूनिवर्सिटी का फ़ॉर्म भर दिये हैं, कल ऐडमिशन लेने जाना है। सोच रहे हैं कि साइड से कहीं से कॉरेस्पौंडेंस से एमबीए भी कर लें। रेगुलर कोर्स में तो कोई संस्कृत वाले को एमबीए में ऐडमिशन ही नहीं देगा।'

'हाँ, ये आइडिया अच्छा है। इग्नू से कर सकते हो।'

'हाँ देखते हैं क्या करते हैं?'

'ख़ैर छोड़ो ये सब। वहाँ किसी लड़की से बातचीत किये कि नहीं? कैसी लड़कियाँ हैं कैंपस में?'

'बहुत अच्छी जगह है यार। लड़कियाँ एकदम आज़ाद होकर देर रात तक घूमती रहती हैं। ढेर सारे जोड़े कैंपस में टहलते नज़र आते हैं।'

'तुम तो साला जला रहे हो बे?'

'अबे जो फ़ैक्ट है, वो बता रहे हैं।'

'क्लास की लड़की सब कैसी है? कोई लड़का दोस्त बना कि नहीं?'

'हाँ यार, चार बहुत अच्छे दोस्त मिल गये हैं। मुकुन्द, अंकित, प्रांजल और पुष्कर। बहुत मज़ेदार हैं चारों। पाँच लड़कियाँ हैं क्लास में। उनमें एक वसुधा है, एकदम बिंदास।'

'तो वसुधा के साथ कुछ बात बढ़ी?'

'अरे नहीं यार, वैसा कुछ नहीं है। वैसे भी मुकुन्द की उसमें दिलचस्पी है।'

'भैया दो मिनट हो गया है', फ़ोन बूथ वाले ने आगाह किया था।

'अरे चलो मुरारी रखते हैं, फिर कॉल करेंगे। बिश्वजीत और बाक़ी दोस्तों को मेरा हलो बोलना।'

'हाँ ठीक है यार, फ़ोन करते रहना। अब तो इसी का सहारा है।', मुरारी ने थोड़ा दुखी होकर कहा।

तब तक बारिश थम गयी थी। नील को समझ नहीं आ रहा था कि अब क्या करे। उसका इस मौसम में सोने का मन नहीं हो रहा था। राजीव भैया भी कहीं गये थे। उसने बाइक उठायी और यूँ ही चल पड़ा। रिंग रोड पर आया तो ख़याल आया 'लाइब्रेरी देख ली जाये'। उसने बाइक उधर ही घुमा दी। मेन लाइब्रेरी के बाहर बाइक पार्क कर जब वो भीतर पहुँचा तो देखता ही रह गया। घुसते ही बायीं तरफ़ मैगज़ीन और जर्नल वाला हॉल था। दायीं तरफ़ बैठे लोग पढ़ने में मशगूल थे। चारों ओर शान्ति थी। आते-जाते लोग बहुत सँभल कर चल रहे थे। उसने रेफ़रेंस सेक्शन देखा। फिर पूछ-पूछ कर लिफ़्ट से कई फ़्लोर घूम आया। जब लाइब्रेरी की संरचना समझ में आ गयी तो वो निकलने लगा। चलते हुए मन में यही विचार आ रहा था कि पढ़ने के लिए इससे अच्छी जगह और क्या हो सकती है। कुछ अच्छे ही कर्म किये होंगे जो यहाँ पढ़ने का मौक़ा मिला। संकल्प लिया कि इतनी अच्छी सुविधा का भरपूर इस्तेमाल किया जायेगा।

मेन लाइब्रेरी से पीछे की तरफ़ चलकर वो धौलपुर हाउस पहुँचा। लाइब्रेरी पूरी तरह भरी थी। सब पढ़ रहे थे। एक-दो लोग ब्रेक लेकर बाहर भी आ रहे थे। पूरा मुआयना करने के बाद नील वहाँ से निकल पड़ा। साढ़े तीन बज रहे होंगे। रिंग रोड पर चलते हुए अरावली गेस्ट हाउस वाले मोड़ पर वो दायें घूम गया। आख़िर तक गया। स्टेडियम के पास बाइक रोक कर ग्राउंड में चला गया। एक पूरा चक्कर लगाया। स्टेडियम और आस-प्रास की हरियाली को आँखों में क़ैद किया। फिर ऐडमिनिस्ट्रेटिव ब्लॉक से आगे बढ़ कर बाइक साबरमती हॉस्टल वाले रास्ते पर मोड़ दी। पर बीच में ही कट देख दायें मुड़ गया। थोड़ा घुमाव लेकर सड़क सीधी हो गयी थी। आगे जाकर उसे समझ

आया कि वो कावेरी और गोदावरी हॉस्टल के बीच पहुँच गया है। लड़कियों के गोदावरी हॉस्टल के सामने से ढाबे की तरफ़ देखता हुआ वो आगे निकल गया। सड़क दायीं तरफ़ घूम कर जेएनयू मेन गेट वाले रास्ते से मिल गयी थी। गंगा ढाबे तक जाकर उसने बाइक घुमा ली और लौटने लगा। जैसे ही वो गोदावरी के क़रीब पहुँचा, उसकी नज़र एक लड़की पर पड़ी जो हाथ में लाल रंग का कप लिए सड़क पार कर रही थी। ये वही लड़की थी जो नील को ऐडमिशन के दौरान ऐडमिनिस्ट्रेटिव ब्लॉक के बाहर दिखी थी। उसने जीन्स और पीले रंग की टी शर्ट पहनी थी। उसने भी नील को देखा। दोनों की नज़रें मिलीं। लड़की मुस्कुरायी और आगे बढ़ गयी। वो सम्भवत: चाय लेने ढाबे तक जा रही थी। नील आगे गया और गोदावरी के वॉर्डन आवास वाले तिराहे से मुड़कर देखने लगा। वो लड़की को एक नज़र और देख लेना चाहता था। तब तक लड़की चाय लेकर लौटने लगी थी। उसकी नज़रें भी नील को ढूँढ़ रही थीं। हॉस्टल गेट के सामने पहुँचकर उसने मुड़कर नील को देखा और थोड़ी देर के लिए ठहर गयी, और फिर भीतर चली गयी। नील ख़ुशी से भर गया था। उसने सोचा भी नहीं था कि बिना मक़सद के इस भटकन की एक मंज़िल भी थी। नियति उसे किसी से मिलवाना चाहती थी। जेएनयू में आते ही उसके साथ ऐसा कुछ हो जायेगा, ये उसने ख़्वाब में भी नहीं सोचा था। हॉस्टल पहुँचकर वो बिस्तर पर लेट गया और उसी चितवन के बारे में सोचने लगा। 'वो कौन है? मुझे ऐसे क्यों देख रही थी। सिर्फ़ देखा नहीं, मुड़ी भी। क्या है ये सब?' तरह-तरह के विचार उसके ज़ेहन में आ रहे थे। उसके लिए ये कोई ऐसी घटना नहीं थी जिसे गूँगे के गुड़ की तरह चुपचाप मन में ही रखा जाता। 'अब तो पता लगाना होगा कि वो कौन है? किस सेंटर में है? उससे निकटता कैसे बढ़ायी जा सकती है?,' ऐसे तमाम विचार उसके मन में उठ रहे थे। फिर ख़याल आया कि वो जेएनयू क्या यही करने आया है। 'ऐसा पहली बार तो है नहीं कि किसी लड़की ने मुझे देखा हो। इसमें ज़्यादा सोचने की ज़रूरत क्या है। जैसे क़िस्मत ने आज बिना किसी प्रयोजन के एक झलक दिखा दी, वैसे ही अगर वाक़ई कुछ होना होगा तो हो ही जायेगा।', नील के भीतर एक द्वन्द्व चल रहा था। 'अगर इसकी कोई दिशा नहीं होती तो मेरी बाइक यूँ ही मिड कैंपस की ओर क्यों चल पड़ी होती। मैंने तो कुछ तय नहीं किया था।'

वो उठा और मुकुन्द से मिलने सतलज चल पड़ा। जब मुकुन्द को उसने सारी बात बतायी तो पहले तो वो ख़ूब ज़ोर से हँसा, फिर बोला, 'हम लोग बातें कर रहे थे कि अपना चन्द्रचूड़ सिंह जल्दी ही कोई गुल खिलायेगा। ये इंप्रेसिव पर्सनैलिटी ज़्यादा दिन तक जेएनयू में अकेली नहीं घूम सकेगी और साले तुम पहले ही दिन वो सवाल लेकर उपस्थित हो गये हो जो कइयों की ज़िन्दगी में काफ़ी प्रयास के बाद आता है और अधिकांश के जीवन में तो आता ही नहीं...हा हा हा। बहरहाल, गुरु ख़बर अच्छी है और इस उत्तम और महान कार्य में तुम्हारी पूरी मदद की जायेगी। पूरा महकमा लगा दिया जायेगा भौजाई का पता लगाने में और उनकी जन्म कुंडली ढूँढ़ने में। तुम बस एक बार दिखा देना। रुको तैयार होता हूँ, अभी सोकर उठा ही हूँ। फिर चलते हैं गोदावरी की ओर। एक चाय तो पी ही जा सकती है। क्या पता फिर से नज़र आ जाये वो लड़की, मतलब भौजाई।', मुकुन्द मुस्कुरा रहा था।

'हाँ ये ठीक रहेगा। चलो चलकर वहाँ चाय पीते हैं। उन तीनों को भी ले लें?'

'अभी उनको रहने देते हैं। थोड़ी देर बाद उनको ढूँढ़ा जायेगा। बस मैं बाथरूम से आता हूँ, तब तक तुम ये 'हंस' और 'ज्ञानोदय' पलटो।'

पाँच मिनट में मुकुन्द लौट आया था। उसने जीन्स और लाल रंग का खादी का कुर्ता पहना और नील के साथ निकल गया। ढाबे पर अच्छी-ख़ासी भीड़ थी। बैठने की सारी जगहें भरी हुई थीं। थोड़ी देर दोनों सामने की ऊँचाई वाली जगह पर खड़े रहे और माहौल का जायज़ा लेते रहे। तभी सामने पेड़ के नीचे स्लैब पर बैठे लड़का-लड़की जाने लगे। दोनों ने लपककर जगह पर क़ब्ज़ा जमा लिया।

'तुम बैठो, हम चाय और समोसा लेकर आते हैं।'

'ठीक है नील। मैं बैठकर ज़रा पेरियार के हीरो और गोदावरी की हीरोइनों का नज़ारा लेता हूँ।'

मल्होत्रा टी स्टॉल पर भीड़ थी। बायीं तरफ़ चार-पाँच लड़कियाँ खड़ी थीं और दाहिनी तरफ़ आठ-दस लड़के चाय-समोसे की डिमांड कर रहे थे। नील ने भी काउंटर पर बैठे नारायण को अपना ऑर्डर दे दिया था। नारायण मल्होत्रा टी स्टॉल का सबसे ज़रूरी शख़्स था। उसकी बुलन्द आवाज़ से ही वहाँ का सारा कार्य-व्यापार संचालित होता था।

तरह-तरह की आवाज़ें आ रही थीं।

'नारायण जी, दो मिल्टी।'

'नारायण जी, चार चाय और चार समोसा दीजिये।'

'दो चाय इस कप में डाल दीजिये।', ये बायीं तरफ़ खड़ी लड़की की आवाज़ थी जिसने छोटी स्कर्ट और टॉप पहन रखी थी और लड़के उसे ताड़ रहे थे।

'सार साय देना नारायण ज़ी।', नॉर्थ ईस्ट के एक लड़के ने कहा।

'हम आपके सार (साला) लगते हैं? क्या बात करते हो आप?', नारायण नाराज़ हो गया था।

'अरे आप समझे नहीं नारायण जी। हम सार को सार बोलते हैं। समझ गये ना?'

'अरे नारायण जी, नॉर्थ ईस्ट में कई लोग च को स बोलते हैं। चार चाय को वो सार साय कह रहे हैं।', पास में खड़े एक लड़के ने समझाया था।

'ओह, अच्छा, अच्छा।'

नील ने लौटकर ये बात मुकुन्द को बतायी। वो हँसने लगा था। दोनों दोस्त वहीं बैठकर चाय-समोसे का आनन्द लेने लगे। नील ने बताया कि लड़की कहाँ नज़र आयी थी और पूरा प्रकरण कैसे घटित हुआ था। दोनों की निगाहें लगातार गोदावरी हॉस्टल के गेट पर लगी थीं। तमाम लड़कियाँ आयीं और चाय-समोसा-पकौड़ा लेकर चली गयीं। कुछ वहीं मामू जूस कॉर्नर के सामने वाले पेड़ के नीचे जम गयीं। पेरियार और कावेरी हॉस्टल के यहाँ-वहाँ बैठे शोहदे टाइप लड़के अपनी निगाहों से लड़की को गोदावरी से ढाबे तक लाते और फिर वापस पहुँचा देते। कई लड़कियाँ भी थीं जो चाय-समोसा-सिगरेट के बीच लड़कों को एक नज़र देखकर उनका उत्साह बढ़ा देतीं।

कुछ जो पुराने छात्र थे, उनके हावभाव अलग थे, मुखमण्डल अलग था। वो मठाधीश की मुद्रा में अपनी मण्डली में किसी निश्चित लड़की पर गहन चिन्तन कर रहे थे। और जो नये लड़के थे वो इस अत्यन्त सम्मोहक माहौल से तालमेल बिठाने की कोशिश कर रहे थे। रंगमंच सजा था, बस थोड़ी-थोड़ी देर पर कुछ कलाकार बदल जाते, लेकिन इस ढाबा रुपी रंगमंच पर कोरम लगभग पूरा ही रहता।

नील और मुकुन्द घण्टा भर वहीं पेड़ के नीचे बैठकर इन्तज़ार करते रहे, पर वो लड़की नज़र नहीं आयी थी।

'अब च ता जाये यार, और कितनी देर इन्तज़ार कर सकते हैं।', नील ने कहा।

'हाँ, चलते हैं, ज़रा बाक़ी भाइयों का भी हालचाल लिया जाये।'

दोनों ने अंकित, पुष्कर और प्रांजल की खोज शुरू की। वे हॉस्टल में नहीं थे, पर मुकुन्द को ढूँढ़ ज़रूर रहे थे, ऐसा हॉस्टल के फ़ोन अटेंडेंट ने बताया था। दोनों गंगा ढाबा पहुँचे। अंकित, पुष्कर और प्रांजल वहीं एक पेड़ के नीचे बैठे थे। उन्हें सारी बात बतायी गयी।

'वाह-वाह, ऑपरेशन लवेरिया शुरू हो गया।', अंकित मुस्कुराते हुए बोला।

'ये तो बढ़िया ख़बर है बे। नील के बारे में तो हमने कहा ही था। अपना भाई कैंपस में आते ही छा रहा है।', पुष्कर ने कहा।

थोड़ी देर तक इसी प्रकरण पर चर्चा गर्म रही। हॉस्टल लौटकर नील 'गोदान' पढ़ने लगा। मेहता और मालती का प्रकरण उसे बहुत प्रिय था।

9

अपनी तमाम गतिविधियों के बीच नील लगातार लड़की के ख़यालों में खोया रहता। पर समझ नहीं पाता था कि उसके बारे में आगे की जानकारी कैसे जुटायी जाये। एक मन कहता कि इस बारे में इतनी गम्भीरता अच्छी नहीं... नयनों की भाषा में वो संवाद एक इत्तेफ़ाक़ भी हो सकता है, पर दूसरा मन इस तर्क को मानने को तैयार नहीं था।

'क्या भाई, भौजाई के बारे में सोचा जा रहा है?', क्लास में मुकुन्द ने नील को गम्भीर देखकर पूछा।

'ऐसी तो कोई बात नहीं।'

'होता है, होता है। पर इसमें इतना सीरियस होने की कोई ज़रूरत नहीं है। हमें कैंपस में लम्बा रहना है, ऑपरेशन को अंजाम तक पहुँचा कर ही रहेंगे। चिन्ता मत करो।'

'आज भी टीचर देर से ही आयेंगे क्या?', नील ने विषयांतर किया था। तभी एक सुन्दर-सी मैडम कक्षा में दाख़िल हुईं।

'माफ़ कीजियेगा थोड़ी देर हो गयी।' सब खड़े हो गये।

'अरे आप लोग बैठिये, बैठिये।'

दुबली-पतली काया। बैंगनी रंग की आकर्षक साड़ी और मैचिंग ब्लाउज़। बाल कमर तक लम्बे। गोरा रंग। पतला चेहरा। काले रंग की ही नुकीली बिन्दी। अवस्था कोई चालीस वर्ष की रही होगी। कुल मिलाकर काफ़ी सम्मोहक व्यक्तित्व था मैडम का।

'मैं लता हूँ। लता कुलश्रेष्ठ। जेएनयू से ही पढ़ाई की है मैंने। फिर दिल्ली विश्वविद्यालय में कई वर्षों तक पढ़ाया और बीते पाँच वर्षों से यहाँ पढ़ा रही हूँ। मैं आप लोगों को 'कहानी' पढ़ाऊँगी।' अपने बारे में बताने के बाद वो लड़कियों की ओर मुखातिब हुईं और एक-एक कर उनका संक्षिप्त परिचय पूछा। फिर उन्होंने पीछे की तरफ़ से लड़कों से अपना परिचय देने को कहा। मुकुन्द ऐण्ड मण्डली पीछे की तरफ़ बैठी थी। सबने एक-एक, दो-दो लाइन में अपना परिचय दे दिया था।

'आप लोगों की क्लास तो काफ़ी दिलचस्प लग रही है। अच्छी बात ये भी है कि इस बार कक्षा में पाँच लड़कियाँ हैं। आमतौर पर दो-तीन ही होती हैं। आप लोग कहानी तो पढ़ते ही होंगे। एक-एक कर अपनी पसन्दीदा कहानी बताइये। लड़कियाँ पहले शुरू करेंगी। तुम बताओ वसुधा। वसुधा ही नाम बताया था ना तुमने?'

'जी मैम। मैम आप हँसेंगी, पर मुझे प्रेमचंद की कहानी 'दो बैलों की कथा' बहुत पसन्द है।'

'मैं हँसूंगी क्यों? वो है ही शानदार कहानी।'

फिर एक-एक कर सबने अपनी पसन्द की कहानियों के नाम लेना शुरू कर दिया था। 'डिप्टी कलक्टरी', 'बड़े भाई साहब', 'गैंग्रीन', 'उसने कहा था', 'बादलों के घेरे', 'ओ हरामज़ादे', 'परिंदे', 'पंचलैट', जैसी तमाम कहानियों के नाम छात्रों ने लिए थे।

'वाह, आप लोगों ने तो सारी चर्चित कहानियाँ पढ़ रखी हैं। कह सकते हैं कि नयी क्लास काफ़ी अच्छी है। आप लोगों के साथ मज़ा आयेगा।' फिर लता मैम ने सबकी अटेंडेंस ली और बेहद प्यारी मुस्कान के साथ विदा हुईं।

'टनाका सुन्दर हैं यार ये मैडम।' मुकुन्द ने उनके जाते ही मण्डली से कहा।

'साला, तुम अब मैडम को तो बख़्श दो।', पुष्कर ने मुस्कुराते हुए कहा।

'लगता है इनके साथ क्लास अच्छी रहेगी।', अंकित बोला।

आगे की बेंच वाले लड़के-लड़कियाँ भी लता मैम के बारे में ही बातें कर रहे थे।

अब तक एमए प्रथम वर्ष में पढ़ाने वाले सभी शिक्षकों से छात्रों का परिचय हो गया था। सिर्फ़ एक टीचर बचते थे जो उर्दू पढ़ाने वाले थे। जेएनयू के भारतीय भाषा केन्द्र में उर्दू के छात्रों को हिन्दी और हिन्दी के छात्रों को उर्दू भी पढ़नी होती है ताकि इन दो प्रमुख भाषाओं से सबका परिचय हो जाये। उर्दू मोहम्मद अकरम सर पढ़ाने वाले थे, लेकिन उनकी क्लास दो दिन बाद थी। सब अगले टीचर के आने की प्रतीक्षा कर रहे थे कि तभी आठ-दस लड़के-लड़कियाँ कक्षा में दाख़िल हुए। उनमें से लीडर टाइप छात्र आगे बढ़ा।

'आप सब लोगों का भारतीय भाषा केन्द्र में स्वागत है। हम आपके सीनियर हैं। मेरा नाम ज्योतिष शर्मा है। ज़्यादा समय न लेते हुए आप लोगों से बस यही कहना है कि अगले शुक्रवार को हमने आपके स्वागत का कार्यक्रम रखा है। आप लोग उसमें ज़रूर आइयेगा। कार्यक्रम डिपार्टमेंट के ही कम्युनिटी हॉल में होगा। तो मिलते हैं शुक्रवार को सुबह ग्यारह बजे। वैसे नोटिस बोर्ड पर भी इसकी सूचना लगी रहेगी।'

तब तक रघुनन्दन सर गलियारे से आते नज़र आये। सीनियरों ने उनका अभिवादन किया और कक्षा से बाहर निकल गये। रघुनन्दन सर ने उस दिन भी पहले पन्द्रह मिनट अपनी डाक उलटने-पलटने में बिताये। फिर आधुनिक कविता पर छोटा-सा परिचयात्मक व्याख्यान देने के बाद छायावाद के कवियों जयशंकर प्रसाद, सूर्यकान्त त्रिपाठी 'निराला', सुमित्रानन्दन पन्त और महादेवी वर्मा पर बोलने लगे। उन्हें इस बात से कोई सरोकार न था कि कक्षा में कोई छात्र सुन भी रहा है या नहीं। कवियों का परिचय देने के बाद उन्होंने सूचना दी कि अगले दिन वो जयशंकर प्रसाद की 'कामायनी' पर बात करेंगे और समय से बीस मिनट पहले ही कक्षा से प्रस्थान कर गये।

'भाई लोग अगर ये सोचकर जेएनयू आये हो कि यूपीएससी का हिन्दी साहित्य का पेपर इन टीचर महोदय की कृपा से तैयार हो जायेगा तो समझ

लो कि झटका लग चुका है। ग़ज़ब लिल्हड़ टाइप टीचर है भाई।', मुकुन्द ने रघुनन्दन सर के बाहर जाते ही कहा।

'हाँ यार, बात तो सही कह रहे हो। हम लोग तो यूपीएससी के लिए ही आये हैं। पर रघुनन्दन सर ने तो भारी निराशा से भर दिया है।', प्रांजल ने कहा।

'अरे हम अपनी भी तो तैयारी करेंगे ना। सिर्फ़ इन टीचर महोदय के भरोसे थोड़े ही ना रहना है। और मैं तो तुम लोगों से बात भी करने वाला था कि हमें अब धौलपुर हाउस में बैठना शुरू कर देना चाहिए।', नील ने प्रस्ताव दिया।

'अरे भाई, तुम तो झटके पर झटका दिये जा रहे हो। अभी जेएनयू में आये हुए चार दिन भी नहीं हुए हैं। भौजाई तुमने ढूँढ़ ली है और अब धौलपुर में समाधि लगाने की बात कर रहे हो। तुम्हारे लक्षण हमें ठीक नहीं लग रहे दोस्त। इस जानदार-शानदार कैंपस में थोड़ा साँस-वाँस तो ले लेने दो।', मुकुन्द ने हँसते हुए कहा।

'अरे वो सब तो चलता ही रहेगा। मस्ती भी करेंगे और पढ़ाई भी, क्यों दोस्तों?', नील ने पुष्कर, प्रांजल और अंकित की ओर देखते हुए कहा।

'हाँ हाँ, मज़े भी करेंगे और रिज़ल्ट भी देंगे।'

'क्या भाई लोग, क्या बात हो रही है?', योगेश, देवेन्द्र और अक्षत पीछे की तरफ़ आ गये थे।

'अरे कुछ नहीं। वही नेशनल हॉबी की बात हो रही थी। तुम लोग आगे क्या करना चाहते हो?', मुकुन्द ने पूछा।

'मैं तो भाई हिन्दी का प्रोफ़ेसर बनूँगा, नामवर सिंह टाइप।', अक्षत ने गम्भीरता से कहा।

'और तुम योगेश?', अंकित ने पूछा।

'भाई, मैं छोटे से गाँव से आया हूँ। हमारे ख़ानदान में कोई पढ़ा-लिखा नहीं। एक टीचर बन जाऊँ बस यही ख़्वाहिश है।', योगेश ने बहुत सहजता से कहा था।

'एकदम ठीक कह रहे हो योगेश। जो सही लगे वही करना चाहिए। किसी से प्रभावित होकर या फ़ैशन देखकर अपना करियर नहीं तय करना चाहिए।', पुष्कर ने कहा।

'और तुम देवेन्द्र, तुम्हारा क्या इरादा है?', प्रांजल ने पूछा।

'दोस्त, मुझे कुछ भी पता नहीं है कि मैं आगे क्या करूँगा और किस लायक हूँ। जेएनयू में कैसे दाख़िला हो गया, ये भी नहीं मालूम मुझे। कविता पढ़ना और लिखना पसन्द है। किसी ने बताया कि जेएनयू का फ़ॉर्म आया है तो भर दिया। परीक्षा दिया और यहाँ आ गया हूँ। मुझे सच में नहीं मालूम है कि मैं क्या करूँगा आगे।', देवेन्द्र ने सबको हैरान कर दिया था।

'अरे इतना सीरियस होने की ज़रूरत नहीं है। सबका कुछ न कुछ हो ही जायेगा। नील ने माहौल को सीरियस बना दिया है। अभी ये सोचा जाये कि जेएनयू का भरपूर मज़ा कैसे लेना है। पढ़ाई और करियर तो होता रहेगा।', मुकुन्द ने माहौल को थोड़ा हल्का किया था।

'यार, हॉस्टल की लिस्ट भी तो देखनी होगी?', नील ने कहा।

'हाँ, हाँ, इस क्लास के बाद चलते हैं डीन ऑफ़िस और पता करते हैं कि हॉस्टल अलॉटमेंट का स्टेटस क्या है।', मुकुन्द ने कहा।

तब तक दुष्यन्त पराशर सर कक्षा में दाख़िल हुए। ललाट का पसीना पोंछने के बाद उन्होंने दरवाज़ा भीतर से बन्द कर दिया। फिर अपनी डायरी खोली और बिना कोई समय गँवाये पढ़ाना शुरू कर दिया।

गोदान' सबने पढ़ रखा था, लेकिन दुष्यन्त सर ने उपन्यास की जो व्याख्या की उसमें छात्र डूब से गये। पढ़ाते-पढ़ाते जब दुष्यन्त सर ने गोदान की त्रासदी की व्याख्या की और होरी के चरित्र का चित्रण किया तो उनकी आँखों में आँसू छलक आये थे। छात्रों को ऐसा लग रहा था जैसे होरी, धनिया, गोबर जैसे गोदान के तमाम पात्र उनकी आँखों के सामने मौजूद हों। कोई टीचर एक काल्पनिक उपन्यास को पढ़ाते हुए इतना डूब जायेगा कि अपनी भावनाओं पर भी काबू नहीं रख पायेगा, ये छात्रों के लिए एक बिल्कुल नया अनुभव था। गोदान की वो क्लास यादगार थी। ऐसा लग रहा था जैसे प्रेमचंद ने जो लिखा है उसमें दुष्यन्त सर ने एक नया ही रंग भर दिया हो।

'गोदान पर हम इस पूरे हफ़्ते बात करेंगे।', ये कहते हुए दुष्यन्त सर अपने आँसू पोंछ रहे थे।

'क्या करूँ, होरी हिन्दी साहित्य का ऐसा पात्र है जिसका जीवन मुझे हर वर्ष रुलाता है। मैं अपनी भावनाओं पर काबू नहीं रख पाता। उम्मीद है आप लोगों को कथानक, चरित्र और उपन्यास का सन्देश समझ में आ रहा होगा?'

सर की इस बात ने जैसे छात्रों की तन्द्रा तोड़ी थी। सब मन्त्रमुग्ध होकर पराधीन भारत में किसानों की दुर्दशा का जैसे साक्षात दर्शन कर रहे थे।

'सर ऐसी क्लास हमने ज़िन्दगी में नहीं अटेंड की है। ऐसा लग रहा है जैसे जीवन धन्य हो गया हो हमारा।', योगेश ने तपाक से कहा।

'अरे ऐसी कोई बात नहीं। विषय बहुत अच्छा है। आप लोग मन लगाकर पढ़िये और अच्छे शोधार्थी बनिये। पढ़ने-पढ़ाने की परम्परा को ऐसे ही आगे बढ़ाना है। कुछ मैं आप लोगों को सिखाऊँगा तो कुछ आप लोग भी मुझे सिखायेंगे। कक्षा में सवाल ज़रूर पूछियेगा। सवालों से ही विषय की समझ गहरी होती है। आज बस इतना ही। अब अगली क्लास में बात करेंगे।' दुष्यन्त सर अपनी डायरी उठाकर बाहर जाने लगे थे।

कक्षा में गोदान का प्रसंग छा गया था। जब सबने अपने-अपने हिस्से की प्रतिक्रिया दे दी और दुष्यन्त सर की तारीफ़ कर ली तो मुकुन्द ने कहा, 'चला जाये भाई लोग डीन ऑफ़िस। देखा जाये कि किसको कौन-सा हॉस्टल अलॉट हुआ है।' सब दो-तीन ग्रुप बनाकर डीन ऑफ़िस की ओर चल पड़े थे।

हॉस्टल की पहली लिस्ट डीन ऑफ़िस के नोटिस बोर्ड पर चिपकी हुई थी। मुकुन्द और अंकित को सतलज हॉस्टल मिला था। पुष्कर और प्रांजल झेलम में थे। वसुधा, रजनी और डॉली को गोदावरी हॉस्टल मिला था। पवित्रा और पल्लवी को गंगा हॉस्टल अलॉट हुआ था। योगेश, देवेन्द्र और अक्षत को कावेरी हॉस्टल मिला था। नील का रैंक नीचे था तो उसे पहली लिस्ट में हॉस्टल नहीं मिल सका था। बाक़ी सात लोगों को भी पहली लिस्ट में हॉस्टल नहीं मिला था। नील ने भीतर जाकर पूछा कि उसे कब तक हॉस्टल मिल जायेगा तो क्लर्क ने यही बताया कि उसे हॉस्टल मिलने में थोड़ी देर हो सकती है। पर वो अगली लिस्ट का इन्तज़ार कर ले। नील थोड़ा उदास हो गया था। वैसे उसे ब्रह्मपुत्रा में राजीव भैया के साथ कोई दिक़्क़त नहीं थी। वो हॉस्टल में कम ही रहते थे। पर क़रीबी दोस्तों को हॉस्टल मिलने से अपने लिए वो थोड़ा दुखी हो गया था।

'अरे नील, दुखी होने की ज़रूरत नहीं है भाई। जो होता है, अच्छे के लिए ही होता है। इसमें भी भगवान तुम्हारा कुछ अच्छा ही सोचे होंगे। और आज नहीं तो कल तो मिलेगा ही।', मुकुन्द ने समझाया।

'हाँ, तुम ठीक ही कहते हो। चलो तुम लोगों को हॉस्टल की बहुत-बहुत बधाई। शाम को मिलते हैं।'

'आ जाना, छह बजे चलेंगे गोदावरी ढाबा।', मुकुन्द ने कहा।

'ये क्या तुम लोगों का रोज़-रोज़ का खेला शुरू हो गया है।', अंकित ने पूछा।

'अरे आज तुम लोग भी चलना। मिलते हैं छह बजे गोदावरी ढाबे पर।', मुकुन्द ने कहा।

'साढ़े छह बजे मिलते हैं यार। छह बजे बहुत गर्मी रहती है।', प्रांजल ने कहा।

'ठीक है तुम लोग साढ़े छह पर आ जाना। मैं वहीं मिलूँगा। अब चला जाये नहीं तो खाना छूट जायेगा।', नील बोला।

'हाँ हाँ, चला जाये।', सब चल पड़े थे।

10

नील हॉस्टल पहुँचा तो बाहर भीड़ लगी थी। सब तेज़ स्वर में आपस में बातें कर रहे थे। एक-दूसरे को बधाई दे रहे थे। साठ-सत्तर लड़कों की भीड़ ब्रह्मपुत्रा के बाहर जमा थी। पूछने पर पता चला कि यूपीपीएससी के प्रिलिम्स का रिज़ल्ट आया है और हॉस्टल के कई लड़कों का हो गया है। मेस में भी पीसीएस के रिज़ल्ट की ही चर्चा गर्म थी। उसकी टेबल पर बैठे छह में से चार लोग पास हुए थे।

'इस बार ग़ज़ब रिज़ल्ट आया है। लगता है सीट बढ़ गया है।', सामने बैठे एक सीनियर ने कहा।

'हाँ यार, छह हज़ार से ज़्यादा लोगों का प्री क्वालीफ़ाई हुआ है।', दूसरे सीनियर ने कहा।

'हिस्ट्री वालों ने तो बहार ला दिया है। हॉस्टल में दो-चार लोग ही हैं जिनका हिस्ट्री ऑप्शनल था और नहीं हुआ है। बाक़ी सब पास कर गये हैं।', तीसरे सीनियर ने कहा था।

'कुछ दिन में यूपीएससी का रिज़ल्ट भी आ ही जायेगा। चलो हॉस्टल का परफ़ॉर्मेंस अच्छा हुआ है तो आज से ही मेन्स की पढ़ाई का मोमेंटम बन जायेगा।', चौथे सीनियर ने कहा था।

नील चुपचाप लंच करते हुए उनकी बातें सुन रहा था और ख़ुश हो रहा था कि 'एक ऐसे माहौल में उसे पढ़ने का मौक़ा मिला है जहाँ इतने ज़्यादा लड़के आसानी से प्री क्वालीफ़ाई करते हैं, यहाँ गाइडेंस की तो कोई कमी ही नहीं होगी।'

'क्या जी बालक, तुम तो राजीव के कमरे में रहते हो ना?', एक सीनियर ने पूछा।

'जी सर।'

'किस सेंटर में हो?' दूसरे सीनियर ने पूछा।

'एसएल में सर। एमए हिन्दी।'

'अच्छा अच्छा। पिछले साल तुम्हारे ही सेंटर का जयराम आईएएस हुआ था। पता तो होगा ही।'

'नहीं सर, पता नहीं, पर जानकर अच्छा लगा।'

'तुम्हारा क्या इरादा है, एकैडेमिक्स या यूपीएससी?' तीसरे सीनियर ने पूछा।

'यूपीएससी ही देना है सर।'

'चलो अच्छी तरह तैयारी करो। कुछ पूछना हो तो बेहिचक पूछ लेना। मेरा नाम दिवाकर है, ये संजय, रिज़वान और वो कौशल।', दिवाकर सर ने इशारे से सबका परिचय दिया था।

'जी सर, ज़रूर।' नील का खाना ख़त्म हो गया था। वो उठ गया।

दोपहर में थोड़ी नींद लेने के बाद उसने डायरी निकाली और उसमें अपनी दिनचर्या लिखने लगा। 'सुबह उठकर पहले जॉगिंग करना है। न्यूज़ पेपर देखने के बाद एक घण्टा हिन्दी साहित्य पढ़ना है। डिपार्टमेंट से लौटकर लंच के बाद बिना आराम किये दो से पाँच बजे तक धौलपुर हाउस में यूपीएससी की पढ़ाई करनी है। फिर मेन लाइब्रेरी में जाकर न्यूज़पेपर और मैगज़ीन देखना है। उसके बाद ही दोस्तों से मिलने जाना है।' डायरी में ये रूटीन लिखने के बाद नील को थोड़ी तसल्ली हुई थी। मन ही मन तय किया था कि इस अनुशासन का ईमानदारी से पालन करना है और अगले साल यूपीएससी की प्रिलिम्स और मेन्स परीक्षा देनी है।

शाम के साढ़े चार बज रहे थे। इस समय राँची में नील को क्रिकेट खेलने की आदत थी। वो हरमू ग्राउंड में जाकर अपनी टीम के साथ क्रिकेट का अभ्यास किया करता था। पर यहाँ उसने शुरुआत से ही अपना फ़ोकस बदल दिया था। उठकर वो बोतल में पानी भरने के लिए वॉटर कूलर तक गया। फिर उसके क़दम टीवी रूम की तरफ़ बढ़ गये। वहाँ बाहर पाँच-छह लड़के जमा थे और बातें कर रहे थे कि टीटी की टेबल कई महीने से टूटी पड़ी है और वॉर्डन कुछ कर ही नहीं रहे।

'अभी चला जाये वॉर्डन के पास।', एक सीनियर ने कहा। बाक़ी लोगों ने समर्थन किया था। फिर वे सब हॉस्टल के पीछे वॉर्डन के घर की तरफ़ चले गये थे। नील कमरे में लौटा और 'गोदान' पढ़ने लगा। बीच-बीच में उसे उस लड़की का ख़याल भी आ जाता।

'कौन थी? किस डिपार्टमेंट में होगी? उसके बाद फिर कभी नज़र नहीं आयी। कहीं सिर्फ़ उसी दिन तो जेएनयू नहीं आयी थी?', ऐसे तमाम विचार 'गोदान' के पन्नों के बीच आकर दिमाग़ में दस्तक दे जाते।

तय कार्यक्रम के अनुसार साढ़े छह बजे नील जीन्स और पीले रंग की टीशर्ट डालकर गोदावरी ढाबे पर पहुँच गया। काफ़ी चहल-पहल थी। पर उसके दोस्त अभी नहीं पहुँचे थे। अकेले उसे थोड़ा ऑकवर्ड लग रहा था, पर लड़की को देख पाने के विचार से वो ढाबे के सामने की ऊँचाई वाली जगह पर जाकर खड़ा हो गया। उसका ध्यान गोदावरी से आती-जाती लड़कियों पर ही था। कोई दस-एक मिनट बाद पेरियार गेट की तरफ़ से मुकुन्द, अंकित, पुष्कर और प्रांजल आते नज़र आये।

'देर कर दिये तुम लोग?', नील ने पूछा।

'अरे अंकित बाबू को तैयार होने में थोड़ा ज़्यादा टाइम लग गया। इसने भी सोचा होगा कि अकेले नील क्यों ऑपरेशन गर्लफ्रेंड पर रहे। क्या पता इसका भी गोदावरी ढाबे पर कुछ जुगाड़ बैठ जाये।', मुकुन्द ने चुटकी ली।

'तुम क्या कम तैयार हो रहे थे। बड़ा अंकित के नाम पर बिल फाड़ रहे हो।', पुष्कर ने कहा।

तब तक मल्होत्रा टी स्टॉल के सामने कॉर्नर की तरफ़ बैठे तीन-चार लड़के उठकर जाने लगे थे। पाँचों वहीं जाकर बैठ गये। मुकुन्द ने समोसे

और चाय का ऑर्डर दे दिया था। पाँच मिनट में मुकुन्द और पुष्कर जाकर ले भी आये। पास ही चार लड़के और दो लड़कियाँ कारगिल में पाकिस्तानी घुसपैठियों पर विजय की बातें कर रहे थे। अख़बार में ख़बर थी कि भारतीय सेना ने घुसपैठ करने वाले आतंकवादियों और पाकिस्तानी सेना के सैनिकों से कारगिल, द्रास और बटालिक को आज़ाद करा लिया है। दायीं तरफ़ एक लम्बा-सा लड़का अपने साथियों को फ़िल्म 'अग्निपथ' का अमिताभ वाला डायलॉग सुना रहा था। उसकी संवाद अदायगी आसपास के लोगों का भी ध्यान आकर्षित कर रही थी।

'एक-एक चाय और चले?', मुकुन्द ने पूछा।

'हाँ, मज़ेदार माहौल है। पी लिया जाये एक कप और।', अंकित ने कहा। इस बार नील और अंकित चाय-पकौड़ा लेने चले गये थे। चाय का दौर चल ही रहा था कि सामने तीन लड़के आकर खड़े हो गये।

'जानते हो पापा आये तो राजन और परीक्षित मेरे कमरे पर ही थे।', सामने खड़े लड़के ने कहा।

'पापा आये हुए हैं क्या?', दूसरे लड़के ने पूछा।

'हाँ, पापा को डिपार्टमेंट का कुछ काम था तो आये हुए हैं।'

'पर हुआ क्या?' तीसरे लड़के ने पूछा। मुकुन्द ऐण्ड मण्डली उनकी बात ध्यान से सुन रही थी।

'पापा ने मुझसे पूछा कि पीटी कैसा हुआ? तो मैंने कहा कि ठीक हुआ पापा। फिर उन्होंने राजन से पूछा। राजन ने भी कहा कि ठीक हुआ अंकल। पर पता नहीं पापा ने परीक्षित से क्यों पूछा कि तुम ऑप्शनल में कितना प्रश्न सही किये बेटा? तो परीक्षित बोला कि 'चाचाजी इस बार तैयारी अच्छी नहीं हो सकी तो पीटी अच्छा नहीं हुआ है'। पापा जानते हैं कि परीक्षित जेएनयू में नहीं है और बेर सराय में रहकर यूपीएससी की तैयारी कर रहा है।'

दोनों लड़के ध्यान से उसकी बात सुन रहे थे। 'फिर क्या हुआ?', दूसरे लड़के ने पूछा।

'होना क्या था। पापा ने फिर पूछा कि सही कितना हुआ? तो परीक्षित बोला कि चालीस सही होगा। इस पर पापा ने क्या कहा जानते हो?'

‘क्या कहा अंकल ने?’, तीसरे लड़के ने कौतूहल से पूछा।

‘उन्होंने कहा कि ‘बेटा, अगर चालीस सवाल ही सही करना है तो इतना पैसा ख़र्च करके दिल्ली में रहने की क्या ज़रूरत है। पटना में घर पर ही रहकर तैयारी करते। अरे चालीस सवाल तो हर क्वेश्चन में ए ए ए लगा दोगे या बी बी बी लगा दोगे, तो भी सही हो जायेगा।’ ये कहकर पापा पान थूकने बाहर चले गये थे। पापा की इस बात से राजन और मैं तो सहम गये, लेकिन परीक्षित बेचारा परेशान हो गया। बोला, ‘साला, तुम्हारा बाप बात तो ठीके कह रहा है। चालीस सवाल सही करने के लिए दिल्ली में रहने की क्या ज़रूरत है। बात चुभने वाली है पर है सही।’ फिर जैसे ही पापा भीतर आये राजन और परीक्षित दोनों ने उन्हें प्रणाम किया और निकल गये।’, ये सुनकर सब हँसने लगे थे।

सामने ही बैठे मुकुन्द, नील, अंकित, पुष्कर और प्रांजल भी अपनी हँसी रोक नहीं पाये थे।

‘अंकल ने बात वैसे ग़लत नहीं कही थी।’ मुकुन्द बोल पड़ा। उसकी बात सुनकर तीनों लड़के मुस्कुराये और ढाबे की तरफ़ चले गये।

आठ बजने वाले थे, पर लड़की नज़र नहीं आयी थी।

‘चला जाये भाई लोग। नील...लगता है भौजाई थोड़ा तड़पाने के मूड में है।’, मुकुन्द ने कहा।

‘हाँ, मेस का टाइम भी हो गया है, चला जाये।’, नील ने निराशा भरे स्वर में कहा।

डिनर के बाद नील जब कमरे में पहुँचा तो सोचने लगा, ‘मैं क्या कर रहा हूँ। मैं क्या यही करने जेएनयू आया हूँ। मेरे सामने यूपीएससी का इतना बड़ा लक्ष्य है और मैं आवारा लड़कों की तरह एक लड़की को तलाशता फिर रहा हूँ। वो भी ऐसी लड़की जिसे ना तो मैं जानता हूँ और ना ही कभी मिला हूँ। इत्तेफ़ाक़ से हुई दो बार की दूर की मुलाक़ातों के आधार पर मैं ये क्या कर रहा हूँ। मुझे अपने काम पर ध्यान देना चाहिए। अगले साल सीरियसली पीटी और मेन्स देना है तो मुझे बिना समय गँवाये अभी से पढ़ाई में जुट जाना चाहिए, नहीं तो यहाँ का माहौल मुझे अपनी गिरफ़्त में लेने में देर नहीं लगायेगा। कल से ऑपरेशन धौलपुर शुरू।’

इस आत्मालाप से नील को थोड़ा अच्छा लगा था। एसटीडी बूथ पर जाकर उसने फ़ोन पर माँ-पापा दोनों से बात की। बाहर निकला तो देखा कि एक सुन्दर-सी लड़की एक लड़के के साथ हॉस्टल में दाख़िल हो रही है। डिनर के बाद बाहर तफ़री कर रहे तमाम लड़कों का फ़ोकस उस लड़की पर ही था। ब्रह्मपुत्रा लड़कों का हॉस्टल था जहाँ लड़कियों का आना एक घटना मानी जाती थी। मिड कैंपस से दूर ये एक अलग आइलैंड की तरह था। मिड कैंपस की भाषा में उसकी ख्याति बुढ़वांचल के रूप में थी।

नील मेस की ओर बढ़ा तो बग़ल से गुज़रते दो लड़कों में से एक ने कहा, 'विल्सनवा के मज़े हैं। एक तो सुन्दर गर्ल फ्रेंड मिल गयी है और दूसरे अक्सर हॉस्टल में आ भी जाती है। सिंगल रूम में गर्लफ्रेंड का देर तक रुकना... समझते हो ना?', फिर दोनों मुस्कुराते हुए आगे निकल गये थे।

डिनर लेकर नील जब रूम पर पहुँचा तो राजीव भैया बैठकर लिख रहे थे।

'कब आये भैया?'

'बस अभी ही।'

'तुम्हारा कैसा चल रहा है, डिपार्टमेंट में सेटल हो गये होगे अब तो?

'हाँ भैया, सब ठीक चल रहा है। चार अच्छे दोस्त भी बन गये हैं। वही, जिनके साथ मूवी गया था।'

'कोई लड़की दोस्त नहीं बनी?', राजीव भैया मुस्कुरा रहे थे।

'पाँच लड़कियाँ हैं क्लास में। पर अभी ज़्यादा बात नहीं हुई है...हो जायेगी।', नील मुस्कुराया।

'हाँ, अभी टाइम ही कितना हुआ है।'

'भैया, हॉस्टल में हिस्ट्री किसकी अच्छी है। पीटी और मेन्स के प्रेपरेशन के बारे पूछना था। अगर किसी ने हिस्ट्री से इंटरव्यू दिया हो तो अच्छा रहेगा। सोच रहा हूँ कि सीरियसली पढ़ाई शूरू कर दूँ।'

'अरे वाह, ये तो बहुत अच्छी बात है। जेएनयू में जब दो सेमेस्टर निकल जाता है तब लोग इस तरह की बात सोचते हैं, पर तुम तो अभी से सीरियस हो गये हो। ज़रूर अच्छा करोगे। चार कमरे के बाद रूम नम्बर 43 में संजय रहता है। मेरा अच्छा दोस्त है। चलो अभी ही मिलवा देते हैं।'

दोनों ने कमरा लैच किया और संजय के कमरे की तरफ़ चल पड़े। संजय टेबल लैंप की रोशनी में कुछ लिख रहे थे।

'अरे आओ-आओ राजीव। सब ठीक?'

'हाँ, यार सब ठीक है। ये राँची में मेरे पड़ोस में रहने वाला छोटा भाई है, नील। अगले साल हिस्ट्री और हिन्दी लिटरेचर से मेन्स लिखना चाह रहा है। इसको थोड़ा गाइड कर दो ना!'

'नमस्ते भैया।' नील ने कहा।

'नमस्ते-नमस्ते। बैठो नील। जितना मुझे आता है मैं तुम्हें पूरा गाइड करूँगा। क्या-क्या पढ़े हो हिस्ट्री में अब तक?'

'कुछ ज़्यादा नहीं भैया। एनसीईआरटी की किताबें पढ़ी हैं, बस।'

'तुम लोग बातें करो, मुझे थोड़ा काम है। मैं कमरे पर ही हूँ। नील, तुम आ जाना बात करके।' कहकर राजीव चले गये थे।

'देखो नील, मैंने दो बार हिस्ट्री और ज्योग्राफ़ी से इंटरव्यू दिया है। मैं बस यही कहूँगा कि फ़ोकस्ड रहना है। बहुत ज़्यादा पढ़ने की ज़रूरत नहीं है, मैं ऐसा तो नहीं कहूँगा। पर जो भी पढ़ो अच्छी तरह पढ़ो। उस पर कमांड होना चाहिए।'

'जी भैया। पर थोड़ा और बताइये ना कि क्या अप्रोच रखना है।'

'देखो, मैं अभी ये नहीं जानता कि तुम कैसे स्टूडेंट हो। जेएनयू का एंट्रेंस पासकर यहाँ आये हो तो अपने विषय में तो अच्छे ही होगे। लेकिन यूपीएससी के लिए गागर में सागर वाला अप्रोच चाहिए होगा। मतलब ये कि बहुत कुछ पढ़ने के साथ-साथ ये पता होना चाहिए कि क्या आने वाला है, क्या काम का है, क्या छोड़ना है और कैसे लिखना है। ज़्यादातर लोग क्या करते हैं कि बहुत-सी किताबें ख़रीद लेते हैं और इतना इन्फ़ॉर्मेशन बटोर लेते हैं कि उन्हें आख़िर में समझ ही नहीं आता कि इतनी सारी जानकारियों का करना क्या है। ख़ैर, तुम अभी शुरुआत ही कर रहे हो तो इतना बॉम्बार्डमेंट करने की ज़रूरत नहीं है। ऐसा करो कुछ किताबों के नाम लिख लो और उनको पढ़ना शुरू कर दो।' नील ने डायरी निकाल ली थी।

'मीडियम क्या रहेगा तुम्हारा?'

'भैया, इंग्लिश।'

'हिन्दी लिटरेचर में एमए कर रहे हो और मेन्स इंग्लिश मीडियम में दोगे? मैनेज कर लोगे ना?

'भैया, बचपन से इंग्लिश मीडियम में ही पढ़ा है। हिन्दी साहित्य इसलिए पढ़ता हूँ क्योंकि मुझे बहुत पसन्द है। इंग्लिश में मैं बहुत कम्फ़र्टेबल हूँ, ख़ासतौर से लिखने में।'

'ये तो बहुत इंटरेस्टिंग बात है। जानकर अच्छा लगा।'

'बोलिए भैया, आप किताबों के नाम बता रहे थे।'

'देखो एनसीईआरटी बहुत अच्छी तरह पढ़ना है। इसके अलावा एन्शियेंट के लिए दिल्ली यूनिवर्सिटी की एक हिन्दी मीडियम की किताब है झा और श्रीमाली की। बहुत अच्छी किताब है, वो ले लेना। और रोमिला थापर और डीएन झा की भी एन्शियेंट इंडियन हिस्ट्री ले लो। इसको पहले पढ़कर आओ फिर आगे बतायेंगे। एक साथ बहुत ज़्यादा इन्फ़ॉर्मेशन नहीं होना चाहिए।'

'जी भैया।', नील 'थैंक्यू' बोल कर कमरे से निकल गया था। उसे संजय भैया से मिलकर बहुत अच्छा लगा था। वो बहुत प्रेरित महसूस कर रहा था। कमरे में पहुँचा तो राजीव भैया अभी भी लिख रहे थे।

'कैसा रहा?'

'बहुत अच्छा रहा भैया। मैं तो संजय भैया से मिलकर बहुत प्रभावित हो गया हूँ। उन्होंने जो किताबें बतायीं हैं, कल ही ख़रीदता हूँ।'

'संजय की बात ईमानदारी से फ़ॉलो कर लोगे तो पहली बार में ही हो जायेगा तुम्हारा। कौन-सी किताब बतायी वैसे?'

'डीएन झा और रोमिला थापर पहले पढ़ने को कहा है और कोई हिन्दी मीडियम वाली किताब है। हाँ, झा और श्रीमाली की।'

'ये तीनों किताब मेरे पास है।' राजीव ने उठकर बुकशेल्फ़ खोला और तीनों किताबें निकालकर नील को दे दीं।

'अरे वाह, मैं देखना ही चाह रहा था भैया। पढ़ना शुरू करता हूँ। कल ख़रीद भी लूँगा।'

'अरे पढ़ो ना। ख़रीद लेना जब टाइम मिले। पढ़ना ज़रूरी है।'

नील ने बिस्तर पर बैठकर डीएन झा की एन्शियेंट इंडिया वाली पतली किताब पढ़ना शुरू कर दिया था। उसे बहुत अच्छा लग रहा था। राजीव थोड़ी देर में सो गये थे, लेकिन नील पढ़ता रहा था। सिंधु घाटी की सभ्यता और वैदिक काल तक पढ़ने के बाद उसे भी नींद आने लगी थी। घड़ी पर नज़र गयी तो रात के दो बज रहे थे। उसने किताब सिरहाने रखी और संजय भैया की बातें सोचता हुआ सो गया।

11

भाषा केन्द्र के कम्युनिटी हॉल में हलचल थी। एमए के नये छात्रों के स्वागत समारोह की पूरी तैयारी थी। दीवारें चारों तरफ़ काग़ज़ के रंग-बिरंगे झालर और झंडियों से सजी थीं। सामने की दीवार पर बड़े बैनर पर लिखा था 'नवागंतुकों का स्वागत समारोह'। कमरा सीनियर छात्र-छात्राओं से भरा था। हिन्दी और उर्दू के कुछ टीचर भी सामने लगी कुर्सियों पर बैठे थे। नये छात्रों को आगे की पंक्ति में ही बिठाया गया था। सब लोग विभागाध्यक्ष कौशलेंद्र मिश्रा का इन्तज़ार कर रहे थे।

मुकुन्द ऐण्ड मण्डली सबसे पीछे बैठी थी। कुछ सीनियरों ने आगे आने को कहा भी, पर उन्होंने कहा कि वो वहीं ठीक हैं।

'पता नहीं क्या करेंगे सब। बोरिंग टाइप माहौल लग रहा है।', मुकुन्द नील के कान में फुसफुसाया।

'हाँ, जल्दी निपटे तो मैं धौलपुर जाऊँ।'

'क्यों, इसके बाद क्लास नहीं करोगे?'

'क्लास नहीं है आज। मैंने पता कर लिया है। मुझे तो हॉस्टल की चिन्ता हो रही है?'

'फ़ंक्शन के बाद चलते हैं डीन ऑफ़िस, एक चक्कर लगा लेते हैं।'

'ठीक है चलेंगे।'

तभी तेज़ क़दमों के साथ विभागाध्यक्ष कौशलेंद्र मिश्रा का आगमन हुआ। पहले उन्हें गुलदस्ता देकर उनका स्वागत किया गया। प्रतिज्ञा नाम की एक सीनियर लड़की ने स्वागत वक्तव्य दिया और फिर कौशलेंद्र सर को बोलने के लिए आमन्त्रित किया।

कौशलेंद्र मिश्रा मझोले क़द के सुदर्शन पुरुष थे। अवस्था कोई साठ-बासठ वर्ष की रही होगी। सफ़ेद कुर्ता और धोती उनके व्यक्तित्व को और निखार रही थी। उन्होंने बोलना शुरू किया–'आप सभी नये छात्र-छात्राओं का मैं भारतीय भाषा केन्द्र में स्वागत करता हूँ। मैं लम्बा भाषण देकर आप लोगों के इस ख़ास दिन को उबाऊ नहीं बनाना चाहता। बस यही कहूँगा कि इस विश्वविद्यालय की न केवल भारत, बल्कि विश्व में भी एक ख्याति है। और वो ख्याति यहाँ के छात्रों की प्रतिभा और प्रदर्शन के आधार पर ही बनी है। कोई भी शिक्षण केन्द्र अपने सुन्दर परिसर और चमकदार दीवारों से प्रसिद्धि के शिखर

पर नहीं पहुँचता, उसके लिए ज़रूरी होता है वहाँ के छात्रों का अकादमिक प्रदर्शन। हमारे विभाग के छात्रों का अब तक का प्रदर्शन बहुत अच्छा रहा है और मुझे पूरी उम्मीद है कि आप लोग उस परम्परा को आगे बढ़ायेंगे। इसी के साथ मैं अपनी बात समाप्त करता हूँ। धन्यवाद।'

विभागाध्यक्ष के भाषण के बाद एक सीनियर छात्रा सुरभि ने सरस्वती वन्दना की। फिर नये छात्रों ने अपना-अपना परिचय दिया। उसी दौरान कौशलेंद्र मिश्रा ने कहा, 'नये छात्रों में भी तो कुछ न कुछ प्रतिभा होगी। कोई आगे आकर कुछ सुनाये!' उनकी इस बात पर सारे नये छात्र आपस में बातें करने लगे थे।

'अरे भई, क्या कोई भी ऐसी प्रतिभा नहीं है नये छात्रों में जो आकर आत्मविश्वास के साथ मंच पर कुछ सुना सके?', कौशलेंद्र सर गम्भीर हो गये थे। तभी वसुधा खड़ी हुई और मंच की ओर बढ़ी।

'देख भाई मुकुन्द, तुम्हारी वसुधा तो बहुत कॉन्फ़िडेंट है।', नील ने कान में कहा। मुकुन्द बस मुस्कुराया। वसुधा ने फ़िल्म 'पाक़ीज़ा' का गाना 'चलते-चलते' शुरू किया। उसने इतना अच्छा गाया कि सब लोग हैरान हो गये। गाना ख़त्म हुआ और तालियों की गड़गड़ाहट देर तक गूँजती रही।

'ये हुई न बात। बहुत सुन्दर गाया बेटा तुमने। वाक़ई बहुत मधुर आवाज़ है तुम्हारी।', कौशलेंद्र सर ने वसुधा की प्रशंसा की थी। जब वसुधा अपनी सीट पर लौटी तो आसपास बैठे छात्र-छात्राओं ने उसकी बहुत सराहना की। सांस्कृतिक कार्यक्रम के बाद सबको पेपर प्लेट में समोसा, जलेबी और एक-एक फ्रूटी दी गयी। घण्टे भर में समारोह समाप्त हो गया था।

'मैं और नील डीन ऑफ़िस जा रहे हैं, हॉस्टल का पता लगाने। तुम लोगों को भी चलना है क्या?' मुकुन्द ने तीनों से पूछा।

'तुम लोग पताकर आओ। हम लाइब्रेरी कैन्टीन की तरफ़ बढ़ रहे हैं। वहीं मिलते हैं। वैसे इतनी जल्दी दूसरी लिस्ट आयी नहीं होगी।', अंकित ने कहा।

'जाकर देख लेते हैं।', नील बोला।

नील और मुकुन्द डीन ऑफ़िस पहुँचे तो देखा कि दूसरी लिस्ट आ गयी थी, लेकिन उसमें भी नील का नाम नहीं था। नील दुखी हो गया। उसने क्लर्क से पूछा तो पता चला कि इस सेमेस्टर में अब और कोई लिस्ट नहीं

आयेगी। अब अगले सेमेस्टर में ही कुछ हो पायेगा। या फिर बीच में पीएचडी जमा करने वाले जब हॉस्टल छोड़ेंगे तभी कुछ बात बनेगी। लेकिन उसकी सम्भावना भी कम ही है।

'अरे यार नील, ये तो बहुत अजीब सिस्टम है। तुम जिनके साथ रह रहे हो, वहाँ कोई दिक़्क़त तो नहीं?'

'नहीं, वैसे तो कोई परेशानी नहीं, लेकिन ख़ुद में थोड़ा अजीब लगता है। राजीव भैया तो बहुत अच्छे हैं। अपने रिसर्च के सिलसिले में वो ज़्यादातर बाहर ही रहते हैं।' दोनों लाइब्रेरी कैन्टीन पहुँचे। पुष्कर, प्रांजल और अंकित बाहर ही पत्थर पर बैठकर उनका इन्तज़ार कर रहे थे।

'यार दूसरी लिस्ट में भी हॉस्टल नहीं मिला।', नील ने थोड़ा उदास होकर दोस्तों को बताया।

'कोई बात नहीं हॉस्टल में देर हो रही है तो हमारे साथ रह लो।', अंकित ने ऑफ़र दिया।

'नहीं यार, वैसी कोई दिक़्क़त नहीं। मिल जाता तो अच्छा रहता। पर चलो आज नहीं तो कल तो मिल ही जायेगा।'

'तुम लोग बैठो मैं दाल बड़ा और चाय का ऑर्डर करता हूँ।', मुकुन्द ने उठते हुए कहा।

'जानकारी तो यही थी कि यहाँ सबको हॉस्टल मिल जाता है। पर ये तो नयी बात सुन रहा हूँ।', प्रांजल ने कहा।

'अब शायद जेएनयू में भी क्षमता से ज़्यादा ऐडमिशन हो रहा है या डिपार्टमेंट बढ़ गये हैं, पर उसके हिसाब से हॉस्टल नहीं हैं, इसीलिए ये प्रॉब्लम हो रही है।', पुष्कर ने कहा।

'ख़ैर छोड़ो, जो होगा देखा जायेगा। रहने की जगह फ़िलहाल है ही। समय आने पर हॉस्टल भी मिल जायेगा।', नील ने टॉपिक बदला। तब तक एक प्लेट में पाँच दाल बड़ा लेकर मुकुन्द आ गया। कैन्टीन का एक लड़का ट्रे में पाँच चाय लेकर पीछे खड़ा था। चाय ख़त्म करने के बाद मुकुन्द ने पूछा, 'अब क्या प्रोग्राम है? शाम को मिलते हैं गोदावरी ढाबे पर?'

'नहीं यार, मैं नहीं आऊँगा आज। लाइब्रेरी में पढ़ूँगा।', नील ने कहा।

‘अरे भाई नील, तुम तो दो दिन में ही हार मान गये। सुन्दर भौजाई के लिए तपस्या करनी पड़ती है बे। मिलते हैं शाम को। मज़ा तो आता है वहाँ।’, मुकुन्द ने कहा।

‘नहीं वो सब तो ठीक है। पर यहाँ यही सब करने थोड़े ही ना आये हैं यार। देखा जायेगा आगे क्या होता है।’

‘अरे! अपना हीरो तो निराश हो रहा है। अभी से इतना सीरियस है पढ़ाई के लिए। इरादा ठीक है ना गुरु? पहले अटेम्प्ट में ही यूपीएससी क्रैक करना है क्या?’, अंकित ने हैरानी से पूछा।

‘अगर हो जाये तो बुरा क्या है। मैं तो कहूँगा कि हम सब को सीरियस हो जाना चाहिए।’

‘भाई, नील के इरादे कुछ ज़्यादा ही ख़तरनाक लग रहे हैं। अच्छा कल से सीरियस हो जाना। हम लोग भी तुम्हारे साथ धौलपुर में बैठने की कोशिश करेंगे। बस आज भर मस्ती कर लेते हैं। मेरे कहने से आज गोदावरी की बैठकी लगायी जाये। ऐडमिशन के बाद अभी हमने साबरमती के समोसे और आलू बौण्डे भी नहीं खाये हैं।’, मुकुन्द ने कहा।

‘ठीक है, आज शाम साढ़े छह पर मिलते हैं, पर कल से पढ़ाई करेंगे।’, नील बोला।

लंच के बाद नील राजीव भैया से मिली किताबें लेकर धौलपुर हाउस पहुँच गया। वहाँ वो पूरी तन्मयता से डीएन झा वाली किताब पढ़ता रहा। छह बजे उसे ख़याल आया कि दोस्तों से गोदावरी पर मिलना है। वहाँ से निकला, हॉस्टल पहुँचा, मुँह-हाथ धोया और फिर टीशर्ट बदलकर साढ़े छह तक गोदावरी ढाबे पर पहुँच गया। चारों दोस्त पहले से ही मल्होत्रा टी स्टॉल के सामने बैठे थे। ‘यार अचानक तुम इतने सीरियस क्यों हो गये हो पढ़ाई को लेकर? कुछ हुआ है क्या?’, मुकुन्द ने कॉफ़ी पीते हुए पूछा।

‘नहीं, ऐसी तो कोई बात नहीं। बस लगा कि जो करने आये हैं, उसी पर फ़ोकस करना चाहिए। ये लड़की-वड़की का चक्कर ठीक नहीं।’

‘वो तो ठीक है, पर लड़की पर थोड़ा ध्यान दे भी दोगे तो कौन-सी पढ़ाई चौपट हो जायेगी। ना तो हम चौबीस घण्टे पढ़ सकते हैं और ना ही चौबीस घण्टे कोई और काम कर सकते हैं। अगर लड़की मिल ही जाये तो अपने

बिज़ी शेड्यूल में से थोड़ा वक़्त तो निकाला ही जा सकता है, क्यों?', मुकुन्द ने हँसते हुए कहा।

'लड़की कोई ऐसी चीज़ नहीं गुरु कि तुम ये तय कर सको कि क्या करना है। अगर पॉज़ीटिव साइन मिल गया तो ये तुम्हारे हाथ में नहीं रह जायेगा कि कितना समय देना है और कितना नहीं देना है।', अंकित ने अपनी राय दी।

'तुम तो एकदम लव पुराण के प्रकाण्ड विद्वान की तरह बात कर रहे हो बे अंकित। अनुभव ले चुके हो क्या?', मुकुन्द ने खिंचाई की।

'अरे थोड़ा-बहुत अनुभव किसका नहीं रहता है। बस उसी आधार पर कह रहा हूँ। मैंने अच्छे-अच्छे गुरु लोग को चपंडुक बनते देखा है, तबाह होते देखा है। लड़की चीज़ ही ऐसी है। कबीर दास जी ने ग़लत नहीं कहा है—नारि की झाईं परत अन्धा होत भुजंग। कबीरा उसकी कौन गति नित नारि के संग।', अंकित ने मुस्कुराते हुए तर्क दिया।

'वाह गुरु, तुमने तो इस प्रसंग की शास्त्रीय व्याख्या भी कर दी। हो पक्के हिन्दी साहित्य के विद्यार्थी।', मुकुन्द हँस पड़ा था।

ढाबा रोज़ की तरह ही गुलज़ार था। मामू जूस कॉर्नर के सामने सिगरेट पीती लड़कियों के साथ आज एक गंजा और ठुड्डी पर बकरे जैसी दाढ़ी वाला लड़का भी बैठा था जो ज़ोर-ज़ोर से अंग्रेज़ी में किसी फ़िल्म पर अपना ज्ञान बिखेर रहा था। लड़कियाँ उसे ध्यान से सुन रही थीं।

'साला, इस टाइप के लड़कों को तो मन करता है दो हाथ खींचकर दें।', अंकित ने ग़ुस्से में कहा।

'क्यों भाई क्या हुआ, क्यों नाराज़ हो रहे हो बेचारे पर?', मुकुन्द बोला।

'लड़कियाँ भी ऐसे ही उल्लू टाइप लड़कों को पसन्द करती हैं। देखो कहीं से भी साला आदमी नहीं लग रहा है? बस अंग्रेज़ी में गिटपिटा रहा है। वो भी अमेरिकन इंग्लिश में। लड़कियों को ऐसे लड़कों में पता नहीं क्या अच्छा लगता है।', अंकित ने कहा।

'दोस्त, आजकल की हेप टाइप लड़कियों को यही तो अच्छा लगता है। और कुछ हो या ना हो, इंग्लिश रैप्चिक होनी चाहिए। है कि नहीं नील?', मुकुन्द ने कहा।

'पता नहीं यार। पसन्द-नापसन्द बहुत ही सब्जेक्टिव मामला है। किसे कौन अच्छा लगता और क्यों अच्छा लगता है, ये कोई नहीं बता सकता।'

'भाई, ये तो फ़िलॉसफ़र बनने की राह पर है। हर बात की दार्शनिक व्याख्या कर रहा है।', मुकुन्द ने हँसते हुए कहा।

तभी एक साधारण से दिख रहे लड़के का हाथ पकड़े एक सुन्दर-सी लड़की चाय लेने पहुँची। ग़ौर से देखने पर पता चला कि लड़का देख नहीं सकता। दोनों एक-दूसरे का हाथ एक पल के लिए भी छोड़ नहीं रहे। वे चाय लेकर पास में ही बैठ जाते हैं।

'अब यही देख लो। लड़का ब्लाइंड है, पर उसे इतनी सुन्दर लड़की प्रेम करती है ना! मैं यही कह रहा था।', नील ने अपनी पिछली बात के समर्थन में कहा।

'हाँ, बात तो ठीक कह रहे हो दोस्त। यहाँ हमारी शक़्लोसूरत ठीक-ठाक है। कपड़े-वपड़े पहनकर लगते भी अच्छे ही हैं, पर गर्लफ्रेंड का कोई ठिकाना नहीं और इन भाई साहब की क़िस्मत देखिये। ईश्वर ने आँखों में ज्योति न देकर अन्याय किया तो देखिये सुन्दर लड़की का प्रेम देकर क्या न्याय कर दिया।', मुकुन्द ने कहा।

'अरे तुम लोगों को पता है कि दोनों ब्वॉयफ्रेंड-गर्लफ्रेंड हैं भी या नहीं? ऐसे ही कुछ भी बोले जा रहे हो।', प्रांजल ने थोड़ा रुखेपन से कहा।

'अगर ऐसा ना भी हो और दोनों केवल एक-दूसरे को जानते भर हों, तब भी दोनों ने जिस तरह एक-दूसरे का हाथ पकड़ रखा है और एक-दूसरे से चिपककर बैठे हैं, उसे देखकर अपनी क़िस्मत पर तो दया ही आयेगी ना।', अंकित ने दोनों हाथ रगड़ते हुए कहा।

'अच्छा, ज़िन्दगी बीत नहीं गयी है बेटा। तुम्हारी क़िस्मत भी चमकेगी। बस डटे रहो 'ऑपरेशन महबूबा' में और सब्र रखो। तुम्हारी राजकुमारी भी तुम्हारे हाथ को थामने के इन्तज़ार में कहीं चाय पी रही होगी।', मुकुन्द बोलकर हँस पड़ा। तब तक उनकी कॉफ़ी ख़त्म हो गयी थी।

'चला जाये थोड़ा साबरमती ढाबे का भी रंग देख लिया जाये?' मुकुन्द ने प्रस्ताव दिया।

'हाँ हाँ, चला जाये। कल से तो नील बाबू शायद आयेंगे नहीं। आज ही चक्कर लगा लिया जाये।', अंकित ने कहा।

'अब हॉस्टल चला जाये यार। साढ़े सात बजने वाले हैं। किसी दिन यहाँ ना आकर वहीं चला जायेगा।', नील ने गम्भीरता से कहा।

‘देखो यहाँ टाइम का पता ही नहीं चलता। हाँ, अब चला जाये। डिनर का टाइम वाक़ई हो गया है।’, पुष्कर ने कहा। सब अपने-अपने हॉस्टल की ओर बढ़ गये थे।

12

क्लास में तीन ग्रुप बन गये थे। एक ग्रुप नील, मुकुन्द, अंकित, प्रांजल और पुष्कर का था जो यूपीएससी की तैयारी के मुख्य मक़सद से जेएनयू पहुँचा था। दूसरा ग्रुप लड़कियों का था जो माइनॉरिटी में होने की वजह से ज़्यादातर एक साथ ही रहती थीं। पल्लवी और डॉली में ज़्यादा पटती थी। दोनों गंगा में थीं। रजनी, पवित्रा और वसुधा गोदावरी में थीं। पर वसुधा एकदम बिंदास थी। सबके साथ घुलमिल जाती। पढ़ने में ख़ूब मन लगाती। लड़कों से भी हाय-हलो आराम से कर लेती थी। मुकुन्द उसे बहुत पसन्द करता था, लेकिन बात कक्षा से जुड़ी बातों से आगे नहीं बढ़ पाती थी। वसुधा, मुकुन्द को वैसी नज़रों से क़तई नहीं देखती थी। वो क्लास करती और सांस्कृतिक गतिविधियों में जुटी रहती। तीसरा ग्रुप बाक़ी बचे लड़कों का था जिनमें अक्षत, ऋषि, मुकेश, योगेश, विनोद, सुरेन्द्र और कल्याण शामिल थे। योगेश और अक्षत वाचाल थे, कक्षा में ख़ूब सक्रिय रहते। मुकेश और सुरेन्द्र बेहद शान्त थे। चुपचाप कक्षा में बैठे रहते, लेकिन असाइनमेंट सारे समय पर पूरे करते। ऋषि, मुकेश और कल्याण पढ़ाकू टाइप के थे। क्लास करते और लाइब्रेरी में जाकर उपन्यास, कहानी आदि पढ़ते रहते।

उस दिन मुकुन्द जैसे ही डिपार्टमेंट पहुँचा, अपने दोस्तों को ढूँढ़ने लगा। वे अभी पहुँचे नहीं थे। पर थोड़ी देर में ही सब आ गये।

‘यार, एक मज़ेदार बात बतानी है, नीचे कैन्टीन में चलें?’, मुकुन्द ने कहा।

‘दुष्यन्त सर आते ही होंगे। अगर थोड़ी भी देर हो गयी तो हम बाहर ही रह जायेंगे। मौक़ा मिलते ही चला जायेगा। पर हिंट तो दो कि क्या बात है!’, नील ने पूछा।

'नहीं ये हिंट वाला मामला नहीं है। कैन्टीन में पूरा एपिसोड बताऊँगा।' तब तक दुष्यन्त सर कक्षा में पहुँच गये थे। अटेंडेंस लेने के बाद वो अपभ्रंश पढ़ाने लगे। उनके बाद लता मैम की क्लास थी। उन्होंने हिन्दी कहानी की विकास यात्रा पर एक व्याख्यान दिया। लता मैम जैसे ही क्लास ख़त्मकर बाहर गयीं, मुकुन्द ने रघुनन्दन सर की अगली क्लास छोड़ने का सुझाव दिया।

'चलकर नीचे चाय पीते हैं, कल रात की मज़ेदार बात भी बतानी है।'

'तुम तो एक्साइटमेंट बढ़ा रहे हो बे। चलो चला जाये नीचे।', अंकित ने कहा। सब कैन्टीन पहुँचे और आंटी से समोसे और चाय लेकर बाहर राउंड टेबल पर जम गये।

'अब बताओ गुरु क्या बात है?', अंकित ने पूछा।

'अरे यार, कल डिनर के बाद बहुत देर तक हम दो लोग हॉस्टल में टीटी खेलते रहे। साढ़े बारह बजे सोने गये होंगे। रूम पार्टनर वेंकट पहले ही सो गया था। लाइफ़ साइंस में है पहले दिन से ही सीरियस है बन्दा। ज़्यादातर लैब में ही रहता है। मुझे सोते-सोते एक बज गये होंगे। अभी आँख लगी ही थी कि दरवाज़े पर दस्तक हुई...ज़ोर-ज़ोर से। मैंने पूछा कि कौन है? तो उधर से आवाज़ आई 'वॉर्डन चेकिंग। दरवाज़ा खोलिए।' मैंने आँखें मीचते हुए दरवाज़ा खोल दिया, पार्टनर भी उठ गया था। दरवाज़ा खुलते ही सीनियर वॉर्डन रंजीत मदान सर भीतर आ गये। उनके पीछे-पीछे हॉस्टल के दो स्टाफ़ भी थे। उन्होंने कमरे का मुआयना किया और फिर 'ठीक है...गुड नाइट' बोलकर निकल गये।'

'ये क्या माजरा था? रात में तुम्हारे कमरे में क्या ढूँढ़ने आये थे वॉर्डन सर?', नील ने पूछा।

'हाँ, मैं भी हैरान था। उनके निकलते ही मैं बाहर आ गया और देखने लगा कि वो क्या कर रहे हैं। हालाँकि उन्होंने मुझे देखा तो कहा कि जाकर सो जाइये, बाहर रहने की ज़रूरत नहीं। मेरी समझ में नहीं आया कि आख़िर ये चेकिंग हो क्यों रही है।'

'फिर क्या हुआ?', प्रांजल ने चाय की चुस्की लेते हुए जिज्ञासा से पूछा।

'तब तक कई लड़के उठ गये थे। अब सबकी दिलचस्पी इस बात में थी कि कोई पकड़ा जाता है या नहीं।'

'किस बात के लिए?', पुष्कर ने पूछा।

'सुनो तो। हमारे फ़्लोर पर तो कुछ नहीं मिला। फ़र्स्ट फ़्लोर पर भी कुछ नहीं मिला, लेकिन सेकेंड फ़्लोर पर एक सीनियर पकड़ा गया। उसकी गर्लफ्रेंड कमरे में थी।'

'क्या कमरे में रात में लड़की थी?', प्रांजल ने हैरान होते हुए कहा।

'पर रात दस बजे के बाद तो लड़कियाँ अलाउड नहीं हैं हॉस्टल में?', नील ने कहा।

'वही तो। लड़की मिली तो वॉर्डन ने उससे चुपके से हॉस्टल से निकल जाने को कहा और सीनियर पर हज़ार रुपये का जुर्माना लगा दिया।'

'ये तो ग़ज़ब बात हो गयी यार। क्या हाल हुआ होगा उस सीनियर और उसकी गर्लफ्रेंड का!', पुष्कर ने कहा।

'अरे उसका तो जो हुआ सो हुआ। मज़ेदार बात तो तब हुई जब वॉर्डन थर्ड फ़्लोर पर पहुँचा। तब तक तो बहुत सारे लड़के जाग गये थे। हॉस्टल में नीचे के फ़्लोर पर कोलाहल होने लगा था।'

'क्या हुआ था थर्ड फ़्लोर पर?', अंकित ने पूछा। सब भूल गये थे कि रघुनन्दन सर की क्लास चल रही होगी।

'एक सीनियर हैं परिमल सर। कल रात ही उनके बारे में पता चला। पहुँचे हुए खिलाड़ी हैं। लड़कियों में बहुत क्रेज़ है उनका। हमेशा किसी न किसी हॉट लड़की के साथ ही नज़र आते हैं। ऐसा बता रहे थे सब।'

'क्या हुआ परिमल सर के साथ?', नील ने पूछा।

'जब वॉर्डन ने उनके रूम पर नॉक किया तो बहुत देर तक भीतर से कोई आवाज़ ही नहीं आयी। वॉर्डन दरवाज़ा पीटता जा रहा था। सबको चिन्ता भी होने लगी कि कहीं कुछ हो तो नहीं गया उनको। वॉर्डन के साथ गये कर्मचारी भी ज़ोर-ज़ोर से दरवाज़े को पीट रहे थे। आसपास के कमरों के कई लड़के जाग गये थे। सब बाहर आकर खड़े हो गये थे।'

'फिर?', पुष्कर की आँखें चौड़ी हो गयी थीं।

'फिर क्या था। भीतर से आवाज़ आयी, 'सर, दरवाज़ा नहीं खुलेगा, जो भी फ़ाइन-वाइन लगाना हो, लगा दीजिये।' ये सुनना था कि बाहर खड़े लड़के हँस पड़े।'

'मतलब रूम में लड़की थी!', सब हैरान थे।

'हाँ, और क्या। परिमल सर ने सोचा होगा कि पकड़े जाने से अच्छा है कि फ़ाइन लगवा लिया जाये। दरवाज़ा खुला तो बहुत फ़जीहत हो सकती है। और लड़की के बारे में सबको पता चल जाता सो अलग। वैसे सब पुराने लोग जानते ही थे कि कौन लड़की कमरे में हो सकती है।'

'बड़े ही मज़ेदार हैं परिमल सर तो, और डेयरिंग भी। वॉर्डन के सामने दरवाज़ा नहीं खोला।', प्रांजल ने मुस्कुराते हुए कहा।

'नहीं, वॉर्डन ने भी भीतर की आवाज़ सुनने के बाद ज़ोर देना ठीक नहीं समझा। वो तुरन्त वहाँ से चल पड़े। और बाक़ी लड़कों से भी कहा कि सब अपने-अपने कमरे में जायें। शायद वो चाहते थे कि मौक़ा देखकर लड़की हॉस्टल से निकल जाये।'

'वाह रे जेएनयू। इससे तो हमारे लिए भी उम्मीद जगती है गुरु!', अंकित ने कहा।

'बड़ा ख़याली पुलाव पका रहे हो बे। पहले गर्लफ्रेंड तो बनाओ?', पुष्कर ने तंज़ किया।

'अरे, जब ऐसी जगह पर ईश्वर ने पहुँचा दिया है तो उसका भी कुछ न कुछ इन्तज़ाम करेंगे ही।', सब हँस पड़े थे अंकित की इस बात पर।

'रघुनन्दन सर की क्लास अब ख़त्म हो गयी होगी। वो तो वैसे भी दस-पन्द्रह मिनट पहले निकल जाते हैं। चलो चलकर देखा जाये।', नील ने याद दिलाया।

'हाँ हाँ, चला जाये।', सब तेज़ी से चलकर ऊपर पहुँचे तो देखा क्लास में शोर हो रहा है। पता चला कि रघुनन्दन सर आज आये ही नहीं थे।

'चलो अच्छा ही हुआ, क्लास भी नहीं हुई और मुकुन्द ने एक दिलचस्प वाक़या भी सुना दिया।', प्रांजल ने कहा।

तभी वसुधा ने हस्तक्षेप करते हुए कहा, 'मुकुन्द...नील सुनो। अभी क्लास में सीनियर लोग आये थे, बताया कि 'कल्लोल' में हमें भी हिस्सा लेना है।'

'कल्लोल क्या है?', सबके मुँह से निकला।

‘सीनियरों ने बताया कि कल्लोल हमारे सेंटर का एक सांस्कृतिक कार्यक्रम है जो अगले महीने होने वाला है। उसमें हर भाषा वाले भाग लेते हैं। नाटक, डाँस, गाना सब होता है। और आख़िर में जिस टीम को सबसे ज़्यादा अंक मिलते हैं, उसे कल्लोल की ट्रॉफ़ी दी जाती है। बड़ा मज़ा आने वाला है। हर साल रशियन और दूसरी भाषा वाले ट्रॉफ़ी ले जाते हैं, इस बार ट्रॉफ़ी हमारे सेंटर को मिलनी चाहिए। हम पूरा ज़ोर लगा देंगे।’, वसुधा ने बहुत उत्साह से कहा था।

‘अरे वाह! ये तो बहुत अच्छी बात है। क्यों भाई लोग, कुछ आता-वाता है?’, मुकुन्द ने वसुधा की बातें सुनने के बाद सबसे पूछा।

‘भाई हमें तो कुछ नहीं आता। खेल-कूद लेते हैं। कल्चरल ऐक्टिविटी में हाथ थोड़ा तंग है।’, नील ने कहा।

‘हाल तो मेरा भी वैसा ही है। पर समर्थन पूरा रहेगा। ट्रॉफ़ी हमारे सेंटर में ही आयेगी। वसुधा, डॉली, पल्लवी सब हैं ना। और योगेश, रक्षित वग़ैरह भी तो हैं।’, मुकुन्द ने सबका उत्साह बढ़ाया।

इसी बीच विश्वंभर दीक्षित सर कक्षा में दाख़िल हो गये थे। उन्होंने ‘कबीर की कवितायी’ पर अपना व्याख्यान शुरू कर दिया। क्लास ख़त्म होने के बाद दीक्षित सर ने सबको इसी टॉपिक पर एक टर्म पेपर लिखने का असाइनमेंट दिया। उन्होंने पेपर का बेसिक ख़ाका बता दिया था और कहा था कि एक हफ़्ते में जमा कर देना है।

13

‘साला, जान से मार देंगे। जिसने किया है, उसको छोड़ेंगे नहीं।’

‘भैन...छोड़ेंगे नहीं। पूरा चेहरा ख़राब कर दिया। इसकी माँ की... इसकी...इसकी...।’

नील की अचानक नींद खुली। उछलकर बेड पर बैठ गया। शोर सुनकर वो हड़बड़ा गया था। राजीव भैया का बेड ख़ाली पड़ा था। जल्दी से उठकर कमरे के बाहर आया तो देखा भीड़ जमा थी और एक लड़का सिर पर कपड़ा बाँधे खड़ा था। वो चीख़-चीख़ कर गालियाँ दे रहा था। गाली पुराण के जितने

श्लोक उसे स्मरण थे, सबका सस्वर पाठ करता जा रहा था। वो इतना ज़्यादा ग़ुस्से में था कि गाली भी उसके फुफकारते मुँह से साफ़ नहीं निकल रही थी।

'अरे, यार पता चल ही जायेगा। अब शान्त हो जाओ।', एक लड़के ने उसे सांत्वना देते हुए कहा।

'क्या शान्त हो जायें यार...ऐसा कर दिया है कि कुछ कर भी नहीं सकते हैं। पूरा सिर खींच रहा है।'

'सर क्या हुआ है?', नील ने बग़ल में खड़े एक सीनियर से पूछा।

'अरे यार, रात में सोते हुए किसी ने उसके सिर पर पूरा फ़ेविकोल उड़ेल दिया। सारे बाल चिपक गये हैं और फ़ेविकोल भी हार्ड हो गया है।'

'ओह, ये तो बहुत बुरा हुआ।', नील ने कहा। पर बाक़ी लोगों की तरह उसके चेहरे पर भी एक हल्की सी मुस्कान तैर गयी थी।

'साला, पता नहीं किस जन्म की दुश्मनी निकाली है। मालूम हो जाये किसने किया है तो उसके पिछ...में फ़ेविकोल घुसा देंगे।', पीड़ित लड़का अभी भी उबल रहा था। तब तक सीनियर वॉर्डन हरबंस प्रसाद भी पहुँच गये थे। किसी लड़के ने जाकर उन्हें फ़ेविकोल वाली बात बता दी थी।

'क्या हुआ सन्तोष दिखाइये।', वॉर्डन ने पीड़ित लड़के के कन्धे पर हाथ रखकर कहा।

सन्तोष ने जब तौलिया सिर से हटाया तो वहाँ खड़े बीस-पच्चीस सभी लड़के ज़ोर से हँस पड़े। सन्तोष को भी हँसी आ गयी थी।

'बहुत दर्द हो रहा है सर।', सन्तोष के लम्बे बाल एक दूसरे में चिपक कर खड़े हो गये थे और वो पूरा नमूना नज़र आ रहा था। ऊपर से उसने ग़ुस्से और रुदन से जो मुखाकृति बनायी थी वो बालों की दुर्दशा के साथ मिलकर एक अलग ही विद्रूप दृश्य उपस्थित कर रही थी।

'ओह, ये तो बहुत बुरा किया है किसी ने। क्या कोई झगड़ा हुआ था?'

'नहीं सर, मेरी तो आजतक किसी से कोई लड़ाई नहीं हुई। मैं तो चुपचाप कमरे में रहकर पढ़ाई करता हूँ और सेंटर जाता हूँ। मेरी किसी से कोई दुश्मनी नहीं।'

'फिर किसने ऐसा किया। आप एक ऐप्लीकेशन दे दीजिये। हम पता लगाने की कोशिश करते हैं।'

'अब क्या पता लगेगा सर। मेरे बाल तो बेकार हो ही गये ना। अब तो सिर ही मुंडवाना पड़ेगा। ये तो ऐसे हो गये हैं कि इसे कोई नाई अब ठीक नहीं कर सकता। पता चल गया कि किसने ये हरकत की है तो उसे जान से मार दूँगा।' आसपास खड़े लड़के मुस्कुरा रहे थे।

'ये कोई मज़ाक़ का विषय नहीं। इट्स ए वेरी सीरियस मैटर। आई विल ट्राई माई बेस्ट टू फ़ाइंड द कलप्रिट।', बोलकर वॉर्डन अपने दफ़्तर की तरफ़ चले गये थे।

सन्तोष को जब समझ में आ गया कि जो होना था वो हो गया है, अब बाल मुंडवाने के अलावा कोई और दूसरा चारा नहीं है, तो वो अपने कमरे की ओर जाने लगा। बाक़ी लड़के भी इस एपिसोड का भरपूर रस लेकर अपने-अपने कमरों की तरफ़ चले गये। पर इस घटना की ख़बर आग की तरह पूरे कैंपस में फैल गयी थी। सन्तोष ने कमल कॉम्प्लेक्स जाकर बाल मुंडवा लिया था। जो भी लोग इसके पीछे की कहानी जानते थे, उनमें से किसी ने सन्तोष से ये नहीं पूछा था कि बाल क्यों मुंडवाया है? बहुत तहक़ीक़ात के बावजूद ये पता नहीं लग पाया कि सन्तोष के बालों में फ़ेविकोल आख़िर किसने डाला था। नील ने डिपार्टमेंट पहुँचकर जब इस वाक़ये का ज़िक्र दोस्तों से किया तो सबने बहुत मज़े लिए थे।

नील धौलपुर हाउस में नियमित हो गया था। कुछ दिन में हिस्ट्री की सारी किताबें पढ़ लेने के बाद वो संजय भैया के पास गया और बाक़ी की किताबों के नाम भी नोट कर लिए। संजय भैया ने सुझाव दिया था कि अगर फ़ाइनेंशियली कोई दिक़्क़त नहीं तो मेन्स के लिए उसे हिस्ट्री की कोचिंग कर लेनी चाहिए, उससे मदद ही होती है, नोट्स तैयार हो जाता है। इस सलाह पर अमल करते हुए नील ने घर फ़ोन कर कोचिंग में ऐडमिशन के लिए पैसे मंगवा लिए थे। हिस्ट्री विषय लेकर मेन्स लिखने वाले कई अन्य सीनियर छात्रों की सलाह पर उसने कनॉट प्लेस के एक मशहूर कोचिंग इंस्टीट्यूट में दाखिला ले लिया। डिपार्टमेंट से लौटकर लंच के बाद सप्ताह में तीन दिन वो तीन से छह बजे तक कोचिंग के लिए जाने लगा। बाक़ी दिन धौलपुर में बैठता। उसने संकल्प ले लिया था कि अगले साल पीटी निकालकर मेन्स देना है और क्लियर भी करना है। दोस्तों से अब वो केवल डिपार्टमेंट में ही

मिलता। कभी कभार कोचिंग से लौटते हुए गंगा ढाबे पर साथ में चाय पी लेता। उसके इस अचानक बदले व्यवहार से मुकुन्द, अंकित, पुष्कर और प्रांजल हैरान थे।

'हम लोग अभी पीटी के लिए ऑप्शनल सब्जेक्ट ही सेलेक्ट कर रहे हैं और नील ने कोचिंग भी शुरू कर दी।', मुकुन्द ने एक शाम गंगा ढाबे पर मण्डली के बीच कहा।

'नील, बहुत फ़ोकस्ड है। देखो ना लड़की वाला मामला भी इसने पूरी तरह छोड़ दिया है।', अंकित ने कहा।

'अरे यार, सीरियस होने की बात नहीं। मैंने सोचा कि जब यही करने आये हैं तो समय क्यों बर्बाद किया जाये। मेरे घर में कोई भी पढ़ा-लिखा नहीं। ईश्वर ने मुझे मौक़ा दिया है तो उसे गँवाने का कोई मतलब नहीं बनता ना।', नील ने अपना पक्ष साफ़ करते हुए कहा।

'बात तो तुम्हारी बिल्कुल ठीक है। लेकिन हमारा टार्गेट था कि एमफ़िल फ़र्स्ट इयर में पीटी दिया जायेगा। पर तुम तो अगले ही साल देने की तैयारी कर रहे हो।', मुकुन्द ने कहा।

'यार मुझे लगा कि अगले साल मैनेज हो सकता है। मैंने एक सीनियर से बात की जो इंटरव्यू देते हैं तो उन्होंने भी यही कहा कि एक साल अच्छी तरह तैयारी करके दिया जा सकता है। बस मैंने सीरियसली पढ़ाई शुरू कर दी और कोचिंग भी जॉइन कर लिया।'

'अच्छा ही किये हो यार। पढ़ने ही तो आये हैं।', पुष्कर ने कहा।

माहौल थोड़ा सीरियस होता देख मुकुन्द ने कहा, 'अच्छा अच्छा, पढ़ लिया जायेगा। फ़िलहाल थोड़ा गंगा ढाबे का लुत्फ़ उठाया जाये। वो देखो सामने से क्या हॉट परी आ रही है।'

सबने अपना चेहरा पीछे सड़क की तरफ़ घुमाया जिधर मुकुन्द ने इशारा किया था। नील ने जब उधर देखा तो देखता ही रह गया। ये वही लड़की थी जिसे नील तलाशता फिर रहा था। लड़की के साथ उसकी दो दोस्त भी थीं। तीनों धीरे-धीरे चलकर ढाबे की तरफ़ आ रही थीं। नील तो जैसे सुन्न हो गया था। उसकी नज़र लड़की पर स्थिर हो गयी थी। उसने जीन्स और लाल रंग की राउंड नेक वाली टीशर्ट पहनी थी। बाक़ी दोनों लड़कियों में से एक ने

लोअर और टीशर्ट और दूसरी ने स्कर्ट और कुर्ता पहन रखा था। सामने आते ही लड़की की नज़र नील पर पड़ी। पहले तो वो हैरान हुई फिर मुस्कुरा पड़ी। ढाबे की तरफ़ बढ़ते हुए मुड़-मुड़कर वो नील को देख रही थी।

'अबे नील, ये क्या हो रहा है। भाई हम लोग भी यहीं बैठे हैं। थोड़ा ध्यान हम पर भी दे दो भाई।', मुकुन्द ने चुटकी ली।

'जानते हो क्या इस लड़की को?', अंकित ने पूछा। नील का चेहरा खिल गया था। ऐसा लग रहा था जैसे उसे दुनिया की सारी ख़ुशी मिल गयी हो। लड़की तब तक काउंटर पर पहुँच गयी थी। उसकी दोस्त चाय-समोसे का ऑर्डर दे रही थीं और वो वहीं किनारे हटकर खड़ी हो गयी थी। वो बीच-बीच में नील को देख ले रही थी।

'यही वो लड़की है।', नील ने मुस्कुराते हुए दोस्तों को बताया।

'ग़ज़ब कर दिये बे नील। साला इतनी हॉट...मतलब सुन्दर लड़की तो हमने आज तक कैंपस में नहीं देखी। क्या लाइन दे रही है यार। और इसको छोड़कर तुम साले पढ़ाई में दिल लगा रहे हो। बहुत नाइंसाफ़ी है। ख़ूबसूरती का अपमान मत करो यार।', मुकुन्द ने कहा। वो दोनों के बीच चल रही आँखों की लीला देख रहा था।

चाय-समोसा लेने के बाद तीनों लड़कियाँ ढाबे से नीचे उतरने लगीं। मुकुन्द ऐण्ड मण्डली जहाँ बैठी थी, वहाँ आसपास की कोई जगह ख़ाली नहीं थी। लड़कियाँ आगे बढ़ गयीं और मेन रोड के क़रीब वाले बेंच पर बैठ गयीं। उस लड़की का चेहरा नील की तरफ़ ही था। दोस्तों से बात करते हुए वो लगातार इधर ही देख रही थी।

'यार नील, बड़े छुपे रुस्तम निकले बे। अभी जेएनयू में आये जुमा-जुमा चार दिन नहीं हुए और तुमने ऐसा गुल खिला दिया।', मुकुन्द ने नील की खिंचाई करते हुए कहा।

'मैंने क्या किया यार। ऐडमिशन लेने आयी थी, तभी से ऐसा लगा जैसे मेरा इस लड़की से कुछ पहले का नाता है। फिर जब दोबारा गोदावरी पर उसके साथ नज़रें मिलीं तब भी ऐसा ही लगा। फिर वो ग़ायब हो गयी। उसके बाद आज ही नज़र आयी है।'

'यार नील, अगर ये सो कॉल्ड तुम्हारी वाली नहीं होती तो इसको पटाने के लिए जान लगा दिये होते बे। और ज़रूरत पड़ती तो तुमसे दोस्ती भी तोड़

लेते। क्या सुन्दर और स्मार्ट लड़की है यार। ऐसा लगता है जैसे ईश्वर ने इसको बनाने में अपना पूरा हुनर इस्तेमाल कर दिया है। पर भाभी बोलकर फँस गये यार। अब तो कुछ कर नहीं सकते। चलो नज़रें तुमसे मिली हैं तो उसका पूरा सम्मान किया जायेगा। लेकिन टीस रह जायेगी बेटा।', मुकुन्द ने नील की आँखों में आँखें डालकर कहा था। नील मुस्कुरा रहा था।

'अभी भी कहानी वहीं है दोस्त। अभी तो मुझे पता ही नहीं कि लड़की कौन है। किस सेंटर में है। गोदावरी में है या किसी और हॉस्टल में या फिर बाहर से आती है। कुछ भी तो नहीं पता।', नील ने अपनी चिन्ता ज़ाहिर की।

'अब भौजाई को हम सभी लोग पहचानते हैं। अपना पूरा इंटेलिजेंस लगा दिया जायेगा। जल्दी ही पूरा बायोडेटा तुम्हारे सामने पेश किया जायेगा दोस्त। चिन्ता मत करो। असल काम तुमने कर दिया है, बाक़ी कुछ काम हम बाराती भी तो करेंगे!', मुकुन्द ने हँसते हुए कहा।

तब तक लड़कियों की चाय ख़त्म हो गयी थी और वो उठकर सड़क की तरफ़ चलने लगी थीं। वो लड़की बार-बार मुड़कर अभी भी ढाबे की तरफ़, यानी नील की तरफ़ देख रही थी।

'अबे चलो-चलो पीछे चलते हैं। जल्दी गाड़ी स्टार्ट करो। आज ही कन्फ़र्म हो जायेगा कि भौजाई कहाँ रहती है। उसके बाद ही तय करेंगे कि शाम की अड्डेबाज़ी हमें कहाँ करनी है। भाई लोग यहीं रुको, हमलोग आते हैं थोड़ी देर में।', मुकुन्द ने नील का हाथ खींचते हुए कहा।

तेज़ क़दमों से चलकर दोनों जब सड़क पर पहुँचे तो कार आगे बढ़ गयी थी। कार वही लड़की चला रही थी। उसे ये बात मालूम नहीं थी कि नील पीछे आ रहा है। जब तक दोनों दोस्त बाइक स्टार्टकर कार के पीछे जाते कार कमल कॉम्प्लेक्स को पारकर काफ़ी आगे निकल गयी थी। फिर भी दोनों ने तेज़ी से बाइक दौड़ाई। कार गोदावरी वाले टर्न पर मुड़ती दिखी। जब तक वे गोदावरी पहुँचे, लड़कियाँ कार पार्ककर चली गयी थीं। दोनों ने ढाबे के चारों तरफ़ पूरा मुआयना किया, पर वो नज़र नहीं आयीं। थोड़ी देर तक वे वहीं ढाबे के सामने पेड़ के नीचे वाली बेंच पर बैठकर इन्तज़ार करते रहे। लेकिन लड़की कहीं नज़र नहीं आयी थी।

'यार, चलो ये तो पता चल गया है कि भौजाई गोदावरी में रहती है। या कम से कम गोदावरी में आती-जाती है। कार का नम्बर नोट कर लेते हैं।', दोनों स्टेट बैंक के सामने लगी सफ़ेद रंग की कार के क़रीब पहुँचे और मुकुन्द ने हाथ पर ही नम्बर लिख लिया।

'मारुति बलेनो चलाती है भौजाई। गुरु बाइक से कार का मुक़ाबला कैसे होगा?'

'पता नहीं यार, क्या हो रहा है, मुझे कुछ भी समझ में नहीं आ रहा। अगर हमारे मिलने में कोई दैवीय प्रेरणा है तो उसकी वजह प्रेम ही होगी, और प्रेम में मुक़ाबला जैसी बात का तो कोई मतलब ही नहीं है।'

'बहुत गम्भीर बातें करने लगे हो बे नील। कई बार ऐसा लगता है कि तुम जो नज़र आते हो वो तुम हो नहीं। कुछ अलग लगने लगते हो कभी-कभी।'

'ऐसा मैंने क्या कह दिया यार...ठीक ही तो कह रहा हूँ। अभी तो बस एक-दूसरे को देखने तक का रिश्ता है। आगे देखते हैं क्या होता है...और अगर सच में मामला प्यार का है तो कार और बाइक का तो कोई मतलब ही नहीं रह जाता।'

'हाँ, बात तो ठीक कह रहे हो मित्र, लेकिन साली असल ज़िन्दगी में ऐसे आदर्श वाले वाक्य चल नहीं पाते। सुनने में अच्छे लगते हैं, पर जब मामला तय होने पर आता है तो लोग तराज़ू लेकर तौलने लगते हैं। लड़के की हैसियत ये है और लड़की की हैसियत वो है वग़ैरह-वग़ैरह।'

'छोड़ो ना यार कहाँ हम इतना लम्बा सोचने लगे। देखते हैं क्या होता है। अभी तो कहानी शुरू ही हुई है। क्या पता कल ख़त्म भी हो जाये। चलो सब इन्तज़ार कर रहे होंगे और हॉस्टल भी जाना है।'

दोनों मित्र बाइक भगाकर वापस गंगा ढाबा पहुँचे। अंकित, पुष्कर और प्रांजल जाने की तैयारी में थे।

'तुम लोग तो लटक ही गये वहाँ जाकर। क्या हुआ, कुछ पता चला?', अंकित ने पूछा।

'नहीं, कार गोदावरी में रुकी है, बस इतना ही पता चला। बाक़ी बातें हमें मालूम करनी हैं। भाई के प्रेम का मामला है तो भौजाई की पूरी जानकारी जुटाना अब हमारी भी तो ज़िम्मेदारी है। हमने भाभी को देख भी लिया है, तो

हमारा ऑपरेशन चालू है। देखते हैं कौन सबसे पहले पूरी डिटेल निकालकर लाता है।', मुकुन्द ने सबको चुनौती दी।

'हाँ हाँ, अब हम सब मिलकर पता करेंगे।', प्रांजल बोला।

नील ने आज साबरमती की बजाये गोदावरी वाला रास्ता लिया था। क्या पता लड़की एक बार फिर से दिख जाये, या कुछ और जानकारी मिल जाये।

उस घटना के बाद कोचिंग से लौटते हुए नील कई शाम गंगा ढाबे पर रुका। कई बार दोस्तों के साथ गंगा और गोदावरी ढाबे पर लम्बी बैठकी भी की, लेकिन उस लड़की का न तो दीदार हुआ और ना ही उसकी कार दोबारा नज़र आयी। दो-तीन हफ़्ते तक इसी रूटीन पर चलने के बाद उसने फिर से अपना पूरा ध्यान पढ़ाई पर लगा दिया था।

14

सुबह जब नील की आँख खुली तो मूसलाधार बारिश हो रही थी। खिड़की से बाहर देखा तो तेज़ बारिश की वजह से बाहर का लॉन धुँधला नज़र आ रहा था। तबीयत भी थोड़ी ढीली लग रही थी। राजीव भैया फ़ील्ड वर्क के लिए चंडीगढ़ गये थे। वो उठा और चाय लेने के लिए मेस में जाने लगा। सोचा चाय पीकर फ्रेश हुआ जायेगा। डिपार्टमेंट जाना था, लेकिन उसने ना जाने का फ़ैसला किया। वो पूरी तरह आराम के मूड में था। कॉरीडोर से मेस की तरफ़ मुड़ा ही था कि सामने से कछुआ सर आते नज़र आये। उनका नाम संजीव प्रधान था, लेकिन चेहरे के हाव-भाव और अत्यधिक धीमी चाल की वजह से हॉस्टल के लड़के पीठ पीछे उन्हें कछुआ सर और कछुआ ही बोला करते थे।

'क्या बाबू, सब ठीक है ना?', कछुआ सर ने पूछा।

'हाँ, सर सब अच्छा है। चाय लेने मेस में जा रहा हूँ।'

'हाँ आज की बारिश को देखते हुए तो चाय ज़रूरी हो गया है। पकौड़ा भी रहता तो मज़ा आता।'

'हाँ, सर। मेस स्टाफ़ से कहा जा सकता है कि पकौड़े बना दें।'

'अरे, सब बड़ा आलसी है। अपने मन से बनायेगा...नहीं तो बैठा रहेगा... बीड़ी पीता रहेगा। राजीव कहीं गया है क्या?'

'जी सर, दो दिन के लिए चंडीगढ़ गये हैं। कल आ जायेंगे।'

'अच्छा अच्छा।' कछुआ सर आगे बढ़ गये थे। नील पीछे मुड़कर उन्हें देख रहा था वैसे ही धीमे-धीमे मस्त चाल में चाय लेकर जाते हुए कछुआ सर।

चाय लेकर कॉरीडोर में आया ही था कि पीछे से आवाज़ लगी, 'नील भैया, फ़ोन है घर से।'

नील तेज़ चाल से रिसेप्शन पर पहुँचा और फ़ोन उठाया। माँ का फ़ोन था।

'बेटा ठीक हो ना? रात में बहुत ख़राब सपना देख लिए, इसलिए सुबह-सुबह ही फ़ोन लगाये।'

'हाँ माँ, हम एकदम ठीक हैं। वहाँ सब कैसा है?'

'यहाँ सब ठीक है बेटा। पापा का तबीयत थोड़ा गड़बड़ा गया था, वही सर्दी-खाँसी-बुखार। अब ठीक हैं।'

'अरे माँ, बतायी नहीं। भैया लोग भी कुछ नहीं बताये।'

'तुम इतना दूर रहकर पढ़ाई कर रहे हो। क्या बताया जाये तुमको। डॉक्टर लोग तो है ही। दो-तीन दिन में ठीक हो गये। कल से तो दुकान पर भी बैठ रहे हैं। अपना ख़याल रखना बेटा। हफ़्ता में एक बार फ़ोन ज़रूर कर देना। ध्यान तुम पर ही लगा रहता है।', माँ रोने लगी थी।

'माँ, रोओ मत। हम एकदम ठीक हैं। चलो चुप हो जाओ तो। यहाँ सब अच्छा है। दोस्त लोग मिल गया है। पढ़ाई अच्छी है। कोचिंग में भी अच्छी पढ़ाई हो रही है। तुम बिल्कुल भी यहाँ के बारे में सोच कर परेशान मत होना। दुर्गापूजा में छुट्टी हुई तो आयेंगे दो-चार दिन के लिए।' ये सुनकर माँ ख़ुश हो गयी थी।

'ये तो बहुत अच्छा ख़बर दिये बेटा। दुर्गा पूजा अक्टूबर में है। दो महीना है अभी। चलो इन्तज़ार में ही ख़ुशी-ख़ुशी समय बीत जायेगा।'

'हाँ माँ, मेरा भी तुम लोगों से मिलने का बहुत मन कर रहा है। आते हैं दुर्गापूजा में। घर के खाने की भी बहुत याद आती है। यहाँ मेस में खाना अच्छा मिलता है, लेकिन घर का खाना तो घर का ही होता है ना।' माँ को नील की इस बात से बहुत तसल्ली हुई थी कि बेटा दिल्ली जाकर बदला नहीं है।

'पापा अब एकदम ठीक हैं ना माँ?'

‘हाँ, ठीक हैं। डॉक्टर बोला है कि बहुत ज़्यादा काम ना करें। लेकिन मानते ही नहीं हैं।’

‘सब कुछ तो इतना अच्छा है माँ। पैसे-रुपये की कोई दिक़्क़त नहीं। तो फिर पापा इतना ज़्यादा काम क्यों करते हैं। भैया लोग तो अब सारा काम सँभाल रहे हैं। कहाँ हैं ज़रा बात कराओ तो?’

‘नीचे चले गये हैं दुकान पर, सफ़ाई करवा रहे हैं। बतायेंगे उनको तुम्हारी बात।’

‘ठीक है माँ, अब रखते हैं। तुम भी अपना ख़याल रखना। भैया-भाभी को मेरा प्रणाम बोल देना।’

‘ठीक है बेटा।’

फ़ोन रखकर नील कमरे में पहुँचा तो बारिश हो ही रही थी, लेकिन अब कुछ धीमी पड़ गयी थी। फ़्रेश होकर पेपर पढ़ने के बाद वो कमरे में ही सुभाष कश्यप की ‘भारत का संविधान’ पढ़ने लगा। मेस में नाश्ते के लिए पहुँचा तो ब्रेड-ऑमलेट के साथ पकौड़े भी रखे थे। बारिश देखकर मेस वालों ने अलग से पकौड़े बना दिये थे। नील को ख़ुशी हुई थी। कई लोग ब्रेकफ़ास्ट कर रहे थे। आमतौर पर लोगों को सुबह-सुबह डिपार्टमेंट जाने की जल्दी रहती, पर शायद बारिश को देखते हुए नील की तरह ही तमाम हॉस्टलर्स ने आज का दिन ढीला ही रखने का मन बनाया था। बाहर आया तो कानों में आवाज़ पड़ी, ‘आज रिज़ल्ट आ रहा है।’

‘हाँ, आज आ जायेगा। यूपीएससी से पता चला है। कोई जानने वाला है जो वहीं काम करता है, उसी ने बताया कि आज आ जायेगा।’

ख़बर फैलते ही हॉस्टल में गहमागहमी बढ़ गयी थी। जिन लोगों का यूपीपीएससी का प्रिलिम्स हुआ था वो मेन्स की तैयारी कर रहे थे, लेकिन वो तो जैसे यूँ ही हो। असल इन्तज़ार तो यूपीएससी प्रिलिम्स के रिज़ल्ट का था। ग्यारह बजे तक शोर हो गया कि रिज़ल्ट आ गया है। कई लड़के धौलपुर हाउस (यूपीएससी का दिल्ली स्थित मुख्यालय) के लिए भागे थे। जवाहर बुक डिपो में रिज़ल्ट चिपकने में देर थी, इसलिए उन्हें सब्र नहीं हुआ था। लंच तक हॉस्टल में चारों तरफ़ यही सुनाई पड़ रहा था–‘हो गया है’...‘नहीं हुआ है’...‘हो गया है’...‘नहीं हुआ है।’

जिनका हो गया था उनके चेहरे पर मुस्कुराहट थी। जिनका नहीं हुआ था वे उदास थे। नील कोचिंग के लिए निकल रहा था तो सामने से कछुआ सर आते दिख गये। 'क्या जी बालक, पता है न प्रिलिम्स हो गया है मेरा।'

'अरे सर बधाई हो।'

'इस बार जमकर तैयारी कर रहे हैं। दो बार से मेन्स में कम नम्बर आ रहा है। इस बार नहीं छोड़ना है।', कछुआ सर अपनी प्रकृति के अनुरूप आगे बढ़ गये थे।

ब्रह्मपुत्रा से क़रीब पैंतालीस लोगों का प्रिलिम्स हुआ था। एक अलग ही माहौल था हॉस्टल में। जिसे देखो यूपीएससी के रंग में रंगा नज़र आ रहा था। नील की कोचिंग में भी चर्चा रिज़ल्ट की ही थी। वहाँ भी क़रीब तीस फ़ीसदी छात्रों का प्रिलिम्स में हो गया था। नील बहुत प्रेरित महसूस कर रहा था। कोचिंग से वो सीधा मुकुन्द के पास गया। मुकुन्द पढ़ रहा था।

'क्या मुकुन्द, कितने लोगों का पीटी हुआ तुम्हारे हॉस्टल में?'

'हुआ है क़रीब पच्चीस लोगों का।'

'यहाँ थोक के भाव से लोगों का पीटी निकलता है यार।'

'हाँ, जेएनयू और डीयू ही तो हैं आईएएस-आईपीएस बनाने के गढ़। यहाँ तो निकलना ही चाहिए।'

'ये सब देखकर बहुत सीरियसली पढ़ने का मन हो रहा है। तुम तो पहले से ही पढ़ रहे हो। मुझे भी अब ध्यान देना है। इस हफ़्ते तय कर लूँगा कि पीटी हिस्ट्री से दूँगा या पॉलिटिकल साइंस से।'

'हाँ तय कर लेना। चलो थोड़ी देर के लिए गंगा ढाबा चलते हैं।'

'हाँ चलो चलते हैं। मैं अंकित को लेकर पहुँचता हूँ, तब तक तुम पुष्कर और प्रांजल को ले आओ।'

'ठीक है, तुम लोग आओ। वहीं मिलते हैं।' नील झेलम की तरफ़ चल पड़ा था।

थोड़ी देर में सब गंगा ढाबे पर मिले। दोपहर तक हुई बारिश की वजह से गंगा ढाबे पर भीड़ और दिनों की अपेक्षा ज़्यादा थी। आसपास की मिट्टी पूरी भीगी थी, लेकिन चाय-पकौड़े के शौक़ीनों को फ़र्क नहीं पड़ रहा था। बैठने वाली जगहें पूरी भरी थीं। कई लोग खड़े होकर भी चाय-पकौड़े का मज़ा ले रहे थे। सबकी बातों के केन्द्र में पीटी का रिज़ल्ट ही था। ऐसा लग रहा था जैसे आज मस्ती कर लेनी है, कल से तो पढ़ाई में जुट जाना है।

'हिन्दी सेंटर से तो बहुत कम लोगों का हुआ है आज तक। हम लोगों का क्या होगा यार?', अंकित ने चाय की चुस्की के साथ चिन्ता परोस दी थी।

'अरे यार, मेहनत करेंगे तो क्यों नहीं होगा। ऐसा भी क्या है। देख नहीं रहे हो बड़ी तादाद में पीटी हुआ है सभी हॉस्टलों में।', मुकुन्द ने आत्मविश्वास बढ़ाते हुए कहा।

'हाँ, हुआ तो है, लेकिन हिन्दी सेंटर के कितने लोगों का हुआ है। मुश्किल से तीन-चार लोग होंगे। सेंटर का ऐसा रिज़ल्ट देख कर तो डर ही लगता है।', प्रांजल ने आशंका जतायी।

'अरे डरने की कोई ज़रूरत नहीं है। संजय भैया कह रहे थे कि अगर अच्छी तरह स्ट्रैटेजी बना कर तैयारी की जाये। मेन्स की तैयारी पहले कर ली जाये तो फ़ाइनली भी सेलेक्ट हुआ जा सकता है। दिक़्क़त तब होती है जब दो अटेम्प्ट लोग पीटी निकालने में ही बर्बाद कर देते हैं और जब तीसरी बार में पीटी हो जाता है तो मेन्स की तैयारी रहती नहीं, ऐसे में तीसरा प्रयास भी विफल हो जाता है।', नील ने कहा।

'सैद्धान्तिक रूप से बात तो तुम्हारे संजय भैया की एकदम ठीक है। लेकिन झेलम में एक प्रत्यूष भैया हैं। साल भर मेन्स का नोट्स बनाते रहते हैं। उनका दो बार से पीटी ही नहीं हुआ है। इस पर क्या कहोगे।', पुष्कर ने कहा।

'काव्य शास्त्र में हम आगे चल कर साधारणीकरण पढ़ेंगे, लेकिन यहाँ साधारणीकरण करने की ज़रूरत नहीं है दोस्तों। यूपीएससी की लड़ाई सबकी अलग-अलग और अकेली है। किसी से किसी की तुलना नहीं हो सकती। मेरे जानने वाले एक भैया हैं। हिस्ट्री के स्टूडेंट थे। जब उनके दोस्त यूपीएससी की तैयारी करते थे तो वो डर के मारे भरते ही नहीं थे। उन्हें लगता था कि जब बड़े-बड़े दिग्गजों का नहीं हो रहा तो उनका क्या होगा। जब सभी दोस्तों के अटेम्प्ट ख़त्म हो गये तो उन्होंने प्रेमिका की प्रेरणा से फ़ॉर्म भर दिया। पहले ही प्रयास में आईपीएस हो गये। अब इसका क्या जवाब है।', मुकुन्द ने कहा।

'एकदम ठीक कह रहे हो मुकुन्द। तैयारी करते हैं जम के। अपनी तरफ़ से कोई कमी नहीं रखेंगे। बाक़ी ईश्वर पर छोड़ते हैं।', नील ने उत्साह बढ़ाया था।

फिर से बारिश का माहौल बनने लगा था। एक-दो बूँदें गिरने भी लगी थीं। सब जल्दी से हॉस्टल की ओर भागे थे।

15

सोमवार को नील जब डिपार्टमेंट पहुँचा तो क्लास में कल्लोल की चर्चा गर्म थी। भाषा केन्द्र के इस सांस्कृतिक आयोजन में कुछ ही दिन बाक़ी रह गये थे। फ्रांसीसी, जापानी, चीनी, रूसी, अरबी समेत हिन्दी-उर्दू सभी भाषा केन्द्रों के छात्र कल्लोल की ट्रॉफ़ी जीतने की पूरी तैयारी कर रहे थे। भारतीय भाषा केन्द्र में वसुधा के आने से जैसे जान आ गयी थी। वो एक सम्पूर्ण सांस्कृतिक व्यक्तित्व थी। भारतेन्दु हरिश्चन्द्र के नाटक 'अँधेर नगरी' के मंचन की तैयारी कर रही थी। एक नृत्य प्रस्तुत कर रही थी और एकल व समूह गायन में भी हिस्सा ले रही थी। क्लास ख़त्म होने के बाद एमए प्रथम वर्ष के तमाम छात्र सीनियर छात्रों के साथ मिलकर सेंटर के कम्युनिटी हॉल में रिहर्सल करते। लेकिन मुकुन्द ऐण्ड मण्डली की कल्लोल में कोई दिलचस्पी नहीं थी। हालाँकि, उत्साहवर्धन वो ज़रूर कर रहे थे। वसुधा ने रिहर्सल के लिए जाते हुए उनसे शिकायत भी की थी।

'तुम लोग केवल बातों के दोस्त हो। क्लास के सभी लड़के-लड़कियाँ तैयारी में जी-जान लगा रहे हैं। इस बार हम चाहते हैं कि ट्रॉफ़ी हमारे सेंटर को ही मिले, लेकिन तुम लोग तो दर्शक भी नहीं बनना चाहते।'

'अरे, वसुधा हमें कुछ आता-जाता तो है नहीं। किसी काम के नहीं हम लोग। अगर रिहर्सल में पहुँच गये तो डिस्टर्ब ही करेंगे। हमें पूरा भरोसा है कि तुम्हारे नेतृत्व में इस बार ट्रॉफ़ी हमारे डिपार्टमेंट को ही मिलेगी।', मुकुन्द ने वसुधा की तारीफ़ करते हुए पीछा छुड़ाना चाहा था।

'समझ गयी कि तुम लोग कितना समर्थन कर रहे हो। तुम सब यूपीएससी वालों ने अपना एक गैंग बना लिया है और डिपार्टमेंट से तुम लोगों को कोई मतलब नहीं। थोड़ा-बहुत गाना किसको नहीं आता। अरे कम से कम रिहर्सल में गाकर तो दिखाते। थोड़ी-बहुत ऐक्टिंग भी कर ही लेते होगे। लेकिन नहीं, वहाँ फटकना भी नहीं है।'

'अरे वसुधा, तुम बुरा मत मानो प्लीज़। हममें से किसी के पास ईश्वर ने कोई प्रतिभा नहीं दी है। तुम बस नाराज़ मत हो। हमारा पूरा समर्थन तुम्हारे साथ है। फ़ाइनल रिहर्सल में हम ज़रूर आयेंगे और प्रोग्राम में तो आना ही है।', मुकुन्द ने निकलते हुए कहा।

‘ठीक है, ठीक है।’, रजनी, पवित्रा, पल्लवी और डॉली को लेकर वसुधा गम्भीर मुद्रा बनाते हुए कम्युनिटी हॉल की तरफ़ बढ़ गयी थी।

‘वसुधा ने हमारे ग्रुप को वैसे अच्छा नाम दे दिया है...गैंग। अब से हम भी यही कहेंगे।’, मुकुन्द ने कहा।

बिल्डिंग से निकलते हुए नील ने मुकुन्द से पूछा, ‘वसुधा में तो तुम्हारी बड़ी दिलचस्पी थी। अब वो ख़ुद ही बुला रही है तो तुम भागने के चक्कर में नज़र आ रहे हो।’

‘अरे, अच्छी अब भी लगती है, लेकिन इस वजह से नाटक-वाटक थोड़े ही ना करने लगेंगे यार।’, मुकुन्द ने हँसते हुए कहा। तभी सामने से आ रहे तीन लोगों ने उन्हें रोका।

‘और भाई लोग, कैसे हो?’

‘हम अच्छे हैं। आप लोगों को पहचाना नहीं।’, मुकुन्द ने कहा।

‘मैं सुदीप, दीपक और ये सुकेश।’, लड़के ने सबका परिचय दिया था।

‘हम लोग इसी स्कूल में हैं। एसएफ़आई के कार्यकर्ता हैं। कल्लोल के बाद चुनाव का माहौल बनने लगेगा। तुम लोग आओ हमारी बैठकों में। मुझे मालूम है तुम्हारा नाम मुकुन्द है। तेज़ तर्रार हो, स्मार्ट हो। छात्र राजनीति को तुम जैसे लोगों की बहुत ज़रूरत है। और ये नील है। देखते हैं हम लोग, बाइक पर घूमता रहता है, धौलपुर में पढ़ता है। क्यों जी, ठीक बोल रहे हैं ना?’ सब सुदीप की बात ध्यान से सुन रहे थे।

‘आपके पास तो हम लोगों की पूरी जानकारी है।’, मुकुन्द ने कहा।

‘अरे, कैंपस के विकास के लिए, छात्रों की सुविधा के लिए हमें आँख-कान खोलकर रखना पड़ता है भाई। तुम्हारे जैसे काबिल लड़के ग़लत पार्टी में चले गये तो गड़बड़ हो सकती है।’

‘हाँ, वो तो ठीक है। लेकिन आप हमसे चाहते क्या हैं?’, नील ने पूछा।

‘ऐसा कुछ भी ज़्यादा नहीं चाहते। बस समय निकालकर कभी-कभी हमारी मीटिंग में आओ। मीटिंग में नहीं आ सकते तो कम से कम पार्टी के प्रति समर्थन का भाव रखो। चुनाव में पार्टी को जिताने के लिए काम करो, पार्टी को वोट करो, साथियों से वोट दिलवाओ। बस, इतनी-सी उम्मीद है तुम लोगों से।’, दीपक ने कहा।

'अब हॉस्टलों में बड़े-बड़े राजनेताओं का आना शुरू होगा। हमारे कॉमरेड लोग भी आयेंगे। उन्हें सुनने ज़रूर जाना। हॉस्टल के नोटिस बोर्ड पर नज़र रखना, सारी जानकारी मिलती रहेगी। नवम्बर में जेएनयू छात्रसंघ के चुनाव होंगे। सबकी नज़र रहती है उस पर। थोड़े दिन में जब माहौल गर्माने लगेगा तो तुम लोगों को ख़ुद ही समझ में आ जायेगा। पर हम लोग तो यही कहेंगे कि अगर जेएनयू का भला चाहते हो, छात्रों का भला चाहते हो तो हमारी पार्टी से जुड़ो।', सुदीप ने समझाने की कोशिश की।

'जी सर, ज़रूर। अभी तो हमलोग जेएनयू में आये ही हैं। अब आप लोगों के साथ मिलना-जुलना लगा ही रहेगा।', मुकुन्द ने हाथ मिलाते हुए कहा। बाक़ी चारों ने भी मुकुन्द का अनुसरण किया था। तीनों सीनियर एसएल की तरफ़ चले गये थे और गैंग के पैर लाइब्रेरी कैन्टीन की तरफ़ बढ़ गये थे।

'साला, ग़ज़ब था भाई। लगा आज ही पार्टी मेम्बर बना लेगा। भाई लोग हम लोगों को कोई पार्टी-पॉलिटिक्स नहीं करनी है। सबको मुँह पर हाँ हाँ, बोलना है बस। हम यहाँ पढ़ने आये हैं और उसी पर फ़ोकस करेंगे।', मुकुन्द ने कहा।

'हाँ, एकदम ठीक बोल रहे हो मुकुन्द। जेएनयू तो फेमस है पॉलिटिक्स के लिए। चन्द्रशेखर वाला एपिसोड तो मालूम ही है सबको। ना भाई, इन सब चक्करों में नहीं पड़ना है।', प्रांजल ने कहा।

'अरे ये भी जेएनयू का एक अलग रंग है। दूर से देखो और मज़े लो। कोई पकड़कर थोड़े ना ले जायेगा हम लोगों को।', अंकित ने कहा।

'मुझे तो मदन मोहन मालवीय का वो लेख याद आता है 'छात्र और राजनीति'। जब तक राष्ट्र संकट में ना हो, छात्र को राजनीति से दूर ही रहना चाहिए और अपना सारा ध्यान अध्ययन में लगाना चाहिए ताकि जब समय आये तो एक सक्षम नागरिक के रूप में छात्र राष्ट्र की पूरी सेवा कर सके। अगर राजनीति करनी ही होगी तो समय आने पर करेंगे, ख़ुद को उस लायक बना कर करेंगे।', नील ने अपने विचार रखे।

'नील, बिल्कुल ठीक कह रहा है। छोड़ो ये सब। क्या...चाय पीना है या चला जाये हॉस्टल? लंच का टाइम भी हो ही रहा है।', पुष्कर ने कहा।

'अभी चाय पी लेंगे तो भूख मर जायेगी। चला जाये...शाम को साबरमती पर मिलते हैं।', मुकुन्द ने प्रस्ताव रखा था।

'ठीक है शाम को साबरमती पर मिला जाये। आज मेरी कोचिंग भी नहीं है तो साढ़े छह तक पहुँच जाऊँगा साबरमती ढाबे पर।'

सामने लाइब्रेरी कैन्टीन की दीवार पर एक लड़का लाल रंग से चे गेवारा का स्लोगन लिख रहा था–'लेट द वर्ल्ड चेंज यू ऐण्ड यू कैन चेंज द वर्ल्ड'। दो-तीन लड़के वहीं खड़े होकर तल्लीनता से उसे देख रहे थे।

16

शाम का सूरज मद्धिम पड़ रहा था। हल्की-हल्की हवा चल रही थी। साबरमती के सामने के पेड़ हौले-हौले झूम रहे थे। दायीं ओर की झाड़ियों के पास दो-तीन नीलगाय चौकन्नी नज़रों से चरने में व्यस्त थीं। ढाबे पर रौनक़ थी। थोड़ी-थोड़ी दूरी पर बैठा लड़के-लड़कियों का झुंड चाय-पकौड़े का लुत्फ़ उठा रहा था। कुछ लड़कियों के हाथ में सिगरेट थी। सलवार कुर्ते में एक सुन्दर-सी लड़की लाल रंग की स्कूटी पर बैठी थी। उसका ब्वॉयफ्रेंड सामने खड़ा था। उसके पैर स्कूटी के फ़ुटरेस्ट पर थे। लड़की एक बार चाय का सिप लेती और फिर सिगरेट का कश लगाती। दोनों बारी-बारी से सिगरेट पी रहे थे। लड़की ने एक बार तो धुआँ छोड़ते हुए रिंग बना दिया। लड़के ने उसकी तारीफ़ करते हुए उसके बालों को सहला दिया। कई और लड़कियाँ अपने-अपने फ्रेंड या ब्वॉयफ्रेंड के साथ ढाबे के पीछे की तरफ़ खड़ी थीं। कुछ ने तंग कपड़े पहन रखे थे। आँख सेंकने पहुँचे लड़कों की नज़र ऐसी लड़कियों पर ठहर-ठहर जा रही थी।

'मस्त माहौल है बे। देख रहे हो डूबते सूरज की वजह से पश्चिम का आकाश लाल हो गया है।', मुकुन्द ने सामने नज़र आते प्राकृतिक सौन्दर्य का वर्णन किया था।

'तुम आसमान में ही सुन्दरता देखो। असली ब्यूटी जो ढाबे के आसपास मंडरा रही है, उस पर तुम्हारा ध्यान ही नहीं जा रहा।', अंकित ने मुकुन्द को छेड़ा।

'अरे अभी तो आये ही हैं, माहौल का जायज़ा भी लिया जायेगा और लुत्फ़ भी उठाया जायेगा। सब होगा। पर धीरे-धीरे।', मुकुन्द ने पास से गुज़रती

एक लड़की को देखकर कहा जिसने शॉर्ट्स और टीशर्ट पहन रखी थी। उसका शारीरिक सौन्दर्य पूरी तरह उभरकर अपनी सुषमा बिखेर रहा था।

'इस हॉस्टल के लड़कों को बड़ा मज़ा आता होगा, नहीं बे?', अंकित ने मन में चल रहे विचार को ज़ाहिर कर दिया था।

'हाँ, मेस में सब साथ ही खाना खाते हैं। आते-जाते लड़कियाँ नज़र आती ही रहती हैं। एक विंग से दूसरे विंग में लाइन मारा ही जा सकता है। 'राम सजीवन' टाइप कई हीरो यहाँ हमेशा रहते होंगे, नहीं?', पुष्कर ने कहा।

'तुम लोगों की कामशास्त्रीय विवेचना अगर पूरी हो गयी हो तो चाय ऑर्डर की जाये?', प्रांजल ने जैसे सबकी तन्द्रा भंग कर दी थी।

'हाँ हाँ, तुरन्त चाय ऑर्डर की जाती है।', मुकुन्द अंकित के साथ चला गया था। पाँच मिनट में ही दोनों सबके लिए चाय-समोसा और आलू बौण्डा लेकर आ गये थे।

'ये आलू बौण्डा तो शानदार है यार! झारखण्ड में हम लोग इसको आलू चॉप बोलते हैं। पर ये थोड़ा अलग है। मुँह में डालते ही घुल जा रहा है।', नील ने ज़ायके का पूरा मज़ा लेते हुए कहा।

'हमारे कहे अनुसार चलोगे तो जीवन में बहुत आनन्द लूटोगे वत्स।', मुकुन्द ने साबरमती ढाबे पर आने का क्रेडिट लिया था।

'हाँ यार, समोसा शानदार है और चाय भी गंगा और गोदावरी ढाबे से अलग है।', पुष्कर ने कहा।

'और भाई लोग, यहाँ क्या हो रहा है।', सामने से आते डिपार्टमेंट के एक सीनियर ने पूछा।

'हलो सर...हलो सर।'

'अच्छा यहाँ लड़की ताड़ने आये हो तुम लोग?'

'अरे नहीं सर, ऐसी तो कोई बात नहीं। हम तो यहाँ पहली बार ही आये हैं। यहाँ के समोसे की बड़ी तारीफ़ सुनी थी तो सोचा कि ट्राई भी कर लेते हैं।', मुकुन्द ने कहा।

'हाँ, हाँ...साबरमती आने पर दूसरे हॉस्टल वाले यही कहते हैं। कोई बात नहीं। मुझे तो जानते होगे तुम लोग?'

'हाँ सर, आपका नाम रौनक सिंह है।', अंकित ने कहा। नील ग़ौर से उस सीनियर को देख रहा था।

'सब मुझे रैंकी बुलाते हैं, तुम लोग रैंकी सर बुलाओगे, समझे बे?'

'जी सर...जी सर।'

'अगले साल एमफ़िल सबमिट करेंगे। तुम लोगों से सीनियर हैं बे। बहुत चर्चा सुन रहे हैं तुम्हारा मुकुन्द?'

'क्या हुआ सर, कोई ग़लती हो गयी?'

'अरे जवानी में जेएनयू आये हो, ग़लती हो भी गयी तो क्या हुआ। सब चलता है। यहाँ आये हो तो चोट करना तो बनता है।'

'चोट करना...मतलब सर?'

'अब चोट करने का मतलब नहीं समझते। क्या जी, तुम लोग को भी समझ में नहीं आया।' सब ग़ौर से रैंकी का चेहरा देख रहे थे।

'अरे चोट...मतलब लड़की को...।'

'अरे सर, क्या बात कर रहे हैं। हम लोग उस टाइप के नहीं हैं।', मुकुन्द ने बहुत भोलेपन से कहा।

'अरे तो हम क्या तुम लोगों को उस टाइप के लगते हैं। चोट करना तो हर लड़के का फ़र्ज़ है। जो नहीं कर पाता उसका जीवन असफल समझो। चलो घर से कुछ खाने का सामान आया है, तुम लोगों को खिलाते हैं। पहली बार हमारे हॉस्टल में आये हो। सीनियर के नाते हमारा भी कुछ फ़र्ज़ बनता है कि नहीं?'

पाँचों रैंकी के पीछे-पीछे हॉस्टल के भीतर पहुँच गये थे। दुबला-पतला, अजीबो-ग़रीब शक़्लोसूरत वाला रैंकी उन्हें लेकर सेकेंड फ़्लोर के अपने कमरे में पहुँचा।

'बैठो सब आराम से। ये है हमारा आशियाना।' कमरा बहुत साफ़-सुथरा था। दीवारों पर पेंटिंग लगी थी। टेबल पर किताबें बहुत करीने से रखी थीं।

'कमरा तो बहुत अच्छा रखे हैं सर आप?', मुकुन्द ने तारीफ़ की।

'अरे हम कुछ नहीं करते। आती है हॉस्टल की लड़की सब। वही सब अरेंज कर देती है।', ये बोलते हुए रैंकी के चेहरे पर एक अलग किस्म का गर्व था।

'वाह सर, आपके तो जलवे हैं। ऐसे ही नहीं डिपार्टमेंट में आपकी तारीफ़ होती रहती है।', अंकित ने उसे और फुलाया।

'हम हैं ही इतने शानदार। अब स्मार्ट हैं, तो हैं। लड़की सब मेरे पीछे पड़ी रहती है तो हम क्या कर सकते हैं।'

'हाँ सर, ये बात तो आप बिल्कुल ठीक कह रहे हैं। सर, आप कुछ खिलानेवाले थे।', मुकुन्द ने याद दिलाया।

'हाँ हाँ, वो सामने कबर्ड खोलो जी। एक बड़ा-सा पैकेट रखा है निकालो।'

मुकुन्द ने आगे बढ़ कर अलमीरा खोला। सामने एक पैकेट रखा था और उसके ठीक बग़ल में कई तरह के मेल कॉन्ट्रासेप्टिव पड़े थे। मुकुन्द ने उसे अनदेखा कर जल्दी से पैकेट निकाल लिया।

'लो खाओ तुम लोग, घर का लड्डू है। पैकेट के बग़ल में कुछ नहीं दिखा जी?'

'जी सर दिखा था। तरह-तरह का रखे हैं आप। जलवे हैं सर आपके।'

'अरे अक्सर चोट देना पड़ता है। इसलिए रखना ज़रूरी है, और रिस्क भी नहीं रहता।', रैंकी को यक़ीन हो गया था कि उसने जूनियरों पर बहुत भारी इंप्रेशन बना दिया है।

'सर, लड्डू शानदार था। अब निकलते हैं हम लोग। आपसे मिलकर मज़ा आया सर।', मुकुन्द ने कहा।

'चोट वाली बात बाहर मत फैलाना बे। वैसे मुझे फ़र्क़ नहीं पड़ता... परिचित लोग जानते हैं कि रैंकी क्या चीज़ है।'

'जी सर...जी सर, थैंक्यू सर...गुड नाइट सर।' बाहर निकलते ही सब ज़ोर-ज़ोर से हँसने लगे थे।

'भैन...साला ऐसा चू.. आदमी आज तक नहीं देखा।', मुकुन्द ज़ोर से बोल पड़ा।

'क्या आदमी था यार, बैक टू बैक ऐसी बात कर रहा था कि हँसी आ रही थी और हँस भी नहीं सकते थे।', अंकित ने कहा।

'ऐसे चू.. को बोरे में बाँधकर पटक-पटककर मारना चाहिए।', ये पुष्कर के उद्गार थे।

'साले को कोई लड़की ग़लती से भी हलो नहीं बोलती होगी, लेकिन साज़ो सामान ऐसा जुटा रखा है जैसे धरती पर अवतरित हुआ कामदेव हो।', मुकुन्द ने कहा।

'दोबारा दिख जाये तो कट लेना है भाई लोग, बहुत बड़ा झेल था साला।', प्रांजल ने कहा।

'अरे बहुत मज़ा देगा चू..। बस इसको पता नहीं लगना चाहिए कि हम लोग इसके बारे में क्या सोचते हैं। चढ़ाये रखो चने के झाड़ पर। कड़ा मनोरंजन है। कटना नहीं बल्कि काटना है इसको।', बोलकर नील ने सबसे विदा लिया था।

17

कम्युनिटी सेंटर छात्रों से भरा था। सब कल्लोल के शुरू होने का बेसब्री से इन्तज़ार कर रहे थे। पर्दा उठा। फ्रेंच डिपार्टमेंट की स्वेतना ने सबका स्वागत किया और स्कूल के डीन धरम सिंह को उद्घाटन के लिए मंच पर आमन्त्रित किया। डीन ने दीप प्रज्वलित कर कल्लोल का औपचारिक शुभारम्भ किया। उसके बाद वसुधा ने सरस्वती वन्दना की। उसका गायन इतना कर्णप्रिय था कि ऑडिटोरियम तालियों की गड़गड़ाहट से गूँज उठा।

गैंग एकदम पीछे की पंक्ति में बैठा था। सरस्वती वन्दना के बाद रूसी सेंटर के छात्र ज्ञान प्रकाश ने एक अंग्रेज़ी गाना पेश किया। फिर भारतीय भाषा केन्द्र की पेशकश 'अँधेर नगरी' का मंचन शुरू हुआ। वसुधा ने 'अँधेर नगरी' को एकदम नये कलेवर में प्रस्तुत किया था। सभी किरदार आधुनिक दौर में व्यवस्था की कमियों को उजागर कर रहे थे। परिवेश, परिधान, संवाद सब कुछ आज के दौर के हिसाब से बदल दिया गया था। छात्रों ने नाटक का भरपूर आनन्द लिया। ख़त्म होने के बाद हॉल में देर तक ताली बजती रही।

'बॉस ग़ज़ब का टैलेंट है वसुधा में। कमाल का नाटक तैयार किया उसने। और महन्त के किरदार में उसका अभिनय सबसे ज़बर्दस्त था।', मुकुन्द ने बग़ल में बैठे नील से कहा।

'हाँ, यार बहुत प्रतिभाशाली है वसुधा। कम्प्लीट कल्चरल पर्सनैलिटी। इसीलिए कहता हूँ कि तुम्हारे साथ उसकी जोड़ी बहुत सही रहेगी। एक कुसंस्कृत लड़के की सुसंस्कृत प्रेमिका। विपरीत के बीच आकर्षण का पुराना सिद्धान्त है।', नील ने मुकुन्द को छेड़ा।

'रहने दो, तुम्हें भी उल्लू बनाने के लिए मैं ही मिलता हूँ। मज़ाक़ अपनी जगह है, पर वसुधा है बहुत योग्य।'

तभी नील की नज़र आगे की पंक्ति से उठकर जाती लड़की पर पड़ी। वो ऑडिटोरियम के दायीं तरफ़ वाले गेट से निकल रही थी। उसके साथ दो और लड़कियाँ थीं।

'अरे ये तो वही लड़की है!'

'अरे हाँ, ये तो भौजाई है। चलो-चलो जल्दी निकलो, आज पता लगा लेना है।'

'कहाँ जा रहे हो तुम लोग?', अंकित ने पूछा।

'बस आ रहे हैं दस मिनट में। सीट रखना तुम लोग।', दूर जा चुके मुकुन्द ने चिल्ला कर कहा। ऑडिटोरियम में भीड़ इतनी ज़्यादा थी कि निकलते-निकलते उन्हें वक़्त लग गया। बाहर आये तो एक कार जाती दिखी।

'अरे यार, जल्दी बाइक निकालो। कार के पीछे चलते हैं।' नील ऑडिटोरियम के पीछे खड़ी बाइक की ओर भागा। उसने तेज़ी से बाइक भगाई और डीन ऑफ़िस वाले रास्ते से रिंग रोड पर आ गया। पर कार कहीं नज़र नहीं आ रही थी। दोनों गोदावरी हॉस्टल पहुँचे, लेकिन कार वहाँ भी नहीं थी। नील ने मुकुन्द से पूछे बिना बाइक जेएनयू गेट की तरफ़ दौड़ा दी। पर कार कहीं नज़र नहीं आयी।

'ये भौजाई भी हमारे साथ लुका-छुपी का खेल खेल रही है। दिखती है और फिर लम्बे समय ग़ायब हो जाती है। चक्कर क्या है, कुछ समझ में नहीं आता।' 'हाँ, यार। सामने पड़ने पर ऐसे देखती है जैसे जन्म-जन्मांतर का रिश्ता हो। और नज़रों से दूर होने पर कोई अता-पता ही नहीं रहता। कुछ समझ में नहीं आ रहा। जितने बेचैन होकर हम उसे ढूँढ़ते हैं, उसकी तरफ़ से वैसी बेचैनी नहीं नज़र आती।' नील ने परेशान होकर कहा।

'अरे यार, यही तो है लड़कियों का टशन। आसानी से सब हो जाये तो बात ही क्या। और फिर इश्क का मज़ा तो गुरु तब है जब उसमें तड़प हो, विरह हो, जुदाई हो। ऐसे क्या मज़ा है।', मुकुन्द ने अपनी एक्सपर्ट वाली राय दी।

'पता नहीं, लगता है हम लोग कुछ ज़्यादा ही रीड कर रहे हैं। वो हमें देख भर ले रही है और हम साले दीवाने हुए जा रहे हैं। चलो लौटते हैं। कार्यक्रम भी बीच में ही छोड़कर चले आये।' दोनों जब वापस पहुँचे तो वसुधा का एकल गायन भी हो चुका था। वो ऑडिटोरियम के बाहर ही खड़ी थी।

‘धोखा दे दिया ना तुम लोगों ने। मेरा गाना भी नहीं सुना!’

‘नहीं वसुधा, सरस्वती वन्दना और नाटक देखा था। क्या अभिनय किया तुमने और निर्देशन तो कमाल का था।’, नील ने वसुधा की तारीफ़ करते हुए कहा। ‘और तुम्हारे पास कहने को कुछ भी नहीं है?’, वसुधा ने उलाहना देते हुए मुकुन्द से पूछा।

‘अरे वसुधा, क्या कहूँ। तुम बहुत टैलेंटेड हो...एक कम्प्लीट कल्चरल पैकेज। क्या गायन, क्या नृत्य और क्या नाटक–सब कुछ ही तुम ग़ज़ब का करती हो। सच कहूँ तो ऐसा लगता है जैसे तुम्हारा परफ़ॉर्मेंस देखकर हम धन्य हो गये हों।’

‘इतना ही अच्छा लगा तो बीच में ग़ायब क्यों हो गये?’

‘क्या बतायें वसुधा। मामला ही कुछ ऐसा था।’

‘क्यों गर्लफ्रेंड भागी जा रही थी?’ दोनों को कुछ बोलते नहीं बना।

‘क्या बतायें वसुधा। छोड़ो, जाने दो। फिर कभी बता देंगे। आज तो डिपार्टमेंट के लिए जश्न का दिन है।’

‘हमारे सेंटर का सारा परफ़ॉर्मेंस हो गया। बताओ तुम लोग कहाँ गये थे? क्या पता लड़की को ढूँढ़ने में हम ही तुम्हारी कोई मदद कर दें!’

‘अरे ऐसी कोई बात नहीं वसुधा। एक बहुत ज़रूरी काम पड़ गया था। बाद में बता देंगे। अभी चलो ना अन्दर चलकर कार्यक्रम देखा जाये। पुरस्कार भी तो लेना है तुम्हें।’

‘अच्छा तुम लोग टहला रहे हो मुझे। देख लेंगे। हमारी मदद के बिना कुछ कर नहीं पाओगे। आओगे हमारी ही शरण में।’

दोनों मुस्कुराकर भीतर जाने लगे थे।

‘लड़कियों का सिक्स्थ सेंस ग़ज़ब का होता है भाई। आज तो उगलवा ही लेती।’, मुकुन्द ने कहा।

‘हाँ यार, पर बहुत अच्छी लड़की है। इसके साथ सुखी रहोगे तुम।’, नील ने कहा।

‘छोड़ो यार ये सब बातें। अभी एक ही ऑपरेशन को अंजाम दिया जाये। भौजाई रोमांचक होती जा रही है।’

दोनों जब सीट पर पहुँचे तो अंकित फट पड़ा, ‘हम लोग क्या सीट के रखवाले हैं, जो उठकर बाबू साहब की तरह चले गये तुम दोनों। कितनी दिक़्क़त हुई सीट रखने में तुम लोगों को पता भी है?’

'थैंक्यू-थैंक्यू डियर अंकित। मेरे प्यारे भाई। माफ़ कर दो। अरे भाभी दिख गयी थी। भागकर गये हम, पर आज भी पता नहीं कहाँ ग़ायब हो गयी।' पुष्कर और प्रांजल क़रीब होकर सुन रहे थे।

'वसुधा ने क्या डाँस किया यार। 'चाँदनी' फ़िल्म में श्रीदेवी का जो डाँस था ना, एकदम डिट्टो।', पुष्कर ने बताया।

'ओह, मिस कर गये यार। चलो फिर कभी। वो भी ज़रूरी ही था। किसी एक जगह ही रह सकते थे हम लोग।', मुकुन्द ने अफ़सोस ज़ाहिर किया। तब तक जर्मन सेंटर के एक लड़के ने 'कभी कभी मेरे दिल में ख़याल आता है' गाना शुरू कर दिया।

कई दिन तक चले कल्लोल की समाप्ति के बाद जीत की ट्रॉफ़ी इस बार भारतीय भाषा केन्द्र को मिली। वसुधा बहुत ख़ुश थी। स्टेज पर ही रोने लगी। 'परफ़ॉर्मर ऑफ़ द इवेंट' का पुरस्कार उसे ही मिला। पूरे जेएनयू में मशहूर हो गयी थी वसुधा।

18

कल्लोल से लौटकर नील हॉस्टल पहुँचा तो शोर सुनाई पड़ा।

'अभी टेबल नहीं लगायी जा सकती।, मेन्स हो जाये तब लगाओ, कौन मना करता है।'

'टेबल यहाँ लॉबी में लगनी है, पढ़ाई रूम पर होती है। पूरी दुनिया मेन्स नहीं लिख रही कि उसके लिए हॉस्टल की गतिविधि रोक दी जाये। जिसको टीटी से डिस्टर्बेंस है वो जाकर लाइब्रेरी में पढ़े। टेबल तो लगकर रहेगी।' नयी आयी टीटी टेबल को लेकर ज़ोरदार बहस चल रही थी। वॉर्डन हरबंश प्रसाद बीच-बचाव कर कोई रास्ता निकालने की कोशिश कर रहे थे।

'अरे भाई, आप लोगों ने ही अर्जेंटली टीटी टेबल की डिमांड रखी थी तो मैंने मंगवा दी। अब आप लोग ही इसे लगाने को लेकर आपस में बहस कर रहे हैं। मेरा भी मानना है कि किसी परीक्षा की वजह से सुविधाओं के उपयोग को रोकना ठीक नहीं। जिन्हें पढ़ाई करनी है वो करें और जिन्हें खेलना है वो खेलें। वैसे भी जेएनयू कोई यूपीएससी की तैयारी का सेंटर तो है नहीं, वो आप

लोगों का निजी मामला है। यहाँ तो हम सुविधाएँ रिसर्च करने आये छात्रों के लिए उपलब्ध करवाते हैं।' इस बहस को ग़ौर से सुन रहा नील ख़ुश था कि हॉस्टल में टीटी की टेबल लग रही है। अब वो ख़ाली समय में टीटी खेल सकता था। बहस थोड़ी देर और चलती रही। आख़िर में तय ये हुआ कि टेबल लगा दी जाये, पर खेलते हुए लड़के इस बात का ध्यान रखें कि शोर ना हो। टेबल लगने के बाद वो शायद ही कभी ख़ाली रहती। कई छात्रों को तो जैसे टीटी की लत लग गयी थी। कोई न कोई जमा रहता। सुबह हो, दोपहर हो, रात हो, आधी रात हो...माहौल बना रहता। जो लड़के विरोध में थे, उनमें से भी कई पढ़ाई से थकने के बाद दो-चार हाथ आज़मा ही लेते। इसकी वजह से लॉबी में ख़ासी रौनक रहने लगी थी।

डिनर के बाद दस से बाहर बजे के बीच का समय अघोषित रूप से स्टार खिलाड़ियों का था। अनुपम, धीरज, अमीश, रवि और वेंकट जैसे खिलाड़ी ग़ज़ब खेलते थे। जब वे खेल रहे होते तो कोई जाकर ये नहीं कहता था कि 'ज़रा हटिये हमें भी खेलना है।' सब खड़े होकर खेल का आनन्द लेने लगते। आते-जाते लोग भी ठहर जाते और दो-चार शॉट देखकर ही आगे बढ़ते।

नील टीटी का अच्छा खिलाड़ी था। सेंट ज़ेवियर्स कॉलेज के कॉमन रूम में जाकर ख़ूब खेलता था। दो-चार दिन में ही हॉस्टल के दिग्गज खिलाड़ियों को समझ आ गया कि नील उनकी टक्कर का ही खिलाड़ी है। फिर क्या था। रात दस से बारह वाली मण्डली में वो भी अक्सर शामिल हो जाया करता। अब उसने डिनर के बाद धौलपुर जाना लगभग बन्द कर दिया था। कमरे पर ही पढ़ता और जैसे ही देखता कि माहौल जमा हुआ है तो रैकेट लेकर शामिल हो जाता। स्टार खिलाड़ी भी उसे कमरे से बुला लिया करते थे।

जेएनयू में नील पूरी तरह रम गया था। कब सुबह होती, कैसे शाम हो जाती, पता ही नहीं चलता था। डिपार्टमेंट, कोचिंग, लाइब्रेरी, कभी-कभार ढाबा, टीटी, कमरे में पढ़ाई–एक तरह से रूटीन में बँध गया था नील।

कल्लोल वाली घटना के बाद नील कई बार गोदावरी ढाबे पर दोस्तों के साथ बैठा, कई बार गंगा ढाबे पर इन्तज़ार किया, पर लड़की नज़र नहीं आयी थी। वो एक पहेली-सी बन गयी थी। नील अक्सर उसके बारे में सोचता। 'कहीं ऐसा तो नहीं कि वो जेएनयू की हो ही ना और कभी-कभी ही किसी दोस्त

से मिलने आती हो?' ऐसे विचार आते ही वो उदास हो जाता। फिर सोचता, 'नहीं-नहीं वो जेएनयू की ही है। अभी दिन ही कितने बीते हैं। जल्दी ही पता चल जायेगा कि वो किस डिपार्टमेंट में है और कहाँ रहती है।'

ब्रह्मपुत्रा पर मेन्स परीक्षा का असर साफ़ दिख आ रहा था। पीटी पास सारे छात्र गम्भीर हो गये थे। हालाँकि, कुछ आत्मविश्वास से भरे ऐसे छात्र भी थे जिन्होंने अपना रूटीन पहले की तरह ही रखा था। सुबह से शाम तक पढ़ते, फिर शाम को हॉस्टल के बाहर बास्केट बॉल खेलते। एक-दो लोग ऐसे भी थे जिन्हें जॉगिंग करना पसन्द था। दिनभर की पढ़ाई के बाद वे स्टेडियम चले जाते। हॉस्टल के बाहर प्रमोद के ढाबे पर हलचल बढ़ गयी थी। अब मेन्स वाले कुछ ही छात्र गंगा या गोदावरी ढाबा जाते। ज़्यादातर प्रमोद के ढाबे पर ही बैठकी लगाते। उन्हें पता था कि ये कोई साधारण परीक्षा नहीं है। फ़ेल और पास दोनों ही नतीजों का जीवन पर गहरा असर होने वाला था।

19

एक दिन नील जब सेंटर से लौटा तो वॉटर कूलर पर नोटिस लगा था–रात साढ़े नौ बजे वरिष्ठ कांग्रेस नेता मणि शंकर अय्यर का साबरमती मेस में कार्यक्रम। नील टीवी पर संसद की कार्यवाही बहुत चाव से देखा करता था। मणि शंकर अय्यर उसके पसन्दीदा नेताओं में से एक थे। संसद में जब वो बोलते तो उन्हें सुनने में उसे बहुत मज़ा आता था। वो अमीबा और हाइड्रा जैसे जन्तु विज्ञान के उदाहरण देकर सियासत की बातें करते। उनकी धाराप्रवाह और नफ़ीस अंग्रेज़ी का नील कायल था। बोलने की शैली की वजह से ही लालकृष्ण आडवाणी, अटल बिहारी वाजपेयी, जॉर्ज फ़र्नांडीस और मणि शंकर अय्यर उसके पसन्दीदा नेता थे। जब भी ये नेता संसद में बोलते नज़र आते, नील टीवी के सामने बैठ जाता। आज उन्हीं मणि शंकर अय्यर को क़रीब से देखने का मौक़ा मिलने वाला था। नील बहुत ख़ुश हो गया था।

अक्सर वो नौ बजे के बाद ही डिनर करता था, लेकिन उस दिन उसने पहले ही कर लिया और सवा नौ तक साबरमती हॉस्टल पहुँच गया। पॉपुलर वक्ता मणि शंकर अय्यर को देखने के लिए साबरमती में अच्छी-ख़ासी भीड़ जमा थी।

'हमें मालूम था कि तुम ज़रूर आये होगे।', मुकुन्द ने नील के पीछे हाथ मारते हुए कहा। पूरी गैंग मौजूद थी।

'हाँ यार, मणि शंकर अय्यर बहुत पसन्द हैं...इसलिए आना ही था।'

'हम भी डिपार्टमेंट से लौटे तो नोटिस देखा। लगा तुम्हें कैसे बतायें। फिर सोचा कि ब्रह्मपुत्रा में भी नोटिस लगा ही होगा, देखकर तुम आ ही जाओगे।', मुकुन्द ने कहा।

'और भाई लोग, मणि शंकर को देखने आये हो?', सामने से आते रैंकी ने पूछा।

'जी सर...जी सर।' सबने कहा था।

'मेरा सीक्रेट सबको बता तो नहीं दिये?', रैंकी बिना उनका जवाब सुने आगे निकल गया था।

'इस साले को भी हमें अक्सर झेलना पड़ेगा।', मुकुन्द ने हँसते हुए कहा।

'भाई, चोट सिंह की चोट से तुम्हें एक ही आदमी बचा सकता है... सिर्फ़ चोट सिंह।', नील ने कहा। सब हँस पड़े थे।

तब तक लाल बत्ती वाली तीन एंबेसेडर कार मेन रोड से आती नज़र आयी। एनएसयूआई के कार्यकर्ता हरकत में आ गये थे। आगामी छात्र संघ चुनाव को देखते हुए ये कार्यक्रम उनकी तरफ़ से ही आयोजित किया गया था। पर नील और मुकुन्द जैसे छात्रों के लिए इतना काफ़ी था कि एक बड़ी हस्ती को सामने से देखने और सुनने का मौक़ा मिल रहा था। उस आयोजन के पीछे के राजनीतिक निहितार्थ से उन्हें कोई लेना-देना नहीं था।

मणि शंकर अय्यर सामने से गुज़रते हुए मेस में पहुँच गये थे। उनके साथ कई और भी कांग्रेस कार्यकर्ता मौजूद थे। नील ने खचाखच भरी मेस में दोस्तों के साथ जगह बना ली थी। ये उसके लिए फ़ैन मोमेंट था। मणि शंकर अय्यर ने बोलना शुरू किया। वो आज़ादी की लड़ाई से लेकर आज तक के भारत में कांग्रेस के योगदान के बारे में बता रहे थे। हालाँकि उस समय अटल बिहारी वाजपेयी देश के प्रधानमन्त्री थे। जेएनयू कैंपस में अब तक वामपंथ का ही दबदबा रहा था। कांग्रेस देश में भले ही महत्वपूर्ण दल हो, पर कैंपस की राजनीति में उसका कोई ख़ास असर नहीं था। वैसे राजीव गांधी की हत्या के बाद हुए छात्र संघ चुनाव में ज़रूर एनएसयूआई की जीत हुई थी और तनवीर

अख़्तर छात्र संघ अध्यक्ष चुने गये थे। पर बाद के सालों में सीपीएम के छात्र संगठन एसएफ़आई और सीपीआई (एमएल) के आइसा का ही बोलबाला रहा। हालाँकि, एनएसयूआई के छात्र नेता पूरी कोशिश कर रहे थे कि कैंपस में एक बार फिर कांग्रेस का वर्चस्व कायम हो।

मणि शंकर अय्यर का भाषण चल रहा था। सभी छात्र शान्ति से उन्हें सुन रहे थे। तभी नील की नज़र दूसरी तरफ़ खड़ी लड़कियों की ओर गयी।

'ये तो वही लड़की है।', नील की नज़रें वहीं फ़्रीज़ हो गयी थीं। लड़की ने अब तक उसे देखा नहीं था। नील भूल गया कि भाषण अभी चल रहा है। तब तक लड़की ने भी उसे देख लिया। पहले तो वो थोड़ी हैरान हुई, फिर मुस्कुरायी। नील भीतर तक रोमांच से भर गया। उसे समझ नहीं आ रहा था कि क्या करे। वो बस उसे देखता रहा। वो भी मुस्कुराहट का भाव लिए उसे देखती रही। थोड़ी देर में नील झेंप गया। लड़की को भी एहसास हुआ कि उसका ध्यान पूरी तरह भटक गया है। फिर दोनों भाषण सुनने लगे। पर नज़र घूम-घूम कर वापस एक-दूसरे पर टिक जा रही थी। पता नहीं नयनों के इस खेल में क्या सुख मिल रहा था उन्हें। मणि शंकर के भाषण के बाद सवाल-जवाब का दौर चल रहा था, लेकिन उन दोनों का ध्यान एक-दूसरे पर ही केन्द्रित था। तभी मुकुन्द ने नील को देखा।

'अरे बेटा, यहाँ तो कुछ और खेला चल रहा है।', उसने भी लड़की को देख लिया था। जब लड़की ने देखा कि दोनों दोस्त उसके बारे में ही बात कर रहे हैं तो वो शर्मा गयी और नीचे देखने लगी। उसने अब तक अपने दोस्तों को नील के बारे में नहीं बताया था। पर गैंग में हलचल थी। पाँचों उसके बारे में खुसर-पुसर कर रहे थे। सबका ध्यान मणि शंकर से हट गया था। सवाल-जवाब सत्र के बाद मणि शंकर जब जाने लगे तो छात्र भी उनके पीछे-पीछे मेस से बाहर निकल आये। लड़की भी निकल आयी थी और अपने दोस्तों के साथ बाहर ही खड़ी थी। नील का ध्यान उस पर ही था। उसे लग रहा था कि समय ठहर जाये और दोनों एक-दूसरे को ऐसे ही निहारते रहें।

मणि शंकर के जाते ही भीड़ छँटने लगी और लड़की भी अपने दोस्तों के साथ लौटने लगी।

'चल-चल पीछे चलते हैं, आज पता लगा ही लिया जाये कि भौजाई कहाँ रहती है।', मुकुन्द ने कहा।

'कम से कम ये तो पता चल ही गया है कि ये कैंपस से ही है।', नील ने बेहद प्रसन्न होकर कहा।

लड़की अपने दोस्तों के साथ बातें करती दस-पन्द्रह क़दम आगे चल रही थी, लेकिन बीच-बीच में पीछे मुड़कर देख लेती। रात की वजह से उसकी मुखाकृति साफ़ नज़र नहीं आ रही थी, पर उसका पीछे मुड़ना ही नील को निहाल कर रहा था। गोदावरी के गेट पर पहुँच कर उसने फिर पलटकर देखा। तब तक उसकी दोस्तों ने उसे भीतर खींच लिया था।

'चलो बेटा नील। तुम्हारा तो कल्याण हो गया। ग़ज़ब लाइन दे रही थी बे।', मुकुन्द ने मुस्कुराते हुए कहा।

'हाँ यार। अपना नील तो गया। ऐसी नज़र से लड़की देखे तो हम तो जान ही दे दें साला।', अंकित ने कहा।

'भाई प्यार-व्यार के चक्कर में ये मत भूल जाना कि जेएनयू पढ़ने आये हो।', पुष्कर ने याद दिलाया।

'साले पुष्कर, जलन हो रही है बे। अभी लड़का-लड़की में आँखों की भाषा में संवाद ही हुआ है और तुम जलनखोर जीजा की तरह समझाने आ गये।', मुकुन्द ने पुष्कर की खिंचाई की। पुष्कर मुस्कुरा पड़ा।

'मामला गम्भीर लग रहा है गुरु। अब तो जल्दी ही सब कुछ पता लगाना पड़ेगा।', प्रांजल ने कहा।

थोड़ी देर तक सब वहीं बैंक के पास खड़े होकर आपस में बातें करते रहे। फिर साबरमती की तरफ़ चल पड़े। नील की बाइक वहीं खड़ी थी।

'भाई तुम्हारा कल्याण तो हो गया, अब हम ग़रीबों के लिए भी कुछ सोचो।', मुकुन्द ने चुटकी ली।

नील ने बाइक स्टार्ट करते हुए कहा, 'तुम्हारा मामला भी तो सेट ही है।'

'अरे उसको छोड़ो। कुछ अपने टाइप ढूँढ़ो।'

'वसुधा जान ले लेगी तुम्हारा।' सब हँस पड़े थे।

रात के साढ़े ग्यारह बज रहे थे। पर सड़क गंगा ढाबे की तरफ़ जाते लड़के-लड़कियों से गुलज़ार थी। नील शोम्भुज़ ढाबे के पास पहुँचकर रुक गया। उसे समझ नहीं आ रहा था कि अभी-अभी मिली ख़ुशी को कैसे व्यक्त करे। वो थोड़ी देर तक वहीं रुका रहा, फिर आगे बढ़ गया। अगले आधे

घण्टे तक वो कैंपस में बाइक दौड़ाता रहा। वीसी गेट, अरावली गेस्ट हाउस, पश्चिमाबाद पुल, कावेरी ढाबा–जहाँ मोड़ देखता गाड़ी घुमा देता। ख़ुशी उससे सँभाले नहीं सँभल रही थी। आज उसे जेएनयू की रात और सम्मोहक लग रही थी। रिंग रोड लगभग सुनसान था। नियॉन लाइट्स की जगमग में रात का सौन्दर्य और निखर रहा था। कमरे पर पहुँचा तो राजीव भैया सो चुके थे। उसने धीरे से दरवाज़ा बन्द किया और कपड़े बदलकर बिस्तर पर लेट गया। उसके ज़ेहन में सिर्फ़ लड़की की आकृति बसी थी।

20

अगले दिन नील अच्छी तरह तैयार होकर थोड़ा पहले निकला। लेकिन डिपार्टमेंट जाने के बजाये उसने बाइक गोदावरी हॉस्टल की तरफ़ मोड़ दी। मन में चल रहा था कि क्या पता कहीं लड़की का दीदार हो जाये। थोड़ी देर बाइक पर बैठकर वो यूँ ही बैंक के पास इन्तज़ार करता रहा। तमाम लड़के-लड़कियाँ डिपार्टमेंट की तरफ़ जाते नज़र आ रहे थे। उसे थोड़ा अजीब भी लगा कि वो क्या कर रहा है। जब इन्तज़ार करना उसे बहुत ऑकवर्ड लगने लगा तो वो डिपार्टमेंट की तरफ़ बढ़ गया। जैसे ही पहुँचा दोस्तों ने उसे घेर लिया।

'आज पहली क्लास दुष्यन्त सर की है, पर वो आये नहीं हैं। नीचे चलते हैं एक मज़ेदार बात बतानी है।', मुकुन्द ने कहा।

पाँचों कैन्टीन में पहुँचे, चाय और समोसा लिया और वही कॉर्नर वाली ऊँची राउंड टेबल पकड़ ली। 'क्या बताने वाले थे तुम?', नील ने पूछा।

'अरे मुझसे क्या पूछ रहे हो, कल से तुम्हारे मन में जो लड्डू फूट रहा है, उसके बारे में बताओ कि क्या हाल हैं तुम्हारे?'

'अरे कुछ नहीं यार। परेशान हो गया हूँ। ना नाम मालूम है और ना सेंटर। अब मिलने का मन कर रहा है, बातें करने का मन कर रहा है। जो हो रहा है उस पर भी यक़ीन नहीं हो रहा, पर बेचैनी बढ़ रही है।'

'हम चारों ने भी अपना इंटेलीजेंस तेज़ कर दिया है। चिन्ता मत करो हमारे महिवाल, तुम्हारी सोहनी के बारे में हम जल्दी ही सारी जानकारी निकाल लायेंगे।', मुकुन्द ने भरोसा दिलाया।

‘मुझे मालूम है कि मेरे दोस्त लाजवाब हैं। पर तुम कुछ और बताने वाले थे।’

‘हाँ, सुनो मज़ेदार बात है। चोट सिंह की नयी कहानी पता चली है।’, सबकी दिलचस्पी बढ़ गयी थी।

‘आज सुबह मैं जब ब्रेकफ़ास्ट के लिए गया तो टेबल पर अपने सेंटर के ही एक सीनियर मिल गये...सुधाकर सर। मैंने उनसे पूछा कि ‘हमारे सेंटर में एक रौनक सर हैं, क्या आप उन्हें जानते हैं?’

नाराज़ होते हुए बोले, ‘‘उ साला रैंकिया। बहुत बड़ा झेल है। कुछ नया काण्ड किया क्या?’’

‘जो कुछ उस दिन हुआ था, मैंने उन्हें बताया तो ज़ोर-ज़ोर से हँसने लगे। बोले, “साला जबसे जेएनयू आया है, उसकी एक ही तमन्ना है कि एक गर्लफ्रेंड बन जाये। पहले दूसरे डिपार्टमेंट की सुन्दर लड़कियों पर ट्राई किया, बात नहीं बनी। फिर अपने सेंटर में प्रयास करने लगा। जब वहाँ भी कुछ नहीं हुआ तो चक्कर में रहने लगा कि कोई मिल जाये बस। बड़ा हरामी है साला।” ’

‘मैंने पूछा कि कौन हैं ये, क्या बैकग्राउंड है इनका?’

‘सुधाकर सर ने बताया, “बिहार में इसके पिताजी किसी सरकारी विभाग में क्लर्क हैं। पढ़ने-लिखने में ठीक रहा होगा, इसलिए जेएनयू आ गया। पिताजी ने दो नम्बर के बहुत पैसे कमाये हैं तो उड़ाता रहता है। दिनभर बाइक लेकर लड़की की फ़िराक़ में घूमता रहता है, लेकिन आज तक कुछ कर नहीं पाया।” ’

‘मैंने पूछा कि रैंकी सर पढ़ते-लिखते नहीं हैं क्या? आगे करना क्या चाहते हैं?’

“पता नहीं क्या पढ़ता है। यूजीसी देता है पर नेट भी नहीं निकलता। हाँ, एक बार क्या हुआ कि एसआईएस (स्कूल ऑफ़ इंटरनेशनल स्टडीज़) के एक लड़के से इसकी गाढ़ी दोस्ती हो गयी। उसके साथ उसी कैन्टीन में ही बैठने लगा। एक लड़की कैन्टीन में अक़्सर आती थी। रैंकिया रोज़ वहाँ जाने लगा। उसे लगा कि वहाँ उसकी दाल गल जायेगी। लड़की उसकी तरफ़ देखती भी थी। पूरा चार्ज हो गया था रैंकी। लेकिन छह महीने बाद पता चला कि लड़की रैंकी के दोस्त से पट गयी।’

'मैंने पूछा कि ये कैसे भैया?'

"अरे, लड़की दरअसल एसआईएस वाले लड़के को देखती थी और रैंकिया को लगता था कि उसको देख रही है। जो दिनभर यही सब सोचता हो, उसको क्या ग़लतफ़हमी नहीं होगी। वहाँ से भी नाउम्मीद हो गया बेचारा रैंकी। अब तो एमफ़िल जमा करने का टाइम नज़दीक आ रहा है। देखते हैं क्या करता है।"

'मुझे हँसी आ रही थी। पर मैं सीरियस बना रहा और ब्रेकफ़ास्ट ख़त्म करने के बाद सुधाकर सर को शुक्रिया बोलकर डिपार्टमेंट की तरफ़ भागा कि तुम लोगों को बताया जाये।' सुनकर सब हैरान थे।

'यार, चोट सिंह तो बहुत कड़ा है। नयी-नयी बात पता चल रही है इसके बारे में।', अंकित ने कहा।

'यार, हो जाते हैं लोग फ्रस्ट्रेटेड। अब सबकी क़िस्मत नील जैसी तो नहीं होती ना?', पुष्कर ने चुटकी ली।

'तुम नील से चोट सिंह की तुलना मत करो बे पुष्कर। बस उससे बच के रहना है...समझे।', मुकुन्द ने कहा।

अगली क्लास का समय हो गया था। सब ऊपर भागे। दीक्षित सर जायसी की 'पद्मावत' पढ़ाने वाले थे। सबने सुन रखा था कि 'नागमती का विरह वर्णन' वो बहुत अच्छा पढ़ाते हैं।

21

बारिश लगभग बन्द हो गयी थी। सितम्बर का महीना ख़त्म होने को था। ब्रह्मपुत्रा में मेन्स की तैयारी और सघन हो गयी थी। दुर्गा पूजा उन्नीस अक्टूबर को पड़ रही थी। राँची में नील का बेसब्री से इन्तज़ार हो रहा था। लेकिन उसका जाने का मन नहीं हो रहा था। लड़की ने नील के जीवन में भूचाल-सा ला दिया था। वो कैंपस में ही रहना चाहता था। अपनी इस मनोदशा को वो समझ नहीं पा रहा था। उसे लड़की को जानने, उससे मिलने की बेचैनी हो रही थी। शनिवार की सुबह उसने घर फ़ोन लगाया। फ़ोन माँ ने उठाया।

'तुम्हारे फ़ोन का ही इन्तज़ार कर रहे थे बेटा।'

'प्रणाम माँ। सब लोग कैसे हैं वहाँ?'

'यहाँ सबलोग अच्छे हैं बेटा, अब तो बस तुम्हारे आने का इन्तज़ार हो रहा है। पापा भी कह रहे थे कि नील को गये बहुत दिन हो गये।'

'माँ, उसी बारे में तुमसे बात करनी थी। दुर्गा पूजा में आना सम्भव नहीं लग रहा है।'

'क्यों क्या हुआ बेटा? कोई बात हो गयी क्या?'

'नहीं माँ, तुम तो जानती ही हो कि कोचिंग चल रही है और यूनिवर्सिटी में दुर्गा पूजा की बिहार जैसी लम्बी छुट्टी नहीं होती। मैं अगले साल यूपीएससी की परीक्षा देना चाहता हूँ तो सोच रहा हूँ कि दुर्गा पूजा में ना आकर दिसम्बर में जाड़े की छुट्टी में आऊँ।'

'पढ़ाई से बढ़कर तो कुछ भी नहीं है बेटा। ठीक है जैसा तुम उचित समझो। बहुत आसरा था कि तुम आ रहे हो। दिन गिन रहे थे। लेकिन कोई बात नहीं बेटा। अपना ख़याल रखो और मन लगाकर पढ़ाई करो।' नील ने माँ को प्रणामकर फ़ोन रखा था, लेकिन उसका मन भारी हो गया था। उसने सोचा कि वो क्या कर रहा है। घर वालों को धोखा दे रहा है। उसने फिर से फ़ोन लगाया।

'माँ, सोच रहे हैं कि दो दिन के लिए आ ही जाते हैं। बस दो दिन। मेरा भी मन नहीं मान रहा।' माँ बहुत ख़ुश हो गयी थी। लगभग रोते हुए बोली, 'सुनकर मन बहुत उदास हो गया था बेटा कि तुम नहीं आ रहे हो। अब अच्छा लग रहा है। चलो दो दिन के लिए भी आओगे तो हम लोगों को सन्तोष हो जायेगा। हम उसी में ख़ुश हो जायेंगे।' नील को अब थोड़ा अच्छा लग रहा था।

'का भाई, ग़ज़ब टीटी खेलते हो तुम तो।', एक मध्यम क़द के दुबले-पतले लड़के ने उसे टेलीफ़ोन बूथ के बाहर ही टोका।

'थोड़ा-बहुत खेल लेते हैं सर।'

'थोड़ा-बहुत। तुम तो हॉस्टल के चैम्पियन लोगों को हरा रहे हो।'

'ऐसी तो कोई बात नहीं है सर।'

'मेरा नाम पीयूष है। पीयूष दुबे। हिन्दी में ही हूँ तुम्हारा सीनियर। तुम तो नील माधव पाण्डे हो ना?'

'हाँ सर। आपको तो मेरा नाम भी पता है।'

'देखो मैं दुबे हूँ और तुम पाण्डे। हम दोनों ब्राह्मण हैं। समझ रहे हो ना?'

'आप कहना क्या चाह रहे हैं सर?'

'अरे यार, जेएनयू में हमारा ब्राह्मणों का एक संगठन है। ऑफ़िशियल नहीं है। कैम्पस के ब्राह्मण लड़कों ने मिलकर अनौपचारिक रूप से बनाया है जिसे हम जेबीए यानी 'जेएनयू ब्राह्मण एसोसिएशन' कहते हैं। शाम को उसकी बैठक है मेरे कमरे में। आओ उसमें। बाक़ी बातें वहीं पता चल जायेंगी।'

'सर, बुरा मत मानियेगा। पर मैं इन सब में यक़ीन नहीं रखता। ब्राह्मण हूँ, पर जाति को सिर पर बाँधकर नहीं घूमता।'

'अरे कैसी बात कर रहे हो यार। ब्राह्मण होने का मतलब समझते हो कि नहीं। हम समाज के सबसे श्रेष्ठ लोग हैं। आज रिज़र्वेशन की वजह से हमारी हालत ख़राब होती जा रही है। ऐसे में ज़रूरी है कि हम एकजुट होकर अपने बारे में गम्भीरता से सोचें।'

'सर, माफ़ कीजियेगा। मैं ऐसी कोई सोच नहीं रखता और आपकी मीटिंग में भी नहीं आ पाऊँगा। आपने मुझसे पूछा इसके लिए आपका धन्यवाद। वैसे सेंटर के सीनियर के तौर पर आप मुझसे इस जाति विमर्श से हटकर जो कुछ और कहेंगे, मैं करने को तत्पर रहूँगा। आपसे मिलकर अच्छा लगा। धन्यवाद सर।', नील अपने कमरे की तरफ़ बढ़ गया था। पीयूष उसे देखता रह गया था। लॉबी में पहुँचा तो चार लोग डबल्स टीटी खेल रहे थे। वो खेल देखने लगा। उसके ज़ेहन में अभी भी पीयूष दुबे वाली बात चल रही थी। तभी सामने से कछुआ सर कप लिए अपनी मशहूर चाल में आते नज़र आये।

'क्या जी बालक। प्रॉपर रेसिडेंट नहीं हो, लेकिन हॉस्टल में छाये हुए हो। टीटी अच्छा खेलते हो और संजय बता रहा था कि अगले साल सिविल्स के लिए भी सीरियस हो।'

'ऐसा कुछ नहीं सर...बस खेल लेते हैं और हाँ, सिविल सर्विस तो मेरा ड्रीम है।'

'संजय ऐसे किसी की तारीफ़ नहीं करता दोस्त। तुम अभी एमए में हो। तुममें कुछ ख़ास बात देखा होगा तभी कह रहा था। तुम यहीं रुको तब तक हम चाय लेकर आते हैं। मेरे रूम पर चलना, कुछ दिखाना है।'

'ठीक है सर। मैं यहीं टीटी देख रहा हूँ।'

थोड़ी देर में कछुआ सर प्रमोद के ढाबे से चाय लेकर आ गये।

‘चलो जी।’ नील उनके साथ हो लिया। कमरे में पहुँचकर कछुआ सर ने नील को बैठने के लिए कहा और ड्रावर से कुछ निकालने लगे।

‘ये देखो, ये मेरे पिछले साल का मार्कशीट है। देख रहे हो। पिछले साल मेन्स का कट ऑफ़ एक हज़ार से थोड़ा ऊपर गया था। मेरे 996 नम्बर आये थे। देख रहे हो ना। बस ज़रा सा से रह गया था इंटरव्यू कॉल। सोशियोलॉजी और ज्योग्राफ़ी में बस पचास नम्बर और आ गया होता तो आज हम कहीं और होते।’

‘जी सर, ठीक कह रहे हैं, बस थोड़े से रह गया। इस बार आपका ज़रूर हो जायेगा।’, नील ने सांत्वना दी थी।

‘हाँ, इस बार तो पूरा ज़ोर लगा दिये हैं। ईश्वर ने चाहा तो अगले साल मसूरी में होंगे।’

‘जी सर। ज़रूर होंगे आप मसूरी में। अच्छा, अब मैं चलता हूँ।’

‘हाँ, निकलो। मिलते रहना। अगर जीएस वग़ैरह में कुछ पूछना हो तो बेहिचक मेरे पास आ जाना।’

‘जी सर। ज़रूर आ जायेंगे। अच्छा सर।’, कहकर नील कमरे में लौट आया था। राजीव भैया पढ़ाई कर रहे थे।

‘भैया, ये संजीव प्रधान सर का क्या मामला है। मुझे कमरे में ले गये और पिछले साल का मार्कशीट दिखा रहे थे।’

‘अरे यार, कछुआ साला तुमको भी पकड़ लिया? उसका पीटी हुआ है, उसको गम्भीरता से मेन्स की पढ़ाई करनी चाहिए तो वो अभी भी पिछले साल के मार्क शीट के विश्लेषण में ही लगा हुआ है। पिछली बार जो होना था, सो हो गया। उसका अब क्या मतलब है। कछुए की इसी हरकत की वजह से सब उसका मज़ाक बनाते हैं।’

‘कुछ हुआ था क्या भैया?’

‘अरे जब पिछली बार का मार्क शीट आया तो जो लोग बॉर्डर लाइन पर थे, उनको अफ़सोस होना स्वाभाविक ही है। कछुआ स्टूडेंट अच्छा रहा है। लखनऊ से टॉप करके आया है जेएनयू। ज्योग्राफ़ी पर उसकी पकड़ बहुत अच्छी है। कई सेमीनार में पेपर पढ़ चुका है। लेकिन मार्क शीट देखने के बाद कछुआ बौरा गया। अब जो भी मिलता हॉस्टल में, उसको पकड़कर रूम ले

जाने लगा और मार्क शीट दिखाने लगा। दो-चार दिन में तंग आ गये सब। तब हमारे ग्रुप के ख़ुराफ़ाती लड़के डैनी ने उसको सबक सिखाने की योजना बनायी। पता है उसने क्या किया।'

'क्या किया भैया?'

'वो कछुए से मार्क शीट माँगकर ले गया कि उसे अपने मार्क शीट से टैली करना है। कछुवे ने ख़ुशी-ख़ुशी दे दिया। फिर डैनी ने पहले उसका ज़ेरॉक्स कराया और उस पर कछुए का चित्र बना दिया। फिर उसकी पचास कॉपी निकलवा दी।'

'ये किसलिए भैया?'

'सुनो तो! वो बाइक से सारे हॉस्टल में गया और वॉटर कूलर पर मार्क शीट को चिपका आया। शाम तक कछुआ कैंपस में सिलेब्रिटी बन गया था। जब कछुए ने हमारे कूलर पर मार्क शीट लगी देखा तो पागल हो गया। डैनी को ढूँढ़ता फिर रहा था और तरह-तरह की गालियाँ निकाल रहा था। तीन-चार दिन तक डैनी उससे मिला ही नहीं। चार दिन के बाद जब उसका ग़ुस्सा शान्त हुआ तो डैनी ने उसके कमरे में जाकर पैर पकड़कर माफ़ी माँग ली। उसने कछुए से कहा कि "तुम जो सबको मार्क शीट दिखा रहे हो, उससे सब तंग आ गये हैं।" तब जाकर कछुए ने अपनी आदत छोड़ी। अब देखो फिर से वही काम कर रहा है। मेन्स सिर पर है और वो तुमको पिछला मार्क शीट दिखा रहा था।'

'पर जो भी हो। इंटरेस्टिंग क़िस्सा है भैया।', नील ने हँसते हुए कहा।

'तुम्हारी पढ़ाई और कोचिंग तो ठीक चल रही है ना?'

'हाँ भैया। सब ठीक चल रहा है।' नील बोतल में पानी भरने चला गया था।

22

साबरमती में लड़की से नयन संवाद के बाद नील लगातार उसे ढूँढ़ रहा था। उसने और उसके दोस्तों ने ख़ूब हाथ-पैर मारा, लेकिन लड़की का कुछ पता नहीं चल पा रहा था। उसके बाद वो कहीं नज़र ही नहीं आयी। नील और उसके दोस्त एसआईएस, लाइफ़ साइंस, सोशल साइंस, कम्प्यूटर साइंस जैसे

तमाम सेंटरों में जाकर देख आये थे, वहाँ की कैन्टीन में जाकर बैठे थे। लेकिन फिर भी कुछ पता नहीं चल पाया था। गोदावरी, गंगा, साबरमती ढाबे की बैठकियों में भी कोई सुराग़ नहीं मिल पाया था। उन पाँचों के अलावा लड़की को किसी और ने देखा भी नहीं था। अजीब-सी स्थित बन गयी थी।

दुर्गा पूजा में राँची जाने से दो दिन पहले नील कोचिंग से लौटा तो मुकुन्द के हॉस्टल चला गया। फिर सब गोदावरी ढाबा पहुँचे। शाम के साढ़े छह बज रहे थे। चाय और समोसे का ऑर्डर पुष्कर ने दे दिया था। वे लोग गोदावरी की तरफ़ ही मामू जूस कॉर्नर के पास बैठे थे।

'और भाई पहचाना?'

'अरे अतुल सर। कैसे हैं आप?'

'चलो भाई, कम से कम पहचान तो लिया। हमारी मेहनत बेकार नहीं गयी। मन लग गया ना कैंपस में?'

'हाँ, सर अच्छा लग रहा है।'

'और मेरी बात याद है ना? मैं एनएसयूआई से हूँ और अब चुनाव आने ही वाला है।'

'आपकी बात याद है सर। आपने ऐडमिशन के समय मेरी बहुत मदद की थी।'

'हाँ, बस वोट डालते समय मेरी मदद करना मत भूलना भाई...और दोस्तों से तो मिलवाओ, इन्हें भी तो वोट डालना है।' उसने सबका परिचय करवा दिया था। सबने एक-दूसरे से हाथ मिलाया था।

'अच्छा भाइयों। अतुल नाम है मेरा, याद रखना। मिलते रहेंगे।', अतुल आगे बढ़ गये थे।

'पाँच चाय', ढाबे से नारायण की आवाज़ आयी। मुकुन्द और प्रांजल लेने चले गये।

'यार यहाँ की भी अलग ही बात है। कितनी अच्छी तरह बात करते हैं सीनियर। अब इन्हीं अतुल सर को देखो। कितने प्यार से अपने लिए वोट माँग रहा था बन्दा', मुकुन्द ने कहा।

'हाँ यार। यहाँ तो रैगिंग का भी कोई कल्चर नहीं। पहले दिन से ही कैंपस में मज़ा आने लगता है। घर जैसा लगने लगता है।', नील ने कहा।

'हाँ नील बाबू, आपको तो अब जेएनयू घर ही लगेगा। घरवाली जहाँ, घर वहाँ।', सब हँस पड़े थे।

'दो दिन बाद राँची जा रहे हो, जा तो पाओगे ना?', अंकित ने पूछा।

'हाँ यार, तुम लोग अब खिंचाई मत करो।' तभी सामने बैंक के पास एक कार रुकी। तीन लड़की और एक लड़का उतरे।

'अरे ये तो भौजाई है।', मुकुन्द ने चौंकते हुए कहा। नील की आँखें चमक गयी थीं।

'वो इधर ही आ रही है। ये लड़का साला कौन है?', अंकित ने कहा।

'अरे ये तो आदित्य है। मेरे हॉस्टल में रहता है। हो गया काम। बेटा नील अब भौजाई की पूरी जन्म कुण्डली इससे निकलवा ली जायेगी।', मुकुन्द ने ख़ुश होकर कहा। तब तक चारों एकदम सामने आ गये थे। लड़की की नज़र नील पर पड़ी। उसने हल्के नीले रंग की टीशर्ट और जीन्स पहन रखी थी। एक पल के लिए वो रुकी, फिर शायद उसे याद आया कि और लोग भी साथ हैं...वो आगे बढ़ गयी। आदित्य ने नारायण को चाय-समोसे का ऑर्डर दिया। लड़की पीछे मुड़कर नील को ही देख रही थी।

'भाई नील। लग गयी तुम्हारी पूरी लॉटरी। अब तो समझो सारे सस्पेंस ख़त्म। अभी पता करता हूँ सब कुछ। एक ही सटीक क्लू तो चाहिए था...वो आदित्य के रूप में मिल गया।', मुकुन्द ने कहा।

नील चुपचाप लड़की को देख रहा था। दोनों की आँखें एक-दूसरे से लगातार मौन संवाद कर रही थीं। दोनों के मन में बहुत कुछ घट रहा था। चाय लेकर चारों लौटने लगे थे। लड़की की नज़र नील पर ही थी।

'अबे आदित्य क्या हालचाल गुरु?', मुकुन्द ने टोका।

'ओ मुकुन्द यार। यहाँ चाय पी जा रही है आजकल।'

'अरे कहाँ हो यार, कई दिन से दिखे नहीं?'

'बस यार तुमको तो पता ही है हिस्ट्री में प्रोफ़ेसर लोग कितना काम देते हैं। टर्म पेपर लिखते-लिखते हालत ख़राब हो गयी है।' तीनों लड़कियाँ गोदावरी के गेट पर आदित्य का इन्तज़ार कर रही थीं।

'हाँ यार, हालत तो हमारी भी ख़राब ही रहती है। तुम चारों क्या हिस्ट्री में ही हो?'

'हाँ हाँ, तीनों मेरी क्लासमेट हैं। हम बेर सराय, जवाहर बुक सेंटर गये थे एक किताब ज़ेरॉक्स करानी थी।'

'ओके-ओके, चलो मिलता हूँ तुमसे हॉस्टल में। कुछ बात भी करनी है। जाओ वहाँ तुम्हारा इन्तज़ार हो रहा है।'

'हाँ मुकुन्द, मिलता हूँ।', आदित्य आगे बढ़ गया था। पाँचों उसे जाते हुए देख रहे थे। ख़ुश थे। आदित्य ने लड़कियों से कुछ देर वहीं बात की और फिर हॉस्टल की तरफ़ बढ़ गया।

लड़की ने गोदावरी के भीतर जाने से पहले एक बार फिर पलटकर नील की तरफ़ देखा था।

'बेटा नील, अब तो तुम पार्टी दो। तुम्हारा बहुत बड़ा काम कर दिये हैं बे। कल तक सारी इन्फ़ॉर्मेशन लेकर तुमसे मिलता हूँ। अब तो सारा मामला कंट्रोल में है। पर बिना पार्टी के हम लोग हिलेंगे भी नहीं।'

'हाँ हाँ, मैंने पार्टी देने से कब मना किया। काम तो तुम पार्टी वाला ही किये हो। चलो चलते हैं मेज़बान।'

'हाँ बहुत दिन हो गये कुछ अच्छा खाये।', अंकित ने कहा।

'साढ़े आठ बजे ईस्ट गेट वाले टर्न पर मिलते हैं, फिर पैदल ही चल पड़ेंगे।', नील ने कहा।

'नहीं बेटा, आज हम पैदल नहीं चलेंगे। साढ़े आठ पर तुम सतलज पहुँचो और हम सबको ऑटो से ले चलो। आज हमारा भाव बढ़ा हुआ है।'

'ठीक है, ठीक है। मिलते हैं साढ़े आठ बजे सतलज गेट पर। सब टाइम पर आ जाना।'

लौटते हुए नील का मन हो रहा था कि बीच सड़क पर खड़ा हो जाये और ज़ोर-ज़ोर से चिल्लाये। ख़ुशी उससे सँभाले नहीं सँभल रही थी। जिस लड़की को मन ही मन उसने अपना सब कुछ मान लिया था, उससे मिलने, बातें करने के आसार अब साफ़ नज़र आने लगे थे। आज उसे ऐसा लग रहा था जैसे उसकी बाइक हवा में उड़ रही हो।

उस रात मेज़बान में जमकर पार्टी हुई। नील ने पूरी छूट दे दी थी। सबने जो चाहा मंगवाया। पहले हॉट ऐण्ड सार सूप पिया गया। फिर चिकन टिक्का और पनीर टिक्का स्टार्टर में मंगवाया गया। उसके बाद मेन कोर्स में चिकन चिली ड्राई, पनीर चिली ड्राई, नवरत्न कोरमा, चिकन मसाला, बटर नान, पाइनैपल रायता ऑर्डर किया गया...और अन्त में फ्रूट क्रीम भी मंगाई गयी। खाने के बाद किसी से चला नहीं जा रहा था। लेकिन सारे दोस्तों को लग रहा था कि मौक़े और ख़ुशी को देखते हुए ऐसी पार्टी बनती थी। सब नील की ख़ुशी में ख़ुश थे। जिगरी दोस्त जो थे।

अगले दिन क्लास के बाद नील को राँची निकलना था। पर अब उसका जाने का मन बिल्कुल भी नहीं हो रहा था। लेकिन माँ को बोल चुका था तो जाना तो था ही। डिपार्टमेंट पहुँचा तो पूरी उम्मीद में था कि मुकुन्द ने आदित्य से सारी जानकारी जुटा ली होगी। वो बहुत ख़ुश होकर सेंटर पहुँचा था। लेकिन मुकुन्द की बात सुनकर वो मायूस हो गया।

'अरे यार, आज सुबह ही मैं भागा-भागा आदित्य के कमरे में पहुँचा तो पता चला कि वो छह बजे शताब्दी लेकर दशहरे में घर चला गया है, कानपुर। एक हफ़्ते बाद लौटेगा।'

'ओह, मुझे तो लगा था कि आज सारी जानकारी मिल जायेगी। कम से कम नाम तो पता चल ही जायेगा।'

'कोई बात नहीं नील, तुम दुर्गा पूजा से होकर लौटो...तब तक आदित्य भी आ जायेगा। अब क्या चिन्ता है यार। अब तो बस क़िला फ़तह ही समझो।', मुकुन्द ने ढाढ़स बँधाया था।

'क्या कुछ पता चला?', तब तक गैंग के बाक़ी सदस्य भी आ गये थे। ख़बर जानकर वो भी थोड़े उदास हो गये थे।

23

अष्टमी की सुबह नील राँची पहुँचा। घर में जैसे ख़ुशी की लहर दौड़ गयी थी। तीन महीने बाद बेटा घर आया था। माँ-पापा, दोनों भाई-भाभियाँ सब बेहद ख़ुश थे। तरह-तरह के पकवान बने थे। नील की पसन्द के मुताबिक़ पुलाव,

चने की दाल, मटर पनीर, टमाटर की मीठी चटनी इत्यादि भाभियों ने बनायी थी। पंजाब स्वीट हाउस से कई तरह की मिठाई मँगवाई गयी थी। माँ इस बात से ख़ुश थी कि बेटे का स्वास्थ्य अच्छा है। दोनों भाई उससे मिलने के बाद दुकान चले गये थे। नाश्ते के बाद नील ड्रॉइंग रूम में माँ के साथ बातें कर रहा था कि पिता भी आकर बैठ गये। थोड़ी देर तक इधर-उधर की बातें करने के बाद उन्होंने पूछा, 'पढ़ाई कैसी चल रही है बेटा?'

'अच्छी चल रही है पापा।'

'अगले साल आईएएस की परीक्षा दे रहे हो ना?'

'हाँ पापा।', माँ वहीं बैठकर पिता-पुत्र की बातें सुन रही थी।

'पढ़ने में तेज़ रहे हो, कलक्टर बन जाओगे तो ख़ानदान का नाम हो जायेगा। समाज में इज़्ज़त से सिर उठाकर चल सकेंगे।'

'ऐसा क्यों कह रहे हैं पापा। राँची में सब कोई जानता है हम लोगों को। हमारी दुकान बहुत फ़ेमस है। बड़े-बड़े लोग हमारे यहाँ से सामान मँगवाते हैं। फिर आप ऐसी बात क्यों कह रहे हैं।'

'बेटा, ब्राह्मण कुल में जन्म लेकर राशन दुकान चला रहे हैं, ये कोई इज़्ज़त की बात है! अगर घर में ग़रीबी नहीं होती, पुरखों के पास धन सम्पत्ति होती तो आज हम भी पढ़े-लिखे होते और तुम्हारे दोनों भाई भी। तुम जब पढ़ने-लिखने में अच्छे निकले तो उम्मीद बँधी कि चलो अब ख़ानदान सुधर जायेगा...एक नयी शुरुआत हो जायेगी। बाबूजी बताते थे कि कभी हमारे ख़ानदान में बहुत शिक्षा थी, लेकिन चार पीढ़ी पहले पता नहीं ईश्वर का कैसा कोप टूटा कि घर के बच्चे आवारा और नशेड़ी निकल गये। उन्होंने बाप-दादाओं की सारी सम्पत्ति जुए और गांजे में फूँक दी। लक्ष्मी रूठी तो सरस्वती कहाँ टिकने वाली थी। फिर तो दाने-दाने को मोहताज हो गये हमारे पुरखे। बाबूजी ने बहुत मेहनत से परिवार को बचाये रखा। तमाम कोशिशों के बाद गाँव पर जब जीवन सुधरता नहीं दिखा तो यहाँ राँची में आकर मेहनत-मज़दूरी करने लगे। गाँव पर ऐसा करते तो बहुत जगहँसाई होती। धीरे-धीरे कुछ पैसा जोड़कर उन्होंने एक छोटी-सी दुकान खोली...वही दुकान आज बढ़कर पाण्डे किराना भण्डार बन गयी है। अब पैसे-रुपये की तो दिक़्क़त नहीं, लेकिन समाज में वो इज़्ज़त नहीं मिलती बेटा जो एक पढ़े-लिखे व्यक्ति को मिलती है। तुम तो जानते ही हो बोर्ड में इंजीनियर द्विवेदी जी को। उनके बच्चे पढ़-

लिखकर अमेरिका-इंग्लैण्ड बस गये। कितनी इज़्ज़त होती है उनकी। ब्राह्मण की पहचान तो शिक्षा ही है ना बेटा।', माँ ग़ौर से पति की बातें सुन रही थी।

'हाँ, पापा। बहुत मन लगा कर पढ़ाई कर रहे हैं। सब कुछ ठीक रहा तो आपकी इच्छा ज़रूर पूरी होगी।'

'हमने तो अपनी ज़िन्दगी काट ली है बेटा। अब बस यही इच्छा है कि मरने से पहले परिवार को शिक्षा और सम्मान में आगे बढ़ा हुआ देख लें।'

'जी पापा।'

'बहुत गम्भीर बात हो गयी। अब हम दुकान पर जा रहे हैं। तुम माँ से बात करो और थोड़ा आराम कर लो, थक गये होगे।', पापा चले गये थे।

'समय नहीं देखते हैं पापा...आते ही क्या-क्या बोलने लगे। अरे लड़का इतने दिन बाद आया है। उसको कुछ खाने-पीने देना चाहिए। ये सब बात तो बाद में भी हो सकती थी।' 'कोई बात नहीं है माँ। पापा हैं, बोल सकते हैं।'

लंच के बाद नील ने थोड़ा आराम किया और फिर बाइक लेकर दोस्तों से मिलने निकल गया। रास्ते में सोचता जा रहा था कि पिता ने कभी इस तरह की बात नहीं की। आज उन्हें क्या हो गया था जो इतने गम्भीर थे वो। फिर उसने मन बदला और इधर-उधर का नज़ारा देखने लगा। शहर में चारों तरफ़ दुर्गा पूजा का उत्साह नज़र आ रहा था। पहले वो मुरारी के घर मोरहाबादी गया और उसको लेकर बिश्वजीत के पास इन्द्रपुरी पहुँचा। फिर तीनों दोस्त काँके रोड की अपनी पसन्दीदा जगह हॉट लिप्स में जाकर बैठे। दोनों नील से मिलकर बहुत ख़ुश हो गये थे। चिली चिकन और पनीर टिक्का ऑर्डर कर दिया गया था।

'बेटा नील, और कैसा कट रहा है जेएनयू में?', मुरारी ने पूछा।

'बहुत अच्छा लग रहा है यार। तुम लोग अपनी सुनाओ।', नील ने जेएनयू के बारे में बहुत विस्तार से बताना उचित नहीं समझा। उसे मालूम था कि वहाँ के जीवन के बारे में जानकर दोस्तों को ख़ुशी तो होगी, लेकिन ख़ुद वैसी जगह में न हो पाने का दुख भी होगा।

'अरे तुम नयी जगह से आये हो। वो भी भारत के सबसे शानदार कैंपस से, तुम न बताओगे कि वहाँ क्या-क्या गुल खिला रहे हो। कोई लड़की पटी कि नहीं। पढ़ाई कैसी है, हॉस्टल लाइफ़ में कैसा मज़ा आ रहा है?', मुरारी ने पूछा।

‘अरे यार, अभी तो ज़्यादा दिन नहीं हुआ है। लगातार क्लास ही चलती रहती है। हॉस्टल अभी मिला नहीं है तो राजीव भैया के कमरे में रहते हैं। बाक़ी सब ठीक ही है।’

‘कौन वो राँची वाले राजीव भैया?’ बिश्वजीत ने पूछा।

‘हाँ हाँ, वही। और तुम सुनाओ प्रमिला का क्या समाचार है?’

‘अरे यार, जले पर नमक मत छिड़को। कलकत्ता जाने के बाद से आज तक उसने एक बार भी ख़बर नहीं ली है। लड़कियों का ऐसा ही रहता है यार। सामने कुछ और नज़र से दूर हो जाओ तो कुछ और। मिल गया होगा कोई नया लड़का वहाँ।’

‘अरे ऐसा क्यों बोल रहे हो। हो सकता है कि उसे भी वहाँ सेटल करने में दिक़्क़त हो रही हो। करेगी सम्पर्क जल्दी ही।’, नील ने ढाढ़स बँधाया था।

‘और मुरारी, तुम्हारा क्या चल रहा है?’

‘साला, हमारा क्या चलेगा। फँसे हुए हैं शब्द रूप, धातु रूप और विभक्ति चिन्ह में। एकदम फ्रस्टेटेड हो गये हैं यार। समझ में नहीं आ रहा है कि आगे क्या करेंगे।’

‘इतने निराश क्यों हो। यूपीएससी के लिए तो संस्कृत बहुत अच्छा विषय है। बहुत नम्बर आता है। चाहो तो संस्कृत के साथ कोई और विषय लेकर मेन्स लिख सकते हो।’

‘तुम भी चने के झाड़ पर चढ़ा रहे हो यार। यहाँ राँची में रहकर यूपीएससी होगा? जिसको करना होता है वो दिल्ली भागता है। यहाँ बाबूजी चाहते हैं कि बेटा जल्दी से पैसा कमाये। ये सब बड़ा सपना है बाबू। हमारे जैसे लोगों के लिए नहीं है। तुम्हारे बाप के पास बहुत पैसा है तो वो तुमको दिल्ली पढ़ा सकता है, हमारे जैसे लोगों के लिए सम्भव नहीं है यार।’

नील ने माहौल सीरियस होता देख विषय बदला, ‘कॉलेज की लड़की लोग का क्या हाल है। कुछ अता-पता रखते हो तुम लोग कि नहीं?’

‘सब छूट गया यार। अब तो सच में लगने लगा है कि जल्दी से एमए करके कहीं कुछ नौकरी-वौकरी कर ली जाये। वैसे साइड में इग्नू से मैनेजमेंट में ऐडमिशन ले लिए हैं। पर उसका कोई वैल्यू थोड़े ना है यार। मन को ख़ुश रखने के लिए कुछ करना था तो ले लिए ऐडमिशन।’, मुरारी ने कहा। घण्टा

भर तीनों बातें करते रहे। फिर मुरारी और बिश्वजीत को उनके घर छोड़ते हुए नील लौट आया। इस बार राँची में उसका एकदम मन नहीं लग रहा था। अक़्सर उस लड़की का ख़याल आ जाता। पिताजी की गम्भीर बातों से भी वो थोड़ा असहज हो गया था।

अगले दिन मुरारी और बिश्वजीत के साथ वो राँची मेनरोड के पण्डालों में दुर्गा पूजा देखने गया। बकरी बाज़ार की पूजा हर साल की तरह इस बार भी भव्य थी। पर जिस पूजा का वो साल भर इन्तज़ार किया करता था, उसे अब उतना एन्जॉय नहीं कर पा रहा था। जीवन में उसकी प्राथमिकताएँ तेज़ी से बदल गयी थीं। दो दिन परिवार के साथ बिताकर विजयादशमी के अगले दिन उसने वापसी की ट्रेन पकड़ ली। माँ-पापा दोनों स्टेशन तक छोड़ने आये थे। बेटे को जाते देख माँ का गला भर आया था। पिता गम्भीर थे। माँ ने आँसू पोंछते हुए इतना ही कहा था, 'बेटा अपना ख़याल रखना। खाने-पीने में लापरवाही मत करना।' माँ के बारे में सोचकर नील थोड़ी देर तक उदास रहा था। पर ट्रेन ने जैसे ही रफ़्तार पकड़ी, वो लड़की के बारे में सोचने लगा, 'मुकुन्द ने अब तक सब पता कर लिया होगा।', ये विचार ज़ेहन में आते ही वो मुस्कुरा पड़ा था।

अगले दिन डिपार्टमेंट पहुँचा तो मुकुन्द ने बताया कि आदित्य अभी कानपुर से लौटा ही नहीं है। नील उदास हो गया था।

'अरे यार तुमको अपनी सोहनी से मिलना है तो तुम भागे-भागे आ गये। आदित्य तो अपने परिवार वालों से मिलने गया है। आ जायेगा दो-चार दिन में।'

'नील से बर्दाश्त नहीं हो पा रहा ना भाई?', अंकित ने छेड़ा।

'छोड़ो हटाओ, चलो लाइब्रेरी कैन्टीन चलते हैं...दालबड़े खाये जायेंगे और चाय पी जायेगी।', नील ने कहा।

'और रघुनन्दन सर की क्लास?', पुष्कर ने पूछा।

'छोड़ो ना यार। अगली क्लास कर ली जायेगी।', नील ने खीझकर कहा।

दोस्तों ने प्रतिकार नहीं किया था और लाइब्रेरी कैन्टीन की तरफ़ बढ़ गये थे।

24

दशहरे के बाद ठण्ड बढ़ने लगी थी। चारों ओर हरियाली से घिरे कैंपस में ठण्ड थोड़ी ज़्यादा ही महसूस होती। मतलब ये कि दिल्ली में तापमान 22 डिग्री होता तो जेएनयू में वो 20 डिग्री महसूस होता। मेन्स लिख रहे छात्र आख़िरी तैयारियों में जी जान से जुटे थे। उनके कमरों पर 'डोन्ट डिस्टर्ब' का स्टिकर चिपक गया था। वहीं बीस दिन बाद होने वाले छात्र संघ चुनाव का रंग भी कैंपस में नज़र आने लगा था। हर दिन किसी न किसी होस्टल में डिनर के बाद किसी राजनीतिक शख़्सियत का भाषण होता। एसएफ़आई, आइसा, एनएसयूआई और एबीवीपी जैसे मुख्य छात्र संगठन पूरी तरह चुनाव की तैयारियों में जुट गये थे। हॉस्टल के कमरों में जाकर कैंपेनिंग की जा रही थी। हाँ, छात्र नेता इस बात का ख़याल ज़रूर रख रहे थे कि मेन्स वाले छात्र डिस्टर्ब ना हों। उनके कमरों पर प्रचार का पर्चा बस नीचे से सरका दिया जाता, दरवाज़ा खटखटाकर उनकी साधना में ख़लल नहीं डाला जाता था। विभिन्न सेंटरों में नेता और कार्यकर्ता छात्रों को अपने संगठन का एजेंडा समझा रहे थे। उनके अलावा पार्टियों के एजेंडे से सहानुभूति रखने वाले छात्र भी व्यक्तिगत रूप से वोट माँगते नज़र आ रहे थे। लाइब्रेरी कैन्टीन, स्कूलों के एंट्रेंस, मेन लाइब्रेरी, टेफ़्लाज़ जैसे छात्रों की गतिविधि वाली तमाम जगहों पर दीवारें चुनावी पोस्टरों और बैनरों से अटी पड़ी थीं। ऐसा लग रहा था जैसे कैंपस में कोई उत्सव का माहौल हो। नील को ये सब देखकर मज़ा भी आ रहा था और आश्चर्य भी हो रहा था। राँची विश्वविद्यालय के छात्र संघ चुनाव में उसने मारपीट और गुंडागर्दी जैसी ख़बरें ही सुनी थीं। पर यहाँ तो चुनाव बिल्कुल अलग माहौल में हो रहा था। जब पता चला कि चुनाव छात्रों के बीच से ही बनी चुनाव समिति सम्पन्न कराती है तो उसे और भी हैरानी हुई थी।

दिसम्बर के पहले हफ़्ते से सेमेस्टर की परीक्षायें शुरू होनी थीं तो उसका भी थोड़ा दबाव आने लगा था। 'टर्म पेपर दे दिया है, सेमीनार भी हो गया है, पर परीक्षा में कैसे प्रश्न पूछे जायेंगे, ये सोच कर थोड़ी चिन्ता हो रही है।', प्रांजल ने कैन्टीन में चाय पीते हुए कहा।

'चिन्ता मत करो वत्स। जो पढ़ाया गया है, वही सब आयेगा। सीनियर बताते हैं कि यहाँ की परीक्षा में बाक़ी जगहों की तरह रट्टा मारने की ज़रूरत

नहीं होती। कॉन्सेप्ट पर सवाल आते हैं।', मुकुन्द ने अनुभवी छात्र की तरह कहा।

'अरे वो सब हो जायेगा। आदित्य का कुछ पता चला?', नील ने परीक्षा वाली बात काटते हुए मुकुन्द से पूछा।

'नहीं यार, अभी तक नहीं आया है आदित्य। लगता है बीमार पड़ गया है या फिर परिवार में कुछ हो गया है। मैंने पूछा था उसके रूम पार्टनर से। पर उसे भी कुछ नहीं पता था। बोला कि "आदित्य को घर से थोड़ा ज़्यादा ही प्यार है। यहाँ भी रहता है तो रोज़ फ़ोन करता रहता है। आ जायेगा एक-दो दिन में।" कोई नयी जानकारी नहीं थी, इसलिए मैंने भी तुमसे कुछ कहा नहीं।'

'सेमेस्टर ख़त्म होने को आया और हम एक छोटी-सी बात भी पता नहीं कर सके कि लड़की कौन है।', नील ने थोड़ा कड़वाहट से भरकर कहा।

'अरे यार नील, लड़की गोदावरी में रहती है, ये बात कन्फ़र्म ही कुछ दिन पहले हुई है। हमें पता कहाँ था कि वो यहाँ रहती भी है या नहीं। मणि शंकर के भाषण वाले दिन ही तो पता चला हम लोगों को। उसके बाद आदित्य घर चला गया। फिर वो लड़की भी नज़र नहीं आयी। तो इसमें हमारी कोई ग़लती नहीं मानी जायेगी।', मुकुन्द ने सफ़ाई दी।

'मैं ग़लती की बात नहीं कर रहा यार। बस कुछ ना कर पाने पर ग़ुस्सा आ रहा है। ख़ैर, छोड़ो। आज गंगा में सीताराम येचुरी आ रहे हैं। चला जाये डिनर के बाद। बड़ा अच्छा बोलते हैं।', नील ने कहा।

'हाँ, मैंने भी नोटिस देखा है। चला जा सकता है।', अंकित ने कहा।

डिनर के बाद पाँचों दोस्त गंगा के बाहर मिले। येचुरी अभी आये नहीं थे। हॉस्टल के बाहर भीड़ जमा थी। कोई सिगरेट पी रहा था तो कोई दोस्तों के साथ गप्पें लड़ा रहा था।

'तुम क्या सीपीएम के विचारों से प्रभावित हो गये हो?', मुकुन्द ने नील से पूछा।

'नहीं यार। वैसे तो मैं किसी भी पार्टी की विचारधारा से पूरी तरह प्रभावित नहीं हूँ, बस अलग-अलग पार्टियों में कुछ नेता हैं जिनका बोलना अच्छा लगता है। कहने का मतलब है कि मेरी नेताओं की पसन्द पार्टी पर नहीं, बल्कि शख़्सियत पर आधारित है।'

'यानी तुम कहना चाहते हो कि न्यूट्रल हो।', मुकुन्द ने कहा।

'हाँ, कह सकते हो। और सच ये भी है कि अभी इतना ज्ञान ही नहीं है कि किसी पार्टी के बारे में कह दूँ कि फलाँ पार्टी मुझे पसन्द है और उसकी वजह ये है।'

'बात तो तुम एकदम ठीक कह रहे हो। तो क्या चुनाव में वोट भी इसी आधार पर दोगे।', पुष्कर ने पूछा।

'पता नहीं यार, छात्र नेताओं की बातों को सुनने के बाद ही तय कर पाऊँगा कि किसे वोट देना है। वैसे भी पहली बार यहाँ का चुनाव देख रहा हूँ, कुछ ख़ास पता भी नहीं है। और मेरा तो मानना है कि कैंपस में वोट राष्ट्रीय, अन्तरराष्ट्रीय मुद्दों की बजाये छात्रों से जुड़े मुद्दों को ध्यान में रखकर ही डाला जाना चाहिए। जिस तरह का प्रचार चल रहा है वो मुझे कुछ ख़ास पसन्द नहीं आ रहा। भारत-पाकिस्तान या भारत-अमेरिका सम्बन्धों का कैंपस के चुनाव में क्या काम?'

'अरे यार, ये देश में सो कॉल्ड बुद्धिजीवियों की सबसे बड़ी यूनिवर्सिटी मानी जाती है, यहाँ राष्ट्रीय-अन्तरराष्ट्रीय मुद्दों पर बहस नहीं होगी तो कहाँ होगी।', मुकुन्द ने कहा।

'बौद्धिक बहस से मुझे कोई परेशानी नहीं। वो तो हमारे विभागों में भी होती ही रहती है। और इसके लिए तो मैं ख़ुद को धन्य मानता हूँ कि ऐसे कैंपस में पढ़ने का मौक़ा मिल रहा है जहाँ बौद्धिक विमर्श की भरपूर गुंजाइश है। लेकिन छात्रसंघ चुनाव में बाहर के मुद्दों का प्रयोजन समझ में नहीं आता। पर क्या पता आगे चल कर मेरी भी राय बदल जाये। फ़िलहाल तो मैं ऐसा ही सोचता हूँ।'

'नील की बातों में दम है भाई।', अंकित ने कहा।

'ऐसे ही नहीं ये हमारे ग्रुप का हीरो है। हर बात सोच-समझकर बोलता है। हिन्दी साहित्य पढ़ता है, पर अंग्रेज़ी पर भी ज़बर्दस्त पकड़ रखता है। देश-विदेश की तमाम ख़बरें इसे विस्तार से पता होती हैं। हमारी भौजाई ने इसको ठीक पहचाना है। जमेगी जोड़ी दोनों की। दोनों इतिहास-इतिहास खेलेंगे। बेटा तुम्हारा तो यूपीएससी पहली बार में ही हो जायेगा।', मुकुन्द ने छेड़ा।

'तुम लोग अब मज़े लेने लगे, सुबह से कोई और नहीं मिला था।'

तब तक सीताराम येचुरी गंगा ढाबे की तरफ़ से आते नज़र आये। पीछे-

पीछे एसएफ़आई के कई नेता और कार्यकर्ता चल रहे थे। जेएनयू छात्र संघ अध्यक्ष रिजू कृष्ण और एसएफ़आई के तमाम छात्र नेता भी साथ थे। नील ने येचुरी को सामने से देखा तो ख़ुश हो गया। तेज़ी से आगे बढ़ा और साथ चलने लगा।

'मेरा नाम नील है। आपको सुनना बहुत अच्छा लगता है। आप तो जेएनयू में ही थे ना?'

'हाँ, मैं जेएनयू में ही था और इसी हॉस्टल में रहता था।', येचुरी ने हॉस्टल में प्रवेश करते हुए कहा।

'पर ये तो गर्ल्स हॉस्टल है!'

'हाँ, अब ये गर्ल्स हॉस्टल है, पर हमारे ज़माने में लड़कों का हॉस्टल हुआ करता था।' येचुरी ने मुस्कुराकर कहा और मेस में उस जगह पर पहुँच गये थे जहाँ उनके बैठने की व्यवस्था की गयी थी। नील पीछे ही रुक गया था।

थोड़ी औपचारिकता के बाद उनका भाषण शुरू हुआ। उन्होंने देश के सामने मौजूद तमाम समस्याओं का ज़िक्र किया और उसके बारे में सीपीएम की सोच बतायी। क़रीब 45 मिनट तक येचुरी ने भाषण दिया। बड़ी संख्या में छात्र-छात्राएँ उन्हें सुनने पहुँचे थे। फिर सवाल-जवाब का सत्र हुआ। नील दोस्तों के साथ खड़ा था, पर बहुत गम्भीरता से उनकी बातें सुन रहा था।

'कितना नॉलेज है येचुरी को। ऐसा लगता है जैसे देश की सारी आर्थिक-सामाजिक सच्चाई को आत्मसात कर लिया हो। कितना पढ़ते होंगे ये।', ऐसे विचार नील के मस्तिष्क में चल रहे थे।

'अबे नील, देखो-देखो भौजाई!', मुकुन्द ने उसके कन्धे को झकझोरते हुए कान में धीरे से कहा।

नील ने देखा भीड़ में एकदम पीछे कोने की तरफ़ वही लड़की खड़ी थी। वो भूल गया कि येचुरी का सेशन अभी चल ही रहा है। पीछे निकल आया और थोड़ी दूर से उसे देखने लगा। लड़की ध्यान से येचुरी को सुन रही थी। नील के लगातार देखने के बावजूद उसका ध्यान सामने की तरफ़ ही था। भीड़ काफ़ी ज़्यादा थी। नील चाहकर भी और नज़दीक नहीं जा पा रहा था। येचुरी ने अपनी बात ख़त्म की और छात्रों की तरफ़ मुस्कुराहट उछालकर बाहर निकलने लगे।

कई लड़के-लड़कियों ने उन्हें घेर रखा था। सब साथ-साथ बाहर निकलने लगे। पर नील की दिलचस्पी अब येचुरी में नहीं रह गयी थी। वो दोस्तों के साथ लड़की से थोड़ी दूरी पर चलने लगा। हॉस्टल के गेट तक पहुँचते-पहुँचते लड़की ने भी नील को देख लिया था। उसके साथ तीन और लड़कियाँ भी थीं जो आपस में बातें करती हुई चल रही थीं। थोड़ी-थोड़ी देर पर लड़की किसी बहाने से पीछे मुड़ती और नील की तरफ़ देख लेती।

'यार नील, जिस तरह वो तुम्हें लाइन मार रही है, तुम सीधे जाकर उसको 'हलो' बोल सकते हो। तुम्हारी जगह मैं होता तो अब तक बोल दिया होता।', मुकुन्द ने चढ़ाया।

'अभी नहीं यार। थोड़ा आराम से। कुछ और कॉन्फ़िडेंस मिल जाने दो। वैसे जो चल रहा है उसमें भी बड़ा मज़ा आ रहा है। काश तुम समझ पाते।'

'वाह बेटा, बन गये लव गुरु और कर दिये हम लोगों को अंडरएस्टिमेट।'

'अरे नहीं यार। मन इतना प्रफुल्लित हो गया है कि समझ में नहीं आ रहा क्या करूँ।'

तब तक गोदावरी हॉस्टल आ गया था और लड़कियाँ अन्दर जाने लगी थीं। लड़की ने एक बार फिर पलटकर बैंक के पास खड़े नील की तरफ़ देखा और भीतर चली गयी।

'भाई, अब बर्दाश्त नहीं हो रहा है। मन करता है बस देखते ही रहें।'

'हाँ, हम लोगों को सब नज़र आ रहा है। दिख रहा है कि हमारा हीरो अब विरह की अग्नि में जलने लगा है। अब उससे बर्दाश्त नहीं हो रहा। उसकी दशा नागमती जैसी हो गयी है। बरिसे मघा झकोरि-झकोरि, मोर दुई नैन बहे जस ओरी।', पुष्कर ने कहा और हँस पड़ा।

'भाई विरह के बाद तो संयोग ही होता है। अब आँखों के इशारे से काम नहीं चल रहा।', अंकित ने कहा।

'अच्छा जो होना होगा वो तो होगा ही। नील को ज़्यादा छेड़ने की ज़रूरत नहीं है। पर हमें कुछ ज़रूर करना चाहिए। आदित्य जल्दी नहीं आया तो कुछ और उपाय करना होगा।', मुकुन्द ने कहा।

'चलो यार चला जाये साढ़े ग्यारह बज गये हैं। सुबह डिपार्टमेंट भी जाना है। बाक़ी बातें कल की जायेंगी।', नील ने कहा। सब गंगा की तरफ़ चल पड़े थे। नील की बाइक वहीं खड़ी थी।

कमरे में पहुँच कर नील काफ़ी देर तक लड़की के बारे में सोचता रहा। राजीव भैया सो चुके थे। उसके ज़ेहन में तरह-तरह के ख़याल आ रहे थे। उसे अनायास पिता की बातें याद आ गयीं। उसने उसे दरकिनार किया और लड़की के बारे में ही सोचने लगा। लॉन में खड़े लैम्प पोस्ट की रोशनी कमरे की दीवार पर पड़ रही थी और सामने के पेड़ की शाखाएँ वहाँ झूमती नज़र आ रही थीं। सपनों की दुनिया बुनता हुआ वो नींद के आगोश में चला गया था।

25

अगले दिन नील ने दोस्तों से कहा कि अगर बीच में कोई ख़ाली क्लास मिली तो ट्रिपल एस (स्कूल ऑफ़ सोशल साइंसेज़) चला जायेगा।

'ओहो, बड़े उतावले हो रहे हो दोस्त?', मुकुन्द ने कहा।

'ऐसी कोई बात नहीं यार। बस लग रहा है कि अब मामला कुछ आगे बढ़ना चाहिए।'

'ठीक है, ठीक है, अगर ख़ाली क्लास मिली तो चला जागा। नहीं तो आख़िरी क्लास के बाद भी जाया जा सकता है। दोस्तों, चोट सिंह का एक नया कारनामा पता चला है।', मुकुन्द ने कहा।

'बताओ-बताओ, जल्दी।', अंकित ने उत्सुकता दिखाते हुए कहा।

'अभी नहीं, चाय पीते हुए या लौटते हुए सुनाऊँगा। तब तक थोड़ा सोचो तुम लोग कि चोट सिंह आख़िर और क्या कर सकता है।'

'तुमने चोट सिंह को पूरा नमूना बना दिया है।', नील ने कहा।

'अरे उसको नमूना बनाने की कोई ज़रूरत नहीं है, वो पैदा ही नमूना हुआ होगा।', मुकुन्द ने कहा।

'यार आज खाना एसआईएस कैन्टीन में खाते हैं ना, बाबू के यहाँ। लच्छा पराठा और अण्डा करी।', प्रांजल ने सुझाव दिया।

'हाँ, आइडिया बुरा नहीं है। पहले ट्रिपल एस चलेंगे भौजाई से मिलने और लौटते हुए बाबू के कैन्टीन में लंच कर लेंगे। थोड़ा टेस्ट भी बदल जायेगा। चोट सिंह का नया कारनामा भी सुना दूँगा।', मुकुन्द ने कहा।

उस दिन लगातार चार क्लास थी। दुष्यन्त सर, दीक्षित सर, राम भरोसे सर और लता मैम की। चारों आये थे और सेमेस्टर के आख़िर में पढ़ाई को लेकर काफ़ी गम्भीर थे। सभी शिक्षकों ने तब तक क्लास लिया जब तक अगले टीचर आ नहीं गये और आख़िरी क्लास में लता मैम तो पन्द्रह मिनट बाद तक पढ़ाती रहीं।

क्लास के बाद पहले सब ट्रिपल एस गये, पर हिस्ट्री डिपार्टमेंट में लड़की नज़र नहीं आयी। फिर उन्होंने बिल्डिंग में ऊपर-नीचे चारों तरफ़ देखा। कैन्टीन, ज़ेरॉक्स काउंटर सब जगह देख आये। पर निराशा ही हाथ लगी।

'हिस्ट्री की क्लास ख़त्म हो गयी है तो शायद हॉस्टल चली गयी हो।', मुकुन्द ने दिलासा देने की कोशिश की।

'हाँ, ऐसा हो सकता है।', अंकित बोला।

'चलो यार चला जाये। लंच करते हैं।', नील ने थोड़ा ग़ुस्से से कहा।

'सब्र रखो वत्स। सब्र का फल मीठा होता है। प्रेम के बीच ग़ुस्से का क्या काम?', मुकुन्द ने कहा। टहलते हुए सब एसआईएस कैन्टीन में पहुँच गये थे। वहाँ अच्छी-ख़ासी भीड़ थी। सारी टेबल भरी थी। ख़ूब शोर हो रहा था। मुकुन्द और अंकित काउंटर पर मेन्यू देख रहे थे।

'क्या चाइये, बोलिए...दो मसाला डोसा, एक अप्पम स्टू।', बाबू ने एक साथ ही उनसे पूछा और अपने स्टाफ़ को अगला ऑर्डर बनाने को कहा। वो बहुत तेज़ी से काम कर रहा था।

हल्के घुँघराले बाल, गोल-मटोल चेहरा, गेहुआँ रंग, मझोला क़द और लुंगी-शर्ट स्थायी परिधान। ये था एसआईएस कैन्टीन का मालिक बाबू जिसके साउथ इंडियन ज़ायके के लिए पूरे जेएनयू के छात्र खिंचे चले आते थे। अप्पम-स्टू और लच्छा पराठा-अण्डा करी उसके सबसे ज़्यादा डिमांड वाले डिश थे। वैसे डोसा, इडली, चिकन, फ़िश–सब कुछ बनता था बाबू के कैन्टीन में।

'आडर दे दीजिये तब तक जगा खाली हो जायेगा।', बाबू ने कहा।

'पाँच प्लेट लच्छा पराठा और एग करी।', मुकुन्द ने सबकी तरफ़ से कहा।

'पान्ज प्लेट लच्चा परौटा और एग करी बनाओ, जल्दी।', बाबू ने भीतर आदेश पास कर दिया था।

‘आप लोग बैटिये, मैं आवाज लगाऊँगा।’

‘हम देख रहे हैं बाबू, जैसे ही जगह ख़ाली होती है, बैठ जायेंगे। तैयार हो जाये तो बुला लेना।’, मुकुन्द ने कहा। सब वहीं किनारे खड़े हो गये थे। थोड़ी देर में सामने वाली टेबल ख़ाली हो गयी। अंकित लपककर बैठ गया।

‘पान्ज प्लेट लच्चा परौटा और एग करी रेडी है।’, बाबू की आवाज़ आयी।

‘बाबू का ऐक्सेंट भी लाजवाब है।’, मुकुन्द ने अपनी प्लेट रखते हुए कहा।

कैन्टीन में बहुत शोर हो रहा था। लच्छा पराठा तोड़ते हुए अंकित बोला, ‘अब जल्दी से सुनाओ चोट सिंह वाली बात।’

‘हाँ हाँ, बताता हूँ। बहुत मज़ेदार है। सुबह मेस में वही सुधाकर सर मिल गये थे। मुझे कुछ और बात नहीं सूझी तो पूछ लिया कि ‘रौनक सर के बारे में कुछ और बताइये सर। वो हँसने लगे।’ बोले–‘साला रौनक कड़ापा का इंस्टीट्यूशन है। कुछ न कुछ कारनामा करता ही रहता है।’

‘अब क्या किया चोट सिंह ने।’, अंकित ने पूछा।

‘सुधाकर सर ने बताया कि अच्छे-अच्छे कपड़े और गॉगल्स झमकाकर बाइक पर कैंपस का चक्कर लगाने पर भी जब चोट सिंह को किसी लड़की ने भाव नहीं दिया, तो अपना ये दर्द उसने एसआईएस के अपने दोस्त से कहा। उसने सलाह दी कि हिन्दी सेंटर का होने की वजह से उसकी दाल नहीं गल रही। अगर वो अंग्रेज़ी बोलने लगे तो मामला सेट हो सकता है। देखने में स्मार्ट तो वो है ही।’

सब मुकुन्द के चेहरे को ध्यान से देख रहे थे। पता नहीं चोट सिंह ने अब क्या कर दिया।

मुकुन्द ने आगे कहा, ‘चोट सिंह को दोस्त की सलाह में दम लगा। तुरन्त जाकर कटवारिया सराय में एक इंग्लिश स्पीकिंग कोर्स में ऐडमिशन ले लिया। अब डिपार्टमेंट की क्लास में उसकी दिलचस्पी कम थी और इंग्लिश वाले कोर्स में ज़्यादा। कोर्स वालों ने उससे कहा था कि वो हमेशा इंग्लिश बोलने की कोशिश करे, तभी झिझक ख़त्म होगी और लैंग्वेज में फ़्लो आयेगा।’

‘ज़रूर कोई ख़तरनाक काण्ड किया होगा चोट सिंह।’, अंकित ने कौतुहल और जिज्ञासा से भरकर कहा।

‘हाँ सुनो तो। थोड़े दिन में चोट सिंह को लगने लगा कि अब उसने पर्याप्त इंग्लिश सीख ली है तो उसे अब जेएनयू में आज़माया भी जा सकता है। और उत्साह से भरकर वो थोड़ा-बहुत अंग्रेज़ी बोलने भी लगा। ‘गो-गो, डू इट’ टाइप।’

‘फिर क्या हुआ?’, पुष्कर ने पूछा।

‘फिर क्या। सुधाकर सर ने बताया कि अंग्रेज़ी ज्ञान के इसी जोश से भरा चोट सिंह एक दिन गंगा ढाबे के सामने सड़क पर दो-तीन दोस्तों के साथ चाय और सिगरेट का आनन्द ले रहा था। तभी एक टनाका सुन्दर लड़की वहाँ पहुँची। चोट सिंह की बाँछें खिल गयीं। उसे लगा कि पिछले दो महीने से जो अंग्रेज़ी ज्ञान वो ले रहा है उसके डेमो का अवसर भगवान ने ख़ुद ही दे दिया है और क्या पता यही लड़की वो ड्रीम गर्ल साबित हो जाये।’

‘क्या किया चोट सिंह ने।’, नील ने पूछा।

मुकुन्द ने पूरा वाक़या सुनाया–‘लड़की ने भी न जाने क्यों उसी से पूछ डाला–इज़ इट गंगा ढाबा?’

‘येस–येस...ऐण्ड माई गुड नेम इज़ रौनक। चोट सिंह ने पूरे ऐक्सेंट और टशन से कहा और लड़की की आँखों में देखा।’

‘ओ माई गॉड...यू हैव ए बैड नेम ऑल्सो? लड़की ने हँसते हुए कहा। चोट सिंह को समझ नहीं आया कि क्या बोले। झेंप गया था बेचारा।’

‘बाइ द वे, हाउ कैन आई गो टु टेफ़्लाज़, रौनक?’

‘चोट सिंह थोड़ा हड़बड़ाया, फिर सड़क की ओर इशारा करते हुए बोला, ‘गो डायरेक्ट टू हंड्रेड मीटर, ऐण्ड आस्क एनी।’

‘लड़की ने मुस्कुराकर थैंक्यू कहा और आगे बढ़ गयी। पर जो दो लड़के चोट सिंह के साथ खड़े थे वो हैरान रह गये थे। हालाँकि उन्होंने कहा कुछ नहीं था। चोट सिंह ने पैकेट से मार्लबोरो सिगरेट निकाली और दोनों को ऑफ़र किया। वे पहले ही सिगरेट पी रहे थे। उन्होंने मना कर दिया। चोट सिंह ने कहा, अरे ड्रिंक-ड्रिंक, इट्स मार्वेलस। दोनों लड़के ज़ोर से हँस पड़े और

बोले, 'साले रौनक...क्यों अंग्रेज़ी की ले रहा है। सिगरेट स्मोक की जाती है, तुम ड्रिंक बोल रहे हो...और लड़की को भी तुमने मैसेज दे दिया कि तुम्हें अंग्रेज़ी बिल्कुल भी नहीं आती। सारा कबाड़ा कर दिया बे।' सुनकर चोट सिंह शर्मा गया था...पर हिम्मत कर बोला, अभी सीख रहा हूँ यार, जल्दी ही विशेषज्ञ हो जाऊँगा, तब बताऊँगा। हँस लो, हँस लो तुम लोग।'

'साला चोट सिंह...धरोहर है एकदम।', प्रांजल ने कहा।

'हलो गाइज़...अटेंशन प्लीज़। शाम को पेरियार मेस में सुशील कुमार मोदी आ रहे हैं। आप लोग ज़रूर आइयेगा।', तीन-चार लड़के आकर कैन्टीन के बीचों-बीच खड़े हो गये थे। सूचना देकर वे सबकी ओर देखकर मुस्कुराये और बाहर निकल गये।

'क्या चलना है? बिहार के बड़े नेता हैं, बोलते भी शानदार हैं।', मुकुन्द ने पूछा।

'तय नहीं करते हैं। अगर लगा तो साढ़े नौ बजे पेरियार पर मिल लिया जायेगा। तुम लोग तो डाउन कैंपस में ही हो, केवल मुझे आना है। अगर आ सका तो आ जाऊँगा।', नील ने कहा।

कोचिंग से लौटते हुए नील, मुकुंद के कमरे पर पहुँचा। दरवाज़ा खुला ही था। वो पढ़ रहा था।

'मैंने सोचा, सो रहे होगे?',

'नहीं, यार तुमको सीरियस देखकर मेरा भी पढ़ने का मन हो गया है। और ये भी समझ में आ रहा है कि जेएनयू में अगर समय को पकड़ा नहीं गया तो साल बीतते देर नहीं लगेगी। चार महीने किस तेज़ी से गुज़र गये पता ही नहीं चला।'

'हाँ, वो बात तो है। अगर काम भर पढ़ चुके हो तो चलो गोदावरी चलते हैं।'

'बेचैन हो रहे हो तुम भौजाई के लिए? साला, आदित्य भी नहीं आया है अभी तक। चलता हूँ...तुम बैठो, मैं हाथ-मुँह धोकर आता हूँ। हम दोनों ही चलते हैं। बाक़ी तीनों से तो रात में मिल ही लिया जायेगा?'

'हाँ, मैं भी यही सोच रहा था।'

साढ़े छह बज रहे थे। अँधेरा घिर आया था। दोनों दस मिनट में गोदावरी ढाबा पहुँच गये थे।

'चाय पियोगे या कॉफ़ी?', मुकुन्द ने पूछा।

'चाय ही पीते हैं। मैं लेकर आता हूँ।'

'मैं जा रहा हूँ, तुम बैठो, नहीं तो सीट चली जायेगी। कभी-कभी ही ये पेड़ वाली जगह ख़ाली मिलती है।', मुकुन्द चला गया था।

नील वहीं बैठ इधर-उधर का नज़ारा देखने लगा, पर उसका सारा ध्यान गोदावरी के गेट पर था। उसे उम्मीद थी कि लड़की बाहर आयेगी। पाँच मिनट में मुकुन्द दो कप चाय और समोसा लेकर आ गया था।

'यार, कई बार तो लगता है कि मैं जो कर रहा हूँ वो ठीक भी है या नहीं।', नील ने गम्भीर होकर कहा।

'अरे यार, तुम चीज़ों को बहुत सीरियसली ले लेते हो। आराम से चलने दो ज़िन्दगी जैसे चल रही है। हम यहाँ पढ़ने आये हैं...पढ़ ही रहे हैं। अगर इस दौरान कोई अच्छी लड़की दोस्त बन जाती है तो इसमें बुरा क्या है। ऐसा थोड़े ही न है कि तुम प्रेम करने वाले पहले व्यक्ति होगे जेएनयू में। ऐसा पहले भी हुआ है और आगे भी होगा। इसलिए टेक इट इज़ी।'

'तुमसे बात कर बहुत अच्छा लगता है मुकुन्द। वैसे तो हम पाँचों अच्छे दोस्त हैं, पर तुम्हारी बात कुछ अलग है। ख़ुद को लकी मानता हूँ कि मुझे तुम जैसा दोस्त मिला।'

'तुम यार नील, लक सिर्फ़ तुम्हारा ही नहीं, मेरा भी है। मुझे भी तो तुम जैसा अच्छा दोस्त मिला है जिस पर मैं आँख मूँद कर भरोसा कर सकता हूँ। तुम सीरियस कर दोगे यार। ये सब बोलने वाली बातें नहीं होतीं।'

'अच्छा चलो, नहीं बोलता।', नील ने मुकुन्द को कन्धे से पकड़ लिया था।

'भौजाई दिख जाती तो अच्छा रहता।'

'हाँ यार, उसी उम्मीद में तो आया हूँ।' तभी छात्र संघ अध्यक्ष रिजू कृष्ण अपनी चिर-परिचित सौम्य मुस्कान में पाँच-छह एसएफ़आई कार्यकर्ताओं के साथ सामने आ गया।

'और दोस्तों सब अच्छा चल रहा है ना? आप लोगों का तो एमए फ़र्स्ट ईयर है। कोई परेशानी तो नहीं? कुछ हो तो बेहिचक बताइयेगा। और हाँ, इस

बार यासिर प्रेसिडेंट के लिए खड़े हो रहे हैं आप लोगों को पता ही होगा। मिलिए यासिर से...बाक़ी पैनलिस्ट के नाम इस पर्चे में हैं।'

'हलो', हाथ बढ़ाते हुए यासिर ने कहा।

'हाय।', मुकुन्द और नील दोनों ने ही हाथ मिलाया।

'पूरे पैनल को वोट करना है।', रिजू ने कहा।

'हाँ हाँ, ज़रूर वोट करेंगे। वैसे नील का एक प्रॉब्लम भी है। आप लोग कुछ मदद कर देते तो अच्छा रहता।', मुकुन्द ने मौक़ा देखते ही कहा।

'हाँ हाँ, बोलिए, क्या प्रॉब्लम है?'

'हॉस्टल लिस्ट में इसका नाम अभी तक नहीं आया है। डीन ऑफ़िस में कहते हैं कि अभी और टाइम लगेगा। दिक़्क़त हो रही है।'

'पहले बताना चाहिए था। पर अभी भी हमसे जो हो सकेगा, ज़रूर करेंगे। कल एक से डेढ़ बजे के बीच आप लोग डीन ऑफ़िस में मिलिए...मैं वहीं रहूँगा। देखते हैं बात करके, क्या पता कुछ रास्ता निकल आये। वैसे जेएनयू में होता सब नियम से ही है। आप लोगों को भी पता ही चल गया होगा कि हॉस्टल कम पड़ने की वजह से ये प्रॉब्लम हो रही है। हम लोगों ने नये हॉस्टल बनाने की डिमांड रखी है।' रिजू ने बताया।

'ठीक है रिजू कल हम आपसे डीन ऑफ़िस में मिलते हैं।', मुकुन्द ने कहा। नील ने भी सिर हिलाया। रिजू और यासिर ढाबे पर बैठे दूसरे लोगों के पास चले गये थे।

'बहुत प्यार से बात करता है यार रिजू। अपने व्यवहार और लोकप्रियता की वजह से जीतता है ये। इसको विरोधी पार्टी वाले भी पसन्द करते हैं और वोट करते हैं।' मुकुन्द ने कहा।

'हाँ, लीडर का व्यक्तित्व तो ऐसा ही होना चाहिए। और अगर व्यक्ति के साथ कोई विवाद ना जुड़ा हो तो क्या बात। दम है वैसे बन्दे में।', नील ने कहा। तभी सामने से अंकित, पुष्कर और प्रांजल आते नज़र आये।

'हमें पता था तुम लोग यहीं मिलोगे। हमें भी बता देते।', अंकित ने कहा।

'कुछ प्राइवेट बात होगी दोनों की, तभी अकेले आये हैं।', पुष्कर बोला।

'अरे यार हमारे बीच क्या प्राइवेट है। बस सोचा कि थोड़ी देर बाद तुम लोगों से मिलना ही है तो क्या डिस्टर्ब किया जाये।'

'नहीं, तुम लोगों से ग़लती हुई है। चलो हम तीनों को चाय पिलाओ।', प्रांजल ने हल्की नाराज़गी के साथ कहा।

'इसमें क्या बड़ी बात है। अभी लेकर आता हूँ।', नील उठ गया था। प्रांजल भी उसके साथ हो लिया।

'अब ले ही रहे हो तो पाँच चाय ले लेना। हम भी साथ दे देंगे।', चाय के शौक़ीन मुकुन्द ने पीछे से कहा।

'ठीक है, ठीक है। ले आयेंगे...और समोसा भी ले लेंगे।', प्रांजल ने पीछे मुड़कर कहा।

'यार ये दोनों लड़के-लड़की मुझे बड़े प्यारे लगते हैं। बहुत अच्छी जोड़ी है इनकी।', नील ने सामने टेलीफ़ोन बूथ पर खड़े जोड़े को दिखाते हुए कहा।

'हाँ यार, लड़का बहुत हैंडसम है और लड़की भी सुन्दर भारतीय नारी की प्रतिमूर्ति लगती है।', मुकुन्द ने कहा। सब ग़ौर से उन्हें देखने लगे थे।

'वैसे जब नील और भौजाई की जोड़ी बन जायेगी तो वो भी कम आकर्षक नहीं होगी। अपना चन्द्रचूड़ सिंह और भौजाई बिल्कुल ऐश्वर्या रॉय।', मुकुन्द ने नील की ओर देखते हुए कहा। नील मुस्कुरा पड़ा था।

'हाँ, बात वैसे सही है मुकुन्द की। जब दोनों की जोड़ी बनेगी तो दमदार होगी। हिन्दी सेंटर में तो हंगामा मच जायेगा।', अंकित ने कहा।

'जनवरी में इंटर हॉस्टल क्रिकेट टूर्नामेंट होता है यहाँ, मालूम है ना?', नील ने विषय बदला था।

'तुम बात को घुमा दिये गुरु। चलो ठीक है। हाँ, मालूम है। देखें तुम किस हॉस्टल से खेलते हो। तब तक तो हॉस्टल मिल ही जाना चाहिए।', मुकुन्द ने कहा।

'कल डीन ऑफ़िस चलेंगे तो पता चल ही जायेगा।'

'चलो अब चला जाये। खाना खाकर देखते हैं सुशील मोदी को सुनने आ पाते हैं कि नहीं।', मुकुन्द ने कहा।

'मैं तो नहीं आऊँगा। कोचिंग का बहुत सारा काम पेंडिंग पड़ा है। उसे पूरा करूँगा अब।', नील ने कहा।

'ठीक है, हम लोग देखते हैं क्या करते हैं। कल डिपार्टमेंट में मिलते हैं।', मुकुन्द ने कहा।

26

अगले दिन क्लास के बाद मुकुन्द ने कहा, 'तुम लोग हॉस्टल चलो मैं नील के साथ डीन ऑफ़िस से हॉस्टल पता करके आता हूँ। रिजू कृष्णन ने बुलाया है।'

'ठीक है।', पुष्कर, प्रांजल और अंकित क्लास से निकलने लगे थे।

'आजकल तुम लोग अपने में ही बिज़ी रहते हो...और किसी से कोई मतलब नहीं।', वसुधा ने मुकुन्द को टोका।

'ऐसा तो नहीं है वसुधा। तुम पढ़ने-लिखने वाली लड़की हो। तुम्हें ही फ़ुर्सत नहीं रहती।'

'हाँ, मैं देख रही हूँ कि जो लोग यूपीएससी दे रहे हैं उनका एक अलग गुट बन गया है। अरे भाई ठीक है कि तुम लोग सिविल्स दे रहे हो। पर हमसे भी तो कभी ठहरकर दो बात कर ही सकते हो? हमें भी तो कभी चाय के लिए पूछ सकते हो?', वसुधा ने शिकायत की।

'हाँ, तुम्हारी ये शिकायत बिल्कुल सही है वसुधा और इसे हम लोग ज़रूर दूर करेंगे। अभी नील के हॉस्टल के बारे में बात करने डीन ऑफ़िस जाना है। एक बजे का टाइम है। पर तुम्हारी शिकायत जल्दी दूर की जायेगी।', मुकुन्द ने कहा और नील के साथ तेज़ी से बाहर निकल गया। वसुधा रुककर किसी लड़की से बात करने लगी थी।

'बहुत अच्छी लड़की है यार। तुम्हीं उसे भाव नहीं देते। कितने प्यार से बात करती है।', नील ने बाइक स्टार्ट करते हुए कहा।

'हाँ यार। बहुत अच्छी लड़की है वसुधा। मन लगाकर पढ़ना। कोई फ़ालतू बात नहीं करना। सबसे हँसना-बोलना। कुछ अलग ही बात है इसमें।'

'तो थोड़ा उसके बारे में भी सोचो।'

'पता नहीं यार। शुरू में अट्रैक्शन हुआ था। पर अब वैसी फ़ीलिंग नहीं रही। पर वो है बहुत अच्छी लड़की, इसमें कोई शक़ नहीं।' बाइक डीन ऑफ़िस पहुँच गयी थी। रिजू दफ़्तर में घुसते ही मिल गया।

'आ गये आप लोग। पूछा मैंने चेत सिंह से। कह रहे हैं कि इस सेमेस्टर में एक भी सीट ख़ाली नहीं हो रही। अगर कुछ आया तो देखेंगे। अब ये समझ लीजिये की अगले सेमेस्टर में ही हो पायेगा। कोई स्कोप नज़र नहीं आ रहा।'

'ओह।', नील उदास हो गया था।

'पर हाँ, एक काम मैं ज़रूर कर सकता हूँ। जो भी हॉस्टल नील को चाहिए उसके लिए अभी से चेत सिंह को बोल सकता हूँ, वो ज़रूर मिल जायेगा। थोड़ा आगे-पीछे हो सकता है।'

'ये बात भी अच्छी है। कौन-सा हॉस्टल लोगे नील?', मुकुन्द ने पूछा।

'सोचता हूँ पेरियार ले लूँ। पेरियार या कावेरी में जो भी मिल जाये, ठीक रहेगा।', नील ने कहा।

'चेत सिंह, सुन लिया ना आपने! पेरियार या कावेरी। नील....पूरा नाम क्या है आपका?'

'नील माधव पाण्डे।'

'नील को पेरियार या कावेरी देना है। नोट कर लीजिये।'

'नोट कर लिया रिजू।', चेत सिंह ने कहा था।

'और कुछ इश्यू हो तो बताइये?', रिजू ने पूछा।

'नहीं बस...और कुछ नहीं। थैंक्यू रिजू।', नील ने कहा।

'चलिए फिर मिलते हैं। इलेक्शन में ध्यान रखियेगा। पर ये कोई ट्रेड नहीं है। अपने मन से वोट कीजियेगा। इसलिए नहीं कि मैंने आपकी मदद करने की कोशिश की। जो अच्छा लगे उसे वोट कीजियेगा। एसएफ़आई के पैनल को कीजियेगा तो हमें अच्छा लगेगा। जीतेंगे तो आप सब के लिए और काम करेंगे।', रिजू ने मुस्कुराकर कहा था। नील और मुकुन्द डीन ऑफ़िस से निकल गये थे। उनकी बाइक जैसे ही आगे बढ़ी, बग़ल से वही बलेनो कार गुज़री।

लड़की ने नील को देखा तो हल्का ब्रेक लगा दिया। दो और लड़कियाँ बैठी थीं। कार धीरे-धीरे आगे बढ़ गयी थी। लड़की ने शॉम्भूज़ ढाबे के पास रिंग रोड पर दायें मुड़ते हुए नील की तरफ़ मुड़कर देखा।

'धीरे-धीरे कार के पीछे चलते रहो।', मुकुन्द ने कहा।

कार गोदावरी हॉस्टल के सामने बैंक के पास रुकी। नील ने बाइक बिल्कुल सामने से गुज़ारी। दोनों की आँखें मिलीं। वो थोड़ा आगे गया और पेरियार वॉर्डन वाले मोड़ पर बाइक रोककर पीछे देखने लगा। लड़की ने भी मुड़कर देखा, मुस्कुरायी और भीतर चली गयी।

'आज तो दिन ही बन गया। चलो हॉस्टल नहीं मिला तो कोई बात नहीं दीदार तो हुआ मैडम का।', नील ने कहा।

'हाँ यार, तुम दोनों का मिलना अब मुझे ज़्यादा दूर लग नहीं रहा। बस आजकल की ही बात है। लेकिन बेटा तुम जब गर्लफ्रेंड वाले हो जाओगे तब हमें तो भूल ही जाओगे। फिर कहाँ टाइम रहेगा तुम्हारे पास?'

'तुम क्या मुझे उस टाइप का लड़का समझते हो कि लड़की मिल गयी तो दोस्तों को भूल गये। लड़की अपनी जगह, दोस्त अपनी जगह। सब कुछ ठीक रहा तो हम सब साथ में चाय पिया करेंगे।'

'गर्लफ्रेंड मिलने के बाद सब कुछ ठीक ही तो नहीं रहता दोस्त। देखूँगा तुमको भी। मैंने बहुतों को बदलते देखा है। पर तुम मुझे वैसे नहीं लगते। चलो अब चलते हैं। मुझे हॉस्टल ड्रॉप कर दो और तुम निकल जाओ।'

'हाँ, आज रूम पर आराम करूँगा। कोचिंग नहीं जाना है। फिर पढ़ाई की जायेगी।' नील ने मुकुन्द को सतलज के गेट पर छोड़ दिया था।

नील की बाइक धुआँ छोड़ती हुई भागी जा रही थी। आज वो कुछ ज़्यादा ही तेज़ चला रहा था।

27

नील रात में देर तक पढ़ता रहा। राजीव भैया एक हफ़्ते के लिए चंड़ीगढ़ गये थे। सुबह देर से उठा। शनिवार था। डिपार्टमेंट जाने की कोई हड़बड़ी नहीं थी। सोचा आज थोड़ा रिलैक्स रहा जाये। शाम तक रूम पर ही रहने की योजना बनायी। आराम से पेपर पढ़ा। ब्रेकफास्ट किया और थोड़ी देर टीवी रूम में भी बैठा। फिर कमरे पर लौटकर पीटी के लिए मौर्यकाल पर नोट्स बनाने लगा। साढ़े दस बजे होंगे। दरवाज़े पर दस्तक हुई। दरवाज़ा खोला तो सामने मुकुन्द खड़ा था।

'अरे वाह! आज सूरज किधर से निकला है, मुकुन्द बाबू ब्रह्मपुत्रा पधारे हैं।'

'सोचा हमेशा तुम ही मिड कैंपस आते हो, आज तुम्हारे हॉस्टल चला जाये।', मुकुन्द मुस्कुरा रहा था।

'मेरा तो क्या ही हॉस्टल है। हाँ, फ़िलहाल रह ज़रूर रहा हूँ।'

'अरे, जब तक रह रहे हो, तुम्हारा ही है, और क्या।'

'पहली बार आये हो, बोलो क्या सेवा की जाये तुम्हारी।'

‘चलो बाहर चलकर चाय पीते हैं। वहीं बात किया जायेगा।’

‘कुछ ख़ास बात है क्या?’

‘ख़ास ही है। चलो चाय पीते हुए तुम्हें सरप्राइज़ करता हूँ।’ दोनों हॉस्टल के बाहर पहुँचे और साधु की दुकान से चाय लेकर प्रमोद के ढाबे के पास बनी बेंच पर बैठ गये। प्रमोद का ढाबा रोज़ की तरह दिन में बन्द था।

‘अब जल्दी बताओ क्या सरप्राइज़ है।’

‘यार, कल आदित्य से मुलाक़ात हुई।’

‘इतनी बड़ी बात तुम इतना आराम से बता रहे हो। जल्दी बताओ क्या-क्या पता चला। कहाँ रह गया था वो?’

‘उसकी तबीयत ख़राब हो गयी थी। कल ही आया। जैसे ही कॉरीडोर में दिखा मैंने पकड़ लिया।’

‘क्या बताया उसने। जल्दी बताओ। कंट्रोल नहीं हो रहा?’

‘बड़े उतावले हो रहे हो...बताता हूँ। भौजाई का नाम है वासवी।’

‘अरे वाह कितना प्यारा नाम है। नील की वासवी। देखो सुनने में भी अच्छा लग रहा है।’

‘हाँ, बहुत प्यारा नाम है।’

‘और क्या बताया आदित्य ने?’

‘यही कि पढ़ने में बहुत अच्छी है। एकैडेमिक्स में ही करियर बनाना चाहती है। बोलती बहुत अच्छा है। बस इतना ही।’

‘इतना काफ़ी है यार। अब मिलने की बेचैनी हो रही है, चलो चलते हैं गोदावरी।’ दोनों गोदावरी ढाबे पर पहुँच गये थे। काफ़ी देर तक उसी पेड़ के नीचे बैठे रहे थे, लेकिन वासवी नहीं आयी थी।

‘अब इन्तज़ार नहीं हो रहा यार। काश दिख जाती।’

मुकुन्द ने मुस्कुराते हुए कहा, ‘सब्र रखो वत्स। ज़रूर कल्याण होगा तुम्हारा। शाम को प्रेसिडेंशियल डिबेट है। हो सकता है वहाँ मुलाक़ात हो जाये।’

‘हाँ, चलो तुम्हें छोड़ देता हूँ...फिर शाम को मिलते हैं।’

नील को अब वासवी को देखने और उससे मिलने की बेचैनी हो रही थी।

शाम में जब वो झेलम लॉन पहुँचा तो वहाँ अद्‌भुत नज़ारा था। बड़े-से टेंट में स्टेज बनाया गया था। चारों तरफ़ लोग ही लोग थे। गंगा ढाबे पर आज

अलग-सी रौनक़ थी। मीडिया वाले मौजूद थे। अच्छी-ख़ासी तादाद में बाहर के लोग भी चहलक़दमी कर रहे थे। एक बड़ी संख्या उन पुराने छात्रों की भी थी जो जेएनयू से जाने के बाद भी लौट-लौटकर आने के मौक़े ढूँढ़ा करते थे। ऐसे पुराने छात्र अपने समकालीन दोस्तों से मिलकर बेहद प्रसन्न हो रहे थे। जलसे-सा माहौल था और बातचीत के केन्द्र में था कि इस बार प्रेसिडेंट किस पार्टी का बनता है। इसी भीड़ और कोलाहल के बीच चुनाव में क़िस्मत आज़मा रहे आइसा, एसएफ़आई, एबीवीपी, एनएसयूआई जैसी तमाम पार्टियों के प्रेसिडेंशियल कैंडिडेट बारी-बारी से स्टेज पर आकर अपनी बात रख रहे थे। राष्ट्रीय-अन्तरराष्ट्रीय विषयों से लेकर कैंपस से जुड़े मसलों को सामने रखा जा रहा था, उसे सुलझाने के उपाय बताये जा रहे थे। छात्र-छात्राएँ गम्भीरता से भावी छात्र संघ अध्यक्षों का भाषण सुन रहे थे।

नील ने थोड़ी ही देर में अपने दोस्तों को ढूँढ़ लिया था। पहले उन्होंने ढाबे से चाय ली और गंगा हॉस्टल के गेट के ठीक सामने खड़े हो गये। नील की आँखें वासवी को तलाश रही थीं।

'दोस्तों, पिछले साल हमने अपने मौजूदा अध्यक्ष रिजू कृष्णन के नेतृत्व में बहुत अच्छा काम किया। हॉस्टलों की समस्यायें सुलझायीं, टेफ़्लाज़ का रेनोवेशन करवाया, हेल्थ सेंटर में सुविधाएँ बढ़वायीं...'

बाहर खड़े छात्रों और जेएनयू की राजनीति में दिलचस्पी रखने वाले आगंतुकों को चोंगे से यासिर हुसैन की आवाज़ आती सुनाई पड़ रही थी। सिट्टू की दुकान पर सिगरेट और पान की बिक्री काफ़ी बढ़ गयी थी। वैसे उसने हर साल की तरह ही इस ख़ास दिन के लिए पर्याप्त स्टॉक की व्यवस्था कर रखी थी।

'अरे वो रही भौजाई। बहुत ध्यान से यासिर को सुन रही है।', मुकुन्द ने स्टेज के सामने बायीं तरफ़ खड़ी लड़कियों की ओर उंगली से इशारा करते हुए कहा।

'चलो उधर ही चलते हैं।', नील ने कहा।

'अरे यार, वहाँ फिर जगह नहीं मिलेगी। और पीछे से कुछ दिखायी भी नहीं देगा। यहीं से देखो ना?', अंकित ने कहा।

'अच्छा तुम लोग यहीं रुको, मैं और नील उधर से होकर आते हैं।', मुकुन्द ने कहा और बाहर निकल आया।

'चलते हैं उधर, एकदम भौजाई के बग़ल में खड़े हो जाते हैं।'

'हाँ चलो, आज तो मैं 'हलो' बोल ही दूँगा।'

'आज बहुत हिम्मत दिखा रहे हो बे।'

'हिम्मत तो बहुत है मुझमें, बस दिखाने का मौक़ा नहीं मिला अब तक।'

'अगर तुमको देखकर आज भौजाई लाइन दी तो हलो बोलना पड़ेगा नील?'

'हाँ, बोल दूँगा। बर्दाश्त नहीं हो रहा। अब जो होना है, हो जाना चाहिए।' दोनों भीड़ के बीच से बिल्कुल वासवी के पीछे पहुँच गये थे। यासिर की स्पीच अभी भी चल रही थी।

'अगर आप एसएफ़आई को एक बार फिर अपना समर्थन देंगे तो हम इस आदर्श कैंपस को और बेहतर बनाने की दिशा में काम करेंगे...'

तब तक अंकित, पुष्कर और प्रांजल ने भी नील और मुकुन्द को देख लिया था। तीनों दूर से ही हाथ हिला रहे थे। उन पर वासवी की नज़र पड़ी। उसके साथ उसकी दो सहेलियाँ भी खड़ी थीं। वासवी उधर ही देख रही थी। शायद नील को ढूँढ़ रही थी। तब तक नील और मुकुन्द ने भी इधर से हाथ हिलाकर संकेत दिया कि उन्होंने देख लिया है। वासवी ने पीछे मुड़कर देखा। दोनों की आँखें मिलीं। कुछ पल के लिए मिली ही रह गयीं।

'हलो वासवी', नील के मुँह से अचानक निकला।

'हाय।' बोलकर वासवी मुस्कुरायी और थोड़ा शर्माकर सामने देखने लगी। उसकी दोस्तों की नज़र भी नील पर पड़ी। उन्होंने कान में उससे कुछ पूछा। वासवी ने सिर हिलाया और फिर तीनों हँसने लगीं।

थोड़ी देर तक ऐसा ही रहा। वासवी का ध्यान अब यासिर के भाषण पर नहीं रह गया था। कभी वो अपने बालों को ठीक करती तो कभी तिरछी नज़र से नील को देखने की कोशिश करती। दोनों अब बिल्कुल पास खड़े थे। वासवी ने जीन्स और लाल रंग की टॉप पहनी थी। गले में पीले रंग का स्टॉल लपेट रखा था। काले लम्बे बाल खुले थे। कमर तक लहराते। नील ने जीन्स पर खादी का सफ़ेद कुर्ता पहना था। लम्बे बालों में वो भी बेहद आकर्षक लग रहा था।

'वासवी, बाहर आ सकती हो क्या?' वासवी ने बहुत हैरानी से उसकी

तरफ़ देखा। 'इसे मेरा नाम कैसे पता है?' मुकुन्द नील की हिम्मत देखकर हैरान था। वासवी ने अपनी दोस्तों के कान में कुछ कहा और बाहर निकलने लगी। खम्भे पर लगे लाउडस्पीकरों से यासिर की आवाज़ बहुत तेज़ सुनाई पड़ रही थी। दायीं तरफ़ बाहर लॉन में काफ़ी लोग खड़े थे और लाउडस्पीकर पर ही भाषण सुन रहे थे।

'उधर पीछे चलते हैं। यहाँ काफ़ी शोर है।', नील ने कहा। वासवी ने उसकी ओर देखा और अपनी बड़ी-बड़ी आँखों से बस मुस्कुरायी और चलने लगी।

अब तीनों झेलम लॉन और गंगा ढाबे के बीच सड़क के क़रीब आ गये थे। पीछे से भोंपू की आवाज़ वहाँ भी आ रही थी, लेकिन उतनी तेज़ नहीं थी।

'मैं नील हूँ। ये मेरा दोस्त मुकुन्द है।'

'हलो वासवी।', मुकुन्द ने कहा।

'हलो मुकुन्द, तुम लोगों को मेरा नाम कैसे पता चला?' मुकुन्द ज़ोर से हँस पड़ा।

'ये तो हमारी इंटेलीजेंस सर्विस का कमाल है। बस हमने पता लगा लिया।'

'बताओ तो कैसे पता लगा लिया। इट्स वेरी स्ट्रेंज।'

'इसमें स्ट्रेंज क्या है। हमें तुमसे दोस्ती करनी थी तो पता तो लगाना ही था?', नील ने कहा।

'अच्छा, बाई द वे क्यों दोस्ती करनी थी?' वासवी ने मुस्कुराते हुए नील की तरफ़ देखा।

'अब इसका क्या जवाब दूँ। बस करनी थी दोस्ती। तुम जानती हो कि क्यों करनी थी।', नील बालों पर हाथ फेरने लगा था। बातें करते हुए तीनों सड़क पारकर हेल्थ सेंटर की तरफ़ चल रहे थे। बहुत धीरे-धीरे।

'नील...वासवी, अब मुझे चलना चाहिए। तुम लोग आराम से बातें करो, मैं मिलता हूँ।' मुकुन्द ने मुस्कुराते हुए कहा।

'बड़े अच्छे दोस्त हो तुम दोनों।', वासवी ने कहा।

'हाँ, हमारी जोड़ी बहुत शानदार है। वैसे हम पाँच ख़ास दोस्त हैं। लेकिन मुकुन्द की बात ही कुछ और है।'

'अच्छा, बहुत हो गयी मेरी तारीफ़। अब तुम दोनों बातें करो, मैं जाकर डिबेट सुनता हूँ। तुम लोग यहीं मिलोगे ना?'

'अभी तो यहीं हूँ। बस थोड़ी देर में आता हूँ।'

'अब तुम कहाँ आओगे गुरु। हम ही तुम्हें ढूँढ़ लेंगे।', मुकुन्द फिर मुस्कुराया। वासवी भी हँस पड़ी थी। चाँदनी रात की चमकती रोशनी में उसकी हँसी बहुत प्यारी लग रही थी।

'मुकुन्द एक हेल्प कर दो प्लीज़।'

'हाँ वासवी, बोलो।'

'जाते हुए मेरी दोस्तों से बोल दो कि मैं यहाँ हूँ। चिन्ता ना करें।'

'हाँ ज़रूर बोल दूँगा..और नील, मैं गंगा के सामने रहूँगा। तुम्हारी बात अगर जल्दी ख़त्म हो जाये तो वहीं आ जाना। वैसे ऐसा होने के चांसेज़ नहीं हैं।' मुकुन्द हँसकर जाने लगा था।

'बहुत उड़ रहे हो बेटा। चलो मिलता हूँ।' नील ने कहा। दोनों मुकुन्द को जाते हुए देख रहे थे। थोड़ी देर तक दोनों के बीच शान्ति रही।

'उधर चलकर बैठें, अगर तुम्हें एतराज़ न हो तो?', नील ने हेल्थ सेंटर की तरफ़ दिखाकर कहा। वासवी चलने लगी थी। थोड़ा चलने के बाद दोनों सड़क के किनारे बैठ गये थे।

'न जाने कब से तुमसे मिलने की कोशिश कर रहा था। ऐडमिशन के समय तुम नज़र आयी, फिर जाने कहाँ ग़ायब हो गयी।'

'हाँ, पापा नहीं चाहते थे कि मैं हॉस्टल में रहूँ। बहुत दिन तक घर से ही आती-जाती रही। इसीलिए कैंपस में कम ही नज़र आती थी।'

'फिर हॉस्टल में कैसे आ गयी?'

'आने-जाने में बहुत वक़्त बर्बाद हो रहा था। मेरा घर नोएडा में है। एनसीआर में रहने वालों को जल्दी हॉस्टल नहीं मिलता। वो तो लड़की होने की वजह से मिल गया। मैं डीन, क़ुरैशी सर के पीछे पड़ गयी थी।'

'पापा माने कैसे?'

'उन्होंने देखा कि आते-जाते मैं थक जाती हूँ तो उन्हें भी थोड़े दिन में लगने लगा कि ऐसे ही चलता रहा तो मैं पढ़ूँगी कब। फिर मैंने माँ से कहा कि वो पापा को समझायें। माँ ने बहुत समझाया तब जाकर माने पापा। बहुत

प्यार करते हैं मुझे। हम दो बहनें हैं। दीदी की शादी लखनऊ में हुई है, वो वहीं रहती है। दीदी के जाने के बाद पापा नहीं चाहते थे कि मैं भी इतनी जल्दी उनसे दूर हो जाऊँ।'

'बात तो वैसे ठीक है। अब तुम यहाँ आ गयी हो तो माँ-पापा अकेले ही हो गये हैं।'

'पापा तो दिनभर अपने बिज़नेस और मीटिंग्स में बिज़ी रहते हैं। माँ को ही बहुत ख़ाली लग रहा होगा। पर एक न एक दिन तो ये होना ही था। इसलिए मैंने सोचा कि पढ़ाई से कॉम्प्रोमाइज़ करना ठीक नहीं। बीच-बीच में जब भी मौक़ा मिलता है, जाती रहती हूँ।'

'क्या करते हैं पापा?'

'पापा का एंटीक्स का बिज़नेस है। इंपोर्ट-एक्सपोर्ट का।'

'अच्छा अच्छा। अमीर आदमी की बेटी हो?'

'अमीर क्या। मुझे सीधी-सादी ज़िन्दगी पसन्द है। बहुत पढ़ना चाहती हूँ। दुनिया देखना चाहती हूँ। अरे मैं तो सिर्फ़ अपनी ही बातें कर रही हूँ, तुम भी तो बताओ अपने बारे में।'

'हाँ, नाम तो जान ही गयी हो। राँची से हूँ। मेरे पिता का भी बिज़नेस ही है। शहर का सबसे बड़ा जनरल स्टोर है हमारा। पर मेरा उसमें कभी मन नहीं लगा। मैं शुरू से ही पढ़कर कुछ करना चाहता था। पापा ने जब देखा कि मेरा बिज़नेस में कोई इंटरेस्ट नहीं तो उन्होंने मुझे पढ़ाने में कोई कमी नहीं रखी। राँची के सबसे अच्छे स्कूल और कॉलेज में पढ़ा। फिर जेएनयू में हो गया तो तुम्हारे सामने बैठा हूँ। अगले साल यूपीएससी का पहला अटेम्प्ट दूँगा।'

'वाउ, आईएएस बनना चाहते हो। ये तो बहुत अच्छी बात है।'

'तुम आगे चलकर क्या करना चाहती हो?'

'अगर मेरी दिली तमन्ना पूछोगे तो मैं एमए करने के बाद लन्दन जाकर पीएचडी करना चाहती हूँ। पढ़ाना चाहती हूँ।'

'अपने बारे में, अपनी मंज़िल के बारे में इतनी क्लैरिटी होना तो बहुत अच्छी बात है।'

'तुमने बताया नहीं कि मेरे बारे में तुम लोगों ने पता कैसे लगाया?'

‘अगर तुम्हें याद हो, उस दिन तुम अपने क्लासमेट आदित्य के साथ थी। वो मुकुन्द का दोस्त है। उसी से हमने तुम्हारे बारे में पता किया।’

‘ओ हाँ हाँ, उस दिन मुकुन्द ने गोदावरी ढाबे पर आदित्य को रोका था। क्या-क्या बताया उसने।’

‘ज़्यादा कुछ नहीं, बस नाम और डिपार्टमेंट। हम लोग तो कई बार तुम्हारे डिपार्टमेंट भी गये थे। पर जब तक हम पहुँचते तुम शायद चली जाती थी। कभी दिखी नहीं तुम।’

‘अच्छा, तो ये सब चल रहा था इतने दिनों से। तुम किस सेंटर में हो?’

‘मैं स्कूल ऑफ़ लैंग्वेजेज़ में हूँ। हिन्दी सेंटर में। एमए फ़र्स्ट ईयर।’

‘वाउ! लिटरेचर के स्टूडेंट हो। हाउ नाइस। तुमसे बहुत कुछ सीखने को मिलेगा। पर पीटी किस सब्जेक्ट से दे रहे हो?’

‘हिस्ट्री से।’

‘तब तो हमारी ख़ूब जमने वाली है। हिस्ट्री पर हम ख़ूब बातें किया करेंगे। तुम्हारे घर में और कौन-कौन है?’

‘माँ-पापा और हम तीन भाई। दोनों भाई मुझसे बड़े हैं। उनकी शादी हो गयी है। दोनों बिज़नेस में पापा की मदद करते हैं। पापा की अब उम्र हो गयी है तो एक तरह से भैया लोग ही पूरा कारोबार सँभालते हैं। दोनों भाभियाँ बहुत अच्छी हैं। मुझे बहुत मानती हैं। दो छोटे-छोटे भतीजे भी हैं। एक पाँच साल का और दूसरा तीन साल का।’

‘अच्छा भरा-पूरा परिवार है तुम्हारा। नाइस।’

‘पढ़ाई के अलावा और क्या शौक़ हैं तुम्हारे?’, नील ने पूछा।

‘मुझे भी लिटरेचर पढ़ने का बहुत शौक़ है। हिन्दी, अंग्रेज़ी में जो भी नॉवेल मिल जाता है, पढ़ डालती हूँ। उनसे हिस्ट्री को भी समझने में मदद मिलती है। और हाँ, घूमना बहुत पसन्द है।’

‘वाह, बड़े अच्छे शौक़ हैं तुम्हारे। कुछ गेम, डाँस वग़ैरह नहीं करती?’

‘बैडमिंटन खेलना पसन्द है। एक दिन मैंने टेफ़्लाज़ जाकर देखा भी। वुडेन इनडोर कोर्ट है। सोचती हूँ कि कभी-कभी जाकर खेला करूँगी।’

‘ये तो और भी अच्छी बात है। मुझे भी खेलना बहुत पसन्द है। क्रिकेट, टेबल टेनिस, बैडमिंटन सब खेलता हूँ। चलेंगे साथ खेलने।’

‘हाँ, बहुत मज़ा आयेगा।’

‘देखो ना, हम थोड़ी देर से ही बातें कर रहे हैं, पर लगता है कि एक-दूसरे को लम्बे अरसे से जानते हैं।’

‘हाँ, मुझे भी ऐसा ही लग रहा है। हमारे बीच कितनी चीज़ें कॉमन भी हैं।’

‘अब लग रहा है कि काश पहले तुम्हें ‘हलो’ बोल दिया होता, तो अब तक हम कितनी बातें कर लेते।’

‘देखो, जो जब होना होता है तभी होता है। हमें आज के दिन ही मिलना था। वैसे, याद रखने के लिए भी अच्छा है कि हम जेएनयू प्रेसिडेंशियल डिबेट के दिन पहली बार मिले थे और वहीं से हमारी दोस्ती की शुरुआत हुई थी।’, वो हँस पड़ी थी।

‘हाँ, ये भी सही है। जो जब होना होता है तभी होता है।’

‘कब से ढूँढ़ रहे हैं तुम्हें।’, वासवी की दोस्त सामने थी।

‘अरे, तुम लोग आ गयी। इससे मिलो, ये नील है।’

‘हलो, हलो।’

‘हलो’, नील ने कहा।

‘और ये हैं मेरी ख़ास दोस्त नन्दिता और एलीना। दोनों हिस्ट्री में ही हैं।’, वासवी ने इंट्रोड्यूस कराया था।

‘भई, प्रेसिडेंशियल डिबेट ख़त्म हो गयी, पर तुम लोगों की बातचीत अभी चल ही रही है। आगे के लिए भी कुछ छोड़ दो। आज ही सारी बात कर डालोगी क्या?’, एलीना ने मुस्कुराते हुए कहा।

‘हाँ, टाइम का पता ही नहीं चला।’

‘तो चलें या हम तुम्हें छोड़कर जायें, नील की अच्छी वाली कंपनी में?’, नन्दिता ने कहा।

‘नहीं नहीं, चलती हूँ।’

‘अच्छा नील। मिलते हैं कल। शाम को ढाबे पर चाय साथ पीते हैं।’, वासवी ने कहा।

'हाँ, मिलते हैं कल साढ़े छह बजे।', नील ने थोड़ा उदासी से भरकर कहा था। वो अभी और बातें करना चाहता था।

'अरे, अब तो हमारी दोस्ती हो गयी है। बहुत बातें करनी हैं अभी तो।', वासवी बोली।

'नील को तुम्हें छोड़कर जाने का मन नहीं कर रहा।', एलीना ने कहा। वासवी उसका चेहरा देख रही थी।

'हाँ, कल मिलते हैं।', नील कुछ और कहना चाह रहा था, पर चुप रह गया।

तीनों लड़कियाँ केसी की तरफ़ से ही जाने लगी थीं। नील उन्हें जाता देख रहा था। थोड़ी दूर जाकर वासवी ने मुड़कर देखा। उसकी दोस्तों ने उसका चेहरा पकड़ कर सामने कर दिया था।

नील जैसे ही झेलम लॉन के लिए मुड़ा, उसकी नज़र सामने सड़क किनारे बैठे अपने दोस्तों पर पड़ी। सब बेसब्री से इन्तज़ार कर रहे थे। मुकुन्द ने उसे मिलते ही गले लगा लिया।

'भाई की तपस्या आज सफल हो गयी है। भौजाई मिल गयी है। अब शानदार पार्टी खाने का मौक़ा है।' सबने नील को बधाई दी।

'नील, तुम्हारा बेड़ा तो पार हो गया, अब हमारे बारे में भी सोचो।', अंकित ने कहा।

'भाई लोग मोहब्बत के मोर्चे पर दोस्त सिर्फ़ मददगार हो सकते हैं, प्रेम कोई करवा नहीं सकता। पहले अपनी-अपनी माशूक़ा ढूँढ़ो। फिर हम मदद करेंगे।', मुकुन्द ने कहा।

'हाँ, ये बात तो बिल्कुल ठीक बोले हो मुकुन्द। पहली सीढ़ी तो ख़ुद ही चढ़नी होगी। फिर बाद में मंज़िल तक पहुँचाने में मदद की ज़रूरत होगी तो की जायेगी।', प्रांजल ने कहा।

'यार यक़ीन नहीं हो रहा कि वासवी से दोस्ती हो गयी है। चलो ढाबे पर चाय पीते हैं।'

'हाँ, यहाँ से पार्टी शुरू होती है जो लम्बे समय तक चलती रहेगी। क्यों नील?', अंकित ने कहा।

'हाँ हाँ, पार्टी दी जायेगी। ज़रूर दी जायेगी।'

उस रात की गंगा ढाबे की चाय नील के लिए यादगार थी। उसे ऐसा लग रहा था जैसे वो आसमान में उड़ रहा हो। सारे दोस्त बातें कर रहे थे, और वो बीच-बीच में कहीं गुम हो जा रहा था। उसका ध्यान पूरी तरह से वासवी पर था। उसकी बातें, उसके बोलने का अन्दाज़, उसकी आवाज़ सब उसके मस्तिष्क में जैसे कौंध रहे थे और एक मीठा-सा एहसास भर रहे थे।

'नील का बस शरीर यहाँ है, बाक़ी आत्मा तो भौजाई ले गयी अपने साथ।', मुकुन्द ने नील को छेड़ा।

'बेटा, अभी पहली ही मुलाक़ात में ये हाल है तो आगे क्या होगा। हम भी इसी कैंपस में रहते हैं याद रहेगा ना?', अंकित ने हँसते हुए कहा।

'अरे यार, प्रेमिका से मिलन का पहला-पहला दिन है बेचारे का। आज तो ख़िंचाई करना छोड़ दो। लेकिन आगे इसका परफ़ॉर्मेंस ज़रूर रेडार पर रहेगा। हो सकता है वासवी इसे अपनी ओर खींचे, लेकिन हमारा लक्ष्य ये होना चाहिए कि ये सिर्फ़ उसी का होकर ना रह जाये, हम दोस्तों के बारे में भी थोड़ा सोचे। नहीं तो हमारी शामें तो रूखी-सूखी रह जायेंगी।', पुष्कर ने कहा।

'तुम लोग मेरी खिंचाई बन्द करो। लड़की से दोस्ती का मतलब ये नहीं कि नील बदल जायेगा। नील जैसा है वैसा ही रहेगा। हाँ, ये ज़रूर है कि उसके जीवन में तुम चारों के अलावा अब कोई और आ गया है।'

'जो कि अब सबसे ज़्यादा ज़रूरी है।', मुकुन्द ने कहा।

'अब ये तो समय ही बतायेगा कि मैं वासवी और अपने ख़ास दोस्तों के साथ कैसे निभाता हूँ। आज कुछ कहूँगा तो बड़बोलापन लगेगा। चलो अब चला जाये, एक बजने वाले हैं।'

चारों झेलम लॉन के पीछे से अपने हॉस्टल की तरफ़ चले गये थे। नील की बाइक मंथर गति से ब्रह्मपुत्रा की ओर सरक रही थी और वो आनन्दलोक में गोते लगा रहा था।

28

'कल नींद आयी कि नहीं दोस्त?', मुकुन्द ने डिपार्टमेंट की सीढ़ियों पर मिलते ही पूछा।

'नहीं यार। काफ़ी देर तक बस उस मुलाक़ात के बारे में ही सोचता रहा। बहुत सुबह जाकर नींद लगी।'

'कल ज़्यादा पूछ नहीं पाया। सब ठीक रहा ना वासवी के साथ।', दोनों चलते हुए कॉरीडोर में आ गये थे।

'हाँ यार, बहुत अच्छी लड़की है। बहुत प्यारी बातें करती है। मैंने तुम्हारे बारे में भी उसे बताया।'

'क्या बताया?'

'यही कि तुम मेरे सबसे अच्छे दोस्त हो।'

'क्या यार।' तब तक दीक्षित सर आते नज़र आये।

क्लास के बाद नील ने मुकुन्द को बताया कि वो शाम में उसे लेने आयेगा। साढ़े छह पर वासवी से मिलना है।

'ठीक है, तैयार रहूँगा।'

नील कोचिंग के बाद सीधा कमरे पर गया। अच्छी तरह तैयार हुआ, डियो वग़ैरह लगाया और मुकुन्द के साथ गोदावरी ढाबे पर पहुँचा। ढाबे के सामने वाले पेड़ के नीचे वाली जगह ले ली गयी थी।

'यार, तुम मुझे क्यों ले आये कबाब में हड्डी बनाने?'

'अरे मुकुन्द, आज पहला दिन है। थोड़ा अजीब लग रहा है। तुम रहोगे तो हिम्मत रहेगी। कभी किसी लड़की के साथ ढाबे पर बैठा नहीं यार।'

'ऐसी क्या बात है। पर, चलो ठीक है। एक-दो दिन में तुम ख़ुद ही नहीं चाहोगे कि कोई तुम्हारे साथ आये।'

'क्यों? तुम भी तो वासवी के दोस्त हो।'

'इससे मुझे इनकार नहीं। पर मेरी उपस्थिति में बातचीत वैसी नहीं हो पायेगी जैसी तुम करना चाहोगे।'

'अच्छा अच्छा, ऐसी कोई टॉप सीक्रेट बात नहीं करनी है मुझे।' तब तक वासवी, एलीना के साथ सामने से आती नज़र आयी।

'हलो', 'हलो', वासवी और एलीना ने एक साथ कहा था।

'हलो, हलो। आओ बैठो।', नील और मुकुन्द दोनों उठ गये थे।

'अरे बैठो ना, हम खड़े ही ठीक हैं।', एलीना ने कहा।

'चलो उधर पीछे चलते हैं, सब लोग बैठ सकेंगे।', नील ने कहा।

पेरियार वॉर्डन के घर की तरफ़ जाते रास्ते से सटी जगह पर चारों बैठ गये। लेकिन थोड़ी ही देर में समझ में आ गया कि इससे एक-दूसरे को देखने में दिक़्क़त हो रही है। नील और मुकुन्द खड़े हो गये थे। लड़कियाँ बैठी रहीं।

'सुना तुम अगले साल सिविल्स दे रहे हो?', एलीना ने पूछा।

'हाँ, तैयारी तो उसी इरादे से कर रहा हूँ।'

'हाँ, वासवी बता रही थी। कैसी चल रही है तैयारी?'

'अच्छी चल रही है। अभी तो मेन्स के नोट्स बना रहा हूँ।'

'हाँ ये स्ट्रैटेजी अच्छी है। अधिकतर लोग पहले पीटी निकालने में लगे रहते हैं। और जब पीटी हो जाता है तो समझ में नहीं आता कि क्या करें। तीन महीने में मेन्स की तैयारी हो नहीं पाती और अटेम्प्ट बर्बाद हो जाता है।', एलीना ने कहा।

'तुम भी दे रही हो क्या?', नील ने पूछा।

'हाँ, पर मैं 2001 में दूँगी। ये सेमेस्टर सीरियसली जेएनयू को देने का सोचा है। नेक्स्ट सेमेस्टर से ऑपरेशन यूपीएससी शुरू कर दूँगी। वैसे जीएस वग़ैरह पढ़ती रहती हूँ...और हिस्ट्री तो एक ऑप्शनल है ही।'

'एलीना बहुत इंटेलीजेंट है और बहुत प्लैनिंग से काम करती है।', वासवी ने बताया।

'अच्छा, ये सब रहने दो। हम चाय पीने आये हैं। उसी पर फ़ोकस करते हैं।', एलीना ने हँसते हुए कहा।

'हाँ, हम चाय लेकर आते हैं। साथ में तुम लोग क्या लोगी। समोसे, पकौड़े, क्या?', मुकुन्द ने पूछा।

'चाय के साथ एक-एक समोसा चल सकता है।', वासवी बोली। थोड़ी देर में दोनों एक प्लेट में चार चाय और ठोंगे में समोसे लेकर लौटे।

'समोसे अच्छा बनाते हैं ये लोग।', वासवी ने एक बाइट लेते हुए कहा।

'लेकिन साबरमती के समोसों का जवाब नहीं...और वहाँ के आलू बौण्डे तो ग़ज़ब के टेस्टी होते हैं। चलेंगे किसी दिन।', मुकुन्द ने कहा।

‘ऐसा क्या! मैंने अभी तक नहीं खाये वहाँ के समोसे।’, वासवी बोली।

‘तुम हॉस्टल में थी ही कब कि समोसे खा लेती। अब आ गयी हो तो धीरे-धीरे कैंपस में कहाँ क्या अच्छा मिलता है, उसका पता भी तुम्हें चल ही जायेगा।’, एलीना ने कहा।

‘कल वोट किसे कर रहो हो नील?’, एलीना ने पूछा। वासवी ग़ौर से उसे देख रही थी।

‘मुझे तो कुछ समझ में नहीं आ रहा। सब अच्छी बातें करते हैं। प्रेसिडेंट के लिए मुझे एनएसयूआई वाला अतुल ठीक लगता है। बाक़ी आज रात में सबका मेनीफ़ेस्टो पढ़ने के बाद तय करूँगा।’

‘तुम पहले लड़के हो जो एनएसयूआई की बात कर रहे हो।’, एलीना बोली।

‘मुझे कैंपस की राजनीति और छात्र नेताओं के बारे में अभी ज़्यादा पता नहीं तो कन्फ़र्म होकर नहीं कह सकता कि इस व्यक्ति को ही वोट देना चाहिए। एनएसयूआई वाले ने ऐडमिशन में मेरी मदद की थी, इसलिए मुझे लगता है कि एक वोट तो उसे ज़रूर दूँगा। बाक़ी रात में तय करूँगा और सेंटर में काउंसिलर वाले वोट तो जो अच्छा लगेगा उसे दे दूँगा।’

‘सेम हियर नील। मेरी भी राय ऐसी ही है। ऐक्चुअली हमें अभी पता ही नहीं कि कौन कैसा काम करता है। वैसे एसएफ़आई और आइसा वाले ज़्यादा चर्चा में हैं।’, वासवी ने कहा।

‘तुम्हारा क्या है मुकुन्द?’, एलीना ने पूछा।

‘भई मैं तो ख़ानदानी संघी हूँ। एबीवीपी को ही सारे वोट दूँगा। आगे जब कैंपस की राजनीति और समझ में आयेगी तो देखी जायेगी।’

‘ये भी ठीक है। कोई कन्फ़्यूज़न ही नहीं। वेरी गुड मुकुन्द।’, वासवी ने कहा।

चाय ख़त्म हो गयी थी। चारों ने एक-दूसरे को देखा।

‘अब चलें? डिनर का भी टाइम होने वाला है।’, एलीना ने कहा।

‘हाँ चला ही जाये।’, मुकुन्द बोला। नील और वासवी चुप थे। उनका अभी जाने का क़तई मन नहीं था।

'हाँ चला ही जाये।', वासवी ने बिल्कुल बेमन से कहा। फिर नील की ओर देखा।

'कल शाम को मिलते हैं चाय पर यहीं। फिर डिनर के बाद काउंटिंग देखने चला जायेगा।', नील ने कहा।

'हाँ, ये ठीक रहेगा।', वासवी बोली। दोनों लड़कियाँ गोदावरी की ओर बढ़ गयी थीं।

'अब तुम अकेले ही आना बेटा। मैं कबाब में हड्डी नहीं बनूँगा।', मुकुन्द ने बाइक पर बैठते हुए कहा।

'अच्छा अच्छा, ठीक है। आ भी जाओगे तो कोई दिक़्क़त नहीं है। कल की कल देखेंगे। अंकित, प्रांजल और पुष्कर मिलें तो बता देना इस चाय के बारे में, नहीं तो बुरा मान जायेंगे।'

'हाँ हाँ, बता दूँगा।' मुकुन्द को हॉस्टल छोड़कर नील ब्रह्मपुत्रा चला गया था। जैसे ही हॉस्टल में दाख़िल हुआ, देखा पन्द्रह-बीस लड़के शोर कर रहे हैं और ज़ोर-ज़ोर से हँस रहे हैं। नील को जब एक सीनियर से पूरी बात पता चली तो वो भी हँसने लगा। फिर सोचा दोस्तों को ये प्रकरण बताया जायेगा।

अगले दिन डिपार्टमेंट में वोट डालने के लिए लाइन लगी थी। पहले नील ने दोस्तों को ढूँढ़ा। पर कोई आया नहीं था। तभी कई लोगों ने उसे घेर लिया।

'मैं दीपक, काउंसलर के लिए मुझे वोट देना प्लीज़।'

'मेरा नाम पाखी है, मैं एसएफ़आई से काउंसलर के लिए खड़ी हूँ। प्लीज़ वोट फ़ॉर मी।'

'हलो, मेरा नाम हरीश है। आइसा से काउंसलर कॉन्टेस्ट कर रहा हूँ। प्लीज़ मुझे वोट देना।'

'ओके-ओके अभी थोड़ी देर बाद वोट डालूँगा तो आप लोगों को ही दूँगा।', कहते हुए नील सेंटर से बाहर आ गया था। उसके दोस्त आते नज़र आये।

'अरे जल्दी आओ, एक मज़ेदार बात बतानी है।'

'क्या हुआ। वासवी ने अभी बुला लिया है क्या?', अंकित ने पूछा।

'अरे नहीं यार। कछुआ सर के बारे में कुछ बताना है।'

'वही मार्क शीट वाले?', मुकुन्द ने कहा।

'हाँ हाँ, वही। चलो, पहले नीचे चलकर चाय पीते हैं। वहीं कछुआ सर की स्टोरी सुनाऊँगा। फिर वोट डाला जायेगा।' चाय लेकर सब कैन्टीन से बाहर उसी ऊँची टेबल के चारों ओर खड़े हो गये थे।

'अब बताओ जल्दी।', अंकित ने कहा।

'कल शाम को जब मैं हॉस्टल पहुँचा।'

'मतलब वासवी से मिलने के बाद?', अंकित ने मुस्कुराते हुए पूछा।

'हाँ हाँ, उसी के बाद। साले, तुम लोग भी खींचने का मौक़ा चूकते नहीं हो।'

'अच्छा अच्छा, बताओ।', मुकुन्द ने कहा।

'जब मैं पहुँचा तो ब्रह्मपुत्रा हॉस्टल के कॉरीडोर में भीड़ जमा थी और सब लोग हँस रहे थे। मैंने एक सीनियर से पूछा कि क्या हुआ है? तो उन्होंने बताया कि कल यूपीएससी मेन्स में ज्योग्राफ़ी का पेपर था। कछुआ सर का सेंटर पंजाबी बाग़ के एक स्कूल में पड़ा था। उनकी सीट मिडिल रो में पहली बेंच पर थी और उनके पीछे ब्रह्मपुत्रा हॉस्टल के सबसे ख़ुराफ़ाती और इंटेलीजेंट पद्माकर सर की सीट थी। इन्विजिलेटर आ चुके थे। कॉपी बँट गयी थी और सब बस क्वेश्चन पेपर मिलने का इन्तज़ार कर रहे थे। कछुआ सर एकदम सीरियस बैठे थे। सिर झुकाये...ध्यानस्थ। मुझसे उन्होंने कह ही रखा था कि इस बार फोड़ देना है।'

'कछुआ सर ने फिर कोई काण्ड कर दिया क्या?', मुकुन्द ने हँसते हुए पूछा।

हा हा, कछुआ सर न इधर देख रहे थे, न उधर। सम्भवत: ज्योग्राफ़ी फ़र्स्ट पेपर के अपने पूरे ज्ञान को एकाग्रचित होकर मस्तिष्क में व्यवस्थित कर रहे थे कि तभी उनके ठीक पीछे बैठे पद्माकर सर ने पुकारा, संजीव!'

'क्या है पद्माकर? इस समय डिस्टर्ब मत करो। कॉन्सेंट्रेट कर रहे हैं यार।'

'अरे संजीव, एक बार पीछे मुड़कर तो देखो?'

'जैसे ही कछुआ सर पीछे मुड़े, पद्माकर सर ने अपना इंस्ट्रूमेंट बॉक्स खोला और उन्हें दिखाकर कहा, 'ऑल द बेस्ट संजीव।'

'कछुआ सर ग़ुस्से से आगबबूला हो गये। पद्माकर सर को माँ-बहन की गाली देने लगे। इन्विजिलेटर एक सरदार जी थे, चिल्लाये, 'व्हॉट आर यू डूइंग मैन? व्हाई आर यू यूज़िंग अब्यूजेज़?' कछुआ सर ने 'सॉरी' कहा और पीछे मुड़कर देखा। 'साले! तुमको छोड़ेंगे नहीं। बाहर निकलो तो बताते हैं।' '

'हुआ क्या था? क्या था इंस्ट्रूमेंट बॉक्स में?', पुष्कर ने पूछा।

'अरे यार, पद्माकर सर ने कछुआ सर की ध्यानस्थ मुद्रा भंगकर उन्हें इंस्ट्रूमेंट बॉक्स में रखी कछुए की मुस्कुराती हुई फ़ोटो दिखाई थी और ऑल द बेस्ट कहा था। ऐसे मौक़े पर वो तस्वीर देखकर कछुआ सर आपा खो बैठे।', नील हँस रहा था।

'तो क्या उनको पता था कि लड़के उन्हें कछुआ बुलाते हैं।', प्रांजल ने पूछा।

'हाँ, पता था तभी तो ऐसा रिऐक्शन आया। पर उनके मुँह पर बोलने की हिम्मत किसी में नहीं थी।'

'फिर क्या हुआ?'

'कछुआ सर का पेपर अच्छा हुआ था, लेकिन जैसे ही पेपर ख़त्म हुआ, उन्होंने पीछे मुड़कर पद्माकर सर के सिर पर अपना राइटिंग बोर्ड पटक दिया और कहा, 'साले, एग्ज़ाम में मज़ाक़ करते हो।' पर पद्माकर सर ने बिल्कुल बुरा ना मानते हुए उन्हें सॉरी कहा और बोले, 'यार, थोड़ा-बहुत मज़ाक़ तो चलता है ना। तुम इतने सीरियस थे कि मुझे लगा कहीं पेपर ख़राब न कर दो।' तब कछुआ सर ने कहा, 'और तुम मेरा पेपर ठीक करने वाला काम किये थे साले?'

'काफ़ी मज़ेदार हैं कछुआ सर तो।', मुकुन्द ने कहा।

'अरे, बात अभी ख़त्म नहीं हुई है। कछुआ सर आन्सर शीट देकर ग़ुस्से में निकल गये थे। पद्माकर सर पीछे-पीछे चल रहे थे। बाहर ब्रह्मपुत्रा के कुछ और लड़के मिल गये...तभी कछुआ सर रोते हुए उनके पास आये। सबने पूछा, 'क्या हुआ संजीव?' 'अरे यार, पेपर तो अच्छा हुआ है, लेकिन लगता है आन्सर शीट पर रोल नम्बर लिखना भूल गये हैं।' सब सुनकर हैरान थे। तब पद्माकर सर ने कहा कि चल कर जल्दी से इन्विजिलेटर से रिक्वेस्ट करते हैं। सब भागकर गये तो इन्विजिलेटर पेपर बाँध रहे थे। पर वो शीट खोलकर

दिखाने को तैयार नहीं थे। पद्माकर सर ने बहुत मिन्नतें कीं उनकी। कछुआ सर तो बग़ल में खड़े होकर रो रहे थे। तब जाकर सरदार जी ने कछुआ सर की शीट दिखायी। सच में रोल नम्बर नहीं लिखा था। काण्ड हो जाता। पर समय पर कछुआ सर को याद आ गया और पद्माकर सर की वजह से वो रोल नम्बर लिख पाये। बाहर निकलकर उन्होंने पद्माकर सर को कई बार शुक्रिया कहा।'

पद्माकर सर ने यही कहा, 'साले संजीव। मज़ा-मस्ती, छेड़छाड़ अपनी जगह है, लेकिन हॉस्टल के लड़के को कोई दिक़्क़त हो जायेगी तो जान लगा देंगे हम लोग यार।'

'इसी बात पर ब्रह्मपुत्रा में कल पूरी मस्ती का माहौल था। लोग बहुत मज़े ले-लेकर ये क़िस्सा सुना रहे थे। कछुआ सर तो वहाँ नहीं थे। लेकिन पद्माकर सर की डेयरिंग पर सब ख़ूब हँस रहे थे।'

'बात तो है ही डेयरिंग वाली। पद्माकर सर से मिलने का मन कर रहा है।', मुकुन्द ने कहा।

'वो कुछ-कुछ ख़ुराफ़ात करते ही रहते हैं। वो जो सिर में फ़ेविकोल वाली घटना बतायी थी ना, लोग कहते हैं कि वो कारनामा भी पद्माकर सर का ही था। पर कोई सबूत नहीं मिला तो लोग कॉन्फ़िडेंटली कह नहीं पाते।'

'चलो-चलो अब वोट डालकर आया जाये।', पुष्कर ने कहा।

सब कैन्टीन से निकलकर वोटिंग वाली जगह पर पहुँचे और लाइन में लगकर अपनी बारी का इन्तज़ार करने लगे। काफ़ी भीड़ थी, पर क्यू तेज़ी से आगे बढ़ रही थी।

'याद है ना मेरा नाम...हरीश?', वही लड़का अपना पर्चा लेकर सामने खड़ा था जो मुकुन्द को थोड़ी देर पहले मिला था। कई अन्य उम्मीदवार भी लाइन में खड़े लड़के-लड़कियों को अपना नाम रिमाइंड करा रहे थे। कुछ ज़्यादा ही मुस्कुराते हुए। आधे घण्टे में सबने वोट डाल दिया था। किसी का कोई पसन्दीदा उम्मीदवार नहीं था। काउंसलर्स में तो उम्मीदवारों के नाम तक याद नहीं थे। जो भी नाम याद आया या पार्टी पसन्द आयी, उसके नाम के आगे मुहर लगा दी गयी। जब वोट डालकर सब बाहर निकले तो नील ने कहा, 'अब एक बार ट्रिपल एस जाकर देखें कि वहाँ वोटिंग कैसी चल रही है?'

'बड़े उतावले हो रहो हो मजनूं मियाँ। थोड़ा सब्र करो। ऐसा मैसेज ना जाये कि हमारा दूल्हा एकदम बेक़रार है दुल्हन से मिलने के लिए। थोड़ा भाव भी खाना चाहिए।', अंकित ने छेड़ा था।

'इसमें बेक़रारी की क्या बात है। वोटिंग देखने तो हम जा ही सकते हैं।'

'क्यों ऑब्ज़र्वर हो, जो वोटिंग देखने जाओगे। वोट डाल दिये, अब जाओ अपना काम करो, पढ़ो-लिखो। वैसे भी रात में काउंटिंग देखने जाओगे तो बहुत टाइम ख़राब होगा। छह महीने बाद प्रिलिम्स है ना जी?', अंकित ने एकदम गार्जियन टाइप बोला था। सब हँस पड़े थे।

'वैसे बात अंकित ने ठीक ही कही है। चलो हॉस्टल चलते हैं। शाम को गोदावरी ढाबे पर मिलते हैं। अंकित, प्रांजल और पुष्कर वासवी से नहीं मिले हैं, मिल लेंगे और चाय भी पी ली जायेगी।', नील ने कहा।

'अरे कहाँ, हमें बीच में घुसा रहे हो। आते-जाते 'हाय-हलो' कर लेंगे कभी। ताज़ा-ताज़ा दोस्ती शुरू हुई है, जाओ वासवी से बात करो। मिल लेंगे हम बाद में। सम्भव हुआ तो रात में काउंटिंग के दौरान मिलवा देना।', अंकित ने कहा।

'बड़े समझदार जेठ टाइप बात कर रहे हो बेटा अंकित।', मुकुन्द ने कहा।

'समझदार क्या, भाई ने तो गर्लफ्रेंड खोज ली। अब हम भी तो कुछ देखें। नहीं तो ईर्ष्या में जलते फिरेंगे।', अंकित बोला।

'अच्छा! लड़की के आते ही जलन की बात भी होने लगी।', पुष्कर ने कहा।

'यार, दोस्तों के बीच जब लड़की आ जाती है ना, तो फिर पहले वाली बात नहीं रह जाती। एक पर्दा आ ही जाता है। नील भले ही ना बदले, हम ही बदल जायेंगे। ऐसा मुझे लगता है।', प्रांजल ने जोड़ा।

'अच्छा, नील की नयी-नयी दोस्ती है, ज़्यादा आदर्शवादी प्रवचन की ज़रूरत नहीं है। अभी एक दिन हुआ नहीं कि हम आलोचनात्मक व्याख्या करने लगे। चलो जिसको आना होगा वासवी से मिलने वो शाम को साढ़े छह बजे गोदावरी ढाबा आ जाये। नहीं तो रात में तो मिलना ही है।' मुकुन्द ने फ़ैसला सुनाया था। सबने हॉस्टल की राह पकड़ी थी।

29

नील से शाम का इन्तज़ार नहीं हो पा रहा था। लंच के बाद उसने थोड़ी देर पढ़ने की कोशिश की, पर उसका मन बिल्कुल भी नहीं लग रहा था। वो बिस्तर पर लेटकर सोने की कोशिश करने लगा। शाम का ख़याल बार-बार उसके ज़ेहन में आ रहा था। फिर उसे नींद आ गयी थी। सोकर उठा तो पाँच बज रहे थे। ऐसा लग रहा था जैसे काफ़ी नींद थी आँखों में जो पूरी हुई थी। एक ग्लानि भी थी कि देर तक सोता रहा। थोड़ा पढ़ सकता था। फिर सोचा कि रात में हो सकता है कि काउंटिंग देखते-देखते देर हो जाये तो अच्छा ही किया जो थोड़ा सो लिया। फ्रेश होने के बाद वो कोचिंग के नोट्स पलटने लगा। बीच-बीच में उसका ध्यान भटक रहा था। नोट्स सामने रखा था और वो सोचने लगा कि छह महीने बाद वाक़ई उसे प्रिलिम्स देना है और देना ही नहीं बल्कि निकालना भी है ताकि मेन्स लिख सके। सोचकर तो यही आया है कि पहले ही प्रयास में एग्ज़ाम क्वालीफ़ाई करना है। लेकिन जो कुछ कर रहा है उसे देखकर तो नहीं लगता कि वो सही दिशा में है। वासवी ने उसके मस्तिष्क में एक बड़ी-सी जगह ले ली थी और जब उसका ख़याल आता तो वो पढ़ाई भूल ही जाता था। फिर उसने सोचा कि अगर एक अच्छी लड़की से दोस्ती हो जाती है तो उससे पढ़ाई क्यों प्रभावित होनी चाहिए। वो तो प्रेरक भी बन सकती है...और वासवी तो हिस्ट्री की स्टूडेंट है, दो-चार दिन के बाद जब उनका रिलेशन स्टेबल हो जायेगा तो वो जमकर पढ़ाई कर लेगा। ये विचार आते ही उसे अच्छा लगने लगा था और उसका अपराध बोध थोड़ा कम हो गया था। फिर उसे घर की याद आयी। पिता की बातें याद आयीं। वो उठा और टेलीफ़ोन बूथ की ओर चल पड़ा। उसने घर फ़ोन लगा दिया था। फ़ोन माँ ने उठाया था।

'हम सोच ही रहे थे बेटा कि तुमसे बात किये हुए बहुत दिन हो गया है। कैसे हो तुम, सब ठीक है ना?'

'प्रणाम माँ, हाँ सब ठीक है। डिपार्टमेंट, कोचिंग और पढ़ाई में थोड़ा व्यस्त हो गये हैं, इसलिए देर हो गई। अब याद से हफ़्ते में एक बार फ़ोन ज़रूर कर लेंगे। वहाँ पापा, भैया-भाभी सब ठीक हैं ना?'

'हाँ, बेटा। सब ठीक है। पापा की ही तबीयत थोड़ी ठीक नहीं रहती। वही कभी-कभी पेट गड़बड़ हो जाता है और कभी बुखार हो जाता है। वैसे चिन्ता की बात नहीं है। अभी बिल्कुल ठीक हैं। डॉक्टर भी बोले हैं कि अब इतना काम करने की ज़रूरत नहीं है। थोड़ा आराम कीजिये। अपना ख़याल रखिये। लेकिन पापा को तो तुम जानते ही हो। भैया लोग चाहे जितना भी अच्छे से दुकान चला ले, इनको लगता है कि इनके गये बिना काम ही नहीं होगा। पर तुम चिन्ता मत करो। सब ठीक है। तुम्हारी याद आती रहती है।', माँ रो पड़ी थीं।

'दुर्गा पूजा में तो आये ही थे माँ। तुम ऐसे करोगी तो हम कैसे रह पायेंगे।'

'अच्छा अच्छा, कुछ नहीं कर रहे। सब ठीक है। तुम्हारी आवाज़ सुन लिए, मन ख़ुश हो गया। बेटा-बेटी से माँ-बाप का कभी मन भरता है? जब तुम बाप बनोगे तब समझोगे। बच्चा लोग को लगता है कि माँ क्यों हमेशा सोचती रहती है, लेकिन माँ का दिल ही जानता है कि बच्चा जब दूर चला जाता है तो कलेजे पर क्या बीतती है। पर तुम एक बड़े काम के लिए गये हो। अपना ख़याल रखना और कुछ दिक़्क़त हो तो तुरन्त बताना।'

'हाँ माँ, तुम लोग बिल्कुल चिन्ता मत करो। हम यहाँ एकदम ठीक हैं। पढ़ाई भी अच्छी चल रही है। अब रखते हैं माँ।'

'हाँ, रखो। तुमसे बात करके अब अच्छा लग रहा है।'

'प्रणाम माँ।'

'ख़ूब ख़ुश रहो।'

टेलीफ़ोन बूथ से बाहर निकला तो ऐसा लग रहा था जैसे ब्रह्मपुत्रा में कोई उत्सव हो रहा हो। प्रमोद के ढाबे से लेकर, सामने की बाइक पार्किंग लॉट, मुखिया स्नैक्स कॉर्नर, सरदार जी के जनरल स्टोर, साधु टी स्टॉल-सब जगह लड़के बातें करते नज़र आ रहे थे। टॉपिक कॉमन था कि इस बार प्रेसिडेंट कौन बनेगा। सब काउंटिंग की बातें करते सुनाई पड़ रहे थे।

नील कमरे में पहुँचा। घड़ी देखी तो अभी पौने छह बज रहे थे। सोचा अभी समय है। न्यूज़पेपर पलटने लगा। फिर उठा और कपड़े निकालकर देखने लगा। सीपी से उसने दो दिन पहले ही मॉन्टी कार्लो की एक नयी लाल

रंग की टीशर्ट ख़रीदी थी। सोचा वही टीशर्ट और जीन्स पहन लेगा। रात में कुर्ता और जीन्स पहनने की योजना थी। थोड़ी देर पेपर का एडिटोरियल पेज पढ़ने के बाद वो 'टाइम्स ऑफ़ इंडिया' का दिल्ली वाला सप्लीमेंट देखने लगा। ऐसा लग रहा था जैसे समय काटे नहीं कट रहा हो। फ़िल्म 'हम साथ साथ हैं' हफ़्ता भर पहले ही रिलीज़ हुई थी। सप्लीमेंट में उससे जुड़ी कई ख़बरें थीं। उन्हीं को पढ़ते हुए नील ने किसी तरह सवा छह बजाया...और फिर तैयार होकर बाइक लहराता हुआ समय पर गोदावरी पहुँच गया। वासवी पहले से ही एलीना और नन्दिता के साथ उसी पेड़ के नीचे इन्तज़ार कर रही थी। बाइक खड़ीकर वो धीमे क़दमों से उनकी तरफ़ बढ़ने लगा। उसे थोड़ा ऑकवर्ड लग रहा था। जीवन में पहली बार ऐसा कुछ उसके साथ हो रहा था जब वो किसी लड़की से मिलने अकेले पहुँचा था।

लड़कियाँ उसे देखकर मुस्कुरायीं। 'हलो नील।', एलीना और नन्दिता ने लगभग एक साथ कहा था। वासवी चुप रही।

'तुमने क्या जादू कर दिया है भई हमारी दोस्त पर। तुम्हारी ही बातें करती रहती है।', नन्दिता ने कहा।

'मैंने क्या किया?'

'अच्छा! तुमने कुछ नहीं किया, ऐसे ही वो तुम्हारी तारीफ़ करती फिर रही है।'

'वासवी है ही इतनी अच्छी कि उसे लोगों में सिर्फ़ अच्छाई ही नज़र आती है।'

'लुक-लुक, क्या इंप्रेस करनेवाला लाइन बोला है नील ने।', एलीना ने हँसते हुए कहा।

'इसमें इंप्रेस करने की तो कोई बात नहीं। मुझे जो फ़ील होता है वही कहा।'

'अच्छा अच्छा, अब मेरी तारीफ़ बन्द करो तुम लोग...और काम की बात करो।', वासवी ने कहा।

'हाँ, काम की बात...मैडम, अभी क्या काम की बात है यहाँ, ज़रा सुनूँ।', नन्दिता ने कहा।

'काम की बात मतलब, चाय-शाय पी जाये...और क्या। नील, मुकुन्द बता रहा था ना कि साबरमती के समोसे अच्छे होते हैं। वहीं चलें?'

'हाँ, चल सकते हैं।' तब तक मुकुन्द भी पहुँच गया।

'हलो मुकुन्द।' 'हाय मुकुन्द।', लड़कियों ने उसका स्वागत किया।

'हलो, हलो।'

'बाक़ी लोग नहीं आये।', नील ने पूछा।

'मैं गया था उनके पास। उन्होंने कहा कि काउंटिंग के समय आयेंगे। पढ़ रहे थे सब। मुझे हैरानी भी हुई।'

'ऐसा क्या सीरियस हो गये सब पढ़ाई के लिए?', नील ने पूछा।

'सब सेंटर के एग्ज़ाम के लिए पढ़ रहे थे। लेकिन डिनर के बाद एसआईएस लॉन में पहुँचेंगे ये ज़रूर कहा है।'

'अच्छा ठीक है। वासवी का प्रपोज़ल है कि साबरमती चलकर समोसा खाया जाये।'

'हाँ, अच्छा प्रस्ताव है। चलो चला जाये।' पाँचों टहलते हुए साबरमती की तरफ़ चल पड़े थे।

लड़कियाँ आगे चल रही थीं। नील और मुकुन्द उनके ठीक पीछे-पीछे चल रहे थे। वासवी ने बहुरंगी टॉप और डेनिम स्कर्ट पहनी थी। बहुत प्यारी लग रही थी। नील की नज़रें लगातार उस पर बनी हुई थीं।

'तुम लोग भी काउंटिंग में आ रही हो ना?', नील ने बात करने के लिए एलीना और नन्दिता से पूछा।

'हाँ हाँ, हमारा पहला जेएनयू इलेक्शन है। बहुत सुन रखा है काउंटिंग वाली मस्ती के बारे में। ज़रूर आयेंगे।', एलीना बोली।

'वैसे नील और वासवी को अकेले में बात करनी हो तो हम सैक्रिफ़ाइस कर सकते हैं।', नन्दिता ने कहा। वासवी ने उसे आँखें बड़ी कर घूरा था।

'नहीं-नहीं सब मिलते हैं रात में। देखेंगे क्या होता है। मज़ा आयेगा।', नील ने कहा।

'मतलब तुम वासवी से अकेले में बात नहीं करना चाहते? ये कहना चाह रहे हो?', एलीना ने छेड़ा। नील ऐसे सवाल के लिए बिल्कुल तैयार नहीं था... हड़बड़ा गया।

‘अब दोस्ती हो गयी है तो बात तो होती रहेगी।’, नील ने संकोच करते हुए कहा।

‘देख ले वासु, नील की तुमसे अकेले बात करने में कोई दिलचस्पी नहीं।’, एलीना बोली।

‘क्यों छेड़ रही है बेचारे को। चलो चुपचाप।’ वे लोग साबरमती पहुँच गये थे।

पता नहीं क्या इत्तेफ़ाक़ था कि जैसे ही वो ढाबे के सामने पहुँचे, चोट सिंह आता नज़र आया। उसने रुककर पहले उनकी अच्छी तरह स्क्रीनिंग की। तीन सुन्दर लड़कियों के साथ अपने जूनियरों को देख चोट सिंह व्याकुल हो गया था। वो भी हिन्दी सेंटर के बाहर की लड़कियाँ। बर्दाश्त नहीं हुआ था उसे।

‘और भई नील, मुकुन्द कैसे हो?’

‘अच्छे हैं सर। आप सुनाइये।’, मुकुन्द ने कहा।

‘चाय पीने आये हो, हैं!’

‘जी सर, आपके ढाबे की चाय और समोसे की तो बात ही कुछ और है। सब खिंचे चले आते हैं।’, मुकुन्द ने कहा। चोट सिंह लगातार लड़कियों को देखते हुए बातें कर रहा था। उसकी जिज्ञासा शान्त ही नहीं हो पा रही थी।

‘अरे ज़रा सुनो।’, उसने मुकुन्द को पास बुलाया और धीरे से पूछा, ‘ये अपने सेंटर की लड़कियाँ तो नहीं हैं?’

‘नहीं सर।’

‘क्या बाहर की हैं? तुम लोगों की रिश्तेदार?’

‘नहीं सर। जेएनयू की ही हैं।’

‘जेएनयू की! देखा नहीं कभी। कौन सेंटर बे?’

‘सर, ट्रिपल एस।’

‘ओह, इसीलिए नहीं देखा। उधर कम जाना होता है हमारा।’

‘लम्बा हाथ मारे हो तुम लोग। कैसे मिली?’

‘अरे सर, बस ऐसे ही।’, चोट सिंह बातें करते हुए लगातार लड़कियों की तरफ़ ही नज़रें गड़ाये था।

‘अच्छा सर। आज काउंटिंग में जायेंगे ना?’

'हाँ हाँ, वहाँ तो जाना ही है। ऐसी जगहों पर ही तो चोट देने का इन्तज़ाम होता है।', वो हँस रहा था।

'हाँ वो तो है। अच्छा सर। मिलते हैं।'

'हाँ, चलो। ऐश करो तुम लोग।', चोट सिंह बेमन से हॉस्टल के अन्दर जाने लगा था।

'क्या पूछ रहा था चोट सिंह? मतलब रौनक सर क्या पूछ रहे थे।', नील ने पूछा।

'चोट सिंह। इनका नाम चोट सिंह है?', एलीना ने हैरानी से पूछा।

'अरे नहीं नहीं। ये रौनक सर हैं। थोड़े कार्टून टाइप हैं। इसलिए कुछ लोग इन्हें कई नामों से बुलाते हैं। छोड़ो ना, चलो चाय के लिए बोलते हैं।', मुकुन्द ने विषयान्तर करने की कोशिश की।

नील और मुकुन्द ने पाँच-पाँच समोसे और आलू बौण्डे ले लिए थे और चाय पहुँचाने को बोलकर आ गये थे।

'लो खाओ। चाय आ रही है।', मुकुन्द ने सबके सामने पेपर का ठोंगा बढ़ाते हुए कहा।

'वाउ, इट्स वेरी डेलिशस।', नन्दिता ने समोसा मुँह में डालते ही कहा।

'या इट्स वेरी यमी...वर्थ कमिंग।', एलीना ने कहा।

'हाँ, ये ढाबे वाले बिहार से हैं। वहाँ समोसा अलग तरीक़े से बनाते हैं। टेस्ट बिल्कुल अलग होता है।', मुकुन्द ने बताया।

'और ये आलू बौण्डा तो मुँह में डालते ही घुल जा रहा है। ये भी क्या बिहार की स्पेशियालिटी है?', नन्दिता ने पूछा।

'कह सकती हो।', मुकुन्द ने कहा।

'और मज़ेदार बात ये है कि ये लोग चार बजे से सात बजे तक ही बनाते हैं। ऐसा नहीं कि लोगों को बहुत पसन्द आ रहा है तो दिनभर बनाते रहें। एक तरह से संतुष्ट हैं ये लोग।', नील ने कहा।

'हाँ, स्ट्रेंज ना?', एलीना ने कहा। तब तक चाय आ गयी थी। चाय पीकर भी लड़कियाँ बहुत ख़ुश हुई थीं। लौटते हुए वो गोदावरी वाले मोड़ पर रुके।

साढ़े सात बजने वाले थे। तय हुआ कि सब डिनर के बाद एसआईएस लॉन में मिलेंगे।

नील ने वासवी को अलग बुलाया था। 'कितने बजे तक पहुँचोगी?'

'साढ़े दस-ग्यारह पर मिलते हैं।'

'ठीक है। मैं भी साढ़े दस बजे ही आऊँगा।'

'चलो मिलते हैं। बाय।' लड़कियाँ गोदावरी चली गयी थीं। नील और मुकुन्द पेरियार के गेट पर खड़ी बाइक की ओर बढ़ गये थे।

'अच्छी लड़कियाँ हैं यार।', मुकुन्द ने कहा।

'हाँ, और वासवी कैसी लगी?'

'बहुत प्यारी है हमारी भौजाई। ज़बर्दस्त जोड़ी है तुम दोनों की। जल्दी से आईएएस बन जाओ फिर बजाई जायेगी शहनाई।' नील मुस्कुराया था।

'साला चोट सिंह बेचैन हो गया था।', बोलते हुए मुकुन्द ज़ोर से हँसा।

'हाँ, क्या पूछ रहा था तुमसे अलग बुलाकर?'

'क्या नहीं पूछ रहा था साला फ्रस्टू।', मुकुन्द ने नील को पूरी बात बतायी थी।

'ऐसे लोग भी ज़रूरी हैं कैंपस में यार...नहीं तो मज़ा ही नहीं आयेगा।', नील ने मुकुन्द को सतलज छोड़ा और केसी से नोटबुक और पेन लेता हुआ ब्रह्मपुत्रा लौट गया।

30

'भैया, काउंटिंग में चलेंगे ना?', नील ने मेस से निकलते हुए राजीव से पूछा।

'अरे, हम लोग बहुत काउंटिंग देख चुके हैं। तुम लोग का टाइम है अब। जायेंगे, लेकिन थोड़ी देर से जायेंगे। तब तक ट्रेंड थोड़ा पता भी चलने लगेगा। बारह...साढ़े बारह तक जायेंगे।'

'तुरन्त कहीं जाना तो नहीं है नील?'

'नहीं भैया, साढ़े दस तक जायेंगे। दोस्त लोग भी उसी समय आयेगा।'

'तो चलो, आईआईएमसी तक वॉक कर आते हैं। पेट थोड़ा भारी लग रहा है।'

'चलिए चलिए।'

राजीव भैया और नील ब्रह्मपुत्रा से निकलकर आईआईएमसी की तरफ़ बढ़ गये थे।

‘चंडीगढ़ कैसा रहा भैया?’

‘अरे सोशियोलॉजी का फ़ील्ड वर्क जानते ही हो। बहुत लोगों से मिलना होता है। इंटरव्यू करना पड़ता है। पीएचडी की थीसिस में बहुत झमेला है। पर अब डेटा कलेक्शन लगभग पूरा ही हो गया है। एक-दो बार और जाना पड़ेगा।’

‘तुम्हारा कोचिंग और डिपार्टमेंट कैसा चल रहा है?’

‘बढ़िया चल रहा है भैया। अभी तो मेन्स के नोट्स पर फ़ोकस है। सोच रहे हैं कि पीटी से पहले हिस्ट्री मेन्स का नोट्स तैयार हो जायेगा तो आगे आसानी रहेगी।’

‘एकदम ठीक सोच रहे हो। कोचिंग का तो यही ना फ़ायदा है। तीन-चार महीने में नोट्स तैयार करवा देता है सब।’

‘हाँ भैया। फ़रवरी से पीटी की पढ़ाई शुरू करेंगे और पीटी के बाद हिन्दी लिटरेचर पर सारा फ़ोकस रहेगा। वैसे हम लोगों के एमए और यूपीएससी के सिलेबस में बहुत कुछ कॉमन है। एक तरह से हिन्दी की तैयारी क्लास के साथ-साथ हो ही रही है।’

‘हाँ, एमए का सब्जेक्ट अगर ऑप्शनल हो तो एक सब्जेक्ट तैयार हो ही जाता है, बस अप्रोच एमए वाला ना रखकर यूपीएससी वाला रखना होता है। मतलब फ़ैक्चुअल आन्सर लिखना, ख़ूब एग्ज़ांपल देना। संजय ने तो बताया ही होगा?’

‘हाँ भैया, संजय भैया जब हिस्ट्री की किताबों की लॉन्ग लिस्ट दे रहे थे तो उन्होंने बताया था कि मेन्स के पेपर में लिखते हुए क्या अप्रोच रखना है। बोले कि एनसीआरटी का आन्सर भी लोग नहीं लिख पाते और दर्जनों किताब पढ़ने के चक्कर में पड़े रहते हैं। समझ में आ गया है कि कैसे लिखना है।’

‘बहुत अच्छा। तुम पक्का निकाल लोगे।’, दोनों आईआईएमसी से टहलकर लौटने लगे थे।

‘भैया आपने यूपीएससी क्यों नहीं दिया?’

‘दिये थे एक बार, लेकिन पता चल गया कि मेरा टेम्परामेंट कॉम्पीटिटिव एग्ज़ाम वाला है ही नहीं। फिर छोड़ दिये और सोशियोलॉजी पर फ़ोकस करने

लगे। एमए, एमफ़िल तक हम लोगों को कुछ ध्यान ही नहीं था। जेएनयू और यहाँ की रंगत में डूबे हुए थे। हाँ, क्लासवर्क हमेशा सॉलिड रहता था। जैसे तुम शुरुआत से ही सीरियस हो, वैसा हमारा रहता तो शायद निकल भी सकता था। ख़ैर छोड़ो।', दोनों ब्रह्मपुत्रा पहुँच गये थे।

'चलो हम ज़रा सीटीबीटी के कमरे से होकर आते हैं। तुम तो साढ़े दस पर निकलोगे ना? अगर मुझे देर हो जाये तो निकल जाना लैच करके।'

'सीटीबीटी मतलब कॉम्प्रेहेन्सिव टेस्ट बैन ट्रीटी?'

'अरे, सॉरी-सॉरी। वो हमारे दोस्त हैं प्रवीण और अजय दूसरे विंग में। उनको हम लोग प्यार से सीटीबीटी बुलाते हैं।'

'लेकिन क्यों भैया?'

'बोलना मत किसी से। ग्रुप में एक का नाम छोटा टकलू है और दूसरे का बड़ा टकलू। यानी सीटीबीटी।', राजीव भैया और नील दोनों हँसने लगे थे।

'क्या भैया। आप भी ना?'

'अब तुम मत बोलने लगना।'

'अरे, बिल्कुल नहीं भैया।', नील कमरे पर लौट आया था।

साढ़े नौ बज रहे थे। सोचा, घण्टा भर पढ़ाई की जा सकती है। मनोरमा ईयर बुक निकालकर पढ़ने लगा। सवा दस पर उसने योजना के अनुसार जीन्स और कुर्ता पहना और निकल पड़ा। राजीव भैया अभी तक नहीं लौटे थे।

ढम-ढम-ढम, ढाप-ढाप-ढाप और पें-पें-पें की बेतरतीब धुन दूर से ही सुनाई पड़ रही थी। नील ने बाइक एसआईएस और लैंग्वेज सेंटर के बीच पार्किंग वाली जगह में रोकी। धुन और तेज़ हो गयी थी। जैसे ही वो भीतर पहुँचा दृश्य देखकर हैरान रह गया। भाषा केन्द्र से लेकर एसआईएस, आगे के लॉन...जहाँ तक उसकी नज़र जा रही थी, काफ़ी भीड़ नज़र आ रही थी।

ढोल, नगाड़ा, ढपली और झाल की बे-ताल सी आवाज़ लगातार उसके भीतर दृश्य के रोमांच को गहरा कर रही थी। बायीं तरफ़ तरह-तरह के खाने के स्टॉल लगे थे। एसआईएस वाले बाबू ने फ़िश, चिकन फ्राई, दाल बड़े, पकौड़े, सैंडविच आदि अपने काउंटर पर सजा रखे थे। पीछे तीन चूल्हों पर अन्धाधुन्ध खाने की चीज़ें तैयार हो रही थीं।

'बाबू, फ़िश फ्राई देना', 'बाबू, दाल बड़ा देना', 'बाबू, दो प्लेट चिकन फ्राई', ऐसी आवाज़ें लगातार सुनाई पड़ रही थीं। साबरमती ढाबे वाले ने भी समोसे, पकौड़े, आलू बौण्डे और चाय का स्टॉल लगाया था। कमल कॉम्प्लेक्स वाले चौधरी ने दो चौकी बिछाकर समोसा, जलेबी और कुछ मिठाइयाँ सजा रखी थीं।

स्टॉल्स का एक अवलोकन करने के बाद नील आगे बढ़ा और एसआईएस के सामने लॉन में बने पण्डाल के पास पहुँच गया। भीतर अद्‌भुत नज़ारा था। क़रीब डेढ़-दो सौ लड़के-लड़कियाँ पण्डाल में बैठे थे। कोई गा रहा था तो कोई नारे लगा रहा था। कोई ढोल-नगाड़े पर अपना हुनर आज़मा रहा था तो कोई बेतरतीब झाल बजा रहा था। आठ-दस लोग ड्रम बजा रहे थे। पाँच-छह लड़के बाँसुरी लेकर बीच में ज़ोर-ज़ोर से फूँक रहे थे। बस बाँसुरी की आवाज़ आ रही थी, पर उसमें कोई धुन या सुर-लय नहीं थी। ढपली बजाते दर्जनों लड़के पण्डाल में चारों तरफ़ बिखरे थे। ग़ौर से देखने पर पता चला कि वहाँ सभी मुख्य पार्टियों के नेता और कार्यकर्ता अपना-अपना गुट बनाकर बैठे हैं। चारों तरफ़ पार्टियों के बैनर लहरा रहे थे। भीतर कहीं एसएफ़आई के सफ़ेद झण्डे थे तो कहीं एबीवीपी का भगवा नज़र आ रहा था। कहीं एआईएसएफ़ और आइसा के लाल झंडे दिख रहे थे तो कहीं एनएसयूआई का तिरंगे वाला आसमानी झंडा लहरा रहा था।

'जीतेगी, भाई जीतेगी–एसएफ़आई, एसएफ़आई'
'आयी आयी आयी आयी–एनएसयूआई, एनएसयूआई'
'मार्च ऑन मार्च ऑन–आइसा मार्च ऑन'
'लाल सलाम लाल सलाम–कॉमरेड यासिर को लाल सलाम'

ऐसे नारे लगातार सुनाई पड़ रहे थे। इस शोर और कोलाहल में हर कोई अपनी धुन में मस्त था। किसी को किसी की कोई फ़िक्र नहीं थी। पण्डाल के बाहर कोई सिगरेट पीता नज़र आ रहा था तो कोई कोल्ड ड्रिंक के सिप लेता। जिसे जहाँ जगह मिली थी, बैठा था। कोई सीढ़ियों पर तो कोई विभिन्न विभागों को जोड़ने वाले फ़ुटपाथ के किनारे पैर लटकाकर बैठा था। कोई खड़े-खड़े ही ये सारा नज़ारा देख रहा था। तभी अचानक घण्टी बजने लगी। सारे लोग शान्त हो गये।

'दूसरे राउंड की काउंटिंग में एसएफ़आई के यासिर 112 मतों से आगे चल रहे हैं...' जैसे ही अनाउंसमेंट ख़त्म हुई...फिर से वही शोर।

'मार्च ऑन मार्च ऑन–आइसा मार्च ऑन'

'लाल सलाम लाल सलाम–कॉमरेड यासिर को लाल सलाम'

नील ये सारा दृश्य देखकर न केवल हैरान था बल्कि उसे ये सब अविश्वसनीय भी लग रहा था। ऐसा नज़ारा उसने जीवन में कभी नहीं देखा था। तभी किसी ने पीछे से उसकी आँखें बन्द कर दीं।

'कौन है, मुकुन्द?'–कोई उत्तर नहीं आया।

'अरे बोलो तो कौन है?'

'मुकुन्द ही हो ना? या अंकित?'

'मुकुन्द के अलावा नील को कोई और दिखाई देता है?', पुष्कर ने आँखों से हाथ हटाते हुए कहा। मुकुन्द, प्रांजल, अंकित सब सामने खड़े थे।

'हाँ, ये बात तो सही है, नील को मुकुन्द के अलावा हममें से और कोई नहीं दिखाई देता।', प्रांजल बोला। मुकुन्द मुस्कुरा रहा था।

'मैंने अंकित का भी नाम लिया था।'

'वो तो कॉन्सोलेशन प्राइज़ था दोस्त। वैसे मीटर तो मुकुन्द का ही हाई है।'

'तुम लोगों को और कोई नहीं मिला यहाँ खिंचाई करने के लिए। क्या माहौल है यार। ग़ज़ब लग रहा है।'

'हाँ ग़ज़ब तो है। ऐसे ही नहीं जेएनयू की चर्चा पूरे देश में होती है।', मुकुन्द ने कहा।

'चलो एक पूरा चक्कर लगा कर आते हैं, फिर कुछ खाया जायेगा। रिज़ल्ट तो अभी आना नहीं है।', अंकित ने कहा।

'देख रहे हो। जेएनयू के पुराने-पुराने बाबा लोग भी पधारे हैं आज। एक से एक मठाधीश नज़र आ रहे हैं।', मुकुन्द ने कहा।

'कइयों की दाढ़ी और चेहरा-मोहरा देखकर तो ऐसा लग रहा है जैसे किसी पुराने मठ या गैंग के सरगना हों।', नील बोला।

'अबे गाँजे की ख़ुशबू भी आ रही है।', अंकित ने कहा।

'अच्छा गाँजे में तुम्हें ख़ुशबू मिल रही है, खींचे हो क्या गुरु?', मुकुन्द ने पूछा।

'अरे हमारे गाँव के लौंडे ख़ूब पीते हैं...इसलिए जानता हूँ। लगता है कोने-कोने में बाबा लोग सिगरेट में गाँजा भरकर खींच रहे हैं।', अंकित ने कहा।

'छोड़ो, इतनी बड़ी यूनिवर्सिटी है। तरह-तरह के लोग पढ़ते हैं यहाँ, हमारे हॉस्टल में भी तो गंजेड़ियों की एक टोली रहती ही है।', नील ने बताया।

'हाँ, ये बात भी सही है। लेकिन कुछ भी कहो। ये सब देखकर मज़ा बहुत आ रहा है।', प्रांजल बोला।

'चलो ना एक चक्कर लगाकर आते हैं।', नील ने कहा।

'अपना नील, वासवी को ढूँढ़ रहा है, समझा करो दोस्तों। चलो उधर से एक चक्कर लगा कर आते हैं, फिर कुछ खाया जायेगा।', मुकुन्द ने कहा।

पाँचों एन्वायर्नमेंटल साइंस की तरफ़ लता-गुल्मों से आच्छादित पगडंडी पर बढ़ गये थे। चलने तक की जगह नहीं थी। चारों तरफ़ लोग भरे थे। सामने से वासवी, नन्दिता और एलीना आती नज़र आयीं।

'हाय! कब आ गये तुम लोग?', एलीना ने पूछा।

'मैं तो साढ़े दस पर आ गया था, ये लोग पौने ग्यारह पर पहुँचे होंगे। पर तुम लोगों ने देर कर दी।'

'कहा तो था मैंने कि साढ़े दस-ग्यारह तक आऊँगी।'

'हाँ हाँ, कहा था तुमने।'

'हाय नील, हलो मुकुन्द', अचानक दिखी वसुधा ने बीच में टोका। वो रजनी और पल्लवी के साथ खड़ी थी।

'बाप रे कितनी भीड़ है काउंटिंग देखने के लिए। लगता है कोई मेला लगा हो।', वसुधा ने हैरानी जताते हुए कहा।

'हाँ, बहुत भीड़ है। पर मज़ा भी आ रहा है। वसुधा इनसे मिलो।', मुकुन्द बोला।

'अरे मुकुन्द, वसुधा को कौन नहीं जानता। ये तो हमारे हॉस्टल की जान है। सब जानते हैं इसे। शी इज़ ए कम्प्लीट कल्चरल पर्सनैलिटी। मैं तो कल्लोल में इसका डाँस देखकर ही फ़ैन हो गयी थी।', वासवी ने कहा।

‘अच्छा अच्छा। बहुत हो गयी मेरी तारीफ़। हम यहाँ काउंटिंग देखने आये हैं, उसकी बात करते हैं। मैंने पूरा एक चक्कर लगा लिया है। खाने-पीने की बहुत चीज़ें हैं यहाँ।’, वसुधा ने कहा।

‘मैं झूठी तारीफ़ नहीं कर रही। आई स्वेयर।’, वासवी बोली।

‘मैं जानती हूँ वासवी। तुम भी मुझे बहुत अच्छी लगती हो। कितनी सुन्दर हो तुम।’

‘क्या यार। तुम भी ना।’

‘अच्छा अच्छा, अगर एक-दूसरे की तारीफ़ का सिलसिला ख़त्म हो गया हो तो चलो अब सब मिलकर कुछ खाते हैं।’, मकुन्द ने कहा। सब खाने-पीने के स्टॉल की तरफ़ बढ़ गये थे। वसुधा थोड़ी हैरानी से ये समझने की कोशिश कर रही थी कि ट्रिपल एस की लड़कियों के साथ उसके डिपार्टमेंट के लड़के क्या कर रहे हैं। लेकिन उसने कुछ कहा नहीं था।

बाबू के स्टॉल से दाल बड़े लिए गये। साबरमती ढाबे वाले स्टॉल से समोसे और चाय ली गयी। फिर सब एक किनारे खड़े होकर काउंटिंग के माहौल का लुत्फ़ लेने लगे।

जैसे ही चाय ख़त्म हुई, वसुधा बोली, ‘अच्छा, अब हम लोग चलते हैं।’

‘इतनी जल्दी?’, मुकुन्द ने हैरानी से पूछा।

‘हाँ, सब देख लिया। वैसे भी फ़ाइनल रिज़ल्ट तो आज आना नहीं है। कल दोपहर तक ही पता चल पायेगा। हॉस्टल में सीनियर लड़कियाँ यही बता रही थीं। तो अब जाकर सोती हूँ। तुम लोग एन्जॉय करो।’, वसुधा ने वासवी, एलीना और नन्दिता की ओर देखते हुए कहा।

‘तुम लोग भी रुकती थोड़ी देर?’, नील ने कहा।

‘अक्षत, योगेश वग़ैरह उधर बैठे हैं। हमारी पूरी क्लास है। उनसे मिलते हुए निकल जाऊँगी।’

‘अच्छा ठीक है वसुधा। मिलते हैं।’, मुकुन्द ने कहा।

सबने हाथ हिलाकर एक-दूसरे को बाय कहा। वसुधा, रजनी और पल्लवी आगे बढ़ गयी थीं।

‘अब हम लोग भी निकलते हैं।’, प्रांजल ने कहा।

‘क्या हुआ?’, नील ने पूछा।

‘देख लिया। अब तो सारी रात ऐसे ही चलता रहेगा। कल दिन में आया जायेगा।’, अंकित बोला।

‘अच्छा ठीक है, तुम लोग निकल जाओ। मैं थोड़ी देर में आता हूँ।’, मुकुन्द ने कहा। अब एसएल की सीढ़ियों के सामने वासवी, एलीना, नन्दिता, नील और मुकुन्द ही रह गये थे।

‘और भई सब ठीक ना?’, सामने से चोट सिंह ने लड़कियों को घूरते हुए पूछा।

‘जी सर, सब ठीक है।’, नील और मुकुन्द ने उसे कोई भाव नहीं दिया था। वो पण्डाल की तरफ़ बढ़ गया था।

‘ये सीनियर भी कुछ स्ट्रेंज लगते हैं, नहीं?’, एलीना ने चोट सिंह की ओर आँखों से इशारा करते हुए कहा।

‘छोड़ो ना उसको। सनकी है थोड़ा।’, मुकुन्द बोला।

तभी घण्टी बजी...‘राउंड थ्री के बाद एसएफ़आई के यासिर 233 मतों से आगे चल रहे हैं।’

चारों ओर सन्नाटा पसर गया। सब ध्यान से अब तक की काउंटिंग का अपडेट सुनने लगे थे।

जैसे ही अनाउंसमेंट रुकी, फिर से ढोल-नगाड़े बजने लगे। गानों और नारों का शोर तेज़ हो गया।

नील की मण्डली किनारे खड़ी होकर माहौल का जायज़ा ले रही थी। बीच-बीच में वो सबकी नज़रें बचाकर वासवी को देख लेता। उसे वासवी के साथ होना बहुत अच्छा लग रहा था। शोर इतना ज़्यादा था कि तसल्ली से बातचीत नहीं हो सकती थी। कान में चिल्लाकर बोलना पड़ रहा था। इसलिए पाँचों लगभग चुपचाप खड़े थे।

‘क्या ऐसे ही खड़े रहना है या कुछ और खाया-पिया जाये?’, मुकुन्द ने कहा।

‘बहुत खा लिया। डिनर थोड़ी देर पहले ही किया था। अब पेट में जगह नहीं बची।’, एलीना बोली।

'चला जाये या अभी और रुकना है? मुझे तो अब नींद-सी आ रही है।', नन्दिता ने कहा।

'मुझे नहीं लगता कि और रुकने का कोई फ़ायदा है। माहौल देखने आये थे, देख लिया। अब तो ज़्यादातर पार्टी के कैडर टाइप लोग ही बचे हैं। उन्हें तो रातभर रुकना ही है। मुझे लगता है अब हमें निकलना चाहिए। नहीं तो सुबह का सारा रुटीन बिगड़ जायेगा।', मुकुन्द ने कहा।

नील और वासवी ने कुछ नहीं कहा। एक-दूसरे को देखा और फिर सामने देखने लगे।

'वासवी, तुम चाहो तो नील के साथ थोड़ी देर रुक सकती हो? वो जाते हुए तुम्हें ड्रॉप कर देगा। हम लोग निकल जाते हैं।', एलीना ने हल्की मुस्कान के साथ कहा।

'नहीं नहीं...मैं भी चलती हूँ। मुझे भी तो सुबह पढ़ाई करनी है।'

'अरे पढ़ाई कर लेना बाद में। अभी चाहो तो रुक जाओ।', नन्दिता बोली।

'नहीं, चलते हैं।'

नील मन मसोसकर रह गया। अगले दिन डिपार्टमेंट नहीं जाना था तो उसने धौलपुर में बैठने की योजना बनायी थी। लेकिन इस वक़्त तो वो वासवी के साथ ही रहना चाहता था। पर कुछ बोल नहीं पाया।

'अच्छा ठीक है। चला जाये फिर। कल का क्या प्रोग्राम रहेगा?', नील ने पूछा।

'शाम में साढ़े छह पर मिलते हैं गोदावरी ढाबे पर?', वासवी ने कहा।

मुकुन्द नील को 'बाय' बोलकर तीनों लड़कियाँ के साथ लौट गया था। ढोल-नगाड़ों की आवाज़ उसी तरह आ रही थी। नारों का शोर वैसे ही गूँज रहा था।

'मार्च ऑन मार्च ऑन–एसएफ़आई मार्च ऑन।'

'लाल सलाम लाल सलाम–कॉमरेड यासिर को लाल सलाम।'

'जीतेगी भाई जीतेगी...एबीवीपी जीतेगी।'

'आयी आयी आयी आयी ...एनएसयूआई एनएसयूआई।'

31

नील दोपहर तक धौलपुर हाउस में पढ़ता रहा। लाइब्रेरी में भी ढोल-नगाड़े और नारों का शोर सुनाई पड़ रहा था। डेढ़ बजे वो लाइब्रेरी से बाहर निकला और टहलते हुए एसआईएस लॉन की तरफ़ चला गया। पता चला कि अब तक की मतगणना के अनुसार प्रेसिडेंट की रेस में एसएफ़आई का उम्मीदवार यासिर आगे चल रहा है। एक सीट पर आइसा आगे थी। पण्डाल में अभी भी काफ़ी भीड़ थी। ढोल-नगाड़े वैसे ही बज रहे थे। हालाँकि, कल रात जैसी बाहर बिखरी भीड़ अब नहीं रह गयी थी। शाम तक फ़ाइनल रिज़ल्ट आने की उम्मीद थी। नील ये जानकारी लेकर बाहर निकलने लगा तो सामने रिजू कृष्ण मिल गया। उसने हँसकर कहा, 'हम जीत रहे हैं।' नील ने मुस्कुराकर उसे बधाई दी।

शाम को गोदावरी ढाबे पर आम दिनों से ज़्यादा भीड़ थी। सब रिज़ल्ट की बातें कर रहे थे। मल्होत्रा ढाबे पर चाय-काफ़ी की डिमांड बढ़ गयी थी। नील और मुकुन्द ने भी एक-एक चाय ली और उसी पेड़ के नीचे बैठकर पीने लगे। पेरियार से लेकर गोदावरी तक जगह-जगह लड़के-लड़कियाँ छोटे-छोटे ग्रुप बनाकर बैठे थे...लगातार बातें कर रहे थे। साढ़े छह पर वासवी और एलीना आती नज़र आयीं।

'हाय-हलो' के बाद नील ने पूछा, 'नन्दिता नहीं आयी?'

'उसका डिपार्टमेंट का कोई असाइनमेंट है, उसी में बिज़ी है।', एलीना बोली।

'इस बार भी एसएफ़आई ने बाज़ी मार ली।', वासवी बोली।

'हाँ, कैंपस में तो लेफ़्ट का ही बोलबाला है। समझ में नहीं आता यहाँ का इंटेलेक्चुअलिज़्म बाहर जाकर क्यों हवा हो जाता है। मतलब यहाँ तो लेफ़्ट का दबदबा है, लेकिन देश की राजनीति में लेफ़्ट लगातार कमज़ोर होता जा रहा है।', नील ने कहा।

'बात तो तुम्हारी बिल्कुल सही है। ये एक तरह का विरोधाभास ही कहा जायेगा।', वासवी ने कहा।

तभी ढोल-नगाड़ों की आवाज़ सुनाई पड़ने लगी। तेज़ स्वर में नारे भी लग रहे थे। आवाज़ कावेरी की तरफ़ से आ रही थी और बढ़ती जा रही थी। सबकी

नज़र उधर ही मुड़ गयी थी। दो-तीन मिनट में ही एक हुजूम आता नज़र आया। एसएफ़आई वालों ने जीत की ख़ुशी में विजय जुलूस निकाला था। सबसे आगे यासिर और रिजू चल रहे थे। उनके साथ सेंट्रल पैनल जीतने वाले दोनों उम्मीदवार चल रहे थे। यासिर और रिजू ढाबे की तरफ़ देखकर हाथ हिला रहे थे। वहाँ बैठे छात्रों ने भी हाथ हिलाकर उनका जवाब दिया था। जुलूस गोदावरी के सामने से गुज़रा और घूमकर पेरियार के गेट तक आया और फिर साबरमती की ओर बढ़ गया। आख़िरी पड़ाव गंगा ढाबा होने वाला था।

'चाहे कुछ भी हो। कैंपस की स्टूडेंट पॉलिटिक्स देखकर लगता है देश की राजनीति भी ऐसी ही हो तो मज़ा आ जाये। मतलब सब अपनी बात शान्ति से कहें, पैसे-रुपये का प्रदर्शन न हो, हिंसा न हो तो कितना अच्छा रहे।', एलीना ने कहा।

'बात तो तुम बिल्कुल ठीक कह रही हो एलीना। लेकिन ये भी सच है कि कैंपस का आदर्शवाद बाहर जाकर दम तोड़ देता है। हम यहाँ बड़ी-बड़ी बातें करते-सुनते हैं। ग़रीबी दूर करने, असमानता मिटाने जैसी बातें करते हैं। लेकिन् क्या देश की राजनीति करने वाले हमारे राजनेता ऐसा सोचते हैं। उसके बारे में जी-जान से प्रयास करते हैं?', नील ने कहा।

'लेकिन कहीं तो बात होनी ही चाहिए ना, कहीं तो डिस्कशन की शुरुआत होनी ही चाहिए ना, अग़र हम बातें नहीं करेंगे, आलोचना नहीं करेंगे तो देश के हालात कभी नहीं बदलेंगे। मुझे लगता है कि सामाजिक-आर्थिक पैमाने पर हालात बदल रहे हैं, लेकिन रफ़्तार बहुत धीमी है। और ये हमारी ज़िम्मेदारी बनती है कि हम इस पर ज़्यादा से ज़्यादा बात करें। एक दिन तो आयेगा जब कैंपस का आदर्शवाद, देश के यथार्थ को बदलने की स्थिति में आ जायेगा।', वासवी ने कहा।

'अरे बाप रे। देखो हमारे ऊपर जेएनयू इलेक्शन का कैसा असर हुआ है। हम चाय पीने आये थे और क्या भारी-भरकम डिस्कशन करने लगे।', मुकुन्द ने बातचीत को बीच में ही रोकते हुए कहा।

'हा-हा...हाँ, हम पर भी राजनीति हावी हो गयी है।,' एलीना ने कहा।

'थोड़े दिन में एण्ड सेमेस्टर शुरू हो जायेगा। अब तो उस पर ध्यान देना होगा।', वासवी ने कहा।

'हाँ, अब एग्ज़ाम का प्रेशर शुरू हो जायेगा, लेकिन कोई बात नहीं। हमारी पढ़ाई तो चल ही रही है।', नील ने कहा।

'तुम तो बहुत अनुशासन से पढ़ते हो, ये बात हमारे जैसों के लिए है नील।', मकुन्द ने हँसते हुए कहा।

'तुम भी बहुत पढ़ते हो, बस दिखाकर नहीं पढ़ते।', नील ने कहा।

'मुकुन्द के कॉन्सेप्ट भी बहुत क्लियर लगते हैं। बहुत क्लैरिटी से बात करता है।', एलीना ने कहा।

'सही कह रही हो एलीना। मुकुन्द तुम्हारा क्या प्लैन है आगे...एकैडेमिक्स या तुम भी यूपीएससी?', वासवी ने पूछा।

'मैं भी यूपीएससी दूँगा। 2001 में मेन्स लिखने का प्लैन है। नील तो आते ही सीरियस हो गया। मैं भी इससे प्रेरित होकर जल्दी ही कोचिंग शुरू करूँगा।'

'तुम्हारे ऑप्शनल क्या रहेंगे?', एलीना ने पूछा।

'मैं भी हिस्ट्री और हिन्दी लिटरेचर से दूँगा।'

'ओ...इसीलिए तुम दोनों की दोस्ती इतनी गहरी है...और ये अच्छा भी है, साथ-साथ तैयारी हो जायेगी। मैं तो भाई एकैडेमिक्स वाली हूँ। पढ़ाऊँगी बच्चों को।', वासवी ने कहा।

'मतलब...दो-दो फ़्यूचर आईएएस हमारे सामने खड़े हैं?', एलीना ने कहा।

'आईएएस का तो पता नहीं, इतना तगड़ा कॉम्पीटिशन है कि क्या होगा मालूम नहीं। लेकिन अपनी तरफ़ से कोई कमी नहीं रखी जायेगी, ये तय है।', नील ने कहकर वासवी की ओर देखा।

'अच्छी तरह से प्रेपरेशन करोगे तो क्यों नहीं होगा। जेएनयू से तो न जाने कितने ही लोगों का होता रहता है।', वासवी ने कहा।

'साढ़े सात बजने को आये। चला जाये अब।', एलीना ने यूपीएससी के चैप्टर को विराम दिया था।

'कल का क्या प्रोग्राम?', नील ने पूछा।

'मैं तो कल नहीं हूँ। वासवी आ सकती है।', एलीना बोली।

'ठीक है कल साढ़े छह पर मिलते हैं यहीं।', नील ने कहा। वासवी ने सिर हिलाकर हामी भरी थी।

नील का अभी जाने का मन नहीं कर रहा था, पर समय की सीमा थी।

बेमन से उसने मुकुन्द को छोड़ा और हॉस्टल लौट गया। मेस में चुनाव परिणाम पर चर्चा गर्म थी।

32

दिल्ली में ठण्ड और बढ़ गयी थी। हरियाली से भरे कैंपस में ये कुछ ज़्यादा ही महसूस हो रही थी। सुबह-शाम बाइक से निकलने पर हाथ-पैर ठिठुर जाते। अब इक्का-दुक्का लोग ही अल सुबह जॉगिंग या साइक्लिंग के लिए निकलते।

नौ बजे से पराशर सर की क्लास थी। चुनाव में मस्ती के बाद सब वापस पढ़ाई के मूड में आ गये थे। दिसम्बर के पहले हफ़्ते से परीक्षा शुरू होने वाली थी। कक्षा में टीचर रिविज़न वर्क ही करा रहे थे। क्लास के बाद आज किसी ने चाय पीने की बात नहीं की थी। सब तुरन्त होस्टल की ओर भागे थे। नील भी लंच के बाद कोचिंग चला गया था। लौटते हुए वो मुकुन्द के कमरे पर गया। वो पढ़ रहा था।

'चलो, गोदावरी चलना है न?'

'यार नील, पढ़ाई बहुत पेंडिंग हो गयी है। सेमेस्टर का रिज़ल्ट ख़राब हो जायेगा। आज तुम चले जाओ। कल मिलते हैं...बुरा तो नहीं मानोगे?'

'थोड़ी देर में चाय पीकर चले आना। आज ज़्यादा देर नहीं रुकेंगे।'

'यार भाषा विज्ञान मेरा एकदम तैयार नहीं। पराशर सर का पेपर मैं अच्छा लिखना चाहता हूँ। इतनी मेहनत से पढ़ाते हैं तो हमारी भी ज़िम्मेदारी बनती है कि उनके सामने जब हमारी कॉपी जाये तो वो निराश न हों। तुम्हारा भाषा विज्ञान तैयार हो गया है?'

'नहीं, पूरी तरह तैयार तो नहीं कह सकता, लेकिन नोट्स बना लिया था क्लास के साथ-साथ ही...हो जायेगा। वैसी चिन्ता की बात नहीं। पर बात तुम्हारी बिल्कुल ठीक है। चलो, कल डिपार्टमेंट में मिलते है।'

जब नील गोदावरी ढाबे पर पहुँचा तो अकेले होने की वजह से उसे थोड़ा ऑकवर्ड लग रहा था। पौने सात बज गये, लेकिन वासवी नज़र नहीं आ रही थी। उसने सोचा जाकर गोदावरी हॉस्टल में रिसेप्शन पर पूछ आये। तब तक वासवी आती नज़र आयी।

'अब तो मैं तुम्हारे हॉस्टल जाने वाला था।'

'अरे सॉरी सॉरी। मैंने सोचा एलीना नहीं है तो नन्दिता को बोलूँ चलने को। लेकिन वो भी आने को तैयार नहीं हुई। कहा कि बहुत पढ़ाई करनी है। मैं भी जल्दी ही चली जाऊँगी। नोट्स बीच में ही छोड़कर आयी हूँ।'

'तुम लोगों को देखकर थोड़ी टेंशन हो रही है। तुम यहीं रुको, मैं चाय लेकर आता हूँ।'

वासवी ने हल्के आसमानी रंग का सलवार-कुर्ता और जैकेट पहना था। बाल बहुत क़रीने से सँवारा था जो कन्धे तक लहरा रहे थे। काले रंग का लम्बा टीका लगाया था जो उसके लम्बे गोरे चेहरे की ख़ूबसूरती बढ़ा रहा था। नील ने चाय दी तो थोड़ी देर तक उसे देखता रह गया।

'तुम्हें पता भी है कि तुम्हें देखने के लिए, तुमसे मिलने के लिए मैंने कितने पापड़ बेले हैं।' वासवी मुस्कुरा रही थी। 'क्यों, क्या किया तुमने?'

'ऐसा लग रहा था, जैसे तुम मेरे साथ कोई छुपम-छुपाई का खेल खेल रही हो। एक बार नज़र आती फिर ग़ायब। फिर थोड़े दिनों के बाद नज़र आती, फिर लापता।' वासवी लगातार मुस्कुरा रही थी।

'ये कोई मुस्कुराने की बात नहीं है। एक सीधे-सादे लड़के पर क्या बीती है तुम नहीं जानती।'

'अच्छा, तुम सीधे-सादे हो। पहली नज़र में ही तुमने जिस तरह मुझे घूरा था, मैं तो हैरान रह गयी थी। पर देखने में अच्छे लगे थे, इसलिए मैंने उस लुक को माफ़ कर दिया।',

'क्या लुक था मेरा?'

'ज़्यादा बनो मत। सब पता है तुम्हें कि क्या लुक दिया था तुमने। ख़ैर छोड़ो। और बताओ तैयारी कैसी चल रही है तुम्हारी यूपीएससी की?'

'इतनी अच्छी तो बात चल रही थी, तुम फिर से वही पढ़ाई वाली बात करने लगी। तुमने बताया नहीं कि ग़ायब क्यों हो जाती थी दर्शन देकर।'

'बताया तो था बाबा। पापा नहीं चाहते थे कि मैं हॉस्टल में रहूँ, पर मैं अड़ी हुई थी कि मुझे हॉस्टल में ही रहना है, मैं इतनी दूर से रोज़-रोज़ नहीं जाऊँगी।'

'क्यों तुम तो कार से आती हो। क्या दिक़्क़त थी आने में। आती रहती वैसे

ही जैसा पापा चाहते थे। तुम हॉस्टल में आख़िर क्यों रहना चाहती थी...और कोई वजह तो नहीं थी?', नील ने मुस्कुराकर पूछा।

'तुम मेरी ख़िंचाई कर रहे हो। मैं नहीं बताऊँगी कि मैं क्यों हॉस्टल में रहना चाहती थी।'

'अच्छा ये बताओ, मैं जिस तरह तुम्हारे लिए भटक रहा था, क्या तुम्हें एक बार भी ऐसा नहीं लगा कि ज़रा लड़के को ढूँढ़ा जाये।'

'लगा था नील...पर मैं चाहकर भी क्या करती। क्लास के बाद इधर-उधर ढूँढ़ती थी तुम्हें, लेकिन तुम कभी नज़र नहीं आये। उधर देर होने पर घर में सब परेशान हो जाते थे। मुझे क्लास के बाद तुरन्त नोएडा के लिए निकलना होता था।'

'मतलब तुम भी मुझे ढूँढ़ रही थी!'

'ऐसा कुछ नहीं था...बड़ा आये। एक-एक बात की तहक़ीक़ात करनी है। आईपीएस में तो नहीं जाना चाहते?' दोनों हँस पड़े थे।

'अगर तुम बुरा ना मानो तो गोदावरी के पीछे वाली सड़क पर थोड़ी दूर साथ चलकर आयें। बस थोड़ी देर के लिए, प्लीज़।'

'तुम्हारा मन बढ़ नहीं रहा? अगर एलीना या नन्दिता यहाँ होती तो भी यही डिमांड रहती तुम्हारी?'

'मुझे परेशान करने में तुम्हें मज़ा आता है क्या! अगर होती तो देखी जाती। अभी तो नहीं हैं ना। चलो ना थोड़ी देर के लिए।'

'अच्छा चलो। पर हमारी बात तो हो गयी। अब क्या बात करनी है।', वासवी मुस्कुरा रही थी।

'तो ठीक है जाओ फिर, अगर कोई बात नहीं है तो।', नील ने चेहरा सख़्त बना लिया था।

'अरे तुम तो नाराज़ भी होते हो। अच्छा चलो बाबा। चलो तुम भी क्या याद करोगे कि किस शहज़ादी से पाला पड़ा था जो तुम्हारी हर मुराद पूरी करती थी।'

'अच्छा शहज़ादी जी चलिए अब।', फिर दोनों धीमे-धीमे क़दमों से गोदावरी के पीछे वाली सड़क पर चलने लगे थे।

ठण्ड बढ़ रही थी और रात सहमी-सी जान पड़ती थी। नियॉन लैम्प की रोशनी में सर्दी की रात का सौन्दर्य एक अलग ही छटा बिखेर रहा था। सड़क सुनसान-सी थी। एक तरफ़ प्रोफ़ेसरों के बंगले और दूसरी तरफ़ गोदावरी का अहाता। हॉस्टल वॉर्डन के बंगले को पारकर अब वो उस जगह पर पहुँच गये थे जहाँ दायीं तरफ़ दूर-दूर तक जंगल का विस्तार था और बायीं तरफ़ वही प्रोफ़ेसरों के घर। बाहर गाड़ियाँ खड़ी थीं।

'मैंने कहा कि तुम नहीं आती तो मैं हॉस्टल में जाकर तुम्हें बुलाता। पर मुझे तो तुम्हारा रूम नम्बर भी नहीं पता।'

'124 है मेरा रूम नम्बर। और तुम ब्रह्मपुत्रा में क्यों रहते हो? एमए वालों को तो शायद नहीं देते ब्रह्मपुत्रा।' नील ने उसे हॉस्टल वाली पूरी बात बतायी थी।

'ये अच्छा है जेएनयू में। एक बार ऐडमिशन होने पर ऐडमिनिस्ट्रेशन स्टूडेंट्स का पूरा ख़याल रखता है। अगले सेमेस्टर में कौन-सा हॉस्टल लोगे?'

'कौन-सा लूँ, सजेस्ट करो।'

'कावेरी ले लेना। फिर मिलना आसान हो जायेगा।'

'पर मिलना इतना ज़रूरी क्यों है। वो तो सतलज या झेलम से भी हो ही सकता है।'

'अच्छा, कह दिया तो भाव बढ़ गया तुम्हारा। अब तुम झेलम और सतलज ही लेना। कोई ज़रूरत नहीं है कावेरी लेने की। अब तो क़तई मत लेना।'

'अरे बाबा, इतना ग़ुस्सा। कावेरी ही लूँगा। पहले भी कावेरी ही फ़र्स्ट प्रेफ़रेंस दिया है। रिज़ू को भी बोल दिया है कि कावेरी चाहिए। उसने आश्वासन दिया है कि मिल जायेगा।'

'हाँ, तब ठीक है।'

'चलें अब हॉस्टल?', वासवी ने कहा। दोनों कावेरी तक जाकर, वापस उसी रास्ते से गोदावरी के पीछे पहुँच गये थे, तिराहे के क़रीब।

'तुम्हारे साथ समय कितनी जल्दी बीत जाता है, पता ही नहीं चलता। अब चलना ही पड़ेगा नहीं तो डिनर का टाइम चला जायेगा। वैसे, फिर कब मिलोगी?'

'देखो, एण्ड सेमेस्टर मुझे बहुत अच्छी तरह देना है तो अब ख़ूब पढ़ाई करूँगी। अब रोज़ मिलना ठीक नहीं रहेगा। तुम मेरे हॉस्टल का नम्बर ले लो। जब बहुत लगेगा तो फ़ोन कर लेना। मुझे भी अपना नम्बर बता दो। मुझे भी लगेगा तो मैं तुम्हें हॉस्टल में कॉलकर बुला लूँगी।'

'ये तो बड़ी नाइंसाफ़ी है। अभी तो बातें शुरू ही हुई हैं और मिलने के लिए इन्तज़ार करना होगा।'

'इन्तज़ार तो बहुत करना होगा नील। मुझे भी और तुम्हें भी। एग्ज़ाम के बाद मैं पन्द्रह दिन के लिए घर चली जाऊँगी। तुम्हारा क्या प्लैन है?'

'मैं तो कहीं नहीं जाऊँगा। कोचिंग है और अब ज़्यादा समय भी नहीं रह गया है। हॉस्टल में ही रहूँगा और पढ़ाई करूँगा। पर तुमसे पन्द्रह दिन नहीं मिल पाऊँगा, ये थोड़ी ज़्यादती होगी मेरे साथ।'

'अरे हम मिलते ही रहेंगे। अभी तो शुरुआत हुई है। चलो नम्बर बताओ हॉस्टल का।' दोनों ने हाथ पर एक-दूसरे के हॉस्टल का नम्बर नोट किया था।

'चलो मिलते हैं। अपना ख़याल रखना और अच्छी तरह पढ़ाई करना।'

'तुम भी वासवी।', नील ने बाइक स्टार्ट कर दी थी। वासवी अपने हॉस्टल के लिए बायीं ओर मुड़ गयी थी। नील की बाइक खड़ी ही थी।

'जाओ अब।', वासवी ने मुड़कर कहा था और हँस पड़ी थी।

'जाता हूँ।', नील आगे बढ़ गया था।

33

अगले दिन नील ने गोदावरी फ़ोन लगाकर शंकर भैया से वासवी को बुलवाया।

'तुमने जब से कहा कि मिलने के लिए लम्बा इन्तज़ार करना पड़ेगा, तभी से परेशान हूँ। अगर हम दिनभर अच्छी तरह पढ़ाई कर लें तो शाम को एक-एक कप चाय के लिए तो मिला ही जा सकता है। क्या कहती हो?'

'बात तो तुम्हारी ठीक है, लेकिन मुझे लगता है कि अगर हमने ऐसा किया तो दिनभर पढ़ाई में मन नहीं लगेगा। मैं भी मिलना चाहती हूँ, लेकिन यहाँ दिल से नहीं दिमाग़ से काम लेने की ज़रूरत है। मिलना...बातें करना तो अच्छा ही लगता है, लेकिन इससे पढ़ाई पर असर नहीं पड़ना चाहिए। आज शाम को मिलो फिर तय करते हैं क्या करना है।'

'ये हुई ना बात...तुम कितनी अच्छी हो। उसी समय मिलते हैं। अकेले ही आना।'

'अकेले क्यों? एलीना और नन्दिता क्यों नहीं?'

'अरे यार, ठीक है ले आना उन्हें भी।'

'हाँ हाँ, मिलते हैं। शाम में।'

दिनभर धौलपुर हाउस में पढ़ाई करने के बाद शाम को वो तय समय पर गोदावरी पहुँच गया था। थोड़े इन्तज़ार के बाद वासवी आ गयी थी।

'क्यों तुम्हारी सखियाँ नहीं आयीं?'

'मिस कर रहे हो तो बुला लेती हूँ। बस पाँच मिनट लगेगा।', वासवी मुस्कुरायी।

'तुम्हें मुझे तंग करने में मज़ा आ रहा है, नहीं? रहने दो। तुम अकेली ही ठीक हो।'

'चलो जल्दी से चाय ले लेते हैं, एक आन्सर लिख रही थी, बीच में छोड़कर आयी हूँ।' नील चाय और समोसे ले आया था।

'एग्ज़ाम के बाद पन्द्रह दिन तक तुम घर पर क्या करोगी। पहले नहीं आ सकती?'

'अरे, मैं चाहूँ भी तो पापा आने नहीं देंगे। वो तो पहले ही मेरे हॉस्टल में रहने से नाराज़ हैं। कहते हैं कि घर बिल्कुल सूना हो गया है।'

'उन्हें कह दो कि तुम्हारे जाने से कैंपस भी सूना हो जायेगा। इसलिए जल्दी आना होगा।'

'अच्छा, कैंपस सूना हो जायेगा। किसके लिए?'

'छोड़ो अब रहने दो।'

'नहीं-नहीं बताओ ना?'

'तुम जानती हो।'

'देखो, इतनी बेसब्री ठीक नहीं। इसका तुम्हारी पढ़ाई पर असर पड़ेगा। छह महीने बाद तुम्हें यूपीएससी भी देना है। मैं नहीं चाहती कि मेरी वजह से तुम्हारी पढ़ाई प्रभावित हो। तुम्हारा सारा ध्यान अब सेमेस्टर की परीक्षा और उसके बाद तैयारी पर होना चाहिए। समझे बच्चू।'

'समझ गया मैडम। कुल मिलाकर तुम ये कहना चाह रही हो कि मैं तुमसे मिलने ना आऊँ।'

'बहुत समझदार हो। मैं ये नहीं कह रही। मैं ये कह रही हूँ कि हमें जेएनयू में अभी लम्बा रहना है। दोस्ती की वजह से हमारा मुख्य काम प्रभावित नहीं होना चाहिए।'

'तुम लड़कियाँ, कितना समझदार होती हो, नहीं?'

'समझदारी की बात नहीं नील। हम नहीं चाहतीं कि हम पर कोई लाँछन लगे। कोई ये ना कहे कि लड़का अच्छा था, लड़की से दोस्ती की वजह से बर्बाद हो गया।'

'इसमें बर्बादी की क्या बात है। मुझे तो लगता है कि तुमसे दोस्ती की वजह से मेरा फ़ोकस बढ़ेगा, पढ़ाई और अच्छी होगी।'

'अच्छा बाबा। मान लिया।'

'इस बात को यहीं ख़त्म करते हैं। मुझे भरोसा है कि तुम सन्तुलन बनाकर अपना हर काम कर लोगे। चलो अब चलते हैं।'

'इतनी जल्दी?'

'ये जल्दी है? इतनी देर से बक-बक कर रही हूँ। कहा ना कि काम छोड़कर आयी हूँ। अब तुम भी जाकर पढ़ाई करो।'

'अच्छा ठीक है वासवी। अब जा रहा हूँ। पर बीच-बीच में मिल लेना प्लीज़।'

'ठीक है। जब तुम्हें लगे तो कॉल कर लेना। मुझे लगेगा तो मैं भी कर लूँगी।'

'अगर कल ही लगे तो?'

'मार खाओगे...जाओ अब। मैं उधर नहीं आ रही, जाती हूँ। ख़याल रखना अपना और पढ़ना।'

'तुम भी। मैं फो़न कभी भी कर सकता हूँ।'

'नहीं, मैं आऊँगी ही नहीं।'

'आना पड़ेगा।', वासवी तेज़ी से चलती हुई मामू के जूस कॉर्नर तक पहुँच गयी थी और हॉस्टल में दाख़िल होने से पहले उसने नील की तरफ़ देखा था। नील उसी तिराहे पर खड़ा था। फिर वो अन्दर चली गयी थी।

मिड कैंपस में हफ़्ते भर में शुरू होने वाली एण्ड सेमेस्टर की परीक्षा का असर साफ़ दिख रहा था। गोदावरी, गंगा और साबरमती ढाबे पर शाम की

भीड़ कम हो गयी थी। छात्र जल्दी से आते और चाय-कॉफ़ी लेकर कमरे पर चले जाते। हाँ, जिनकी मेन्स की परीक्षा ख़त्म हो गयी थी वो लगातार ढाबे पर जमे रहते। ब्रह्मपुत्रा में तो ऐसे छात्रों की टीटी टेबल वाली लॉबी और वॉलीबॉल कोर्ट में भीड़ लगी रहती। अपनी बारी के लिए लड़कों को ख़ासा इन्तज़ार करना पड़ता। मेन्स के बाद वॉलीबॉल कोर्ट में एक खेल और शुरू हो गया था और वो था क्रिकेट। लंच के बाद वाली नींद लेकर लड़के वॉलीबॉल कोर्ट में जमा होते और जमकर टेनिस बॉल क्रिकेट खेलते। नील जब उन्हें देखता तो उसका भी खेलने का मन होता। लेकिन सामने परीक्षा थी, इसलिए मन मसोस कर रह जाता था और सोचता था कि परीक्षा से फ़्री होकर वो भी खेलेगा। वासवी की बात नील को समझ में आ गयी थी। कई दिन तक उसने वासवी को फ़ोन नहीं किया था।

परीक्षा से एक दिन पहले हॉस्टल में वासवी का फ़ोन आया, पर वो धौलपुर हाउस में था। लौटने पर हॉस्टल ब्वॉय लप्पू ने बताया तो भागकर उसने वासवी को फ़ोन लगाया।

'तुमने तो मेरी बात को बहुत सीरियसली ले लिया नील। उसके बाद फ़ोन ही नहीं किया। मिलने भी नहीं आये।'

'तुम्हारी बात बिल्कुल सही थी वासवी। हॉस्टल लौटकर मैंने उस पर बहुत सोचा और तय किया कि अब परीक्षा के बाद ही तुमसे मिलूँगा।'

'अरे वाह। बड़े सब्र वाले बन गये हो तुम तो। पर किसी और का भी तो मिलने का मन कर सकता है।' ये सुनकर नील थोड़ी देर तक ख़ामोश रहा, फिर बोला, 'साढ़े छह पर मिलते हैं।'

'हाँ, इन्तज़ार करूँगी।' नील ने फ़ोन रखा तो उसकी ख़ुशी का ठिकाना ना था। अपने मन पर क़ाबू रखने के बारे में सोचकर उसे अच्छा लग रहा था।

शाम को वासवी से मिलने से पहले नील मुकुन्द से मिलने गया।

'क्या बे, तुम तो एकदम गूलर के फूल हो गये हो? लगता है भौजाई ने पूरी तरह वश में कर लिया है। तुम्हें हमारी याद ही नहीं आयी?'

'ऐसा कभी हो सकता है क्या। हमेशा याद आयी, पर जान-बूझकर परीक्षा से पहले मैंने डिस्टर्ब करना उचित नहीं समझा। आज भी बस 'ऑल द बेस्ट' बोलने आया हूँ।'

'अबे, भौजाई की संगत में दो-चार दिन में ही तुम काफ़ी समझदार टाइप लगने लगे हो।', मुकुन्द हँसने लगा था।

'हाँ यार। एक दिन उसने पढ़ाई को लेकर बहुत कुछ कहा। फिर मैंने भी तय कर लिया कि अब अपना काम पहले है। कई दिन बाद उससे मिलने जा रहा हूँ। तैयारी हो गयी हो तो चलो।'

'अरे कहाँ मुझे कबाब में हड्डी बनाने ले जाओगे। कल सेंटर में मिलते हैं।'

नील ने ज़ोर नहीं दिया था। दोनों अंकित, पुष्कर और प्रांजल के कमरे पर गये, उन्हें 'ऑल द बेस्ट' कहा और मुकुन्द को सतलज छोड़ते हुए नील साढ़े छह पर गोदावरी पहुँच गया। वासवी उसी पेड़ के नीचे इन्तज़ार कर रही थी। कई दिन बाद नील को देखकर उसे बहुत अच्छा लगा था।

'देर से तो नहीं खड़ी?'

'नहीं नहीं, बस अभी ही आयी हूँ।'

'बहुत जल्दी में नहीं हो तो साबरमती चलें।'

'देर हो जायेगी नील। अभी दो टॉपिक रिवाइज़ करना बाक़ी है।'

'वो ज़्यादा ज़रूरी है। मैं मन को समझाना सीख रहा हूँ। इसके लिए तुम्हें थैंक्यू भी कहूँगा।'

'अरे बाबा, मैंने इतना सीरियस होने के लिए नहीं कहा था। बस एग्ज़ाम ठीक से दे लो। फिर तो हम मिलेंगे ही।'

'हाँ, पापा-मम्मी से पन्द्रह दिन तक मिलते रहने के बाद।'

'अरे उन्होंने पैदा किया है और मैं इसी शहर में हूँ तो मिलने जाना चाहिए ना? फिर तो आ ही जाऊँगी।'

'हाँ, ये बात भी सही है। घर जाने का मन तो मेरा भी बहुत था। पर...'

'अरे ये हम स्टूडेंट्स के जीवन का सबसे मुश्किल समय होता है। यहाँ का त्याग आगे जीवन भर काम आता है। पेरेंट्स को भी अच्छा लगता है तब। आज मिलने-मिलाने में रह गये तो कल वो नहीं हो पायेगा जो होना चाहिए। तुम अपने फ़ैसले को लेकर परेशान मत हो। अपने घर फ़ोन करते रहना। मेरे जाने से पहले वाली शाम हम फिर मिलेंगे।'

'ये बात कहकर तुमने ख़ुश कर दिया वासु। काफ़ी राहत महसूस हुई है। वासु कह सकता हूँ ना मैं तुम्हें?'

'हाँ, नन्दिता और एलीना यही कहती हैं, तुम भी कह सकते हो।', नील मुस्कुराया।

'चाय लेकर आता हूँ।'

'अब चाय रहने दो। बहुत मन नहीं कर रहा। तुमसे मिलने का मन था, मिल लिया। एग्ज़ाम के बाद तसल्ली से बैठकर चाय पियेंगे। साबरमती चलेंगे। ठीक है?'

'हाँ ठीक है।'

'तो चलें फिर?'

'हाँ, चलते हैं...और कर भी क्या सकते हैं।'

'हँसकर तो जाओ। चलो ऑल द बेस्ट फ़ॉर योर एग्ज़ामिनेशन।'

'तुम्हें भी ऑल द बेस्ट वासु। बहुत अच्छा पेपर लिखना।'

वासवी हॉस्टल की ओर चल पड़ी थी। नील तिराहे पर पहुँचकर उस एक नज़र का इन्तज़ार करने लगा था। वासवी ने वैसे ही उसे देखा था। अँधेरा था। पर उसका मुड़कर देखना ही नील को भीतर तक आनन्द से भर गया था।

34

नील सुबह थोड़ा जल्दी उठकर रिविज़न करने लगा। पहला पेपर भाषा विज्ञान का था। अपभ्रंष, अवहट्ट, पुरानी हिन्दी, ब्रजभाषा, अवधी इत्यादि तमाम टॉपिक पर सवाल आने थे। नील ने पेपर अच्छी तरह तैयार किया था, लेकिन 'देसिल बअना सब जन मिट्ठा, ते तैसन झंपउ अवहट्टा' जैसे तमाम उदाहरण याद होकर भी भूल जा रहे थे। उन्हें ही वो बार-बार पढ़कर आत्मसात करने की कोशिश कर रहा था। परीक्षा दस बजे से थी। पौने दस तक वो डिपार्टमेंट पहुँच गया। सारे लड़के-लड़कियाँ आ चुके थे। तभी लता वशिष्ठ मैम कक्षा में दाख़िल हुईं।

'कैसे हैं आप लोग? उम्मीद है आप सबने परीक्षा की बहुत अच्छी तैयारी की होगी।'

'जी मैम, हम अच्छे हैं और तैयारी भी अच्छी है, पर पेपर कैसा बनाया है सर ने, सब उस पर निर्भर करेगा। थोड़ा डर तो लग रहा है।', वसुधा ने कहा।

'ये बस डरती है मैम, देखियेगा सबसे ज़्यादा यही लिखेगी और सबसे पहले कॉपी देकर चली भी जायेगी। और हम तनाव में सोचते रह जायेंगे।', मुकुन्द ने कहा। सब हँस पड़े थे। वसुधा ने मुकुन्द को मुस्कुराते हुए देखा था।

'वसुधा अच्छी तरह पढ़ाई करती है तो लिखेगी ही। इसमें कौन-सी बुरी बात है। चलिए अब सब लोग तैयार हो जाइये।', फिर उन्होंने सबको कॉपी बाँट दी और ठीक दस बजे पर्चा भी बाँट दिया था।

तीन घण्टे तक सब लगातार लिखते रहे। कमरे में कोई आवाज़ नहीं हो रही थी। लता मैम सामने कुर्सी पर बैठकर निर्मल वर्मा का उपन्यास 'अन्तिम अरण्य' पढ़ रही थीं। बीच-बीच में पूरी क्लास पर एक नज़र भी डाल लेती थीं। वसुधा का लिखना वाक़ई समय से पहले ख़त्म हो गया था। जैसे ही वो कॉपी देने उठी, कक्षा में हल्का-सा शोर हुआ।

'मैंने कहा था न कि वसुधा तनाव देगी। देखो दे दिया।', मुकुन्द ने खुसफुसा कर नील से कहा। वसुधा ने उसे मुड़कर देखा, मुस्कुरायी और निकल गयी। पेपर ख़त्म होने के बाद पाँचों दोस्त कैन्टीन में गये और चाय-समोसा लेकर उसी अपनी पसन्दीदा गोल टेबल पर पहुँच गये।

'आज का पेपर पराशर सर ने बहुत कड़ा बनाया था यार। लिख तो दिया है पर लगता नहीं कि बहुत अच्छा हुआ है।', मुकुन्द ने कहा।

'हाँ, जैसा पढ़ाते हैं वैसा ही पूछा भी। अपभ्रंश और अवहट्ट में निरन्तरता और परिवर्तन वाला सवाल थोड़ा घुमाकर पूछा। पहले तो मैं चकरा गया। फिर दो बार पढ़ने पर सवाल समझ में आया। ठीक ही लिख दिया है।', नील ने कहा।

'तुम लोगों का कैसा रहा?', मुकुन्द ने अंकित, पुष्कर और प्रांजल से पूछा।

'ठीक ही था। मुझे तो पहले भी लग रहा था कि ये पेपर थोड़ा फँस सकता है। बी प्लस आ जाना चाहिए।', प्रांजल बोला।

'हाँ, बी प्लस टाइप ही मेरा भी आन्सर है।', अंकित ने कहा।

'मुझे तो पेपर अच्छा लगा। जो-जो पढ़ा था सब आ गया। दरअसल सर ने क्लास में जो कुछ बताया था वही घुमा-फिरा कर पूछ लिया। मुझे लगता है ए ओनली आ जायेगा।', पुष्कर ने कहा।

'वाह गुरु। ये सही है। इतने दिन जो ग़ायब रहे उसका असर दिख रहा है।', मुकुन्द ने पुष्कर की ओर देखकर कहा। सब हँसने लगे थे।

'चलो अब चला जाये। कल दीक्षित सर का पेपर है। पता नहीं कबीर पर क्या पूछेंगे। कबीर की कविताई या कबीर का रहस्यवाद। पढ़ तो लिया है, पर थोड़ी धुक-धुकी हो रही है। वैसे सीनियर लोग बताते हैं कि अगर कॉन्सेप्ट क्लीयर है और उदाहरण के साथ लिख दिया तो दीक्षित सर अच्छा ग्रेड देते हैं।', मुकुन्द ने कहा। सब कैन्टीन से बाहर आ गये थे।

हफ़्ते भर में परीक्षा ख़त्म हो गयी। पर वासवी का अभी एक पेपर बाक़ी था। नील इस बात से ख़ुश था कि परसों शाम उसकी वासवी से मुलाक़ात होगी। क़रीब दस दिन के बाद।

नील के दोस्त अगले दिन ही दो हफ़्ते के लिए घर जाने वाले थे। शाम को सब गंगा ढाबे पर मिले। परीक्षा के दौरान ढाबों पर जो सन्नाटा पसरा था, उसमें आज काफ़ी अन्तर था। बैठने की सारी जगहें भरी हुई थीं। कई लोग तो चाय-कॉफ़ी लेकर सड़क के किनारे बैठे थे। सिट्टू की दुकान भी गुलज़ार थी। चाय-पान के शौक़ीनों का वहाँ जमावड़ा लगा था। ढाबे से लगातार ऊँचा स्वर सुनाई पड़ रहा था।

'दो अण्डा पराठा'...'चार समोसा'...'चार मिल्टी'...'दो ब्रेड पकौड़ा।' ढाबे के लड़के ऑर्डर पूरे करने में जुटे थे। ढाबे के बायीं तरफ़ फ़िश फ्राई वाले होटल के सामने पाँचों दोस्त देर तक बैठकी की मुद्रा में जम गये थे।

'चाय-समोसा लेकर आया जाये फिर एक मज़ेदार बात बताता हूँ।', मुकुन्द ने कहा और पुष्कर के साथ ढाबे की तरफ़ चल पड़ा। बाक़ी तीनों लोग ढाबे का नज़ारा देख रहे थे। सामने ही चार लड़कियाँ चाय और सिगरेट का लुत्फ़ ले रही थीं। शायद उनकी भी परीक्षा ख़त्म हो गयी थी। थोड़ी देर में मुकुन्द और प्रांजल लौट आये थे।

'क्या मज़ेदार बात बता रहे थे तुम?', नील ने पूछा।

'कल मैंने सोचा कि जल्दी से लंच करके लाइब्रेरी में जाकर पढ़ा जाये। कमरे पर दोपहर बाद नींद आने लगती है। मैं ठीक सवा बारह पर मेस में पहुँच गया। खाना अभी तैयार ही हो रहा था। पर मैंने मेस वाले बनवारी से कहा कि जो भी बन गया है वही दे दो। उसने एक थाली में चावल-दाल-सब्ज़ी

डालकर दे दिया और उसे लेकर मैं टेबल पर आ गया। मैंने देखा कि दो और लोग थोड़ी-थोड़ी दूरी पर बैठकर जल्दी-जल्दी खाना खा रहे हैं। उन्हीं में एक सज्जन थे राम बदन सर। हमेशा टोपी पहनते हैं। लोग तो कहते हैं कि आज तक किसी ने उन्हें बिना टोपी के नहीं देखा। अगर किसी ने उनके दरवाज़े पर अचानक नॉक कर दिया तो वो भीतर से कहते हैं 'दो मिनट रुको'। पहले टोपी पहनते हैं फिर दरवाज़ा खोलते हैं। कई लोग तो ये भी मज़ाक़ करते हैं कि राम बदन सर नहाते हुए भी टोपी नहीं उतारते। हा हा...'

'फिर क्या हुआ?', अंकित ने पूछा।

'एक-एक समोसा और लिया जाये? दो मिनट राम बदन सर की कहानी रोको मुकुन्द मैं लेकर आता हूँ।', नील तेज़ी से काउंटर की तरफ़ भागा और समोसे लेकर लौट आया।

'हाँ, अब आगे बताओ। राम बदन सर नहाते हुए भी टोपी पहनते थे ऐसा लोग कहते हैं।'

'हाँ, वही राम बदन सर आज बिना टोपी के मेस में खाना खा रहे थे। मेरी तरफ़ नज़र पड़ी तो अपने चिर परिचित सीरियस अन्दाज़ में उन्होंने पूछा, "और मुकुन्द, परीक्षा ख़त्म हो गयी?" मैंने बताया कि एक पेपर बाक़ी है... कल है। मैंने देखा कि उनके सिर पर अच्छे-ख़ासे बाल थे। लोग क़यास लगाते थे कि शायद राम बदन सर के सिर पर बाल नहीं हैं, इसलिए हमेशा टोपी पहनते हैं। लेकिन जब मैंने देखा कि उनकी खेती तो लहलहा रही है, केवल सामने के थोड़े बाल कम हो गये थे, तो मुँह से निकल गया–सर आप बिना टोपी के बहुत अच्छे लग रहे हैं। आपके तो घने बाल हैं, बस सामने दोनों तरफ़ थोड़े से झड़ गये हैं, लेकिन आप तो ऐसे भी अच्छे लग रहे हैं, टोपी की तो कोई ज़रूरत ही नहीं है सर। मेरा ये कहना था कि वो घबरा गये। उनके चेहरे से जैसे किसी ने सारा ख़ून सोख लिया हो। बिना कुछ बोले उठे और थाली वैसे ही छोड़कर चले गये। मुझे लगा कि मेरी बात से नाराज़ हो गये हैं। मुझे अफ़सोस भी हुआ कि मैंने क्यों उन्हें टोपी को लेकर टोक दिया।'

'फिर क्या हुआ? स्टाफ़ ने तो थाली हटा ली होगी?', अंकित ने उत्सुकता से पूछा।

'नहीं, सब अपने काम में व्यस्त थे...खाना तैयार कर रहे थे। पाँच मिनट बाद मैंने देखा कि राम बदन सर आ रहे हैं और उन्होंने हमेशा की तरह टोपी लगा रखी है। जैसे ही सामने आकर बैठे। एकदम पहले वाले अन्दाज़ में नज़र आये। जैसे सारा आत्मविश्वास लौट आया हो। बोले–'और परीक्षा के बाद घर जाना है या यहीं रुकना है?' मैं तो बस उन्हें देखता रह गया। बताया कि कल घर जा रहा हूँ। ग़ज़ब का कार्टून सीनियर है यार। क्या बिना टोपी के किसी का कॉन्फ़िडेंस इतना हिल सकता है।'

'किस सेंटर से हैं?', पुष्कर ने पूछा।

'फ़िलॉसफ़ी में हैं। लोग कहते हैं कि राम बदन सर ने ज़्यादा ही दर्शन शास्त्र का अध्ययन कर लिया है, इसीलिए टोपी से मस्तिष्क में जमा सारा ज्ञान ढँककर रखते हैं कि कहीं उड़ ना जाये।' ये सुनकर सब हँस पड़े थे।

उस दिन मण्डली देर तक ढाबे पर जमी रही। फिर सब डिनर के लिए मेज़बान गये। सबने 'डच' कर यानी बराबर-बराबर कॉन्ट्रीब्यूट कर दावत उड़ायी। अगले दिन ही मुकुन्द, अंकित, पुष्कर और प्रांजल दो हफ़्ते के लिए अपने-अपने शहर के लिए निकल गये।

35

नील बहुत ख़ुश था कि आज वासवी की परीक्षा ख़त्म हो जायेगी और शाम में वो उससे मिल सकेगा। लंच के ठीक बाद उसने गोदावरी फ़ोन लगाया ।

'कैसा रहा पेपर?'

'अच्छा रहा नील। बहुत मेहनत की थी मैंने। पेपर हो गया तो सन्तोष हो रहा है।'

'शाम में कितने बजे मिलें?'

'क्या कहूँ नील। दस मिनट में पापा आने वाले हैं। उन्होंने कहा कि पेपर ख़त्म हो गया है तो जल्दी घर आ जाओ। बहुत दिन हो गये देखे हुए। वो बस पहुँचने ही वाले हैं। सॉरी यार अब हमें मिलने के लिए थोड़ा और इन्तज़ार करना पड़ेगा। मुझे भी कुछ अच्छा नहीं लग रहा। मैंने प्लैन किया था कि कल सुबह घर जाऊँगी। आज शाम हम ख़ूब बातें करेंगे। साथ में डिनर करेंगे। लेकिन अब पापा को तो नहीं कह सकती ना कि वो ना आयें।'

‘मैं अभी आ जाता हूँ। तुम्हारे पापा से भी मिल लूँगा।’

‘पापा, मुझे लेकर बहुत पॉजेसिव हैं नील। अभी मिलना शायद ठीक नहीं रहेगा। समय आने पर मैं ख़ुद तुम्हें उनसे मिलवा दूँगी। अनावश्यक उनके मन में सवाल पैदा होंगे। मैं ऐसा कुछ भी नहीं चाहती। हो सकता है मुझे हॉस्टल आने ही ना दें।’

‘ओह! तब तो इन्तज़ार करना ही ठीक रहेगा। क्यों बहुत स्ट्रिक्ट हैं तुम्हारे पापा?’

‘नहीं, वैसी कोई बात नहीं। तुम मिलोगे तो बहुत अच्छे से मिलेंगे। लेकिन घर जाकर तुमसे जुड़े सौ सवाल पूछेंगे। तुम्हें कुछ नहीं कहेंगे, लेकिन मेरी स्क्रूटनी बढ़ जायेगी। थोड़ा इन्तज़ार कर लो बाबू। मिलते हैं जल्दी ही। सम्भव हुआ तो थोड़ा पहले आ जाऊँगी।’

‘घर फ़ोन कर सकता हूँ।’

‘अरे, भूल कर भी नहीं। इसीलिए तो तुम्हें नम्बर नहीं दे रही। चलो अब रखती हूँ। सामान भी पैक करना है। मिलते हैं जल्दी ही। बाय।’

‘बाय। मिस करूँगा तुम्हें।’

‘मैं भी बहुत मिस करूँगी। बस दो हफ़्ते की ही तो बात है।’

‘बस दो हफ़्ते तुम्हारे लिए होंगे। तुम तो परिवार के साथ होगी। मैं यहाँ अकेला रह जाऊँगा।’

‘तुम्हारे पास समय बहुत कम है। मन लगाकर पढ़ाई करना। तुम एक बड़े मक़सद के लिए छुट्टियों में यहाँ रुक रहे हो, ये भूलना मत। चलो मिलते हैं जल्दी ही।’ और वासवी ने फ़ोन रख दिया था।

नील बहुत उदास हो गया था...पर कर क्या सकता था। बेमन से दिनभर कमरे में पढ़ता रहा। शाम को बाहर निकला तो देखा कि हॉस्टल के सामने भीड़-भाड़ थी। सीनियर लड़के चाय-समोसे के साथ गप्पें लगा रहे थे और आते-जाते लोगों को स्कैन कर रहे थे। तभी उड़ती हुई एक गेंद सामने आकर गिरी। नील ने दौड़कर उसे पकड़ा और लौटाने के लिए आगे बढ़ा। वॉलीबॉल कोर्ट में क्रिकेट का रंग जमा था। क़रीब बीस लड़के खेल रहे थे। नील वहीं किनारे खड़ा होकर देखने लगा। एक लड़का बैटिंग क्रीज़ पर था और बॉल की ख़ूब धुनाई कर रहा था। बैटिंग टीम को जीतने के लिए दो ओवर में तीस

रन की ज़रूरत थी। क्रीज़ पर खड़ा लड़का आगे आया और फ़ील्डिंग टीम के लड़के से बोला, 'क्या लगता है धनन्जय भाई, जीत जाओगे या भरोसा डगमगा रहा है?'

'ज़्यादा फैलो मत मौलेश। बहुत रन है ना बन पायेगा तुम लोग से। तुम अकेले क्या उखाड़ लोगे?'

'अच्छा भाई, चैलेंज लगाओ। जो हारेगा वो सबको समोसा खिलायेगा।' ये बात सुनकर फ़ील्डिंग टीम एक जगह जमा हो गयी थी। सबने आपस में बात की और फिर धनन्जय ने चैलेंज स्वीकार कर लिया।

'चलो लग गयी समोसे की बाज़ी।'

'हाँ, ये हुई ना बात। जिमियन आउट नहीं होना है। इसी ओवर में ठोक देना है सारा रन।', मौलेश ने नॉन स्ट्राइकर एण्ड पर खड़े बल्लेबाज़ से कहा।

'हाँ बॉस, दिखा देना है।', जिमियन ने चिल्लाकर कहा।

नील को खेल देखने में मज़ा आने लगा था। खेल शुरू हुआ। मौलेश ने लगातार तीन गेंद पर तीन छक्के जड़ दिये। विपक्षी खेमे में हड़कंप मच गया।

'बॉल ठीक से डालो। हाफ़ वॉली बनाने का मौक़ा मत दो अनुराग।', धनन्जय ने गेंदबाज़ से कहा।

अनुराग ने अगली दो गेंद बहुत तेज़ फेंकी। मौलेश बीट हो गया था। अब आख़िरी गेंद थी। मौलेश ने पहले ही जिमियन से जाकर बात की और क्रीज़ में लौट आया। जैसे ही अनुराग ने बॉल डाली, मौलेश ने लेग की तरफ़ स्टीयर किया और तेज़ी से एक रन के लिए भागा।

'बस एक ही रन लेना है।', मौलेश ने चिल्लाकर कहा।

ओवर ख़त्म हो गया था और मौलेश फिर से स्ट्राइक पर था। धनन्जय ने बहुत समझाकर गेंद नीरज को दी और फ़ील्डर्स को सतर्क रहने को कहा। छोटे से ग्राउंड में छक्का सिर्फ़ सामने लग सकता था। प्रमोद के ढाबे तक गेंद अगर ऊपर-ऊपर चली जाती तो उसे छक्का मान लिया जाता था। फ़ील्डर फैला दिये गये। जीत के लिए मौलेश की टीम को ग्यारह रन की ज़रूरत थी। जैसे ही नीरज ने शॉर्ट रन अप से तेज़ गेंद डाली मौलेश ने उसे एकदम सीधा सामने उठा दिया। गेंद प्रमोद के ढाबे से भी आगे जाकर गिरी। नील को मौलेश की बल्लेबाज़ी बहुत आकर्षक लग रही थी। मन ही मन वो सोच रहा था कि क्या शानदार खिलाड़ी है...ज़बर्दस्त कंट्रोल है बल्ले पर। फिर अगली

गेंद लेकर नीरज दौड़ा। मौलेश ने एकदम ऐक्शन रीप्ले की तरह ठीक वही करारा शॉट जड़ा और गेंद एक बार फिर प्रमोद के ढाबे के पार जाकर गिरी। मैदान में हलचल मच गयी थी। मौलेश ने अकेले ही धनन्जय की टीम को हरा दिया था। पता चला कि दस ओवर के मैच में विपक्षी टीम ने 130 रन बनाये थे और मौलेश ने नाबाद चौके-छक्के बरसाकर मैच चार गेंद पहले ही ख़त्म कर दिया था। सारे खिलाड़ी बैट-बॉल और विकेट के साथ प्रमोद के ढाबे की ओर बढ़ गये जहाँ समोसे की पार्टी होनी थी।

नील तेज़ी से आगे बढ़ा और मौलेश के पास जाकर बोला, 'सर मैं भी क्रिकेट खेल सकता हूँ?'

'तुमको टीटी खेलते देखा है। अच्छा खेलते हो, नील नाम है ना? क्यों नहीं खेल सकते? अगले महीने टूर्नामेंट भी है। यहीं के प्रदर्शन के आधार पर ब्रह्मपुत्रा की टीम चुनी जायेगी। आओ कल से...और अभी तो चलो समोसा खाते हैं।'

प्रमोद के ढाबे पर रौनक़ बढ़ गयी थी। पहले से बने सारे समोसे एक बार में ही ग़ायब हो गये थे। प्रमोद ने और समोसे कड़ाही में डाल दिये थे और दूसरे चूल्हे पर चाय बिठा दी थी।

'मेन्स कैसा गया, कैसा नहीं, अब इस बारे में इंटर हॉस्टल टूर्नामेंट तक कोई बात नहीं करेगा। एक महीना बस भौकाल मस्ती चलेगी।', मौलेश ने ऊँचे स्वर में एलान कर दिया था।

'आज तक ब्रह्मपुत्रा ने कभी इंटर हॉस्टल टूर्नामेंट नहीं जीता है, लेकिन मौलेश इस बार जैसे फ़ॉर्म में नज़र आ रहा है, लगता है ट्रॉफ़ी यहीं आ रही है।', सामने खड़े एक लड़के ने कहा।

'अरे अनुपम सर, आपकी बॉलिंग और बैटिंग चल जाये तो ट्रॉफ़ी हमारी ही है इस बार।', मौलेश ने कहा।

नील ये बातचीत ग़ौर से सुन रहा था। उसे समझ में आ गया था कि क्रिकेट खेल रहे ज़्यादातर लड़के मेन्स वाले हैं और अब फ्री होकर अलग मूड में आ गये हैं। वो ये भी जान गया था कि ब्रह्मपुत्रा के क्रिकेट का केन्द्र मौलेश ही है। सब उसे कैप्टन टाइप भाव दे रहे थे। हर बात उसी से कही जा रही थी और जवाब भी वही दे रहा था।

'चलो भाई धनन्जय, आज के चाय और समोसे के लिए थैंक्यू रहेगा। फ्रेश होकर मिलते हैं मेस में।', मौलेश बैट लेकर हॉस्टल की ओर बढ़ गया था। कई लड़के उसके पीछे-पीछे हो लिए थे। नील ये सब देखकर उत्साहित था।

अगले दिन दोपहर के बाद कोचिंग थी। इसलिए नील चाहकर भी खेल नहीं सकता था। पर उसके बाद वाले दिन के लिए वो मन ही मन तैयार हो चुका था। उसने तय कर लिया था कि जिस दिन कोचिंग नहीं होगी वो क्रिकेट खेलेगा और अपनी पढ़ाई रात में पूरी करेगा।

उस दिन लंच के बाद उसने दो घण्टे तक जमकर पढ़ाई की और चार बजे वॉलीबॉल कोर्ट में पहुँच गया। उसे मालूम था कि समय चुराना पड़ेगा, इसलिए लंच के बाद की नींद के बारे में उसने सोचा तक नहीं। जब वो पहुँचा तो खेल शुरू होने वाला था।

'आओ जी नील। क्या करते हो बैटिंग या बॉलिंग?', मौलेश ने पूछा।

'लेदर बॉल से अपनी टीम के लिए ओपन करता था और लेग स्पिन बॉलिंग।'

'अच्छा लेदर बॉल वाले हो। चलो देखते हैं, अच्छा खेलते होगे तो हमें टूर्नामेंट के लिए एक खिलाड़ी भी मिल जायेगा। अरे, ये नील मेरी टीम में रहेगा।', मौलेश ने एलान कर दिया। किसी ने विरोध नहीं किया था।

मैच शुरू हुआ। मौलेश ने नील को ओपन करने के लिए ही भेजा। नील ने बहुत बढ़िया बल्लेबाज़ी की। दो चौके लगाये, दौड़कर रन बनाया। टीम के 120 रन के कुल स्कोर में उसका योगदान 23 रन का था। गेंदबाज़ी करते हुए भी तेज़ गेंद फेंककर उसने दो विकेट लिए। कैनवस बॉल से स्पिन कराना मुश्किल था उसके लिए। उस दिन का मैच भी मौलेश की टीम ही जीती। प्रमोद के ढाबे पर उसकी सार्वजनिक रूप से तारीफ़ करते हुए मौलेश ने कहा, 'नील बहुत बढ़िया खेलता है। इसको भी हम लोग हॉस्टल टीम में रख सकते हैं।'

'हाँ, अच्छा तो खेलता है।' कई लोगों ने एक साथ कहा।

'किस डिपार्टमेंट में हो जी?', अनुराग ने पूछा।

'हिन्दी में, एमए फ़र्स्ट सेमेस्टर।'

'एमए में हो तो ब्रह्मपुत्रा कैसे आ गये?'

'अभी हॉस्टल नहीं मिला तो राजीव भैया के साथ सेकेंड रूम मेट हूँ।'

'टीटी खेलते देखा है तुमको। अच्छा खेलते हो। पर एमए में हो तो यहाँ से टूर्नामेंट कैसे खेल सकते हो। तुमको तो डे स्कॉलर की टीम से खेलना होगा।'

'अरे, एमए में है तो क्या हुआ। खाता ब्रह्मपुत्रा में है तो डे स्कॉलर की टीम से क्यों खेलेगा?', मौलेश ने अनुराग की बात पुरज़ोर तरीक़े से काटी।

'रूल तो यही है कि जो हॉस्टल का रेसिडेंट नहीं है वो डे स्कॉलर की टीम से खेलता है।'

'मेरा सवाल सीधा है। जब रहता यहाँ है, खाता यहाँ है तो डे स्कॉलर की टीम से क्यों खेलेगा? डीन ऑफ़िस में चलकर बवाल करते हैं ना हम लोग। नियम है तो बदलवाते हैं। तुम चिन्ता मत करो जी। तुम ब्रह्मपुत्रा की टीम से ही खेलोगे।', मौलेश ने नील के कन्धे पर हाथ रखकर कहा।

'अच्छा अभी तो बीस दिन है टूर्नामेंट में, देखते हैं क्या होता है।', अनुराग ने कहा।

'अभी तो ठीक से प्रैक्टिस करते हैं, बाक़ी देखा जायेगा।', कहकर मौलेश हॉस्टल की तरफ़ बढ़ गया। बाक़ी खिलाड़ी भी उसके साथ हो लिए थे। अनुराग को ये बात थोड़ी खटकी थी।

36

दो हफ़्ते तक वासवी और ख़ास दोस्तों की ग़ैर मौजूदगी में क्रिकेट ने नील को काफ़ी सहारा दिया। पर वो ख़ूब मन लगाकर पढ़ाई भी कर रहा था। इस समय का उसने भरपूर इस्तेमाल किया। बीते कई महीने से हिस्ट्री मेन्स का जो नोट्स वो बना रहा था, उसे उसने पूरा कर लिया। केवल वर्ल्ड हिस्ट्री वाला हिस्सा बाक़ी रह गया था। अब वो अपने दूसरे वैकल्पिक विषय हिन्दी साहित्य पर ध्यान दे रहा था। ख़ासतौर से भाषा विज्ञान पर। उसे एक सीनियर का नोट्स भी मिल गया था और वो ख़ुद भी डॉक्टर हरदेव बाहरी और भोला प्रसाद तिवारी की किताब से अपना नोट्स तैयार कर रहा था। उसने सोच रखा था कि फ़रवरी से पूरी तरह पीटी में जुट जायेगा, लेकिन उससे पहले हिन्दी के पहले पेपर का नोट्स तैयार कर लेना है और फिर पीटी के बाद घर से लौटकर

मेन्स की तैयारी में डूब जाना है। उसे एक बार भी ये नहीं लगा था कि पीटी में नहीं भी हो सकता है। वो अपने रिज़ल्ट को लेकर पूरी तरह आश्वस्त था।

चार जनवरी को यूनिवर्सिटी खुल रही थी। वो बहुत बेसब्री से वासवी और अपने दोस्तों का इन्तज़ार कर रहा था। 31 दिसम्बर को क़रीब दो बजे हॉस्टल में वासवी का फ़ोन आया। लंच के बाद वो लॉबी में लोगों को टीटी खेलता देख रहा था। उसने दौड़कर रिसीवर उठाया।

'हलो नील।'

'अरे वासु! कैसी हो तुम?'

'मैं ठीक हूँ, तुम कैसे हो?'

'वैसा ही हूँ जैसा तुम छोड़कर गयी थी।'

'अरे बाबा, पढ़ाई की या नहीं?'

'हाँ, पढ़ाई अच्छी की, पर तुम्हें मिस भी बहुत किया।'

'मैंने भी तुम्हें मिस किया नील। पर ये अच्छी बात हुई कि तुम्हारा जो ऑब्जेक्टिव है वो पूरा हुआ। मार्केट से कॉल कर रही हूँ...बस बताना था कि मैं तीन की शाम को आ जाऊँगी। पहुँचकर फ़ोन करूँगी तो तुम आना। मिलते हैं जल्दी ही...और हाँ, हैप्पी न्यू ईयर।'

'हैप्पी न्यू ईयर वासु। तुमने तो मुझे लॉटरी जैसा फ़ील करा दिया। इन्तज़ार करूँगा तुम्हारे फ़ोन का।'

'अच्छा रखती हूँ। बाय।'

'बाय।', नील के चेहरे पर एक मुस्कान तैर गयी थी। कमरे में गया और डायरी से मुकुन्द के घर का फ़ोन नम्बर लेकर उसे कॉल कर दिया। फ़ोन मुकुन्द की माँ ने उठाया था।

'हलो मुकुन्द से बात हो सकती है?'

'कौन बोल रहा है?'

'मैं जेएनयू से मुकुन्द का दोस्त बोल रहा हूँ नील।'

'अच्छा अच्छा, बेटा नील बोल रहे हो। बहुत बात करता है तुम्हारे बारे में। अभी बुलाती हूँ।'

'राजू, ए बेटा राजू...देखो दिल्ली से नील का फ़ोन है, जाओ बात करो।'

'क्या भाई...कैसे-कैसे याद आ गयी हमारी, जेएनयू में सब ठीक ना?'

'हाँ यार, यहाँ सब ठीक ही है। बस मिड कैंपस में लगता है सन्नाटा पसरा है। कुछ ही लोग रह गये हैं। यार तुम लोगों को गये बस दस-बारह दिन हुए हैं, पर लगता है कई महीने बीत गये हैं। कब आ रहे हो भाई?'

'मैं परसों सुबह आ जाऊँगा। वासवी कब आ रही है?'

'वो तीन को आयेगी।'

'तो चलो दो की शाम हमारे हिस्से आयेगी। अंकित, पुष्कर और प्रांजल तीन को ही आयेंगे। बात हुई थी फ़ोन पर।'

'ये सही है। परसों शाम को मिलते हैं फिर।'

'हाँ, तीन से तो तुम भौजाई में बिज़ी हो जाओगे। फिर कौन मुकुन्द, कहाँ का मुकुन्द?'

'लेने लगे मज़े। आओ फिर बात होती है। मिलते हैं परसों...बाय।'

दो जनवरी की शाम को सतलज पहुँचा तो मुकुन्द सो रहा था। दो बार दस्तक के बाद उसने दरवाज़ा खोला। दोनों दोस्त गले मिले।

'अरे यार सामान पहुँचाने दिल्ली यूनिवर्सिटी चला गया था। एक पड़ोस का लड़का है उसके घर से खाने-पीने की चीज़ें लेकर आया था। बहुत थक गया तो सो गया। बस दो मिनट बैठो। मैं हाथ-मुँह धोकर आता हूँ, फिर ढाबा चलते हैं।' नील कमरे में रखा फ्रंटलाइन पलटने लगा था। मुकुन्द के लौटने के बाद दोनों साबरमती पहुँचे।

'कैसी रही तुम्हारी छुट्टी। क्या-क्या किया लखनऊ में?'

'ख़ूब खाया और ख़ूब सोया।'

'क्यों स्कूल की लड़कियों से मिलने नहीं गये?'

'अरे स्कूल में हमारा और लड़कियों का छत्तीस का आँकड़ा रहता था। सब अब अपनी-अपनी दुनिया में हैं। हमने तो बस माँ के हाथ का खाना खाया, टीवी पर फ़िल्में देखी और दो-चार पुराने दोस्तों से हज़रतगंज में मिलकर दावत उड़ायी।'

'हॉल में कोई फ़िल्म नहीं देखी?'

'नहीं यार...और कोई ऐसी फ़िल्म लगी भी नहीं थी कि देखी जाये। ज़्यादातर घर पर ही रहे। और तुम बताओ तुमने क्या किया। भौजाई के बिना कैसे बिताये दो हफ़्ते।'

'यार मैंने ख़ूब पढ़ाई की और जब मौक़ा मिला क्रिकेट खेला।'

'क्रिकेट! कहाँ?'

'ब्रह्मपुत्रा में ही। मेन्स वाले सारे सीनियर आजकल क्रिकेट में रमे हैं। पन्द्रह दिन बाद इंटर हॉस्टल टूर्नामेंट भी होने वाला है। बढ़िया माहौल बना हुआ है हमारे यहाँ।'

'सतलज पिछले दो बार की चैम्पियन है। ख़तरनाक खिलाड़ी हैं हमारे हॉस्टल में। कल से ही मैं भी प्रैक्टिस शुरू करता हूँ। चलो एक चक्कर गंगा ढाबे का भी लगा लिया जाये?' मुकुन्द ने कहा।

'हाँ चलो।' दोनों गंगा ढाबा पहुँचे।

बीते दो हफ़्ते से ढाबे पर ज़्यादा लोग नज़र नहीं आ रहे थे। लेकिन आज वहाँ काफ़ी चहल-पहल थी। बैठने की सारी जगहें भरी थीं। सिट्टू की दुकान पर सिगरेट के तलबगारों की जमघट लगी थी।

'यार, गया था तो इतनी ज़्यादा ठण्ड नहीं थी। पर अब तो मोटे जैकेट में भी ठण्ड लग रही है।',

'हाँ, जेएनयू में महसूस भी ज़्यादा होती है। क्या लोगे?'

'एक-एक कप कॉफ़ी पी लेते हैं।' नील कॉफ़ी लेने चला गया था। साथ में उसने पकौड़े भी ले लिए।

'पकौड़े के लिए एकदम सटीक मौसम है। मज़ा आ रहा है कॉफ़ी के साथ।', मुकुन्द ने मुँह में डालते हुए कहा।

'हाँ, कई दिन बाद खा भी रहे हो जेएनयू के पकौड़े। शायद इसलिए भी अच्छे लग रहे होंगे।'

'हो सकता है। यार, बमुश्किल छह महीने हम लोगों ने जेएनयू में बिताये हैं, पर इसकी ज़बर्दस्त आदत लग गयी है। घर पर कैंपस को बहुत मिस कर रहा था।'

'हाँ, ये बात तो है। चलो अब चला जाये, डिनर का भी टाइम हो चला है।', नील ने कहा।

'हाँ चला जाये।'

37

सुबह से ही नील को बेचैनी हो रही थी। ऐसा लग रहा था जैसे समय कट ही नहीं रहा। पढ़ने में भी मन नहीं लग रहा था। उसे वासवी से मिलने का इन्तज़ार था।

'आज लाइब्रेरी नहीं जा रहे हो नील?', राजीव भैया ने ब्रेकफ़ास्ट के बाद उसे रूम पर ही देखा तो पूछा।

'जा रहा हूँ भैया। बस वही सोच रहा था।'

'कैसी चल रही है तुम्हारी तैयारी? कई दिन से ठीक से तुमसे बात ही नहीं हो पायी। मैं भी कहाँ हॉस्टल में रह पा रहा हूँ।'

'तैयारी ठीक चल रही है भैया।'

'कुछ दिक़्क़त होने पर संजय से पूछ लेते हो ना?'

'हाँ, भैया। उनसे हमेशा टच में रहता हूँ। मेन्स का नोट्स बनाते हुए उनसे लगातार पूछता रहा।'

'चलो अच्छी बात है। अब तो कुछ दिन में पीटी का प्रेशर शुरू हो जायेगा। पहले अटेम्प्ट में बहुत मेहनत करनी पड़ती है। लगता है ये भी कर लें, वो भी कर लें। एक बार पीटी हो जाये तो आइडिया हो जाता है।' तभी दरवाज़े पर दस्तक हुई। मौलेश के साथ कई और लड़के कमरे में दाख़िल हो गये थे।

'राजीव भाई। ये नील बढ़िया क्रिकेट खेलता है। इस बार ब्रह्मपुत्रा की टीम अच्छी बन रही है। ये भी टीम में रहेगा तो हम और मज़बूत हो जायेंगे।', मौलेश ने कहा।

'अरे वाह! ये तो बहुत बढ़िया बात है। राँची में तो नील ख़ूब क्रिकेट खेलता था।'

'लेकिन इसके हॉस्टल से खेलने में एक टेक्निकल पंगा है। हम लोग जा रहे हैं डीन से मिलने। चलो जी नील, तुम भी चलो।'

'क्यों क्या पंगा है?', राजीव ने पूछा।

'अरे रूल बनाया है कि जो हॉस्टल का रेसिडेंट नहीं है वो डे स्कॉलर की टीम से खेलेगा। लेकिन मेरा कहना है कि जब रहता यहाँ है, खाता यहाँ के मेस में है तो डे स्कॉलर की टीम से क्यों खेलेगा। चलो जी जल्दी चलो, आधे घण्टे में फ्री हो जाओगे।' नील जल्दी से तैयार होकर उनके साथ चला गया था। दस-बारह बाइक पर तीन-तीन लड़के सवार थे। वहाँ पहुँचकर उन्होंने डीन क़ुरैशी सर से मुलाक़ात की।

'गुड मॉर्निंग सर।', मौलेश ने क़ुरैशी सर को हाथ जोड़ते हुए कहा।

'आओ मौलेश। कैसे हो और इतने सारे लड़के एक साथ...क्या बात हो गयी, हॉस्टल में कोई परेशानी तो नहीं?'

'नहीं सर। थोड़ी दूसरी समस्या है।' मौलेश ने क़ुरैशी सर को सारी बात बतायी।

'बात तो तुम्हारी बिल्कुल जायज़ है कि जब रहता ब्रह्मपुत्रा में है, खाना वहाँ के मेस में खाता है तो क़ायदे से उसे खेलना भी वहीं से चाहिए।' उन्होंने अधिकारी चेत सिंह को बुलाकर आदेश दिया कि एक सर्कुलर निकाल दिया जाये कि इंटर हॉस्टल गेम्स में सेकेंड या थर्ड रूम मेट के तौर पर रह रहे छात्र उसी हॉस्टल से खेल सकते हैं। मौलेश और दूसरे खिलाड़ियों ने क़ुरैशी सर का इस आदेश के लिए शुक्रिया अदा किया और बाहर आकर नील से कहा, 'अब तुम ऑफ़िशियली ब्रह्मपुत्रा के खिलाड़ी बन गये हो जी। जमकर तैयारी करो। तुम्हारी बॉलिंग और बैटिंग शानदार रहनी चाहिए...और मैच लेदर बॉल से ही होगा। टूर्नामेंट से तीन-चार दिन पहले हम लोग स्टेडियम में जाकर मैट पर प्रैक्टिस करेंगे।'

'जी सर। पूरी ताक़त लगा दूँगा।', नील ने कहा। सारे लड़के हॉस्टल लौट गये थे। नील ने पूरा प्रकरण राजीव भैया को बताया और फिर लाइब्रेरी चला गया। लंच में जब लौटा तो फ़ोन अटेंडेंट लप्पू ने बताया कि गोदावरी से फ़ोन आया था। नील ने दौड़कर रूम में बैग रखा और गोदावरी फ़ोन लगा दिया। वासवी को आने में थोड़ी देर हुयी।

'कितनी देर लगा दी?'

'अरे बाबा मेस में थी। शंकर भैया ने वहीं आकर बताया...भागी-भागी आ रही हूँ। और कैसे हो तुम? कब आओगे?'

'तुम बताओ? मैं तो अभी तुरन्त मिलना चाहता हूँ।'

'अभी एलीना, नन्दिता वग़ैरह रूम पर आने वाली हैं। माँ ने खाने का बहुत सारा सामान दिया है तो मैंने उन्हें बुला लिया। शाम को ही मिलते हैं। मैं उसी समय इन्तज़ार करूँगी।'

शाम को जब नील गोदावरी पहुँचा तो वासवी, एलीना और नन्दिता के साथ उसी पेड़ के नीचे खड़ी थी।

'हाय नील।', तीनों ही लड़कियों ने एक साथ हाथ हिलाकर कहा था। नील ने उनका जवाब दिया था, लेकिन इस वक़्त वो सिर्फ़ वासवी से मिलना चाहता था। उसके चेहरे पर मुस्कुराहट के साथ थोड़ी सख़्ती भी नज़र आयी थी।

‘अरे भाई, हमने सोचा इतने दिन हो गये तुमसे मिले हुए। आज हम भी साथ चाय पी लेते हैं। वासवी के साथ तो तुम हमेशा पीते हो।’, एलीना ने छेड़ते हुए कहा।

‘हाँ हाँ, क्यों नहीं। वाक़ई बहुत दिन हो गये हैं। तुम लोग भी तो घर गयी थीं।’

‘हम तीनों आज ही लौटे हैं।’, नन्दिता ने कहा। वासवी लगातार नील को देख रही थी और मुस्कुरा रही थी।

‘तुम्हारा दोस्त नहीं आ रहा, मुकुन्द?’, एलीना ने पूछा।

‘नहीं प्रोग्राम तो नहीं है उसका, पर बोलो तो जाकर ले आता हूँ, बस दस मिनट लगेंगे।’

‘नहीं नहीं। मैंने तो बस यूँ ही पूछ लिया। बाद में मिल लेंगे।’, एलीना बोली।

‘अरे भई तुम तो बस वासवी को ही देखे जा रहे हो। हम पर तो तुम्हारा ध्यान ही नहीं। उखड़े-उखड़े भी लग रहे हो। ज़्यादा टाइम नहीं लेंगे तुम दोनों का। चाय पिला दो, हम चले जायेंगे।’, एलीना ने कहा।

‘ऐसी तो कोई बात नहीं। तुम लोग भी तो दोस्त हो।’

‘हाँ, वो तो हैं...पर वैसे वाले दोस्त नहीं जैसी वासवी है। पर कोई बात नहीं। चलो चाय ले आते हैं।’, नन्दिता ने कहा।

‘मैं लेकर आता हूँ। तुम लोग यहीं रुको।’ नील मल्होत्रा ढाबे की ओर बढ़ गया था।

‘ही इज़ सो क्यूट वासवी।’, एलीना की आवाज़ उसके कानों में पड़ी थी।

ढाबा कई दिनों बाद गुलज़ार था। पेरियार से लेकर गोदावरी तक जगह-जगह लड़के-लड़कियाँ बैठे नज़र आ रहे थे। तरह-तरह की आवाज़ें सुनाई पड़ रही थीं। थोड़ी देर में नील एक प्लेट में चार चाय और समोसे का ठोंगा लेकर लौटा।

‘अरे हमें आवाज़ लगा देते। हमारी भी ग़लती है। हममें से किसी को जाना चाहिए था। सॉरी नील।’, एलीना ने कहा।

‘कोई बात नहीं। हो तो गया।’

‘इतने दिनों बाद ढाबे की चाय कितनी अच्छी लग रही है।’, वासवी बोली।

'हाँ, नील भी तो साथ में है। स्वाद तो बढ़ना ही है। घर की चाय में अब वो स्वाद कहाँ।', एलीना ने चिढ़ाया था।

'मारूँगी तुम्हें। अरे बाबा, यहाँ की चाय का स्वाद वाक़ई अलग है। घर वाली बुरी होती है, ऐसा मैं नहीं कह रही। वो अपनी जगह अच्छी है और ये अपनी जगह।'

'मतलब तुम ये कह रही हो कि तुम जब नील के साथ चाय पीती हो तो तुम्हें चाय का वही स्वाद मिलता है जो सामने बैठे उन मोटे वाले भैया को मिल रहा होगा जो अकेले चाय पी रहे हैं।', एलीना ने कहा।

'एलीना, तुम कमरे पर चलो तो बताती हूँ...और कोई बात नहीं तुम्हारे पास?', वासवी ने एलीना को मुक्का दिखाया था। नील मुस्कुरा रहा था।

'अच्छा नील तुम बताओ, तुम जब मुकुन्द के साथ ढाबे की चाय पीते हो और वासवी के साथ पीते हो तो क्या तुम्हें दोनों में एक ही स्वाद मिलता है?' नील एलीना के ऐसे सवाल के लिए तैयार नहीं था।

'एलीना, हाँ'...चाय तो चाय है...एक जैसी ही लगती है।'

'सँभल जाओ वासवी, नील को तुम्हारे और मुकुन्द के साथ की चाय में कोई अन्तर नज़र नहीं आता। सोच लो भविष्य के स्वाद के बारे में।'

'अरे तुम क्यों नील की खिंचाई कर रही हो। जाओ अब तुम दोनों...हो गयी ना चाय।'

'अच्छा तो अब हम तुम्हें भी कबाब में हड्डी लग रही हैं। ठीक है वासवी। हमारा भी टाइम आयेगा। हम भी अपने-अपने नील के साथ होंगे...और जल्दी ही, देख लेना। ओके बाय।' एलीना ने कहा और नन्दिता को खींचकर ले जाने लगी।

'अरे कहाँ जा रही हो तुम लोग। रुको तो।', नील को लगा कि वो नाराज़ हो गयी हैं।

'अरे नील, सीरियस होने की ज़रूरत नहीं। मैं मज़ाक़ कर रही थी। चाय-समोसा हो गया। अब तुम दोनों बातें करो...मिलते हैं फिर।' वासवी मुस्कुरा रही थी।

'ख़तरनाक हैं तुम्हारी दोस्त।'

'अरे बहुत प्यारी हैं दोनों। बहुत मज़ा आता है इनके साथ।', वो उन्हें जाती हुई देख रही थी।

'और सुनाओ बाबू, क्या हालचाल?'

'मिल गयी फ़ुर्सत?'

'हाँ, मिल गयी। अरे मैं नीचे आने लगी तो उन्होंने कहा कि वो भी चलेंगी...उन्हें भी तुमसे मिलना है। मैं मना थोड़े ना कर सकती थी। प्यारी दोस्त हैं दोनों।'

'अच्छा अच्छा, ठीक है। पर इतने दिनों बाद मिली हो, तुम्हें देर तक मेरे साथ रहना होगा। आज हम खाना बाहर खायेंगे। ये मत कहना कि मेस का टाइम हो गया है।'

'ठीक है बाबा। अभी मुझे भूख भी नहीं लगी। खा लेंगे बाहर। और सुनाओ पढ़ाई कैसी हुई तुम्हारी। अकेले क्या-क्या किया?'

'पढ़ाई बहुत अच्छी हुई वासु...और जब समय मिला तो क्रिकेट खेला।'

'क्रिकेट...कहाँ?'

'हॉस्टल के ही बास्केट बॉल कोर्ट में।' क्रिकेट का पूरा प्रकरण नील ने सुना दिया था।

'अरे वाह ये तो बहुत अच्छी बात है कि तुम ब्रह्मपुत्रा की टीम से इंटर हॉस्टल खेलने वाले हो। पर देखना इन सब में तुम्हारी पढ़ाई प्रभावित न हो?'

'बस एक हफ़्ते की ही बात है वासु। दो हफ़्ते बाद टूर्नामेंट शुरू होगा और सात-आठ दिन में ख़त्म भी हो जायेगा। फिर जमकर पढ़ाई करूँगा।'

'हाँ, मेरा बस यही कंसर्न है कि सेंटर की पढ़ाई के साथ यूपीएससी पहले ही थोड़ा टफ़ है, ऊपर से दूसरे डेवियेशन होंगे तो मैनेज करना मुश्किल होगा।'

'तुम्हारी बात बिल्कुल सही है और मैं तुम्हारे इस कंसर्न को अप्रीशियेट भी करता हूँ। पर तसल्ली रखो। मैं मैनेज कर लूँगा।'

'फिर ठीक है।'

'चलें तुम्हारे हॉस्टल की तरफ़ एक वॉक लेते हैं।'

'हाँ चलो।' दोनों धीरे-धीरे चलने लगे थे और तिराहे से होकर गोदावरी के पीछे वाली सड़क पर आ गये थे। दिसम्बर की ठिठुरती ठण्ड में ऐसा लग रहा था जैसे सड़क भी सहम-सी गयी हो। इक्का-दुक्का लोग ही चल रहे थे। जेएनयू सिक्योरिटी वाले गार्ड ने प्रोफ़ेसर के बंगले के सामने अलाव जला लिया था। नील और वासवी जब उसके पास से गुज़रे तो वो खड़ा हो गया।

वासवी ने बैंगनी रंग की लम्बी जैकेट पहनी थी, सिर पर पीले रंग की वुलेन टोपी थी। नील ने काले रंग की मोटी जैकेट पहनी थी। दोनों धीरे-धीरे चल रहे थे।

'पापा आये थे या अकेली आयी?'

'ड्राइवर आया था। पापा आना चाहते थे, लेकिन उनका कोई कनसाइनमेंट जाना था लन्दन...तो उसी में बिज़ी हो गये।'

'मैंने कितना सोचा था कि छुट्टी से पहले तुमसे मिलूँगा, ढेर सारी बातें करूँगा। पर पापा को बेटी की इतनी याद आयी कि मेरी सारी योजना पर पानी फिर गया।' ये सुनकर वासवी हँस पड़ी थी।

'अरे पापा हैं मेरे। बहुत प्यार करते हैं। आज तक उन्हीं के साथ तो थी। हॉस्टल तो अब आयी हूँ।'

'मैंने कब कहा कि पापा प्यारे नहीं हैं, पर...छोड़ो जाने दो।'

'मेरे पापा के ख़िलाफ़ कुछ ना कहना, बोल देती हूँ।', वासवी मुस्कुरा रही थी।

'तुम्हारी इसी मुस्कुराहट ने मेरी जान ले ली वासवी। ऐडमिशन वाले दिन भी जब तुम मुझे देखकर मुस्कुरायी थी तो मैं सोचता रह गया था।'

'ऐसा क्या है, जैसे सब मुस्कुराते हैं, वैसे मैं भी मुस्कुराती हूँ। तुम्हें ही वो ख़ास लगती है।'

'तुम नहीं समझोगी। अच्छा बताओ तुमने मुझे कितना याद किया?'

'टाइम ही नहीं मिला। माँ-पापा ने पूरा बिज़ी कर दिया था...और लखनऊ से दीदी भी आ गयी थी। मौक़ा ही नहीं मिला तुम्हारे बारे में सोचने का।'

'अच्छा! इतना गया गुज़रा हूँ मैं कि तुम्हें मेरे बारे में सोचने का वक़्त ही नहीं मिला।'

'अरे बाबा...कितना अपने बारे में सुनना चाहते हो। बहुत सोचा तुम्हारे बारे में...अपने बारे में...हम दोनों के बारे में। अब ख़ुश?'

'क्या सोचा, ज़रा बताना?'

'यही कि तुम कितनी अच्छी तरह पढ़ाई करते हो...कितने सिंसियर हो। पहली बार में ही यूपीएससी निकाल सकते हो।'

'ये तो मेरे बारे में हुआ...और हम दोनों के बारे में क्या सोचा तुमने?'

'कुछ नहीं, जर्नलिस्ट की तरह सवाल मत पूछो। कुछ बातें मन में ही रहें तो अच्छा रहता है। वैसे क्या-क्या तैयार कर लिया तुमने मेन्स का?' दोनों रिंग रोड पर आ गये थे और अरावली गेस्ट हाउस वाले मोड़ से आगे निकल गये थे।

'इंडियन हिस्ट्री के नोट्स हो गये हैं। पिछले साल के क्वेश्चन पेपर को देखकर जो भी टॉपिक मुझे रेलेवेंट लगा वो सब तैयार कर लिया है। एक सीनियर हैं संजय भैया। उनसे भी डिस्कस कर लिया था। वो दो बार से इंटरव्यू दे रहे हैं।'

'ग्रेट ये तो बहुत अच्छी बात है...और वर्ल्ड हिस्ट्री?'

'सिलेबस के हिसाब से पढ़ लिया है सारा। टॉपिक भी शॉर्टलिस्ट कर लिया है। बस नोट्स नहीं बनाया है। सोचा है पीटी के बाद बनाऊँगा।'

'पीटी के बाद तो ज़्यादा टाइम नहीं रहता, पर कोई बात नहीं। मैं तुम्हारी मदद करूँगी। वर्ल्ड हिस्ट्री अच्छी है मेरी। रेनेसाँ से लेकर मॉडर्न वर्ल्ड तक है ना? देखा है मैंने सिलेबस। 'रैल्फ़ ऐण्ड बर्न्स' में सब कवर्ड है।'

'मैं भी एनसीईआरटी वाली 'स्टोरी ऑफ़ सिविलाइज़ेशन' और रैल्फ़ ऐण्ड बर्न्स को ही बेस बनाकर पढ़ता हूँ।'

'हाँ, ज़्यादा किताबें पढ़ने से बेहतर है कि एक अच्छी किताब से टॉपिक पर कमांड बना लिया जाये। बाक़ी तो लिखने पर है कि कौन कैसा लिखता है। किसकी कैसी भाषा है। कौन कितने कम में ज़्यादा बातें बता सकता है। एक क्वेश्चन पर पाँच-छह पेज से ज़्यादा क्या ही लिख लेगा कोई...और पढ़ने को लोग दर्जनों किताबें पढ़ डालते हैं। आख़िर में सँभाल नहीं पाते।'

'तुम्हें इतना पता है तो यूपीएससी दे क्यों नहीं देती?'

'अरे ना बाबा, ना। मुझे उसमें कोई दिलचस्पी नहीं। इतना स्ट्रेस मैं नहीं ले सकती। मेरा तो एकैडेमिक्स ही ठीक है। मैं सोएस, ऑक्सफ़ोर्ड या केम्ब्रिज से पीएचडी करना चाहती हूँ। ख़ूब मन लगाकर पढ़ूँगी। पापा, स्पॉन्सर कर सकते हैं, पर मैं चाहती हूँ कि मेरा एकैडेमिक परफ़ॉर्मेंस इतना अच्छा रहे कि मुझे फ़ुल स्कॉलरशिप मिल जाये।'

'तुम इंग्लैंड चली जाओगी तो मैं यहाँ क्या करूँगा?'

'अरे मैं कोई आज थोड़े ही ना जा रही हूँ। ये मेरी प्लैनिंग है...देखती हूँ आगे क्या होता है।'

'तुम्हारा सपना है तो मैं उसमें रुकावट नहीं बनूँगा वासु।', वासवी ने बहुत प्यार से देखा उसे।

'ऐसे क्या देख रही हो।'

'बस देख रही हूँ। अच्छा लगता है तुम्हें देखना।'

'तुम भी ना वासु...अच्छा, यहाँ तक आ गये हैं तो पैदल ही मेज़बान चलते हैं। ज़्यादा दूर नहीं।'

'उधर देखो ना। वो रास्ता पीले-पीले लैंप की रोशनी में एकदम क्रीसेंट की तरह लग रहा है।', वासवी ने सामने सड़क की ओर इशारा किया था।

'हाँ, तुम्हें शायद पता न हो, इस सड़क के आख़िर में वीसी का बंगला है और बाहर निकल कर मेज़बान रेस्टोरेंट।'

'मेरे हॉस्टल में भी लड़कियाँ मेज़बान की बात करती हैं। चलो चलते हैं।'

'वासवी, जेएनयू में तुम्हें सबसे अच्छा क्या लगता है?'

'यार, एक लड़की के रूप में मुझे यहाँ की फ्रीडम बहुत अच्छी लगती है। मुझे इस बात का डर नहीं होता कि मैं सड़क पर निकलूँगी तो कुछ हो जायेगा...कोई मुझे घूर रहा होगा। मैंने अभी तक कैंपस में किसी को ऐसा करते नहीं देखा। लोगों ने बताया कि जीएसकैश है यहाँ जो छेड़छाड़ जैसी घट्नाओं से जुड़ी शिकायतों पर कार्रवाई करता है। पर इतने दिनों में मुझे कभी कुछ ऑकवर्ड फ़ील नहीं हुआ। ये मेरे लिए बहुत लिबरेटिंग है...और देखो, हम दोनों लगभग सुनसान-सी सड़क पर अकेले चले जा रहे हैं। दूर-दूर तक कोई नहीं। पर मुझे कोई डर नहीं लग रहा। इस बात के लिए तो मैं जेएनयू को फ़ुल प्वॉइंट देती हूँ।'

'हाँ, ये बात तुमने बहुत सही कही। लड़कियों की सिक्योरिटी के मामले में इस कैंपस का जवाब नहीं। लड़के भी यहाँ आकर जैसे सभ्य हो जाते हैं। कितने प्यार से लोग मिलते हैं एक-दूसरे से। अभी हमें ज़्यादा समय नहीं हुआ। पर कुल मिलाकर कह सकते हैं कि बहुत आदर्श-सा माहौल है यहाँ जो बाहर देखने को नहीं मिलता।'

'कैंपस से निकलते ही ऐसा लगता है कि एक दूसरी ही दुनिया में चले आये हों। भीड़भाड़, भागती गाड़ियाँ। चीखते हॉर्न। यहाँ लगता है जैसे कोई शान्ति नगर हो। पढ़ाई की जगह तो ऐसी ही होनी चाहिए। ऐसा नहीं है कि भारत में पढ़ने की बाक़ी जगहें अच्छी नहीं होंगी, पर जितना मैंने देखा है, दिस इज़ फ़ैब यार।'

'बिल्कुल सही कहा तुमने वासु। पढ़ाई के अलावा और क्या अच्छा लगता है?'

'हाँ, ये सवाल दिलचस्प पूछा तुमने। शायद पढ़ना ही मेरा सबसे बड़ा शौक़ है। वैसे बचपन में पापा ने हमारा पूरा समय मैप कर रखा था। सुबह तैयार होकर स्कूल जाओ। स्कूल से आकर डाँस क्लास जाओ। भरतनाट्यम डाँस करती थी मैं। वहाँ से लौटकर होमवर्क करो। पेपर, मैगज़ीन देखो और साढ़े नौ बजते-बजते सो जाओ।'

'क्यों टीवी नहीं देखती थी?

'टीवी? ओह...बैन था हमारे घर। सिर्फ़ संडे को सुबह दो घण्टे टीवी देख सकती थीं हम दोनों बहनें। हिटलर थे मेरे पापा।'

'आज भी वैसे ही हैं क्या?'

'नहीं, अब तो जैसे उन्होंने यू-टर्न ले लिया है। लगता ही नहीं कि वही पापा हैं। इतना प्यार करते हैं कि क्या बताऊँ। हमारे मुँह से कोई बात निकलती नहीं कि पूरी हो जाती है।'

'ये वीसी का बंगलो है। देख रही हो कितना बड़ा है।'

'जेएनयू के वीसी का बंगला है, बड़ा तो होना ही चाहिए।'

'हाँ, ये ठीक कहा तुमने। अब रोड क्रॉस करना होगा। उधर सामने कॉर्नर में है मेज़बान।' दोनों ने आईआईएमसी और बेर सराय की तरफ़ सड़क को देखा और पार कर लिया।

'पहुँच गये। बातों-बातों में पता ही नहीं चला।'

मेज़बान पूरी तरह भरा था। नील ने वेटर से दो सीट के लिए कहा और फिर दोनों कैश काउंटर के पास इन्तज़ार करने लगे थे।

'ये क्या हमेशा ऐसे ही भरा रहता है।'

'हाँ, यहाँ जेएनयू और आईआईटी वाले ज़्यादा आते हैं। उन्हें टेन परसेंट डिस्काउंट भी मिलता है।'

'वाह, एक स्टूडेंट के लिए तो ये बड़ी बात है। एक्सक्लूसिव भी फ़ील होता होगा।'

'सर, ख़ाली हो गया है वो टेबल। अब बैठ सकते हैं।', वेटर ने टेबल की तरफ़ इशारा किया था।

'चलो बैठते हैं, नहीं तो कोई और आ जायेगा।'

'क़ाफ़ी कोज़ी-सी जगह लग रही है। सारे स्टूडेंट ही बैठे हैं, ये देखकर और भी अच्छा लग रहा है।'

'क्या लोगी?'

'तुम यहाँ पहले आ चुके हो। आज तुम्हारी पसन्द से डिनर करूँगी। जो चाहो मँगा लो।'

'ठीक है।', नील ने पहले हाट ऐण्ड सार सूप लाने को कहा था।

'मेन कोर्स में पनीर चिली ड्राई और कड़ाही पनीर मँगाता हूँ। साथ में पाइनैपल रायता। रोटी या नान क्या लोगी?'

'मैं प्लेन रोटी लूँगी। बस, दो रोटी।' नील ने वेटर को बुलाकर ऑर्डर दे दिया था।

'और भाई क्या हालचाल? तुम्हारे दोस्त लोग कहाँ हैं?', ये अचानक सामने आकर खड़े हुए चोट सिंह की आवाज़ थी जो लगातार वासवी को घूर रहा था।

'सब बढ़िया है सर। वो लोग आज नहीं आये हैं।'

'अच्छा अच्छा, पार्टी चल रही है। कुछ ख़ास है क्या आज?', चोट सिंह ने फिर वासवी को घूरा। नील को बहुत तेज़ ग़ुस्सा आया था।

'कुछ ख़ास नहीं सर। जैसे आप आये हैं वैसे ही हम भी डिनर करने आये हैं।', नील ने थोड़ी तल्ख़ी से कहा।

'ओके-ओके, हैव फ़न।', चोट सिंह ने ये कहते हुए पहले वासवी और फिर नील को देखा और पीछे जाकर अपनी सीट पर बैठ गया।

'बड़ा झेल सीनियर है साला। एक नम्बर का फ्रस्टू।'

'ये तो वही है ना जो उस दिन साबरमती में हमें देखकर इधर-उधर कर रहा था।'

'हाँ, वही है। ख़ैर छोड़ो। हम अपनी बात करते हैं।'

चोट सिंह दो टेबल पीछे अपने किसी दोस्त के साथ बैठा था, वो वहीं से वासवी को घूर रहा था।

'नील तुम यहाँ आकर बैठो। वो सीनियर दूर बैठकर भी लगातार इधर ही देख रहा है।' नील ने पीछे मुड़कर देखा। चोट सिंह ने चेहरा नीचे कर लिया था। फिर उसने वासवी से सीट बदल ली थी।

‘कुछ लोग होते ही हरामी हैं। लात पड़ती है तभी सुधरते हैं।’

‘अरे तुम नाराज़ क्यों हो रहे हो...अपना मूड क्यों ख़राब कर रहे हो। हमें ही सँभलकर चलना होता है। सबसे लड़ना ठीक नहीं। हमने अपनी सीट बदल ली, अब आराम से डिनर करते हैं। सूप आ गया। चलो-चलो, देखते हैं तुम्हारे मेज़बान का सूप कैसा है?’

नील का मूड ख़राब हो गया था। उसकी नज़र अभी भी चोट सिंह पर ही थी।

‘अरे यार छोड़ो ना। हम यहाँ एक अच्छा टाइम स्पेंट करने आये हैं। होते हैं कई लोग ऐसे। अभी हम कैंपस की इतनी तारीफ़ कर रहे थे और देखो, एक अपवाद मिल गया। ख़ैर छोड़ो। वाह! सूप तो बहुत अच्छा है...यमी।’ नील भी सिप करने लगा था।

खाने के बाद नील ने फ्रूट क्रीम मँगायी। वासवी को वो भी बहुत अच्छी लगी। क़रीब पैंतालीस मिनट में डिनर ख़त्म करने के बाद वे वापस ईस्ट गेट से जेएनयू में दाख़िल हो गये थे। रात के साढ़े नौ बज रहे होंगे।

‘पहली बार तुम्हें देखकर जो सोचा था, तुम बिल्कुल वैसे ही हो नील।’

‘क्या सोचा था?’

दोनों वीसी के बंगले से थोड़ी दूर आगे निकल गये थे। सड़क के दोनों तरफ़ दूर तक जंगल का विस्तार था। बीच-बीच में थोड़ी-थोड़ी दूरी पर पीली रोशनी की फुहार छोड़ते लैंप खड़े थे। तभी खड़खड़ की आवाज़ हुई और सामने एक नीलगाय तेज़ी से सड़क पार कर गयी।

‘बाप रे!’ वासवी डर गयी थी, उसने जल्दी से मुँह पीछे घुमाया और नील का कन्धा पकड़ लिया।

‘अरे कुछ नहीं है। ये नीलगाय है...मिलती ही रहती है कैंपस में। मैं तो रात में जब भी लौट रहा होता हूँ तो मुझे नज़र आ ही जाती है। सतर्क भी रहना होता है कि कहीं बाइक से टकरा ना जाये।’

‘मैंने एक्सपेक्ट नहीं किया था, इसलिए डर गयी। अब ठीक है।’

‘हाँ, तो तुम क्या कह रही थी, तुमने क्या महसूस किया था पहली बार मुझे देखकर।’

‘कुछ नहीं, सब जानना ज़रूरी है?’, वासवी नील की तरफ़ देखकर मुस्कुरायी।

'नहीं, ज़रूरी नहीं। पर तुम्हारे मुँह से, तुम्हारी प्यारी-सी आवाज़ में सुनकर अच्छा लगेगा...और क्या?'

'यही कि देखने में तो तुम अट्रैक्टिव हो ही, लगा था कि तुम्हारा नेचर भी अच्छा होगा...और जितनी बार तुमसे मुलाक़ात हुई है उसके आधार पर कह सकती हूँ कि मेरा सोचना सही था।'

'ऐसा तो मैंने कुछ भी नहीं किया।'

'ये तुम नहीं समझ सकते। इसके लिए लड़की का दिल होना चाहिए। ख़ैर छोड़ो, आज की पढ़ाई तो डिस्टर्ब रही। अगले कुछ दिन क्रिकेट में ही बिज़ी रहोगे। ये जो पढ़ाई का नुक़सान हो रहा है वो कैसे मेक अप करोगे?'

'इतनी अच्छी बात चल रही थी...आसमान पर था मैं। तुमने धड़ाम से ज़मीन पर गिरा दिया। ये ठीक नहीं किया तुमने वासु। थोड़ी देर और चलने नहीं दे सकती थी?'

'तुम अगर हमारे बाक़ी बैच मेट्स की तरह अगले साल यूपीएससी दे रहे होते तो शायद मैं इस वक़्त कुछ नहीं कहती। लेकिन तुम इस बार पीटी दे रहे हो और मेन्स भी देना चाहते हो, तो मैं नहीं चाहती कि किसी तरह का कोई डेवियेशन आये।'

'अच्छा अच्छा, ठीक है वासु जी। कल से मैं और सीरियस हो जाऊँगा और जमकर पढ़ाई करूँगा...ठीक?', नील ने हाथ जोड़ दिये थे।

'हाँ, ठीक है।' वासवी मुस्कुरा पड़ी थी।

दोनों अब रिंग रोड पर पहुँच गये थे। नील को वासवी के साथ चलना, बातें करना बहुत अच्छा लग रहा था। वो सोच रहा था कि काश वो पूरी रात ऐसे ही चलता रहता और वासवी उससे बातें करती रहती। वासवी को भी नील का साथ बहुत प्यारा लग रहा था। दोनों की चाल थोड़ी और धीमी हो गयी थी। ऐसा लग रहा था जैसे वो जल्दी गोदावरी पहुँचना ही नहीं चाहते थे। सामने सड़क ऊँची हो रही थी। दो-तीन जंगली ख़रगोश सड़क पर उछल-कूद रहे थे। एक मोटरसाइकिल आती नज़र आयी। ख़रगोश तेज़ी से जंगल में भागे।

'रात में कैंपस की सुन्दरता जैसे और बढ़ जाती है, नहीं?'

'बिल्कुल सही कह रही हो वासु। दिन में हरियाली का सौन्दर्य खिला रहता है और रात ऐसी लगती है जैसे प्रकृति अपनी थकान मिटा रही हो। जाड़े

की ठिठुरती और कोहरे भरी रात में थोड़ी-थोड़ी दूर पर पीले-पीले लैंप की मद्धिम रोशनी दूर से जुगनू-सी टिमटिमाती जान पड़ती है।'

'अब लग रहा है किसी लिटरेचर वाले से बात हो रही है। इस रात का कितना प्यारा वर्णन किया है तुमने। ब्यूटीफ़ुल।' अरावली गेस्ट हाउस वाला मोड़ अब पीछे रह गया था।

'हॉस्टल आने ही वाला है। बहुत प्यारी बातें की हमने। बहुत सुकून भरी। बेहद अपनी-सी।'

'हाँ, वासु आज की ये शाम, ये पल मुझे याद रह जायेंगे।'

'मुझे भी नील। इतनी ठण्ड है...पर तुम्हारे साथ और तुम्हारी बातों में जैसे एक सुकून है। थैंक्स फ़ॉर दिस इवनिंग।', वे गोदावरी और कावेरी के बीच के उसी तिराहे पर पहुँच गये थे।

'कल का क्या प्लैन है?'

'कल सुबह डिपार्टमेंट और दोपहर बाद धौलपुर जाऊँगा। शाम में मिलता हूँ तुमसे।'

'ठीक है। कल दोस्तों को भी ले आना। नहीं तो वे लोग मुझे ब्लेम करेंगे कि मैंने तुम्हारी शामें छीन लीं।'

'अच्छी बात। कल मिलते हैं। गुड नाइट वासु।'

38

चार जनवरी। यूनिवर्सिटी खुलने का दिन।

जेएनयू जैसे फिर से अपने पुराने रंग में आ गया हो। जिसे देखो हँसता-मुस्कुराता नज़र आ रहा था। दो हफ़्ते के ब्रेक के बाद ज़्यादातर छात्र अपने-अपने घरों से लौटे थे। डिपार्टमेंट के मित्रों से मिलने की चाहत थी। उनके कहकहों, चुटकुलों को सुनने का इन्तज़ार था, कुछ अपनी सुनाने की बेताबी थी। पगडंडियों पर लड़के-लड़कियाँ की पंक्ति-सी दिख रही थी। बीच-बीच में हाथ में किताब लेकर चलते प्रोफ़ेसर भी नज़र आ जाते।

भाषा केन्द्र के कैन्टीन में आंटी बीते दो हफ़्ते से लगभग फ़ाकाकशी कर रही थीं। आज वो अपने समोसे, कचौरी, मिठाइयों और चाय के साथ काउंटर पर मुस्तैद थीं। बाबू के एसआईएस कैन्टीन में सुबह नौ बजे से ही शोर सुनाई

पड़ रहा था। डोसा, इडली, अप्पम-स्टू और न जाने क्या-क्या। लाइब्रेरी कैन्टीन की ख़ास पूरी-सब्ज़ी ने तमाम छात्रों से हॉस्टल का ब्रेट बटर छुड़वा दिया था और वे गरमा-गरम पूरियों से निकलती भाप और ख़ास साउथ इंडियन ज़ायके वाली आलू की सब्ज़ी का स्वाद लेने पहुँच गये थे।

नील की क्लास में भी ख़ूब गहमागहमी थी। सब एक-दूसरे से बातें कर रहे थे। छुट्टी कैसी बीती...एक-दूसरे को उसका विवरण दे रहे थे। तभी वसुधा ने अपना बैग खोला और उसमें से एक डिब्बा निकालकर सबके सामने रख दिया।

'ये मैं घर से लायी हूँ तुम सब के लिए। सब यहाँ आकर ले लो।', वसुधा ने थोड़ी ऊँची आवाज़ में पीछे बैठे मुकुन्द, नील, अंकित को भी सुनाकर कहा।

'अरे वाह वसुधा। ये तो खाजा है। कितना बढ़िया और खस्ता दिख रहा है।', मुकुन्द ने एक उठाते हुए कहा।

'ये बिहार की स्पेशियलिटी है। अच्छा किया ले आयी वसुधा। मुझे तो बेहद पसन्द है। राँची में भी स्टेशन रोड के पास कई दुकानें हैं।', नील ने कहा।

'हाँ, मैंने भी देखा है जब राँची गयी थी।'

'अभी तो क्लास शुरू होने में पन्द्रह मिनट हैं। एक दिलचस्प क़िस्सा सुनाता हूँ।', नील ने कहा। सभी लड़के और लड़कियों ने उसे घेर लिया था।

'जल्दी सुनाओ, पराशर सर पहले आ जाते हैं।', अंकित ने कहा।

'तो सुनो...राँची स्टेशन रोड पर खाजे की जो दुकानें हैं वो वैसी ही हैं जैसी छोटे शहरों में स्टेशन के रास्ते पर होती हैं। साफ़-सफ़ाई का उतना इन्तज़ाम नहीं होता। पर खाजा वो शानदार बनाते हैं और ग्राहक बिना आसपास की गन्दगी की परवाह किये ख़रीदते भी हैं। एक बार ऐसा हुआ कि विदेश में रहने वाले एक सज्जन वहाँ खाजा लेने पहुँचे। उनसे किसी दोस्त ने लाने की डिमांड की थी। जब उन्होंने देखा कि खाजे पर बेहिसाब मक्खियाँ भिनभना रही हैं तो विलायत में रहने वाले साफ़-सफ़ाई पसन्द सज्जन परेशान हो गये। वो सोचने लगे कि खाजा ख़रीदें या ना ख़रीदें। उन्हें चिन्तित देख खाजा बेचने वाले ने कहा कि 'अरे सोच क्या रहे हैं साहब, लीजिये एकदम ताजा है।' पर वो सज्जन अभी भी सोच में पड़े थे। इधर-उधर देखने लगे। चारों तरफ़ उन्हें

मक्खियों का साम्राज्य दिखाई पड़ रहा था। उन्होंने लगभग तय कर लिया कि खाजा नहीं ख़रीदना है और वो जाने के लिए मुड़े। तभी दुकानदार ने उन्हें रोका, 'अरे, कहाँ जा रहे हैं साहब। बताइये तो क्या बात है। दाम में दिक्कत है, या कोई और बात है?' उस सज्जन ने बस यही कहा था कि 'कोई बात नहीं। लेता हूँ थोड़ी देर में।' तब खाजा वाले ने कहा, 'अरे थोड़ी देर में क्या लीजियेगा। ले जाइये दो-चार किलो। यही सोच रहे हैं ना कि मक्खी के साथ खाजा तौल दिया तो कम चढ़ेगा। अरे साहब हमारे दुकान में मक्खी का ओजन (वज़न) नहीं होता है। दो-चार ठो खाजा एक्स्ट्रा दे देंगे आपको। बोलिए केतना तौल दें?'

सब ये प्रकरण सुनकर हँस ही रहे थे कि पराशर सर तेज़ी से कक्षा में दाखिल हुए।

'कैसी रही आप लोगों की छुट्टियाँ?'

'अच्छी रही सर।', एक साथ कई आवाज़ें सुनाई पड़ीं। मक्खी प्रकरण की मुस्कुराहट अभी भी सबके चेहरे पर चिपकी थी।

'चलिए पहले सेमेस्टर के ब्रेक के बाद आप लोग तरोताज़ा होकर लौट आये हैं। अच्छी बात है। इस सेमेस्टर में भी मैं आप लोगों को उपन्यास पढ़ाऊँगा। आज से 'मैला आँचल' शुरू करते हैं।'

फिर उन्होंने पहले फणीश्वरनाथ रेणु के बारे में एक लम्बा व्याख्यान दिया था और उसके बाद उपन्यास के कथानक पर थोड़ी बात की थी। सभी छात्र ख़ामोशी से उनका लेक्चर सुन रहे थे। पराशर सर उपन्यास ऐसा पढ़ा रहे थे जैसे लग रहा था कि आप मेरीगंज पहुँच गये हों और पात्रों के आसपास ही कहीं बैठकर सारी गतिविधि देख रहे हों।

'ये रेणु जी का सबसे प्रसिद्ध उपन्यास है। इसलिए इस पर हम लम्बी बातचीत करेंगे। आज आप लोगों को एक आइडिया मिल गया होगा। वैसे मुझे व्यक्तिगत रूप से 'परती परिकथा' ज़्यादा पसन्द है...लेकिन उसकी चर्चा कभी और। अगले दो हफ़्ते आप लोग भी मेरीगंज की दुनिया में रहेंगे, उपन्यास पढ़कर कक्षा में आयेंगे तो और ज़्यादा समझ में आयेगा।', कहकर पराशर सर कक्षा से जाने लगे थे।

उनके बाद दीक्षित सर आये। पहले दिन वो कोर्स पढ़ाने के मूड में नहीं थे। पर उन्होंने साहित्य और सिनेमा पर एक शानदार लेक्चर दिया और ये भी कहा था कि सबको अच्छी फ़िल्में ज़रूर देखनी चाहिए, ख़ासतौर से हॉलीवुड की बहुचर्चित फ़िल्में जैसेकि 'गॉन विद द विंड', 'बेन हर' और हाल में आयी फ़िल्मों में 'शिंडलर्स लिस्ट' और 'फ़ॉरेस्ट गम्प' जैसी फ़िल्मों का उन्होंने ज़िक्र किया।

रघुनन्दन सर पहले दिन आदत के मुताबिक़ देर से ही आये। चिट्ठियाँ देखते रहे। फिर इधर-उधर की बातें कीं और हमेशा की तरह समय से पहले चले गये। कहा कि अगले दिन से स्वातंत्र्योत्तर कविताएँ पढ़ायेंगे। लता वशिष्ठ मैम उस दिन आयी नहीं थीं तो एक क्लास पहले ही सब फ्री हो गये थे।

'चलो कैन्टीन में एक-एक कप चाय पी ली जाये?', मुकुन्द ने प्रस्ताव दिया।

'चलो जल्दी से चलते हैं। मैं हॉस्टल जाऊँगा और फिर लाइब्रेरी।', नील ने कहा।

कैन्टीन में कई दिन बाद चाय-समोसे का स्वाद लिया गया। निकलते हुए नील ने सबसे शाम में गोदावरी पर मिलने की बात कही। सब तैयार हो गये थे। नील जब हॉस्टल पहुँचा तो लॉबी में कई लोग जमा थे और क्रिकेट टूर्नामेंट पर चर्चा हो रही थी।

'क्या जी नील! दस-बारह दिन बाद टूर्नामेंट है, मालूम है ना?', मौलेश ने पूछा।

'हाँ सर...मालूम है।'

'प्रैक्टिस में नहीं आ रहे हो?'

'कल से आता हूँ सर। कहाँ होगी प्रैक्टिस?'

'कल से क्यों आज से आओ? इस बार कप ब्रह्मपुत्रा लाना है भाई।'

'ज़रूर लाया जायेगा सर। आज थोड़ा काम है। पर कल से ज़रूर आऊँगा। यहीं वॉलीबॉल कोर्ट में या स्टेडियम में?'

'परसों तक वॉलीबॉल कोर्ट में ही खेलेंगे हम लोग। फिर कुछ दिन स्टेडियम चला जायेगा। मैट पर प्रैक्टिस की जायेगी। तभी ना फ़ील आयेगा?'

‘ठीक है सर। कल से पक्का आ जाऊँगा।’ लंचकर नील धौलपुर के लिए निकल गया। लॉबी में अभी भी क्रिकेट की योजना बनायी जा रही थी। लाइब्रेरी के बाद नील जब ढाबे पर पहुँचा तो वासवी, एलीना और नन्दिता पहले से ही इन्तज़ार कर रही थीं।

‘और भाई, सुना रात में लॉन्ग वॉक और मेज़बान में लज़ीज़ खाने की पार्टी चल रही है आजकल!’, नील पास पहुँचा तो एलीना ने कहा।

‘अरे वो तो अचानक प्रोग्राम बन गया। एक दिन तुम लोग भी चलना। बहुत मज़ा आयेगा।’

‘हमारे साथ वो मज़ा कहाँ जो वासवी मैडम के साथ है। हम तो बस चाय-समोसा ही डिज़र्व करते हैं। इससे ज़्यादा में पेट ख़राब हो सकता है...है कि नहीं?’, वासवी और नन्दिता मन्द-मन्द मुस्कुरा रही थीं।

‘क्यों बेचारे की खिंचाई कर रही हो एलीना। सच में कल अचानक प्रोग्राम बन गया था।’

‘ओह हो...मैं तो भूल ही गयी कि पार्टनर इन क्राइम भी यहीं खड़ी हैं। माफ़ कीजियेगा मैडम ग़लती हो गयी। मैंने दो प्रेमियों के बीच टाँग अड़ा दिया...गुस्ताख़ी माफ़।’

‘तुम चुप करोगी या नहीं। तब से पता नहीं क्या-क्या बोले जा रही हो। बाक़ी लोग भी आ रहे हैं ना?’

‘हाँ, बोला तो है। आ ही रहे होंगे।’ तभी पेरियार की तरफ़ से मुकुन्द और अंकित आते नज़र आये।

‘पुष्कर और प्रांजल कहाँ रह गये?’

‘दोनों बेर सराय गये हैं कोई किताब लेनी है।’, मुकुन्द ने बताया।

‘यहीं चाय पियें या साबरमती चला जाये?’, नील ने पूछा।

‘साबरमती चलते हैं। आई तो लव वहाँ का आलू बौण्डा।’, नन्दिता ने कहा।

‘अरे यार वहाँ वो झेल सीनियर भी मिल जाता है। कल भी मेज़बान में फ़्रस्ट्रेडेड घूम रहा था।’, वासवी ने कहा।

‘वो घूरने वाला सीनियर। चलो-चलो, क्या पता आज कोई नया एपिसोड बना दे।’, एलीना ने हँसते हुए कहा।

'वसुधा को भी न बुला लें?', मुकुन्द ने नील की तरफ़ देखकर कहा।

'हाँ हाँ, क्यों नहीं। मैं अभी जाकर बुला लाती हूँ। बहुत मज़ेदार लड़की है।', नील कुछ कहता उससे पहले ही वासवी चल पड़ी थी। थोड़ी देर में वासवी, वसुधा के साथ लौटी और सबको हलो करने के बाद कहा, 'मैं पढ़ रही थी, पर जब वासवी ने चाय-समोसे का प्रस्ताव दिया और तुम लोगों के बारे में बताया तो रुक नहीं पायी।' थोड़ी देर में सब साबरमती ढाबे पर थे।

'समोसा, आलू बौण्डा और ढाई सौ ग्राम जलेबी भी बोल देता हूँ। चाय थोड़ी देर बाद पी जायेगी।', मुकुन्द ने ढाबे की तरफ़ बढ़ते हुए कहा।

'मैं भी आता हूँ।', नील साथ हो लिया।

'समोसे के साथ जलेबी का कॉम्बीनेशन लाजवाब होता है। हमारे यहाँ बिना मीठे के नमकीन का मज़ा नहीं आता।' मुकुन्द ने कहा।

'अरे मुझे ध्यान नहीं रहा...नहीं तो थोड़ा खाजा ले आती वासवी, एलीना और नन्दिता के लिए। तुम लोग तो खा चुके हो।', वसुधा ने कहा।

'खा चुके हैं तो क्या हुआ। दोबारा भी खा सकते हैं।', मुकुन्द ने कहा।

'ट्रक में भरकर नहीं लायी। थोड़ा-सा ही लायी थी...बड़ा आये। हॉस्टल में दे दूँगी इनको।'

'तुम इतने छोटे दिल वाली तो नहीं हो वसुधा कि हम लोग और एक-एक खाजा ले लेंगे तो तुम्हें फ़र्क़ पड़ जायेगा? मिठाई तो यूपी-बिहार के लोगों की कमज़ोरी होती है।', मुकुन्द ने कहा।

'अरे इस बात पर मुझे एक दिलचस्प क़िस्सा याद आ रहा है।', नील ने कहा।

'जल्दी सुनाओ। जलेबी-समोसे का स्वाद बढ़ जायेगा।', अंकित बोला।

'हाँ हाँ, सुनाता हूँ। क़िस्सा भोजपुरी का है। पर मैं सिम्प्लीफ़ाई करके सुनाता हूँ...आज से क़रीब पचास साल पहले बिहार के भोजपुर इलाक़े में एक ऐसा गाँव था जहाँ कोई पढ़ा-लिखा नहीं था। पूरा गाँव अशिक्षित था। पर संयोग से गाँव की एक लड़की की शादी एक पढ़े-लिखे इन्सान से तय हुई। पूरे गाँव में लड़की के परिवार वालों का मान बढ़ गया। शादी के बाद जब दूल्हा पहली बार ससुराल आया तो उसके स्वागत की भव्य तैयारी की गयी थी। तरह-तरह के पकवान बनाये गये थे। गाँव के मन्दिर को फूलों से अच्छी तरह सजाया गया था। ऐसा लग रहा था जैसे पूरे गाँव का दामाद आया हो।'

'आगे बताओ, क्या हुआ। लगता है कुछ बहुत इंटरेस्टिंग होने वाला है।', वसुधा ने कहा।

'सुना रहा हूँ, थोड़ा सब्र तो करो। हुआ ये कि जब दामाद जी आये तो उनका ख़ूब आदर-सत्कार किया गया। महिलाएँ उन्हें घेरकर बैठ गयीं। गाँव भर की लड़कियाँ उनसे सालियों की तरह व्यवहार करने लगीं। पर खाने को उन्हें कुछ नहीं दिया गया। पण्डित जी ने कहा कि मन्दिर में पूजा के बाद ही दामाद जी कुछ खा सकेंगे। दामाद जी लम्बे सफ़र से आये थे। भूख से बेहाल थे और ये पूजा की शर्त उन्हें बिल्कुल नागवार गुज़री थी। बहरहाल, ससुराल का मामला था तो कुछ बोल भी नहीं सकते थे। मन मसोसकर रह गये थे। पूजा के लिए उन्हें गाँव के बीचों-बीच मन्दिर में ले जाया गया। जब वे वहाँ पहुँचे तो देखा मन्दिर के प्रांगण में ढोल-मजीरे-झाल के साथ गान मण्डली जमी हुई है और पूरा माहौल बना हुआ है।'

'फिर क्या हुआ? ज़रूर दामाद जी ने कोई काण्ड किया होगा।', एलीना बोली।

'सुनो तो। पढ़े-लिखे पर भूख से बिलबिलाते दामाद जी जैसे ही शिवलिंग वाले कक्ष के ठीक सामने पूजा के लिए नन्दी की प्रतिमा के बग़ल में बैठे तो उनकी नज़र सामने कक्ष में रखे जलेबी, लड्डू, पेड़ों पर पड़ी। भूखे तो थे ही, मीठे के भी भारी शौक़ीन थे। उनकी जठराग्नि प्रज्ज्वलित हो गयी। पर करें तो क्या करें। पूजा पर बिठा दिये गये थे और वो ख़त्म होने का नाम ही नहीं ले रही थी। ऊपर से चारों तरफ़ से लोगों से घिरे थे। मर्यादा का पालन भी करना था।'

सबकी दिलचस्पी क़िस्से में बढ़ गयी थी। सब जानना चाहते थे कि आगे दामाद जी के साथ क्या हुआ।

'आगे तो बताओ?', वसुधा बोली।

'बताता हूँ, बताता हूँ। पूजा ख़त्म हुई तो आरती शुरू हो गयी। उधर पीछे ढोल-मजीरे का स्वर तेज़ हो गया था। अगर दामाद जी भूखे नहीं होते तो इस बात से गर्व कर रहे होते कि अनपढ़ों के गाँव में जो इज़्ज़त उन्हें मिली है, उसे वो शायद ही भूल पायेंगे। पर भूख और बढ़ती जा रही थी। इधर-उधर देखा, कोई चारा नज़र नहीं आ रहा था। तभी पास बैठी महिलाओं में से एक ने कहा कि 'दामाद जी का गाना सुने बिना पूजा कैसे पूरी होगी। इतने पढ़े-लिखे हैं तो

गाना भी अच्छा गाते होंगे पाहुन!' ये सुनना था कि दामाद जी का सब्र बाँध तोड़ने लगा। पर कर क्या सकते थे। 'जीजा जी एक गाना', 'पाहुन एक गाना', जैसे तमाम स्वर कानों में सुनाई पड़े। उनके पास मुस्कुराने के अलावा कोई विकल्प नहीं था। फिर अचानक उन्हें अपनी भूख मिटाने का एक उपाय सूझा। बोले, 'ठीक है, आप लोग इतना ज़िद कर रहे हैं तो गाना सुनाऊँगा, लेकिन यहाँ से नहीं, मन्दिर के भीतर से गाऊँगा।' सबने कहा, 'आपका जहाँ से मन हो वहाँ से गाइये। हमें तो आपका गाना सुनने से मतलब है।' '

'मतलब जीजाजी को भीतर के लड्डू-पेड़े खींच रहे थे।', नन्दिता ने कहा।

'हाँ, दामाद जी ने सोचा कि भीतर से गाते हुए बेक़ाबू होती भूख मिटायी जा सकती है। उन्होंने एक शर्त भी रख दी कि जब वो गायें तो पीछे-पीछे गाँव वाले भी गायें। इस शर्त के लिए भी सब राज़ी हो गये। अपनी योजनानुसार दामाद जी सामने शिवलिंग वाले कक्ष में दाखिल हुए और कहा कि 'गाने के बीच में दरवाज़ा नहीं खुलना चाहिए'...उन्होंने भीतर से दरवाज़ा बन्द कर लिया। गाँव वालों ने भी कहा कि 'आप गाइये पाहुन बाहर से दरवाज़ा नहीं खुलेगा।' उन्होंने बाहर से भी दरवाज़े में कुंडी लगा दी और चिल्लाये, 'शुरू कीजिये दामाद जी, गाइये पाहुन'। उधर भूख से व्याकुल दामाद जी लड्डू-पेड़ा उड़ाने में जुट गये। जब थोड़ी देर हुई तो बाहर से गाने का आग्रह और तेज़ हो गया। पर अपनी भूख शान्त करने की जल्दबाज़ी में दामाद जी अँधेरे में ये भी नहीं देख पाये कि लड्डू-पेड़ों पर मधुमक्खी और बर्रों की पूरी जमात बैठी है। दो मिनट में ही मधुमक्खियों ने दामाद जी का हर अंग काट कर फुला दिया। बेचैनी में मन्दिर के भीतर ही उछलने-कूदने लगे। उधर, बाहर से आवाज़ आ रही थी, 'शुरू कीजिये दामाद जी।' दर्द से बेचैन दामाद जी भीतर से चिल्लाये–'खोलऽ सऽ दरवाज़ा हाड़ा (मधुमक्खी, बर्रा) कटले बाऽ' मतलब ये कि आप लोग दरवाज़ा खोलिए हाड़े ने काट लिया है। गाँव वालों को लगा कि पढ़े-लिखे दामाद जी ने कोई नया गाना शुरू कर दिया है। सब पीछे से गाने लगे। 'खोलऽ सऽ दरवाज़ा हाड़ा कटले बाऽ'। ढोल-मजीरे-झाल का स्वर कोरस के साथ मिलकर और तेज़ हो गया था। उधर दामाद जी का हाल बुरा होता जा रहा था। 'अरे साँचो हाड़ा कटले बाऽ' मतलब सच में हाड़े

ने काट लिया है। गाँव वाले फिर गाने लगे–'अरे साँचो हाड़ा कटले बाऽ' और ये सिलसिला पाँच-दस मिनट तक चलता रहा। उधर दामाद जी की आवाज़ आनी बन्द हो गयी। जब काफ़ी देर तक भीतर से कोई आवाज़ नहीं आयी तो लोगों ने बाहर से दरवाज़ा खोलकर देखा। दामाद जी लड्डू-पेड़े की प्लेट के पास बेसुध पड़े थे।'

क़िस्सा सुनकर सब हँस पड़े। 'बहुत कड़े थे दामाद जी।', अंकित ने मुस्कुराते हुए कहा।

'गाँव वालों को भी तो सोचना चाहिए था। बेचारे को भूख से परेशान कर दिया।', वासवी बोली।

'हाँ यार, बहुत बुरा हुआ बेचारे के साथ।', नन्दिता ने कहा। तब तक ढाबे का लड़का चाय लेकर आ गया था। चाय के बाद सब टहलते हुए लौट गये थे।

39

'क्या डिपार्टमेंट जा रहे हो?', मौलेश ने बाइक स्टार्ट करते नील से पूछा। वो ब्रह्मपुत्रा के बाहर पार्किंग से सटी सड़क पर खड़ा था।

'जी सर।'

'आज प्रैक्टिस में ज़रूर रहना।'

'हाँ सर। टाइम पर आ जाऊँगा।' और वो निकल गया था।

क्लास के बाद नील धौलपुर चला गया। वो समझ रहा था कि डिपार्टमेंट, क्रिकेट और वासवी के साथ शाम की चाय की वजह से उसकी सिविल्स की पढ़ाई प्रभावित हो रही है। उसकी भरपाई के लिए वो जब भी समय मिलता, पढ़ने की कोशिश करता। धौलपुर से चार बजे लौटकर वो क्रिकेट प्रैक्टिस के लिए चला गया। छह बजे तक जमकर खेल होता रहा। नील ने बॉलिंग और बैटिंग दोनों में हाथ आज़माया। उसके अच्छे खेल ने सबको प्रभावित किया था और टीम में उसकी जगह पक्की हो गयी थी।

जीन्स पर हल्के हरे रंग की टीशर्ट और लेदर जैकेट पहनकर समय पर वो गोदावरी पहुँच गया था। वासवी उसी पेड़ के नीचे इन्तज़ार कर रही थी। उसने जीन्स पर लाल रंग का कुर्ता और लाल रंग की ही जैकेट पहनी थी। सिर

पर गुलाबी रंग की फूलदार टोपी थी जिसे उसने नील को देखते ही उतारकर हाथ में रख लिया था।

'कैसा रहा आज का दिन?'

'हेक्टिक रहा। ज़्यादा पढ़ नहीं पाया। और तुम्हारा?'

'सो-सो। डिपार्टमेंट के बाद लाइब्रेरी चली गयी थी, कुछ किताबें लेनी थीं। फिर लौटकर कमरे पर ही पढ़ती रही।'

'क्या तुम हमेशा लाइब्रेरी जाती हो?'

'हाँ, किताबें इश्यू कराने तो जाती ही हूँ।'

'अरे तो मैं धौलपुर में होता हूँ। हम साथ में एक-एक कप चाय पी सकते हैं!'

'नील, पहले ही तुम एक साथ कई काम कर रहे हो। समय कम है और तुम एक और डिस्टर्बेंस जोड़ना चाहते हो। ये बिल्कुल ठीक नहीं। तुम्हारा बहुत क्रुशियल टाइम है...इसे यूँ ही नहीं बिता सकते।'

'मैं मैनेज कर लूँगा वासु। क्रिकेट तो बस दो-चार दिन की बात है, फिर तो कोई डिस्टर्बेंस नहीं होने दूँगा।'

'ये दो-चार दिन ही किसी न किसी बहाने से महीनों में बदल जाते हैं। अगर हम आज पर नियन्त्रण ना रखें तो कब समय फिसल जाता है, पता ही नहीं चलता।'

'क्या यार, एकदम वॉर्डन टाइप एटीट्यूड है तुम्हारा।' वासवी मुस्कुरा रही थी।

'आज मैं तुमसे कुछ और बातें करना चाहती हूँ, कल से कम मिलूँगी। चलते हैं साबरमती, फिर एक लम्बी वॉक ले लेंगे।'

'अरे वाह, ये तो मेरे लिए जैकपॉट है।'

'हाँ, कह सकते हो।', दोनों धीरे-धीरे साबरमती की तरफ़ चलने लगे थे।

'प्रिलिम्स को लेकर कॉन्फ़िडेंट तो हो ना?'

'हाँ, वासवी। मेन्स का नोट्स बनाते हुए इंडियन हिस्ट्री की पूरी तैयारी एक तरह से हो गयी है। अब बस डीटेल में टॉपिक वाइज़ फ़ैक्ट्स याद करने हैं...काफ़ी तो याद भी हैं। समय है अभी, हो जायेगा।'

‘एंशियेंट की रीडिंग लिस्ट क्या है तुम्हारी?’, वे गोदावरी वाली लेन से निकलकर मेन रोड पर आ गये थे।

‘एनसीईआरटी, इग्नू का मटीरियल, थ्री ऑथर्स, रोमिला थापर की दोनों किताबें एंशियेंट और मौर्या वाली, ए एल बाशम और हिन्दी मीडियम की झा ऐण्ड श्रीमाली वाली किताब। अभी एक पब्लिकेशन डिविज़न वाली भी ली है।’

‘एंशियेंट की रीडिंग लिस्ट तो परफ़ेक्ट लग रही है। ठीक जा रहे हो तुम।’

‘चलो शुक्र तो है वॉर्डन साहिबा किसी बात से संतुष्ट हुईं।’

‘मेरा मज़ाक़ बना रहे हो।’

‘ए एल बाशम वाली किताब बहुत शानदार है।’

‘हाँ, एक विदेशी होकर इंडियन कल्चर और रिलीजन पर बहुत अच्छी किताब लिखी है बाशम ने।’ दोनों साबरमती पहुँच गये थे और चाय-समोसे के साथ पीछे सीमेंट वाली सीट पर बैठ गये थे।

‘इस जगह में कितना सुकून है ना। लड़का और लड़की आराम से बातें कर सकते हैं, मिल सकते हैं। किसी को कोई फ़र्क़ नहीं पड़ता। बाहर हर रोज़ हम कैसी-कैसी ख़बरें पढ़ते हैं।’

‘हाँ वासवी। यहाँ का माहौल देखकर लगता है कि समाज में कब इतनी सभ्यता आयेगी कि एक लड़की ख़ुद को सुरक्षित महसूस कर सकेगी। आज़ादी से जो करना चाहेगी कर सकेगी। मुझे नहीं लगता ये जल्दी होने वाला है।’

‘देखो हमारे समाज में तरह-तरह के डिप्राइवेशन हैं। ज़्यादातर लोगों के पास खाने को नहीं। रहने को नहीं। दिल्ली में जो तुम लोगों की भीड़ देखते हो...ये बाहर से आये हुए लोग हैं। रोज़ी-रोटी के लिए अपना घर-परिवार पीछे छोड़कर आये लोग। हर रोज़ पेट पालने के लिए तो संघर्ष कर ही रहे हैं, इमोशनली भी कोई उनको सपोर्ट करने वाला नहीं। जिनकी शादी हो गयी है वो सेक्स से डिप्राइव्ड हैं। ऐसे ही लोग सेक्शुअल क्राइम करते हैं।’

‘क्या तुम इतनी गम्भीरता से सोचती हो इन सब मसलों पर?’

‘क्यों नहीं सोचती। हम जैसे पढ़े-लिखे लोगों की यही तो ज़िम्मेदारी है कि हम समाज की समस्याओं पर गम्भीरता से विचार करें और उसका हल

निकालने की दिशा में काम करें। ये आये दिन होने वाली छेड़छाड़ की घटनाएँ क्या हैं, फ्रस्ट्रेशन ही तो हैं जिसकी शिकार लड़कियाँ होती हैं। जब तक लोग ख़ुशहाल नहीं होंगे, उनको उनके जीवन के लिए ज़रूरी सारी बेसिक चीज़ें नहीं मिलेंगी, तब तक भारत का समाज आदर्श हो जाये इसकी तो कल्पना भी नहीं की जा सकती। ये पॉलिसी बनाने वाले हमारे नेताओं को सोचना चाहिए जो पार्लियामेंट में बैठते हैं। उन्हें भी ये बातें पता हैं। लेकिन शायद ये सारी समस्याएँ उनकी प्रायोरिटी लिस्ट में नहीं हैं। और मुझे तो लगता है कि वो सुधार लाना भी नहीं चाहते...क्योंकि अगर लोग पढ़-लिखकर समझदार हो गये, अपने अधिकारों के प्रति सजग हो गये तो इन नेताओं से सवाल पूछने लगेंगे। वोट सोच-समझकर देने लगेंगे...जो कि पॉलिटिशियंस के लिए अच्छी बात नहीं होगी।'

'हाँ, अगर हमारी पॉलिटिक्स की प्रायोरिटी में ये बातें होतीं तो सुधार भी दिखता। पर महिलाओं के ख़िलाफ़ अपराध के मामले तो बढ़ते ही जा रहे हैं। एक बुरी घटना हो जाती है तो तरह-तरह के बयान आ जाते हैं और फिर कुछ दिन बाद सब सामान्य हो जाता है।'

'तुम्हारे जैसे सेंसिबल लोग जब ऐडमिनिस्ट्रेशन में जायेंगे तो कम से कम अपने अधिकार क्षेत्र में व्यवस्था कायम करने की कोशिश करेंगे।'

'हाँ, ज़रूर करूँगा। पर तुम इतनी गम्भीरता से जब समाज से जुड़े मसलों पर विचार करती हो तो तुम्हें भी ऐडमिनिस्ट्रेशन का हिस्सा बनने की कोशिश नहीं करनी चाहिए?'

'नील, मैं जानती हूँ कि मैं यूपीएससी की परीक्षा पास नहीं कर सकती। मेरा रुझान उधर नहीं। एकैडेमिक्स ही मुझे अच्छा लगता है। पीएचडी करने के बाद किताबें लिखूँगी। उनसे भी तो समाज को रास्ता दिखा सकती हूँ।'

'हाँ, जो सही लगे वही करना चाहिए।'

'चाय ख़त्म हो गयी, चलें...वीसी के बंगलो तक घूमकर आते हैं।', वासवी ने कहा।

'हाँ, चलते हैं।', दोनों उठकर धीमे-धीमे क़दमों से सेंट्रल स्कूल वाली सड़क की तरफ़ चलने लगे थे। जब वे सेंट्रल स्कूल वाले तिराहे पर पहुँचे तो सामने से चोट सिंह बाइक से आता नज़र आया। उसने तेज़ी से ब्रेक लगायी और वासवी को घूरा।

'और भाई नील सब ठीक?'

'हाँ, सर। सब ठीक है।'

'साबरमती से आ रहे हो क्या, चाय पीने गये थे...नहीं?', उसकी नज़र अब भी वासवी पर थी।

'हाँ, चाय पीने ही गये थे। अच्छा सर चलते हैं?', नील की आवाज़ में सख़्ती थी।

'हाँ, चलो।', दोनों आगे बढ़ गये थे। चोट सिंह की बाइक हॉस्टल की तरफ़ बढ़ गयी थी।

'इतना बेहूदा आदमी मैंने पहले नहीं देखा।', नील ने ग़ुस्से में कहा।

'मैंने कहा था न कि हमारे यहाँ तरह-तरह के अभाव हैं। इन भाई साहब को घर में अच्छे संस्कार नहीं मिले। महिलाओं के प्रति कैसी नज़र रखनी है, ये नहीं सिखाया गया। घूम रहे हैं आवारा बनकर।'

'मन करता है कि इसका मुँह तोड़ दूँ। किसी दिन शायद तोड़ भी दूँगा।'

'छोड़ो ना क्यों अपना मूड ख़राब कर रहे हो, जस्ट इग्नोर।', दोनों अब रिंग रोड पर आ गये थे और ऐडमिनिस्ट्रेटिव ब्लॉक के सामने से गुज़र रहे थे। अँधेरा घिर आया था। आसपास के दरख़्त सड़क पर लगे ऊँचे-ऊँचे लैम्प पोस्ट की पीली रोशनी में हौले-हौले झूम रहे थे। ठण्ड बढ़ गयी थी। वासवी ने कैप लगा ली थी और धीमे-धीमे क़दमों से चल रही थी। नील के साथ का आनन्द लेती हुई।

'नील। कैंपस की शामें कितनी सुन्दर होती हैं, नहीं? वो सामने सड़क का आगे जाकर आर्क बनाना और उसके किनारे खड़े लैम्पों की पीली रोशनी जैसे कोहरे की सवारी कर रही हो।'

'अरे-अरे, कितना ख़ूबसूरत वर्णन किया है तुमने इस दिलकश नज़ारे का। बिल्कुल साहित्यिक। कितना सौन्दर्यबोध है तुममें...वाह!'

'ऐसा तो कुछ नहीं। बस जो लगा वो बोल दिया। सुन्दर है तो सुन्दर ही कहेंगे। तुम लिटरेचर वाले हो, हो सकता है तुम किसी और रूप में इस ख़ूबसूरती को बयाँ करो।'

'वासवी, तुमने सोचा था कि जेएनयू में हमारी दोस्ती जैसा कुछ होगा?'

'ये सोचकर कौन ऐडमिशन लेता है। ये तो महज़ एक इत्तेफ़ाक़ है।'

‘क्यों ग्रैजुएशन में तुम्हारा कोई दोस्त नहीं था?’ वासवी हँसने लगी थी।

‘अच्छा, तुम मेरा अतीत जानना चाहते हो।’

‘अरे! मिरांडा हाउस में पढ़ती थी। लड़कियों का कॉलेज है तुम जानते ही हो...और फिर पापा ने हॉस्टल में रहने नहीं दिया। रोज़ आना-जाना होता था। ड्राइवर वहीं बाहर खड़ा रहता था।’

‘मतलब हॉस्टल में रहती तो दोस्ती हो भी सकती थी।’

‘हाँ, क्या पता! फिर तो मैं कैंपस के चक्कर लगाती। कैफ़े-शैफ़े जाती। क्या मालूम, कोई हैंडसम लड़का टकरा ही जाता?’

‘गोली मार देता उसको।’

‘अरे अरे...रुको नील। अगर कोई मुझे मिल गया होता तो फिर तुम सीन में कैसे आते बाइ द वे?’

‘नहीं। हमारी ही दोस्ती होने वाली थी। ईश्वर ऐसा ही चाहते थे। इसीलिए तुम्हें कोई नहीं मिला।’

‘क्यों? देखने में तो ठीक-ठाक ही लगती हूँ। कोई मिल भी सकता था।’

‘ठीक-ठाक! तुम बहुत सुन्दर हो वासु। शब्द नहीं मिलते तुम्हारे सौन्दर्य का बखान करने के लिए। मन करता है बस तुम्हारे साथ रहूँ। तुम्हें देखता रहूँ।’

‘अब बस करो। मेरा मन मत बढ़ाओ...और क्या तुम्हारे पास मुझे देखने के अलावा कोई काम नहीं है? बहुत ज़िम्मेदारियाँ हैं तुम्हारी। परिवार के प्रति ना भी हों पर अपने प्रति तो हैं, समाज के प्रति तो हैं।’

‘कितनी अच्छी बात चल रही थी। तुम फिर सीरियस बातों पर ले आयी।’

‘अरे बाबा, हमारी दोस्ती यूँ ही नहीं होनी चाहिए नील। हम मिलकर बहुत अच्छे-अच्छे काम करेंगे। समाज में बदलाव लायेंगे। मैं अपनी किताबों से और तुम आईएएस बनकर।’

‘अच्छा अच्छा, ठीक है।’ तभी सामने से एक मोटरसाइकिल की हेडलाइट उनकी आँखों में पड़ी। हाई बीम में थी बाइक की लाइट।

‘एकदम सेंस नहीं है लोगों को। लाइट ऐसे लगा रखी है जैसे आँखों की रोशनी ले लेंगे।’, वासवी ने नाराज़गी से कहा था। दोनों वीसी वाली सड़क पर मुड़ गये थे।

'कोई फ़ोस्ला का मेंबर होगा।'

'फ़ोस्ला?'

'क्यों नहीं जानती? फ्रस्ट्रेडेट वन साइडेड लवर्स एसोसियेशन।'

'क्या, हा...हा। ऐसा भी है यहाँ?'

'हाँ, तुम ही तो कह रही थी ना कि भारत में तरह-तरह के डिप्राइवेशन हैं। ये भी उनमें से एक है। जब बहुत दिन तक किसी लड़की से दोस्ती नहीं होती। या दूर-दूर से ही देखकर मन को बहलाने के अलावा कोई विकल्प नहीं बचता तो ऐसे लड़के फ़ोस्ला कैटेगरी में गिन लिए जाते हैं। ताज्जुब है तुम्हें इसके बारे में पता नहीं।'

'ताज्जुब क्यों? ये तो लड़कों की दुनिया की बातें हैं। अब मुझे पता है तो मैं भी दूसरी लड़कियों को बता सकती हूँ।'

'क्या डिनर मेज़बान में ही कर लें?'

'हाँ, कर लेते हैं। पर तुम्हारी पढ़ाई का नुक़सान होगा?'

'यहाँ से जाकर पढ़ लूँगा वासु।'

'अच्छा, ये बताओ, राँची में तुम्हारी कोई गर्लफ्रेंड नहीं थी?', वासवी ने मुस्कुराते हुए पूछा।

'पढ़ने और खेलने के अलावा और किसी बात में मेरी दिलचस्पी नहीं रही वासु। कभी सोचा ही नहीं इस बारे में।'

'अरे, कोई तो लड़की अच्छी लगती होगी कॉलेज में?'

'लड़कियाँ तो बहुत सुन्दर-सुन्दर थीं। कइयों से बात भी होती थी। पर इस टाइप की फ़ीलिंग कभी किसी के लिए आयी नहीं।'

'किस टाइप की फ़ीलिंग बाइ द वे।', वासवी मुस्कुरा रही थी। उसने अपनी टोपी नीचे की तरफ़ खींची थी।

'अच्छा तुम मेरी रैगिंग के मूड में हो। किसी टाइप की नहीं। चलो चुपचाप।'

एक कार वीसी के बंगले से निकली और ईस्ट गेट की तरफ़ से बाहर चली गयी।

मेज़बान में दोनों ने चिली पनीर और वेज मंचूरियन मँगाया। वासवी चाइनीज़ खाना चाहती थी। और साथ में थी प्लेन तन्दूरी रोटी। आधे घण्टे

में दोनों ने खाना ख़त्म किया और वापस कैंपस में दाख़िल हो गये। उस रात मेज़बान में कोई परिचित नज़र नहीं आया था। हाँ, पहचाने–से कई चेहरे ज़रूर बैठे थे।

'नील, हमारी दोस्ती केवल दोस्ती है या उससे ज़्यादा?'

'ये क्यों पूछ रही हो?'

'बस यूँ ही, बताओ ना?'

'जब पहली बार तुम्हें देखा था तब भी ये नहीं लगा था कि तुमसे सिर्फ़ दोस्ती करनी है। मुझे हमेशा लगता रहा कि काश! हम हमेशा साथ रहते।' वासवी ने बहुत अपनेपन से उसे देखा था। थोड़ी देर के लिए दृश्य जैसे ठहर गया था। फिर वो नीचे देखने लगी। वो बस सुनना चाहती थी।

'तुम्हें देखते ही लगा था कि तुम ही मेरी मंज़िल हो। तुम्हें पा लूँ तो फिर इस जीवन से मुझे और कुछ भी नहीं चाहिए।'

'क्यों आईएएस नहीं बनना चाहते?'

'वासु, ये सब दुनियावी बातें हैं। अच्छी नौकरी, ढेर सारा पैसा, जीवन की सारी सुविधाएँ–इन सबकी कोई सीमा नहीं होती। एक पूरी होगी तो दूसरे की ज़रूरत पैदा हो जायेगी। पर सबसे ज़्यादा ज़रूरी ये है कि आप जीवन में ख़ुश कितने हैं। दुनियावी चीज़ों के साथ भी और उनके बग़ैर भी। तुम्हारा साथ मुझे वैसी ही ख़ुशी देता है। जब तुम्हारे साथ होता हूँ तो भूल जाता हूँ कि जीवन में और भी कुछ है जो ज़रूरी है।'

'नील, जैसा तुमने कहा कि एक डिमांड जब पूरी हो जाती है तो दूसरे की इच्छा होने लगती है। क्या मेरे लिए तुम्हारी सोच हमेशा ऐसी ही बनी रहेगी, जैसी अभी है?'

'वासु, तुम कोई सामान या सुविधा नहीं हो जिससे मन भर जाये। तुम तो ...क्या कहूँ। शब्द नहीं हैं मेरे पास। तुम्हारी तुलना मैं दुनिया की किसी भी चीज़ से नहीं करना चाहूँगा। तुम सबसे ऊपर हो...एकदम अनुपम, अतुल्य।', नील ने वासवी को बहुत ग़ौर से देखा था। अँधेरा था। पर रास्ते के दोनों तरफ़ के पीले लैंप की कोहरे से छनकर आती मद्धिम रोशनी में वासवी का चेहरा चाँदनी की तरह ही मीठी चमक बिखेर रहा था। दोनों की चाल अब और धीमी हो गयी थी। ऐसा लग रहा था जैसे समय ठहर जाये और ये मनोहारी बातचीत बस चलती रहे...चलती रहे।

‘थोड़ी देर यहाँ बैठें?’, वासवी ने कहा।

‘यहाँ, सड़क के किनारे? चलते हैं ना आगे टी प्वाइंट से राइट होने पर एक पुलिया है। वहाँ बैठेंगे।’

‘ठीक है।’

‘वासु, राँची में मेरा एक दोस्त है बिश्वजीत। उसकी गर्लफ्रेंड है...प्रमिला। वो मुझे जब प्रमिला के बारे में ऐसी रोमैंटिक बातें बताता था, तो मुझे हँसी आती थी। मैं सोचता था कि बिश्वजीत पागल है जो एक लड़की के लिए ऐसी फ़ीलिंग रखता है। पर मुझे नहीं मालूम था कि जब आप प्यार में होते हैं तो आपका मन आपके नियन्त्रण में नहीं रहता। वो अपने हिसाब से सोचता है। जब से तुम मेरी ज़िन्दगी में आयी हो, ऐसा लगता है जैसे मैं दुनिया का सबसे ख़ुशक़िस्मत इन्सान हूँ। बस जल्दी से इस लायक़ बन जाऊँ कि तुम्हारा हाथ थाम सकूँ, तुम्हारे माता-पिता को बता सकूँ कि उनकी बेटी ने नील से दोस्ती करके कोई ग़लती नहीं की है।’

‘नील, पर मुझे इस बात से फ़र्क़ नहीं पड़ता कि तुम कुछ बनकर दिखाते हो या नहीं। या फिर मेरे माता-पिता तुम्हारी दुनियावी कामयाबी से ख़ुश होते हैं या नहीं। हाँ, मुझे इस बात से ज़रूर फ़र्क़ पड़ता है कि एक-दूसरे के लिए हमारा प्यार कितना गहरा बना रहता है। मैं तुम्हारे साथ किसी भी हाल में ख़ुश रह सकती हूँ। तुम मुझे बहुत अच्छे लगते हो। एकदम मेरे लगते हो।’

‘इतनी ख़ुशी सँभाल नहीं पाऊँगा वासु। ऐसा लग रहा है जैसे मैं सातवें आसमान पर उड़ान भर रहा हूँ।’ पुलिया आ गयी थी। चारों तरफ़ अँधेरा था। रात के दस बज रहे होंगे। दोनों वहीं बैठ गये थे। उनके बीच थोड़ी दूरी थी।

‘नील, तुम्हारे प्रिलिम्स में अब ज़्यादा वक़्त नहीं। इसीलिए आज मैं तुमसे मिलने आ गयी कि मन भर बातें कर लेंगे। कल से मैं हफ़्ते में केवल एक बार मिलूँगी। संडे की शाम हम साथ में चाय पिया करेंगे। बोलो मंज़ूर है?’

‘इतनी ख़ुशी देकर, उसे इस तरह तुरन्त छीन लेना कहाँ का न्याय है वासु। ये बहुत बड़ी ज़्यादती है।’

‘नील, मैंने पहले भी कहा है कि हमारी दोस्ती हमारे रास्तों का रोड़ा नहीं बननी चाहिए। हम दोनों को एक-दूसरे को आगे बढ़ाना है। और हम तो पूरी ज़िन्दगी साथ रहने वाले हैं। फिर कुछ बड़े लक्ष्य के लिए अगर थोड़ी दूरी बनानी पड़े तो ये कोई बड़ी क़ीमत तो नहीं?’

'अब इससे ज़्यादा बड़ी क़ीमत क्या हो सकती है? मैं तुमसे मिले बिना कैसे रह पाऊँगा?'

'वैसे ही जैसे मुझसे मिलने से पहले रहते थे।'

'तुम बहुत क्रूर हो यार। क्या तुम मुझसे मिले बिना रह लोगी?'

'मेरे लिए भी ये आसान नहीं होगा नील। पर वक़्त की मांग यही है। मैं कमज़ोरी नहीं बनना चाहती। तुम्हारी ताक़त बनना चाहती हूँ।'

'अब तुमने वर्डिक्ट दे ही दिया है तो मैं क्या कह सकता हूँ। जो आज्ञा वासवी जी।', नील ने वासवी की तरफ़ देखकर हाथ जोड़ दिये थे।

रात कोहरे में सिमटती जा रही थी। सामने के लैम्प भी अब नज़र नहीं आ रहे थे। रिंग रोड पर इक्का-दुक्का गाड़ियाँ ही उस ओर से गुज़र रही थीं।

'अब चलें?'

'थोड़ी देर और बैठते हैं ना? कल से तो लम्बे इन्तज़ार का फ़रमान सुना ही दिया है तुमने।'

'ये कोई फ़रमान नहीं नील। ये हम दोनों की साझा ज़िम्मेदारी है। अब ये संघर्ष केवल तुम्हारा नहीं। मैं भी उसमें शामिल हूँ।'

'सुन्दर चेहरे के साथ तुम इतने पक्के इरादे वाली लड़की होगी, ये मैंने नहीं सोचा था।'

'चेहरा, सुन्दरता ये सब बाहरी आवरण हैं नील। समय के साथ ये कुछ भी रह नहीं जाता। इसका मुझे कोई गुमान नहीं...और चाहती भी नहीं कि कभी कोई गुमान हो। ईश्वर ने दिया है, समय के साथ ये सब चला भी जायेगा। रह जायेगा तो बस हमारा काम। उसे ही मैं सबसे अहम समझती हूँ। बस तुम्हारा साथ रहे और मैं समाज के लिए कुछ कर पाऊँ, मुझे कुछ और नहीं चाहिए।'

'वासवी, पिछले जन्म में मैंने कुछ अच्छे कर्म किये होंगे जो तुम मुझे मिली। बस हमारे रिश्ते को किसी की नज़र ना लगे।'

'हाँ, मुझे भी इसका डर होता है कभी-कभी। पर कोई बात नहीं। अपना काम करते हैं। अब चलो नहीं तो तुम्हें देर हो जायेगी। अभी तुम्हारा क्रिकेट टूर्नामेंट भी समय खाने वाला है।', वासवी उठ गयी थी।

'तुम मैच देखने आओगी?'

'मुझे क्रिकेट में कोई ख़ास दिलचस्पी नहीं। अगर तुम्हारी टीम फ़ाइनल में पहुँची तो शायद थोड़ी देर के लिए आ जाऊँ...बताना।' दोनों लौटने लगे थे। ठण्ड बढ़ती जा रही थी।

'कब तक ख़त्म हो जायेगा टूर्नामेंट?'

'25 जनवरी को फ़ाइनल है।'

'ठीक है। मुकुन्द, अंकित सब कैसे हैं?'

'सब अच्छे हैं वासवी। डिपार्टमेंट में ही मुलाक़ात होती है। अब शाम को हमारा मिलना थोड़ा कम हो गया है। वो तो कहते भी हैं कि मैं धीरे-धीरे बदल रहा हूँ।'

'इसे बदलना नहीं कहते। कल को मुकुन्द की किसी लड़की से दोस्ती हो जायेगी तो वो भी ऐसा ही करेगा। अरे भई, 24 घण्टे के दिन में चीज़ों को प्रायोरिटाइज़ तो करना ही पड़ता है...और वो तो अगले साल यूपीएससी देगा। और हाँ, ये भी सच है कि जब कोई ऐसे रिश्ते में होता है तो उसके ख़ास दोस्तों को थोड़ा बुरा तो लगता ही है। उनके हिस्से का समय जो चला जाता है।', वासवी मुस्कुरा रही थी।

बातें करते हुए वे गोदावरी के गेट पर पहुँच गये थे। अगले संडे को मिलने की बात कहकर वासवी हॉस्टल के भीतर जाने लगी थी। नील उसे जाता हुआ देख रहा था। फिर वो मुड़ी और कहा, 'जाओ अब।'

'हाँ, जा रहा हूँ। पहले तुम भीतर चली जाओ।'

'क्रेज़ी हो तुम। अच्छा चलो बाय।', वासवी अपने विंग की तरफ़ मुड़ गयी थी।

40

जाड़े की चटख धूप खिली थी। जेएनयू के स्टेडियम में चहल-पहल थी। पैविलियन की सीटें लगभग भरी हुई थीं। इंटर हॉस्टल क्रिकेट टूर्नामेंट का फ़ाइनल मैच सतलज और ब्रह्मपुत्रा के बीच खेला जा रहा था। दोनों ही टीमों के तथाकथित विवियन रिचर्ड्स, रिची रिचर्डसन, मैल्कम मार्शल, डीन जोन्स, तेन्दुलकर, कपिल देव, गावस्कर, अब्दुल क़ादिर, मार्टिन क्रो और स्टीव

वॉ जैसे खिलाड़ी कमर कसकर तैयार थे। टॉस जीतकर सतलज ने पहले बल्लेबाज़ी का फ़ैसला किया। पैविलियन में एक तरफ़ ब्रह्मपुत्रा के समर्थक बैठे थे तो दूसरी तरफ़ मिड कैम्पस के छात्र थे जो सतलज के खिलाड़ियों का उत्साहवर्धन करने आये थे।

'ब्रह्मपुत्रा के वीरों, आज भौकाल मचा देना है, सतलज को धूल चटा देना है।', ब्रह्मपुत्रा ख़ेमे से समरेन्द्र सर की तेज़ आवाज़ सुनाई पड़ी। तभी सतलज के ओपनर चिराग यादव ने अनुराग की गेंद पर सामने छक्का जड़ दिया।

'अरे धीरे मारो चिराग, चचा लोग पर रहम करो।'

'जीतेंगे भाई जीतेंगे...सतलज के सूरमा जीतेंगे।'

'दो सौ रन बनाना है...बुढ़वांचल को हराना है।'

'ए चचा धीरे फेंकिये, कमरवा में मोच ना आ जायेगा! फिर चाची को क्या मुँह दिखाइयेगा।'

'बुढ़वा फेंके बॉल...सतलज मारे छक्का....बुढ़वा हक्का-बक्का।'

सतलज के समर्थकों की संख्या ज़्यादा थी और ऐसे स्लोगन और कॉमेंट लगातार सुनाई पड़ रहे थे।

मैच बीस ओवर का था। सतलज ने दस ओवर में तीन विकेट खोकर 75 रन बना लिए थे। कप्तान मौलेश ने बहुत भरोसे के साथ गेंद ऑफ़ स्पिनर हरेश को दी। हरेश के सिर पर बाल नहीं थे। वो बॉलिंग छोर पर अपने क़दम नाप रहा था।

'अरे इनको टोपी पहनाओ रे। आँख में हेडलाइट चमकेगा तो बैट्समैन आउट हो जायेगा।' पैविलियन में हँसी की लहर उठ गयी थी।

'चचा के सिर पर बाल तो टिका नहीं, अब बॉल का क्या भरोसा। अरे चिराग चचा को छक्का जड़कर उनका सम्मान करो रे।'

'उखाड़ दो हरेश...मिड कैंपस वालों को दिखा दो कि होस्टल भौकाल में कितना दम है।' ब्रह्मपुत्रा ख़ेमे से समरेन्द्र सर की आवाज़ आयी। पर रन लगातार बनते रहे। सतलज की टीम ने बीस ओवर में सात विकेट खोकर 160 रन बनाये जो कि एक सम्मानजनक स्कोर था। सतलज से खेल रहे मुकुन्द ने 20 रन का महत्त्वपूर्ण योगदान दिया था। हरेश और मौलेश को दो-दो विकेट मिले थे। नील, अनुपम और जिमियन ने एक-एक विकेट चटकाये थे।

ब्रह्मपुत्रा की बैटिंग शुरू होने से पहले जेएनयू की स्पोर्ट्स इंचार्ज सुमंती ताम्बे मैम आ गयी थीं। मुक़ाबला बेहद रोमांचक होने का अनुमान था। स्टेडियम दर्शकों से खचाखच भरा था। नील बार-बार बाहर देखता। उसे वासवी का इन्तज़ार था। पर वासवी अभी तक नहीं पहुँची थी।

161 रनों का मुश्किल लक्ष्य हासिल करने के इरादे से मौलेश और नील ओपनिंग के लिए उतरे। मौलेश ने नील को सलाह दी कि वो एक तरफ़ डटा रहे, दूसरी ओर से वो स्ट्रोक्स लेता रहेगा।

दो ओवर में ब्रह्मपुत्रा की टीम ने 17 रन ठोककर दबाव बना दिया था। मौलेश ने एक छक्का और दो चौका जड़ा था। सतलज का कप्तान और तेज़ गेंदबाज़ चिराग यादव बहुत तेज़ बॉलिंग कर रहा था। मौलेश ने नील से कहा कि चिराग का स्पेल निकलते ही तेज़ रन बनाया जायेगा। तभी नील को वासवी आती नज़र आयी। उसके साथ एलीना और नन्दिता भी थीं। नील ख़ुश हो गया था।

भले ही ब्रह्मपुत्रा की टीम ने आज तक इंटर हॉस्टल टूर्नामेंट ना जीता हो, लेकिन ये फ़ाइनल कुछ अलग था। मौलेश के सिर पर जैसे भूत सवार हो गया हो। उसने सतलज के गेंदबाज़ों की इतनी धुनाई की कि मैच तीन ओवर पहले ही ख़त्म हो गया। मौलेश ने अकेले ही 105 रन ठोंक दिये थे। नील ने आठ ओवर तक उसका साथ दिया था। वो 22 रन बनाकर स्लिप में कैच हो गया था।

ब्रह्मपुत्रा की जीत के साथ ही जेएनयू के क्रिकेट इतिहास में एक नया अध्याय लिख दिया गया था। प्राइज़ डिस्ट्रीब्यूशन के दौरान सुमंती ताम्बे मैम ने मौलेश की धुआँधार बल्लेबाज़ी की ख़ूब तारीफ़ की। उसे 'मैन ऑफ़ द मैच' और 'मैन ऑफ़ द सीरीज़' का ख़िताब मिला। वासवी ने नील को जीत की बधाई दी। नील को अच्छा लगा कि क्रिकेट में दिलचस्पी ना होते हुए भी वासवी उसका मैच देखने आयी। नन्दिता और एलीना को भी उसने थैंक्यू कहा।

खेल के बाद सतलज कैम्प में उदासी थी क्योंकि लगातार तीसरी बार टूर्नामेंट जीतने का मौक़ा हाथ से निकल गया था। लेकिन ब्रह्मपुत्रा का माहौल एकदम अलग था। पूरा हॉस्टल पहली बार मिली जीत के जश्न में डूब गया

था। स्टेडियम से लौटते ही मौलेश ने तुरन्त एक मीटिंग की और तय हुआ कि सभी कमरों से पैसे कलेक्टकर शानदार पार्टी की जाये। लड़कों ने दिल खोलकर कॉन्ट्रीब्यूट किया।

बास्केटबॉल कोर्ट में एक टेबल पर ट्रॉफ़ी रखी गयी थी। बग़ल में साउंड बॉक्स पर तेज़ म्युज़िक बज रहा था और हाथ में कोल्ड ड्रिंक, शराब-बीयर की बोतल लिए छात्र जमकर नाच-गा रहे थे। एक अलग ही मतवाला कर देने वाला माहौल था। कोई किसी की नहीं सुन रहा था। बस सब चीख़ रहे थे, चिल्ला रहे थे। शोर में किसी को कुछ भी सुनाई नहीं पड़ रहा था, सब अपनी धुन में मस्त थे। ऐसा लग रहा था जैसे शराब की नदी बह रही हो। फ्रायड चिकन, रोस्टेड चिकन, पनीर और चिकन कबाब के अलावा तरह-तरह के चखना बिरादरी के आइटम टेबल पर रखे थे। कोई गिलास सिर पर रख कर नाच रहा था तो कोई एक-दूसरे के पाँव में पाँव फँसाकर 'दम मारो दम' की धुन पर थिरक रहा था। किसी वॉर्डन की हिम्मत नहीं हो रही थी कि वहाँ पहुँचकर मना करे। छात्र एक अलग ही जुनून में थे। कुछ लड़कों ने नशे में नाचते-नाचते एक-दूसरे के कपड़े भी फाड़ डाले थे। पचास-साठ लोग अच्छा-बुरा-भौंडा डाँस कर रहे थे तो सौ के क़रीब लड़के गोल घेरे में कोर्ट के चारों ओर खड़े होकर जश्न का लुत्फ़ उठा रहे थे। जिसे जो अच्छा लग रहा था, खा रहा था, पी रहा था।

'रम्भा हो लगाओ, रम्भा हो।', मौलेश ने चिल्लाकर डीजे से कहा। अब 'रम्भा हो' पर डाँस का एक और दौर शुरू हो गया था। नशे में चूर इस भीड़ से थोड़ी दूरी पर अकेले भी एक शख़्स लगातार थिरक रहा था। ये ब्रह्मपुत्रा की नामचीन शख़्सियत कछुआ सर थे। मदिरा के नशे में पूरी तरह टुन्न। लगातार मुस्कुराते और पूर्वी भारत के बिहू नृत्य जैसी किसी मुद्रा में नाचते अपने ही धुन में मस्त थे कछुआ सर। उन्हें किसी से कोई मतलब नहीं था। जब शराब ख़त्म हो जाती तो गिलास फिर से भर लाते। जब नशे ने उन्हें पूरी तरह अपनी गिरफ़्त में ले लिया तो जो भी सामने नज़र आता वो उसके पैर पकड़ लेते।

'अगर हमसे कोई ग़लती हो गया हो तो माफ़ करना दोस्त। कसम खाते हैं अब कभी ऐसा नहीं करेंगे।'

कछुआ सर की ऐसी मदहोशी और तुरियावस्था को देख लड़कों को शरारत सूझी। जब जश्न का माहौल थमने लगा और लड़के अपने-अपने कमरों का रुख़ करने लगे तो मौलेश और अनुपम ने कछुआ को पास बुलाया और कहा, 'ख़ाली यहाँ माफ़ी माँगने से कुछ नहीं होगा संजीव। होस्टल के हर लड़के के साथ तुमने कभी न कभी कुछ न कुछ ग़लत किया ही है। सबसे माफ़ी माँगनी पड़ेगी।'

'हाँ हाँ, एकदम माफ़ी माँगेंगे। ग़लती हुई है तो माफ़ी तो माँगनी ही पड़ेगी दोस्त। अभी माँगते हैं।' फिर क्या था। कछुआ सर गिलास लेकर हॉस्टल की तरफ़ चल पड़े। अब वो बिना ताले वाले हर कमरे में नॉक करते और कमरा खुलते ही सामने खड़े लड़के के पैर पकड़ लेते।

'इस बार माफ़ कर देना दोस्त, अगली बार से कोई ग़लती नहीं करेंगे।' पीछे खड़े लड़के कछुआ सर की इस हरकत पर हँस रहे होते और जब उनकी शराब ख़त्म हो जाती तो गिलास फिर से भर देते। कछुआ सर तब तक कमरे में जा-जाकर माफ़ी माँगते रहे जब तब वो नशे से बेहोश नहीं हो गये। जब वो गिर गये तो लड़कों ने उन्हें ले जाकर कमरे में लिटा दिया था। अगले दिन कछुआ सर बहुत देर से उठे। जश्न में शामिल दूसरे लड़कों का भी यही हाल था। लेकिन लंच पर जब सब मिले और कछुआ सर से पूछा गया कि 'कल कैसा रहा संजीव?' तो उन्हें कुछ भी याद नहीं था।

पूरी भद्रता से उन्होंने यही कहा, 'कल की जीत शानदार रही। बड़ा मज़ा आया। पर हम ज़्यादा देर तक नहीं रुक पाये। जल्दी ही सो गये थे।' ये सुनकर आसपास बैठे लड़के बस मुस्कुरा दिये थे।

41

26 जनवरी को लाइब्रेरी बन्द थी। नील दिनभर कमरे पर ही पढ़ता रहा। उसे लगने लगा था कि प्रिलिम्स के लिए अब वाक़ई बहुत कम समय है। एक बार उसने सब कुछ पढ़ लिया था, लेकिन अब और गम्भीर होने की ज़रूरत थी। दोपहर में उसने वासवी को फ़ोन किया।

'कैसी हो? क्या खाया? पैक लंच से काम चल गया?'

'एक साथ इतने सारे सवाल। रुको...रुको। पैक लंच तो हम तीनों ने मिलकर ग्यारह बजे ही खा लिया था। अभी थोड़ी देर पहले हमने मैगी बनायी और खायी। तुमने क्या खाया?'

'मैंने पैक लंच ही खाया। शाम को मिलते हैं ना? कभी-कभी संडे वाली शर्त तोड़ भी देनी चाहिए।' वासवी हँसने लगी थी।

'हाँ, मेरा भी मिलने को मन कर रहा था। आओ शाम में। मेस बन्द है तो मेज़बान या उडुपी चलेंगे। आज पार्टी मेरी तरफ़ से।'

'वाह...बहुत ख़ुश लग रही हो आज तो?'

'ख़ुश ही रहना चाहिए। अब सारी बात फ़ोन पर ही कर लोगे? मिलते हैं शाम में।'

'हाँ, मिलते हैं। बाय।'

कमरे पर लौटकर नील लगातार पढ़ता रहा। छह बजे तैयार हुआ और गोदावरी के लिए निकल गया। उसने जीन्स पर लाल रंग का कुर्ता पहना था और ऊपर से जैकेट डाल लिया था। वासवी वहीं इन्तज़ार कर रही थी। उसने हल्के पीले रंग का सलवार-कुर्ता पहना था और उस पर लाल रंग की शॉल डाल रखी थी। बाल खुले हुए थे।

'आज रिपब्लिक डे परेड देखा टीवी पर?', वासवी ने पूछा।

'हाँ। थोड़ी देर के लिए गया था टीवी रूम। नाइजीरिया के राष्ट्रपति ओबेसांजो चीफ़ गेस्ट थे।'

'कारगिल के वीरों को जब सम्मान दिया जा रहा था तो मेरी तो आँखें भर आयीं। कैप्टन विक्रम बत्रा...क्या जाँबाज़ शख़्स था यार।', नील ने कहा।

'हाँ, देखते-देखते हँसता-खेलता इन्सान कैसे अतीत बन जाता है। हम चाहे कितना भी सम्मानित कर लें, कितना भी गुणगान कर लें...उनके माता-पिता के दुख को कम नहीं कर सकते।', वासवी ने कहा।

'हाँ, ये बात तो है। पर देश की सुरक्षा भी तो ज़रूरी है ना?', नील ने कहा।

'हाँ, तभी तो हमारी इतनी बड़ी स्टैंडिंग आर्मी है...वो तो सबसे ज़रूरी है। 26 जनवरी की परेड मुझे बचपन से अच्छी लगती है।'

'साबरमती चलें?', वासवी ने पूछा।

'हाँ, चलते हैं। आज तुम्हें एक नये रास्ते से ले चलता हूँ।'

धीरे-धीरे चलते हुए दोनों ने पहले गोदावरी का गेट पार किया और वॉर्डन के घर से आगे बढ़कर नील ने वासवी को जंगल में चलने को कहा।

'उधर कहाँ जा रहे हो?'

'आओ तो सही। यहाँ से भी जा सकते हैं। एक मज़ेदार रास्ता है।' वासवी पीछे-पीछे चलने लगी। ये गोदावरी के दूसरी तरफ़ का जंगल वाला हिस्सा था। बीच से एक टेढ़ी-मेढ़ी पगडंडी गुज़रती थी। एक-दो जगह वासवी लड़खड़ायी। फिर उसे मज़ा आने लगा।

'सामने सड़क नज़र आ रही है। अरे ये तो बहुत छोटा रास्ता है।'

'यही तो मैं भी कह रहा था।' दो-तीन मिनट में ही दोनों मेन रोड पर साबरमती वाली पगडंडी के पास निकले थे।

'ये ख़ुफ़िया रास्ता तुम्हें कैसे पता चला। क्या मुझे ढूँढ़ने के लिए यहाँ जंगल में भी बैठा करते थे।'

'अरे नहीं-नहीं। ये मुकुन्द की खोज है। उसके साथ ही एक दिन इस रास्ते से आया था...और तुम्हें ढूँढ़ने के लिए अगर मैं यहाँ जंगल में बैठता तो लड़कियाँ शिकायत नहीं कर देतीं? मुझे अपनी बदनामी थोड़े ना करवानी थी?'

मेस बन्द होने की वजह से साबरमती ढाबे पर आम दिनों से ज़्यादा लोग थे। जिन्होंने पैक लंच जल्दी ख़त्म कर लिया था वो समोसे और पकौड़े से अपनी भूख मिटा रहे थे। नील और वासवी ने भी समोसा-चाय लिया और पीछे पेड़ के नीचे खड़े हो गये।

'अच्छा नील ये बताओ। हिस्ट्री में तुम्हें सबसे दिलचस्प शख़्सियत किसकी लगती है?', वासवी ने अचानक ये सवाल पूछा।

'सच कहूँ...तुम शायद हैरान हो जाओगी। पर मुझे ग़ुलाम वंश के सुल्तान बल्बन की पर्सनैलिटी बहुत ज़बर्दस्त लगती है।'

'बल्बन? पर क्यों।', वासवी ने हैरानी से भरकर पूछा।

'मैंने कहा था न कि तुम चौंक जाओगी। यार बल्बन एक ग़ुलाम होकर भी सुल्तान के तख़्त तक पहुँचा था...और जब मैंने उसके राजत्व (किनशिप) के बारे में पढ़ा तो उसके चरित्र की दृढ़ता से बहुत प्रभावित हुआ। हाँ, ये भी सच है कि वो बहुत क्रूर था और उसने भयानक क़त्लेआम करवाये थे।'

'हाँ, ये ब्रात तो तुम्हारी ठीक है...कुछ और ख़ास बात बताओ उसकी जो तुम्हें अच्छी लगती हो।'

'जब मैंने पढ़ा कि राजत्व की शान के लिए अपने बेटे मोहम्मद ख़ान के मरने पर भी बल्बन सार्वजनिक रूप से रोया नहीं था, उसने अपने दुख का इज़हार नहीं किया था, तो मैं इस बात से बहुत प्रभावित हुआ। वो जानता था कि जिस तरह उसने सत्ता हासिल की है, अगर उसने कमज़ोर नज़र आने का एक भी मौक़ा दिया तो उसके विरोधी उसे मिटा देंगे। पर वो एक अच्छा पिता भी था और उसे अपने बेटे के जाने का ग़म भी था। इसलिए वो रात में अपने कक्ष में अकेले में रो लेता था, पर सार्वजनिक रूप से अपने दुख का इज़हार नहीं करता था। तभी तो उसका नाम इतिहास में दर्ज है।'

'हाँ, ये बात बिल्कुल ठीक है तुम्हारी। पर तुम बल्बन से प्रेरित होगे, ऐसा मैंने नहीं सोचा था।'

'मैं प्रेरित नहीं हूँ और ना ही प्रभावित। उसकी शख़्सियत मुझे अच्छी लगती है।'

'हाँ, पर वो क्रूर भी तो था। तो क्या तुम क्रूरता का समर्थन करते हो?'

'नहीं वासु। मैं तो बस बल्बन की संकल्प शक्ति से प्रभावित हूँ। उसने अपने जीवन से सन्देश दिया था कि एक साधारण पृष्ठभूमि का व्यक्ति भी अपनी दृढ़ इच्छाशक्ति से असम्भव को सम्भव बना सकता है। इसीलिए मैं उसके इस पक्ष की प्रशंसा करता हूँ। इसका तात्पर्य ये क़तई नहीं कि जो क्रूरता उसने की मैं उसे सही मानता हूँ। मैं क़तई उसे सही नहीं मानता।'

'चाय ख़त्म हो गयी, चलो रिंग रोड पर वॉक करते हैं।'

'हाँ, चलो चलते हैं।' दोनों साबरमती ढाबे से निकलकर चलने लगे थे। ढाबे के आसपास सड़क पर दोनों तरफ़ थोड़ी-थोड़ी दूर पर लड़के और लड़कियाँ बैठे थे। किसी के हाथ में चाय थी तो कोई समोसे खा रहा था, और कोई सिगरेट के कश लगा रहा था।

'अच्छा नील, भारतीय इतिहास की कौन-सी बात तुम्हें ग़लत लगती है?'

'वासु, बहुत-सी बातें हैं जो इतिहास में ग़लत हुई हैं। अंग्रेज़ों ने भारत के लोगों के साथ बहुत कुछ ग़लत किया। कई मुग़लों ने हिन्दुओं के साथ बहुत ग़लत व्यवहार किया। अगर प्राचीन भारत की बात करें तो अपने मूल रूप

में शायद मैं वर्ण व्यवस्था को ठीक मान लूँ क्योंकि उसमें योग्यता के आधार पर एक वर्ण से दूसरे वर्ण में जाने की सहूलियत थी। लेकिन बाद में जिस तरह वर्ण स्थायी हो गये...जातियाँ-उपजातियाँ बन गयीं और उसके आधार पर शोषण का एक तन्त्र खड़ा हो गया, उसे मैं उचित नहीं मानता। उसकी कड़ी निन्दा करता हूँ।'

'मतलब तुम जाति व्यवस्था के ख़िलाफ़ हो?'

'कह सकती हो। हो सकता है आज के समाज में कई लोगों को मेरी बात अच्छी न लगे, लेकिन मैं जाति व्यवस्था को सही नहीं मानता। इससे किसी का कोई भला नहीं होता। ऊँची जाति के लोग अपने से नीचे के लोगों को हेय दृष्टि से देखते हैं। ये मुझे सही नहीं लगता।'

'बहुत प्रोग्रेसिव विचार हैं तुम्हारे। क्या तुम्हारे घर वाले भी ऐसी ही सोच रखते हैं?'

'नहीं। घर वाले कठोर जातिवादी हैं। पर जितनी शिक्षा मुझे मिली है या जितना मैं अब तक समझ सका हूँ, मुझे ये भेदभाव सही नहीं लगता।'

'देखो नील। एक बात होती है आदर्शवादी होना और एक बात होती है जीवन में उसे चरितार्थ करना। तुम अपनी आदर्शवादी सोच के आधार पर जाति व्यवस्था पर ऐसी सोच रखते हो या वाक़ई चाहते हो कि जाति प्रथा ख़त्म होनी चाहिए...और ज़रूरत पड़ी तो तुम पहल भी करोगे। बात बहुत गम्भीर होती जा रही है। चलो ना वहाँ पुल पर बैठते हैं।', वासवी ने ईस्ट गेट वाले मोड़ से सटी पुलिया की तरफ़ इशारा किया था।

'हाँ चलो बैठते हैं।', दोनों पुल पर बैठ गये थे। अँधेरा होने के साथ ठण्ड भी बढ़ गयी थी।

'तुम क्या कह रही थी कि ज़रूरत पड़ी तो मैं क्या करूँगा। मैं यही कहूँगा कि ज़रूरत पड़ी तो तुम देख लेना, मैं जो बात कह रहा हूँ वो सिर्फ़ कहने के लिए या आदर्शवादी सोच वाला दिखने के लिए नहीं है, बल्कि मैं दिल से ऐसा मानता हूँ कि ये एक बुराई है और इसे ख़त्म होना चाहिए। जब बनाने वाले ने इन्सान को अलग-अलग नहीं बनाया तो हम कौन होते हैं उनके बीच भेद पैदा करने वाले।' वासवी ग़ौर से नील को देख रही थी।

‘ऐसा लगता है तुम वाक़ई बदलाव लाने वाले हो। जब बोलते हो तो तुम्हारे तेवर एकदम समाज सुधारकों जैसे हो जाते हैं। आईएएस बनकर तुम ज़रूर समाज का भला करोगे।’

‘चाहता तो हूँ कि समाज के लिए, देश के लिए कुछ अच्छा करूँ। देखते हैं कितना कुछ कर पाता हूँ।’

‘तुम्हारी नीयत इतनी अच्छी है तो ज़रूर कर पाओगे नील। चलो अब चलते हैं। भूख लगने लगी है। डिनर का टाइम भी हो चला है। मेज़बान पहुँचते-पहुँचते साढ़े आठ बज ही जायेंगे।’

‘हाँ, चलते हैं। मैं तो बहुत रोमैंटिक मूड में आया था, तुमने इतने गम्भीर सवाल पूछ लिए।’

‘ऐसा मैंने भी सोचा नहीं था कि हम ये बातें करेंगे, पर आ गया मन में तो पूछ लिया।’

‘अच्छा नील, तुमने ‘हम दिल दे चुके सनम’ फ़िल्म तो देखी ही होगी?’

‘हाँ, देखी है। जब जेएनयू में ऐडमिशन लेने आया था तो प्रिया में पहली फ़िल्म यही देखी थी। मुकुन्द, अंकित, पुष्कर, प्रांजल सब गये थे।’

‘ये बताओ कि अजय देवगन और सलमान ख़ान में से किसका किरदार तुम्हें ज़्यादा पसन्द है?’

‘ऑफ़ कोर्स अजय देवगन का।’

‘क्या रियल लाइफ़ में ऐसे लड़के होते हैं?’

‘होते हैं तभी तो फ़िल्म बनी है ना। जब वनराज के पास कोई और विकल्प नहीं बचता तो दूसरे से प्यार करने वाली लड़की के साथ पूरा जीवन कैसे बिता सकता था। उसने जो किया ठीक ही किया।’

‘फ़र्ज़ करो फ़िल्म में जो दिखाया गया, वैसा न होकर ये होता कि नन्दिनी समीर के साथ चली जाती और वनराज को लौटना पड़ता तो?’

‘देखो फ़िल्म का कथानक ऐसा है कि किसी एक लड़के को तो दुखी होना ही था। समय के साथ नन्दिनी ने यही पाया कि वनराज केवल एक भला इन्सान ही नहीं बल्कि वो उसे बेइंतेहा प्यार भी करता है। भावना और सच्चायी का अच्छा द्वन्द्व दिखाया गया है फ़िल्म में। मेरे हिसाब से पोएटिक जस्टिस हुआ है। पर अगर वो समीर के साथ चली जाती तब भी कहानी बनती, लेकिन

उसका वो प्रभाव नहीं होता जो वनराज के साथ जाने से बना। जीवन में हो तो कुछ भी सकता है।'

'ठीक कहा तुमने नील।'

'आज तुम पूरी तरह मेरा इंटरव्यू ले रही हो। इरादे ठीक नज़र नहीं आ रहे तुम्हारे।'

'अच्छा बाबा...अब कुछ नहीं पूछती। चलो वीसी का बंगला आ गया। बहुत तेज़ भूख लगी है। चलकर जल्दी से खाना खाते हैं।'

जैसे ही वो मेज़बान में दाख़िल हुए देखा मुकुन्द, अंकित, पुष्कर और प्रांजल सामने ही बैठे खाना खा रहे हैं।

'अरे दोस्तों बता देते तो साथ में ही चले आते?', नील ने मुकुन्द की पीठ पर हाथ फेरते हुए कहा।

'भाई, आज मेस में डिनर नहीं, तो हमें पता ही था कि ज़्यादातर स्टूडेंट बाहर खाने का प्रोग्राम बनायेंगे। जब हम निकल रहे थे तो तुम्हारा ख़याल आया, फिर सोचा कि वासवी के साथ शायद तुम्हारा प्रोग्राम हो। हलो वासवी।', मुकुन्द ने कहा।

'हलो मुकुन्द। नहीं हमारा कोई प्रोग्राम नहीं था...पर चाय पीते-पीते बन गया। मैंने ही कहा था नील को। पर अच्छा हुआ तुम लोग यहाँ मिल गये। लौटते हुए साथ चलेंगे।'

वासवी और नील जब साथ होते थे तो अंकित, पुष्कर और प्रांजल अब थोड़े असहज हो जाते थे। हालाँकि मुकुन्द पहले की तरह ही बिंदास था। नील और वासवी को उनके ठीक पीछे वाली टेबल पर जगह मिली।

'यार तुम लोग आराम से खाना खाकर आओ। हम निकलते हैं। हमारे प्रेशर में तुम लोग जल्दी-जल्दी खाने लगोगे जो ठीक नहीं होगा। मिलते हैं कैंपस में।', मुकुन्द ने कहा। नील और वासवी अभी सूप ही पी रहे थे।

'थोड़ी-सी टाइमिंग की गड़बड़ी हो गयी मुकुन्द। पर ये ठीक कहा तुमने कि थोड़ा इन्तज़ार करना पड़ेगा। ठीक है निकलो तुम लोग। डिपार्टमेंट में मिलते हैं।', नील ने कहा।

'डिपार्टमेंट में तो तुम सब लोग आपस में मिल लोगे। हमारी साथ वाली चाय बहुत दिनों से नहीं हुई है। जल्दी ही मिलते हैं गोदावरी या साबरमती ढाबे पर।', वासवी ने कहा। एक-दूसरे को बाय-बाय बोल चारों निकल गये थे।

‘आजकल तुम अपने दोस्तों से बहुत कम मिलते हो क्या?’, वासवी ने पूछा।

‘मिलना कम तो हो ही गया है। डिपार्टमेंट मैं थोड़ा कम ही जाता हूँ और बाक़ी समय लाइब्रेरी और कोचिंग में बिज़ी रहता हूँ।’

‘कोई बात नहीं। प्रिलिम्स के बाद मिलना-जुलना तो होता ही रहेगा। सबको ख़ुश करते हुए अच्छी तैयारी नहीं हो सकती।’

तभी ब्रह्मपुत्रा के कई सीनियर नज़र आये। मौलेश, अनुपम, अनुराग, संजय, ग़ुलाम, स्वतन्त्र। सबकी नज़र जैसे ही नील पर पड़ी, उनके चेहरे पर हैरानी के भाव साफ़ दिखाई पड़े।

‘और नील। सब ठीक?’, मौलेश ने पूछा।

‘हाँ सर, सब ठीक है। आज मेस बन्द है तो सोचा कुछ अच्छा खा लिया जाये।’, मौलेश और पूरे ग्रुप की नज़रें लगातार वासवी पर थीं।

‘नहीं नहीं, अच्छा किया। चलो तुम लोग खाना एन्जॉय करो। हम बाहर वाले हॉल में बैठते हैं।’ सब मेज़बान के सामने वाले कमरे में चले गये थे। नील को उनका घूरना थोड़ा असहज लगा था। पर वो जानता था कि ब्रह्मपुत्रा में लड़के और लड़की को साथ देखकर कैसी-कैसी कहानी बनायी जाती है।

डिनर के बाद जैसे ही दोनों बाहर निकले, वासवी ने कहा कि वो थक गयी है और ऑटो से जाना चाहती है...पर नील उसके साथ पैदल चलना चाहता था, ढेर सारी बातें करना चाहता था। लेकिन वासवी के आग्रह पर वो कुछ बोल नहीं पाया। उसने एक ऑटो वाले को हाथ देकर रोका और दस मिनट में दोनों गोदावरी के सामने उतर गये।

‘बहुत मज़ा आया नील। पैदल आते तो और अच्छा लगता, लेकिन पता नहीं क्यों बहुत थकान लग रही थी। जाते ही सो जाऊँगी। मिलते हैं फिर संडे को। एक बार पहले बात कर लेंगे। तुम कॉल कर लेना या मैं कर लूँगी दोपहर में।’

‘हाँ वासु, जाकर आराम करो। वैसे अभी बहुत बातें करने का मन था मेरा।’

‘मन कहाँ भरता है नील। चलो मिलते हैं, बाय।’

जैसे ही वो ब्रह्मपुत्रा पहुँचा, टेबल टेनिस का खेल जमा हुआ था। हॉस्टल के एलीट खिलाड़ी लगातार बेहतरीन शॉट और टॉप स्पिन का प्रदर्शन कर रहे थे। कपड़े बदलकर जल्दी से वो भी खेल में शामिल हो गया।

42

खट्...खट्...खट्...खट्

दरवाज़े पर लगातार हो रही दस्तक से ही नील की नींद खुली।

'भैया घर से फ़ोन है। होल्ड पर रखा है। जल्दी आइये।', हॉस्टल ब्वॉय लप्पू ने कहा और तेज़ी से भागा। नील उछलकर उठा और सीधा रिसेप्शन पर पहुँचा।

'कैसे हो बेटा?', माँ की आवाज़ थी।

'अच्छा हूँ माँ। एकदम सुबह-सुबह। सब ठीक है ना?'

'हाँ बेटा। वैसे सब ठीक है। बहुत ख़राब सपना देख लिए थे। कहते हैं भोर का सपना सच होता है। बहुत डर लग रहा था बेटा। अब तुम्हारी आवाज़ सुन लिए तो मन शान्त हो गया।'

'कितनी चिन्ता करती हो माँ। यहाँ सब कुछ एकदम ठीक है। पढ़ाई में बिज़ी हो गया हूँ, इसलिए जल्दी-जल्दी फ़ोन नहीं कर पाता। तुम बिल्कुल चिन्ता मत करो। पापा कैसे हैं, भैया-भाभी कैसे हैं?'

'सब लोग ठीक है बेटा। पापा का ब्लड प्रेशर का दवा शुरू हो गया है। वैसे ठीक रहते हैं। चलो सुबह-सुबह परेशान हो गये थे, इसलिए फ़ोन किये। जाओ अब तैयार होओ। रखते हैं।'

'ठीक है। प्रणाम माँ। फ़ोन करूँगा जल्दी ही। पापा से बात करूँगा।' कमरे पर लौटकर नील ने अख़बार देखा। फिर मेस से सीधा डिपार्टमेंट चला गया।

'आजकल तो हमारी मुलाक़ात ही नहीं हो पा रही है यार!', मुकुन्द ने सेंटर के गेट पर मिलते ही कहा।

'हाँ यार। क्या कहूँ। एकदम समय नहीं मिल पा रहा। पीटी के लिए पढ़ना, कोचिंग, लाइब्रेरी...चकरघिन्नी बन गया हूँ।'

'और उसी में वासवी को भी समय देना है?', मुकुन्द ने कहा।

'वासवी से तो हफ़्ते में केवल एक दिन मिलता हूँ। वही नहीं मिलना चाहती। कहती है इससे पढ़ाई का नुक़सान होता है।'

'हाँ, वासवी बहुत अंडरस्टैंडिंग लड़की है। लकी हो तुम।', मुकुन्द ने कहा।

'मुकुन्द, यार बहुत अच्छा खेले तुम इंटर हॉस्टल टूर्नामेंट में। मुझे नहीं पता था कि तुम इतने अच्छे बैट्समैन हो।'

'अरे कोई ख़ास नहीं। थोड़ा-बहुत तो सब खेल लेते हैं।', मुकुन्द ने कहा।

'जीत के बाद ब्रह्मपुत्रा में रात में जो जश्न और काण्ड हुआ उसके बारे में ब्रेक में बताऊँगा।', नील ने कहा।

'कुछ मज़ेदार है?', मुकुन्द ने कहा।

'हाँ हाँ, बहुत।' दोनों क्लासरूम की तरफ़ चले गये थे।

दुष्यन्त पराशर, विश्वंभर दीक्षित और राम भरोसे सर के बाद चौथा पीरियड रघुनन्दन सर का था जो हमेशा की तरह आज भी ख़ाली था। वो आये नहीं थे। पाँचों दोस्त जब डिपार्टमेंट कैन्टीन में मिले तो नील ने उन्हें मैच के बाद की हॉस्टल की पूरी कहानी बतायी।

'कछुआ सर तो भारी पीस हैं यार।', मुकुन्द ने कहा।

'पर ऐसा एक-दो आइटम हॉस्टल में ना हो तो मज़ा भी नहीं आता है।', अंकित ने हँसते हुए कहा।

'हाँ, ठीक कहा तुमने अंकित। और कल वाली बात तो बताओ सतलज की।', मुकुन्द बोला।

'तुम ही बताओ। तुम अच्छा बताते हो।', अंकित ने कहा। पुष्कर और प्रांजल चाय की चुस्की के साथ मुस्कुराते हुए बातें सुन रहे थे।

'अरे टोपी वाले संजीव सर की कहानी बतायी थी ना एक दिन?'

'हाँ हाँ, वही ना जो नहाते भी टोपी पहनकर हैं।'

'हाँ, वही। कल बैडमिंटन खेलने के बाद मैं और अंकित कूलर पर पानी पी रहे थे। तभी संजीव सर सामने से आते हुए नज़र आये। हमेशा की तरह सीरियस...और पता है क्या बोले।'

'क्या बोले?', पुष्कर ने पूछा।

'पेट की तरफ़ इशारा करके कहा कि "अभी मैं आ रहा था कि पेट में कुत्ते ने काट लिया।'' सुनकर हम दोनों हैरान। बन्दे को कुत्ते ने काटा था और वो एकदम ऐसे बता रहा था जैसे कोई सामान्य बात हो। हमने पूछा कि 'कैसे सर?' तो बोले, "अरे मैं कमल कॉम्प्लेक्स से आ रहा था तो देखा कि हॉस्टल के पास कुत्तों को पकड़ने वाली गाड़ी खड़ी है। मुझे वहाँ से निकल जाना चाहिए था, लेकिन पता नहीं क्यों मैं वहीं खड़ा होकर देखने लगा कि कुत्तों को कैसे पकड़ते हैं...और वो भी गाड़ी के एकदम सामने खड़ा होकर देखने लगा। उन्होंने कई कुत्तों को पकड़कर पिंजरे में बन्द कर रखा था। सब लगातार छटपटा रहे थे। भौंक रहे थे। तभी अचानक एक कुत्ते का पिंजरा पता नहीं कैसे खुल गया और वों हड़बड़ाकर गाड़ी से कूदा तो मेरे ऊपर ही आ गिरा और उसने अपने दाँत मेरे पेट में चुभो दिये। बहुत गहरा नहीं है, लेकिन इंजेक्शन तो लेना ही पड़ेगा।'' मैं हैरानी से उन्हें देख रहा था। शर्ट पेट के पास फटी थी और बन्दा मुस्कुरा रहा था। फिर बोला, "जाता हूँ पहले डेटॉल से साफ़ करता हूँ, फिर कपड़े बदलकर हेल्थ सेंटर जाऊँगा। सूई भी तो जल्दी ही लगवानी पड़ती है। नहीं तो कहते हैं कि रेबीज़ होने पर कुत्ते जैसा ही हो जाता है आदमी।'' और फिर मुस्कुराते हुए संजीव सर चले गये थे। हमें ये कहने का मौक़ा भी नहीं दिया कि किसी हेल्प की ज़रूरत हो तो बताइयेगा सर।'

'कुछ भी कहो। जेएनयू में भाँति-भाँति की जनता रहती है। अब पिंजरे में क़ैद आवारा और ख़ूँख़ार कुत्तों के सामने खड़े होकर नज़ारा देखने की क्या ज़रूरत थी। ख़ामख़्वाह कष्ट हो गया बेचारे टोपी सर को।', नील ने हैरानी से कहा।

43

संडे को जब वो गोदावरी पहुँचा तो वासवी पहले से उसका इन्तज़ार कर रही थी।

'मुझे ऐसा क्यों लगता है कि मैं तुमसे बहुत लम्बे अरसे बाद मिल रहा हूँ।'

'लगता तो मुझे भी ऐसा ही है नील। बस थोड़े ही दिन की बात है। फिर तो हम मिलते ही रहेंगे। केसी चलें, मुझे कुछ स्टेशनरी लेनी है?'

'हाँ हाँ, चलो। बाइक से चलें?'

'नहीं, बाइक से तो तुरन्त पहुँच जायेंगे। कई दिन बाद मिले हो आराम से चलते हैं। वहाँ से गंगा ढाबा चलेंगे। आज वहीं चाय पियेंगे।'

'ठीक है चलो।' दोनों धीमी चाल में कमल कॉम्प्लेक्स की ओर बढ़ गये थे।

'तुम्हारे यहाँ हॉस्टल नाइट कब है?', वासवी ने पूछा।

'चर्चा तो कर रहे थे सब सीनियर। फ़रवरी के आख़िर में है शायद। मेरी उसमें कोई दिलचस्पी नहीं। पीक टाइम आ गया है। बहुत पढ़ाई करनी है। मैं हॉस्टल के मैटर्स में अब ज़्यादा ध्यान नहीं दे रहा। क्रिकेट खेलने में मज़ा आया, लेकिन पूरे दस दिन चले गये उसमें।'

'बात तुम्हारी बिल्कुल ठीक है। हमारा हॉस्टल नाइट 15 फ़रवरी को है। मैं तो चाहूँगी कि तुम रात में डिनर और डाँस पार्टी के लिए दो घण्टे के लिए ज़रूर आओ। उससे पहले जमकर पढ़ाई कर लेना...पर तुम्हें आना है। अगर तुम चाहो तो तुम्हारे दोस्तों के लिए भी कूपन ले लूँगी। और तो किसी को मैं बुला नहीं रही। एलीना और नन्दिता हॉस्टल में ही हैं।'

'मैं उनसे पूछकर तुम्हें बता दूँगा, फिर कूपन ले लेना।'

'हाँ, ये भी ठीक है।'

कमल कॉम्प्लेक्स में वासवी ने पेन, रीफ़िल, नोटबुक और ए फ़ोर शीट ख़रीदी। स्टेशनरी वाली दुकान पर थोड़ी भीड़ थी। नील वहीं नॉवेल देखने लगा। उसकी नज़र अलका सरावगी के उपन्यास 'कलिकथा वाया बाईपास' पर पड़ी। उसने बहुत चर्चा सुनी थी। वहीं खड़े होकर पढ़ने लगा। दो-तीन पेज पढ़ते ही उसकी दिलचस्पी जगी। उसने किताब ख़रीद ली। नया वाला सिविल सर्विसेज़ क्रॉनिकल भी ले लिया। पेमेंट करने के बाद दोनों केसी के पीछे से ही गंगा ढाबे की तरफ़ बढ़ गये।

'क्या लोगी, चाय या कॉफ़ी?' सिट्टू की दुकान के सामने नील ने पूछा।

'चाय ही पीते हैं।' नील ढाबे पर चला गया। वासवी वहीं सामने वाले पत्थर पर उसका इन्तज़ार करने लगी। तभी एक लड़का उसके सामने आकर बैठा और उसे घूरने लगा। लम्बी, तगड़ी काया और डरावनी-सी आकृति वाला शख़्स था वो।

‘एक्सक्यूज़ मी...यहाँ कोई और बैठा है, आप कोई दूसरी जगह देख लीजिये प्लीज़।’

‘अरे कभी हमारे साथ भी तो बैठ जाओ जी। तुम बहुत सुन्दर हो। एक-दो बार देखा तो लगा कि तुमसे दोस्ती कर ली जाये। आज बहुत दिन बाद ढाबे पर नज़र आयी तो सोचा ‘हलो’ बोल दूँ। अब इन्तज़ार नहीं होता। मैं तो रोज तुम्हारे लिए ही यहाँ आता हूँ।’

‘देखिये, आप बदतमीज़ी कर रहे हैं। मैं आपको नहीं जानती और जानना भी नहीं चाहती। आप प्लीज़ दूसरी जगह बैठ जाइये।’, वासवी ग़ुस्से से भर गयी थी।

‘अरे तुम तो बिना वजह बुरा मान गयी ब्यूटी। सुन्दर लड़की को इस तरह अपने चाहने वालों की बेइज़्ज़ती नहीं करनी चाहिए।’ तब तक नील चाय लेकर लौटा।

‘देखो ना नील, पता नहीं ये कौन आदमी है। बदतमीज़ी कर रहा है मेरे साथ।’

‘क्या बात है भाई साहब, क्यों तंग कर रहे हो? किस सेंटर में हो?’

‘ओहो! तो तू है इसका दोस्त। है तो तू देखने में ठीक-ठाक...पर यो तो मेरी है।’

‘अरे क्या बदतमीज़ी है बे। ज़बान सँभालकर बात कर। एक बार फिर पूछ रहा हूँ कि कौन से सेंटर में है तू? फिर बताता हूँ।’

‘अरे छोड़ सेंटर-वेंटर। मैं जेन्यू का ना हूँ। क्या जेन्यू की छोरियों पे खाली जेन्यू वाले लाइन मारेंगे...वो क्या उनकी ही माल बनेगी?’

‘गाइज़...प्लीज़ कम हियर....ये बन्दा बदतमीज़ी कर रहा है। सब लोग यहाँ आइये प्लीज़।’, नील ने चारों तरफ़ देखकर ज़ोर से आवाज़ लगायी। देखते ही देखते वहाँ अच्छी-ख़ासी भीड़ जमा हो गयी।

‘मारो स्साले को। बाहर के लौण्डे कैंपस में आकर यहाँ की लड़कियों को छेड़ेंगे?’

‘नहीं-नहीं, मारना नहीं है। सिक्योरिटी को बुलाते हैं और बाहर वालों का ढाबे पर गुलछर्रे उड़ाना बन्द करवाते हैं। दीपांजन को बुलाओ, जल्दी।’ चार लोगों ने उस लड़के को पकड़ रखा था।

'देख लूँगा तुम सबको...और तुमको तो छोड़ूँगा नहीं। साले ब्वॉयफ्रेंड हो ना तुम?'

'देखो भाई, अगर मैंने हाथ उठा दिया ना तो यहाँ से साबुत नहीं जा पाओगे। यहाँ शरीफ़ घर की लड़कियाँ पढ़ने आती हैं। आइंदा कैंपस में आने की ग़लती मत करना। हमारी तुमसे कोई दुश्मनी नहीं, इसलिए समझा के छोड़ रहे हैं। आगे तुम्हारे साथ जो भी होगा, उसके लिए तुम ही ज़िम्मेदार होगे।' तब तक जेएनयू के सिक्योरिटी इंचार्ज दीपांजन दास आठ-दस गार्ड्स के साथ वहाँ पहुँच गये थे।

सारा मामला समझने के बाद उन्होंने उस शोहदे से कहा, 'देखो बाबू। आज के बाद तो तुम कैंपस में आ नहीं पाओगे। पहली बार है इसलिए तुम्हें वॉर्निंग देकर छोड़ रहे हैं। वरना काम तुमने पनिशमेंट वाला किया है।'

'इसको गेट पर ले जाकर छोड़ दो। सारी डिटेल्स लिख लेना। मैं आकर देखता हूँ।', दीपांजन ने गार्ड्स को हिदायत दी थी। गार्ड उसे ले जा रहे थे। भीड़ छँटने लगी थी।

'सॉरी बॉस। हम लोग सिक्योरिटी और टाइट करेंगे।', दीपांजन ने नील से कहा।

'आप कोई चिन्ता मत करो सिस्टर। वी आर हियर। डॉन्ट वरी।', उन्होंने वासवी को भी आश्वस्त किया और चले गये। वासवी की आँखों में आँसू थे।

'ये चाय तो बेकार हो गयी। दूसरी ले आता हूँ।'

'मुझे चाय नहीं पीनी अब। चलो यहाँ से...मुझे कुछ अच्छा नहीं लग रहा।'

'ठीक है चलो, चलते हैं। सारा मूड ख़राब हो गया।' वासवी एकदम चुपचाप चल रही थी। जो कुछ हुआ था उससे वो उबर नहीं पा रही थी। नील ने भी उससे कुछ नहीं पूछा। दोनों बस ख़ामोशी से चल रहे थे। गोदावरी पहुँचकर नील ने पूछा, 'यहाँ तो चाय पी सकते हैं?'

'हाँ, ले आओ। तब तक मैं ये सब रूम पर रखकर आती हूँ।' थोड़ी देर में ही वो मुँह धोकर और कपड़े बदलकर लौटी। पहले उसने डेनिम स्कर्ट और पीले रंग की टॉप पहनी थी। अब वो हल्के गुलाबी रंग का सलवार-कुर्ता

पहनकर आयी थी। ऊपर से शॉल रख लिया था। नील पेड़ के नीचे ही चाय और पकोड़े के साथ इन्तज़ार कर रहा था।

'अरे तुमने तो कपड़े भी बदल लिए। इतनी जल्दी?'

'हाँ, मुझे बहुत ख़राब लग रहा था। सोचा कपड़े बदलने से शायद मूड बदल जाये।'

'हाँ, एकदम फ्रेश लग रही हो...और ज़्यादा सुन्दर भी।'

'तुम्हें मज़ाक़ सूझ रहा है।'

'सच कह रहा हूँ। मुझे तो तुम और भी ख़ूबसूरत लग रही हो। ये भी पता चला कि मेरी वासु पर दुनिया की भी नज़रें हैं। मुझे तो और सावधान हो जाना होगा अब। ज़िम्मेदारी बढ़ गयी है मेरी।'

'बात उसकी नहीं है नील। मैं ऐसे क्रिमिनल्स को हैंडल कर सकती हूँ। बाहर रहती हूँ तो सावधान भी रहती हूँ। लेकिन कैंपस में ऐसा कुछ होगा, ये क़तई नहीं सोचा था।'

'मुझे भी बहुत हैरानी हुई वासु। मेरे लिए भी पहला ही था...पर काफ़ी सबक दे गया। अब वो लड़का कैंपस में कभी नहीं आयेगा। बहुत कुछ सुन लिया है उसने। यू डॉन्ट वरी।'

'मैं तो आज तुम्हारी और बड़ी फ़ैन हो गयी नील। क्या हैंडल किया तुमने। तुम्हारी जगह कोई और लड़का होता तो उसने हाथ छोड़ दिया होता उस गुण्डे पर...और फिर क्या होता पता नहीं। पर तुमने जिस तरह पेशेंस से काम लिया। हालात को सँभाला...मैं तो तुम्हें मान गयी। कोई हंगामा भी नहीं हुआ। सिक्योरिटी वालों ने सब कंट्रोल कर लिया और हम वहाँ से निकल भी सके। यही होते हैं एक समझदार प्रशासक के गुण जो हालात को समझकर वही करे जो सबसे ज़्यादा उपयुक्त हो। आज तुम हंड्रेड मार्क्स से पास हो गये हो।'

'तुम भी ना वासु। अगर मैं मार-पीट पर उतरता तो वो हमारा दुश्मन बन जाता। कैंपस के बाहर भी हमारा पीछा करता। वो आशंका अभी भी बनी हुई है, लेकिन हम कैंपस के बाहर जाते ही कितना हैं। इसलिए मैं ऐसे व्यक्ति के साथ मार-पीटकर उसे हमारे ख़िलाफ़ भड़काना नहीं चाहता था। राँची में हमने ऐसे गुण्डे बहुत देखे हैं। अनुभव काम आ गया।'

वासवी ने पहली बार उसके हाथ पर अपना हाथ रख दिया था और बहुत प्यार से देखा था। कितना मादक एहसास था वो। नील के पूरे शरीर में जैसे कम्पन हो गया हो। वो बस यूँ ही स्थिर रह गया था थोड़ी देर तक। फिर उसने अपना दूसरा हाथ वासवी के हाथ पर रख दिया था। वासवी ने अपना सिर हल्का-सा उसके कन्धे पर टिका दिया था।

'चाय ठण्डी हो जायेगी।', नील ने जैसे वासवी को नींद से जगाया।

'हाँ हाँ, चाय पीते हैं।', वासवी ने बहुत अपनत्व के भाव से नील को देखा था। जैसे आँखों से कह रही हो, 'हमेशा ऐसे ही रहना।'

'ये पकोड़े भी हैं।'

'हाँ, लेती हूँ।' चाय ख़त्म होने के बाद नील ने कहा, 'वासु, हम इतने दिनों से साथ हैं, पर तुम आज तक एक बार भी मेरी बाइक पर नहीं बैठी।'

'आज ज़रूर बैठना चाहती हूँ। चलो, जहाँ भी ले जाना चाहो।' नील को ये सुनकर ऐसा लगा जैसे आसमान में बिखरी चाँदनी और चटख टिमटिमाते सितारे उसके इस आनन्द भरे पल के गवाह बन गये हों। दोनों उठकर गोदावरी के पीछे की तरफ़ चलने लगे थे। नील ने बाइक वहीं खड़ी की थी।

नील आगे क़ी ओर सरककर बैठा ताकि वासवी को बैठने की पूरी जगह मिल सके और दोनों के शरीर का स्पर्श भी ना हो पाये। बाइक चल पड़ी। नील धीरे-धीरे ही चला रहा था। थोड़ी देर तक दोनों के बीच ख़ामोशी रही। वे ऐड ब्लॉक के सामने रिंग रोड पर चल रहे थे। वासवी और नील के बीच की दूरी अभी भी बनी हुई थी। लाइब्रेरी कैन्टीन वाले टर्न के पास एक नीलगाय अचानक सामने से गुज़री। नील को न चाहते हुए भी ब्रेक मारना पड़ा। वासवी पीछे से सरककर पूरी तरह नील पर लद गयी। नील ने जो महसूस किया उसे शायद शब्दों में बयाँ नहीं किया जा सकता। सन्तुलन बनाने के लिए वासवी ने नील का कन्धा पकड़ लिया था। दोनों के शरीर जैसे एक हो गये थे। वासवी ने ख़ुद को सँभाला और फिर पीछे की तरफ़ खिसक गयी। बाइक चल पड़ी थी। नील के स्पर्श ने वासवी को भी आनन्द के कोमल एहसास से भर दिया था। कितना मादक, कितना मोहक, कितना मर्मस्पर्शी था वो संसर्ग। एकदम पवित्र। आदिम। प्रकृति के आँगन में उत्सव मनाता-सा, जैसे मदनोत्सव हो रहा हो और आसमान से फूलों की बारिश हो रही हो। बाइक पुलिया से गुज़री

और आगे ब्रह्मपुत्रा की तरफ़ बढ़ गयी। ब्रह्मपुत्रा बस स्टैंड से वे महानदी की ओर मुड़ गये। आईआईएमसी से नील ने बाइक घुमा ली और फिर लौटकर रिंग रोड पर ऐड ब्लॉक की तरफ़ चलने लगा। दोनों के बीच दूरी मिट-सी गयी थी। वासवी के शरीर का निचला हिस्सा लगातार नील के संसर्ग में था। दोनों को ऐसा लग रहा था जैसे ये सफ़र बस चलता रहे, चलता रहे...अनन्त काल तक। इस रात की कोई सुबह ना हो। आधे घण्टे तक नील कैंपस में यहाँ-वहाँ बाइक घुमाता रहा। बेहद धीमी चाल में। तीसरी बार जब बाइक उसी पुलिया के पास पहुँची तो वासवी ने हल्के से अपना हाथ नील के कन्धे पर रख दिया। जैकेट के बावजूद ऐसा लगा जैसे कन्धा जल गया हो। दोनों की दशा रति-काम जैसी हो चली थी। ऐसा लग रहा था जैसे यही जीवन का सच है जहाँ भाषा का अर्थ खो-सा गया था। कोई कुछ कह नहीं रहा था, पर फिर भी गहरा संवाद हो रहा था। प्रेम संवाद...पवित्र...मादक...मधुर...निश्छल... कोमल...उत्तेजक...चुम्बकीय। न जाने कैसा...कैसा।

'नील अब हमें लौटना चाहिए।' बहुत देर तक बाइक पर चलते रहने के बाद वासवी ने कहा।

'क्या, लौटें?'

'हाँ, नील। मेस में खाना छूट जायेगा और तुम्हें पढ़ना भी है।'

'थोड़ी देर पुल पर बैठते हैं ना? फिर बाहर ही कुछ खा लेंगे।'

'नहीं नील। तुम भी समझते हो और मैं भी समझती हूँ। इस वक़्त हमारा यहाँ रुकना ठीक नहीं। आज का हासिल यही है कि मैंने एक सुख जाना है। ऐसा सुख जिसे मैं शब्दों में बयाँ नहीं कर सकती। इस ख़ूबसूरत एहसास को बस अपने दिल में सहेज लेना चाहती हूँ। चलो अब। नहीं तो गड़बड़ हो जायेगी। तुम शायद ख़ुद को सँभाल भी लो। मैं नहीं सँभाल पाऊँगी।'

'बस थोड़ी देर वासु!'

'अब चलो, प्लीज़। मैं कुछ और नहीं सुनना चाहती।' वासवी नील से थोड़ा हटकर बैठ गयी थी। नील ने बाइक गोदावरी की तरफ़ मोड़ दी थी।

वासवी हॉस्टल के पास पीछे की तरफ़ उतरी और नील का हाथ अपने हाथ में लेकर कहा, 'लोग कहते हैं कि मैं बहुत ख़ूबसूरत हूँ। लेकिन ये तो बाहरी ख़ूबसूरती है। भीतर की सुन्दरता और सुख क्या होते हैं, मैंने आज जाना

है। ऐसा लग रहा था जैसे मैं किसी और दुनिया में पहुँच गयी हूँ। पर मैं ये भी जानती हूँ कि यहाँ के बाद मेरी ज़िम्मेदारी क्या है, मेरे कर्तव्य क्या हैं। जाओ और मन लगा कर पढ़ाई करो। ख़ुद को कमज़ोर मत पड़ने देना। मैं तुम पर ख़ुद से भी ज़्यादा भरोसा करती हूँ।' वासवी हॉस्टल की तरफ़ बढ़ गयी थी। कुछ दूर जाने के बाद उसने मुड़कर देखा और फिर आगे बढ़ गयी। नील थोड़ी देर तक वहीं खड़ा रहा। तभी एक बाइक सामने आकर रुकी।

'और भाई, यहाँ क्या कर रहे हो? हॉस्टल नहीं चलना? मेस का टाइम बीत रहा है।', ये मौलेश सर थे।

'बस सर, निकल ही रहा हूँ।' नील की बाइक मौलेश सर के पीछे-पीछे चली जा रही थी।

उस रात नील पढ़ नहीं पाया था। वो एक नयी दुनिया में विचरण करता रहा। सपनों की एक ऐसी हसीन दुनिया जिसमें सिर्फ़ वो था और वासवी थी। सामने राजीव भैया के खर्राटे लगातार सुनाई पड़ रहे थे। पर नील कम्बल ओढ़े जागी आँखों से सपने देख रहा था।

44

दो दिन बाद कोचिंग से लौटते हुए नील मुकुन्द के कमरे पर गया। मुकुन्द एण्ड सेमेस्टर की परीक्षा के लिए नोट्स बना रहा था।

'अरे नील...आओ-आओ। कहाँ...कोचिंग से?'

'हाँ यार। कई दिन से सोच रहा था...गंगा ढाबे पर हमारी अपनी मण्डली की चाय नहीं हुई। चलो ना चला जाये। सबको ले लेते हैं।'

'बस दस मिनट दो। आख़िरी पैराग्राफ़ लिखना है। ख़त्म करके चलता हूँ। तब तक तुम मैगज़ीन देखो।' नील इंडिया टुडे पलटने लगा था। ठीक दस मिनट बाद मुकुन्द ने नोटबुक बन्द किया और तैयार होने लगा।

'यार, 15 तारीख़ को वासवी का हॉस्टल नाइट है। तुम लोगों को भी बुलाना चाहती है। कहा, सबसे पूछकर बताऊँ तो वो कूपन ख़रीदेगी।'

'अरे दोस्त, कहाँ तुम हमें कबाब में हड्डी बना रहे हो। जाओ वासवी के साथ एन्जॉय करो।'

'तुम लोग साथ चलोगे तो एन्जॉयमेंट कम थोड़े ही ना हो जायेगी। आओगे तो मुझे भी अच्छा लगेगा।'

'अच्छा, पहले बाक़ी लोगों से पूछ लेते हैं।' थोड़ी देर में पाँचों दोस्त गंगा ढाबे पर थे।

'यार हम लोग वहाँ जाकर क्या करेंगे। लड़कियों के समन्दर के बीच बोर ही होंगे। वासवी नील की दोस्त है। दोनों साथ समय बिता लें। हमें कहाँ बुला रही है वो।', प्रांजल ने कहा।

'क्यों? लड़कियों के समन्दर से तुम अपने लिए भी थोड़ा मोती निकाल सकते हो। कब तक किनारे पर बैठकर लहरों को आते-जाते देखते रहोगे?', मुकुन्द ने हँसते हुए कहा।

'देख रहा हूँ तुम्हारे भीतर भी साहित्य चरचरा रहा है। पूरा पोएटिक एक्सप्रेशन दे रहे हो। मुझे लगता है कि तुम ही चले जाओ तो ठीक रहेगा। नील को लड़कियों के हॉस्टल में अकेले ऑकवर्ड नहीं लगेगा। हम लोग तो अपने हॉस्टल नाइट में मज़े कर ही लेंगे।', अंकित ने कहा।

'मैं क्या कहूँ। सब जाते तो अच्छा ही रहता। वैसे वासवी के क्लासमेट लड़के भी तो होंगे। वो आदित्य तो होगा ही?', मुकुन्द ने पूछा।

'नहीं, वासवी ने बताया कि उसने केवल हम लोगों को बुलाया है। बाक़ी नन्दिता और एलीना तो हॉस्टल में ही हैं।'

'जब वासवी ने अपने क्लासमेट्स को भी नहीं बुलाया है तो हमारा जाना भी ठीक नहीं रहेगा। मेरे ख़याल से मुकुन्द चला जाये, बस। हमारी पार्टी हमारे हॉस्टलों में हो जायेगी।', पुष्कर ने कहा।

'ठीक है जब सबकी यही राय है तो मैं वासवी से यही कह दूँगा। वैसे वो बुला सबको रही थी।'

'अरे यार...वो तो बुलायेगी ही। पर हमें भी तो सोचना चाहिए। अब तय हो गया कि नील के साथ मुकुन्द जायेगा बस।', प्रांजल ने अपना फ़ैसला सुना दिया था।

ठण्ड कम होने की वजह से गंगा ढाबे पर और दिनों से ज़्यादा चहल-पहल थी। चारों तरफ़ लोग बैठे थे। कई खड़े भी थे। विभिन्न मंडलियों में गपशप का दौर लगातार चल रहा था।

चाय के बाद नील ने कहा, 'दोस्तों, अब मैं निकलूँगा। रूम पर जाकर डिनर से पहले थोड़ी देर पढ़ लूँगा।

'हाँ ठीक है। तुम निकलो। हम थोड़ी देर बैठते हैं।', मुकुन्द ने कहा।

नील हॉस्टल पहुँचा तो देखा सामने भीड़ लगी है और तीन-चार लोग एक लड़के को मार रहे हैं। सामने जाकर देखा तो चाय दुकान वाला सुरेश पिट रहा था। उसे सब कालू-कालू बुलाते थे।

'भैन चो...मारो साले को, और मारो।', ये मौलेश सर की आवाज़ थी।

'इतना डेयर कैसे कर लिया ये चू....।' अनुपम सर ने ज़मीन पर पड़े सुरेश को लात जमाते हुए कहा।

सुरेश ज़ोर-ज़ोर से चिल्ला रहा था, 'मत मारिये भैया लोग। अब कभी नहीं करेंगे। ग़लती हो गया भैया लोग। माफ़ कर दीजिये।' पर कोई उसकी बात नहीं सुन रहा था और उसकी पिटाई लगातार जारी थी। चाय दुकान के मालिक साधु जी भी कुछ बोल नहीं पा रहे थे। वो चुपचाप खड़े थे।

नील से जब सुरेश का चिल्लाना देखा नहीं गया तो उसने पीछे खड़े एक सीनियर से पूछा, 'क्या हुआ है सर? सारे लोग सुरेश को क्यों मार रहे हैं?'

'अरे क्या बतायें...बड़ा हरामी है साला कलुआ। कप में थूककर चाय देता था। आज मौलेश ने पकड़ लिया।'

'मतलब...ऐसा कैसे हो सकता है सर? पूरी बात बताइये।'

'हम भी अभी ही आये हैं। देखते हैं, पता चलेगा क्यों करता था ऐसा।'

'फिर करेगा साला कालू। जान से मार देंगे तुमको।', मौलेश सर क्रोध से फुफकार रहे थे।

अनुपम सर ने उसे कॉलर से उठाकर पूछा, 'ये बताओ कालू, तुमने आख़िर ऐसा किया क्यों? कोई तो बात रही होगी।'

सुरेश उर्फ़ कालू का रो-रोकर बुरा हाल था। बिलखते हुए बोला, 'भैया, आप लोग हमको कालू-कालू बोलते हैं तो बहुत बुरा लगता है। मेरा नाम है ना सुरेश। माँ-बाप ने बहुत प्यार से मेरा नाम रखा है। फिर आप लोग हमको कालू क्यों बुलाते हैं? हम बहुत दिन तक भीतर ही भीतर घुटते रहे भैया। जब बर्दाश्त से बाहर हो गया तो ऐसा करने लगे। लेकिन ये गलत काम है भैया। पैर पकड़कर माफी माँगते हैं। अब कभी नहीं करेंगे। और सबके साथ ऐसा

नहीं करते थे भैया। एक-दो भैया लोग ऐसे हैं जो हमको एकदम गन्दे तरीके से बुलाते हैं। उन्हीं के साथ एक-दो बार ऐसा किये...और आज मौलेश भैया ने देख लिया। माफ कर दीजिये भैया।', सुरेश दहाड़-दहाड़कर रो रहा था। उसकी बात सुनकर अब वहाँ खड़े तमाम लोगों को दया आ गयी थी।

'छोड़ दो साले को। बहुत मार पड़ गया है। अब या तो सुधरिये जायेगा या जान से जायेगा। साला चू...।', मौलेश सर ने ख़ुद को शान्त करते हुए कहा।

'जाओ...भागो यहाँ से। ये आख़िरी वॉर्निंग है रे कालू।', अनुपम सर ने कहा। उनकी इस बात पर सब हँस पड़े थे।

'वैसे बात इसकी भी जायज़ है। अगर इसको कालू बुलाना अच्छा नहीं लगता तो हमें क्यों बुलाना चाहिए।', एक नेता टाइप सीनियर ने आदर्श बघारा था।

'अरे रहने दीजिये अपना उचित-अनुचित सर जी। हाँ, ये बात ठीक है कि इसको अगर कालू बुलाने से एतराज़ था तो साफ़-साफ़ कह देना चाहिए था। हमें नहीं तो साधु जी को बता देता। लेकिन चाय के कप में थूकना। ये तो बर्दाश्त के बाहर है। छी...छी...छी। सोचिये के घिन आ रहा है हो।', मौलेश सर ने कहा।

'चलिए सब चला जाये। आज कलुआ...मतलब सुरेश की पुष्ट पिटाई हो गयी है। अब ऐसी ग़लती नहीं करेगा। गजबे है साला लेकिन।', अनुपम सर ने हँसते हुए कहा और मण्डली के साथ हॉस्टल के भीतर चले गये।

नील हैरान होकर पूरा प्रकरण देख रहा था। उसे सुरेश पर तरस ही आया था। उसने सोचा कि 'किसी को उसके रंग के आधार पर क्यों पुकारना...सुरेश को बुरा तो लगता ही होगा। बेचारा बहुत पिट गया।' वो बास्केट बॉल कोर्ट के पास गया जहाँ सुरेश ज़मीन पर बैठकर अभी भी रो रहा था।

'ठीक हो ?' सुरेश ने सिर उठाकर ऊपर देखा था।

'जी भैया। गलती हो गया भैया। माफ कर दीजिये।'

'जाओ हाथ-मुँह धो लो। बहुत सज़ा मिल गयी तुमको। आगे से ऐसा मत करना। हम भी सर लोग से कहेंगे कि वो तुम्हें तुम्हारे नाम से ही बुलायें।'

हॉस्टल की लॉबी और मेस में सुरेश पर ही चर्चा हो रही थी। नील कमरे में प्रिलिम्स के नोट्स पढ़ने लगा। लेकिन बीच-बीच में उसका ध्यान भटक कर सुरेश की पिटाई और उसके बिलखने पर चला जाता था।

45

‘सुन हंसिनी....कहाँ उड़ चली...’

गोदावरी नाइट ‘इमोशंस’ के लिए हॉस्टल सजा-सँवरा नज़र आ रहा था। इमारत के चारों तरफ़ लड़ी वाली लाल-पीली-नीली-हरी लाइटें झूल रही थीं। परिसर के भीतर के पेड़-पौधे बहुरंगी बल्बों से जगमगा रहे थे। सामने के हिस्से में चमचमाते झालर लहराते हुए पूरे माहौल को भव्यता प्रदान कर रहे थे। प्रवेश द्वार से लेकर भीतर तक लाल रंग की कालीन बिछी थी। घुसते ही अर्धचन्द्राकार पैटर्न में कुर्सियाँ सजाकर रखी थीं और मेहमानों को उन पर बिठाया जा रहा था।

गोदावरी की बालाएँ ग़ज़ब ढा रही थीं। लड़कियाँ एक से एक सुन्दर रंगबिरंगी साड़ियों में थीं और आम दिनों से कई गुना ज़्यादा ख़ूबसूरत लग रही थीं। मुकुन्द और नील क़रीब साढ़े आठ बजे पहुँचे। वासवी, एलीना और नन्दिता उनका इन्तज़ार कर रही थीं। वासवी ने हल्के सुग्गापंखी रंग की शिफ़ॉन साड़ी पहनी थी। ब्लाउज़ स्लीवलेस थी और बाल खुले थे। नील उसे देखता ही रह गया। उसकी नज़रें वासवी से हट ही नहीं रही थीं।

‘अरे हलो...नील ये सरासर नाइंसाफ़ी है। हम भी हैं यहाँ भाई।’, एलीना ने छेड़ा।

‘हलो एलीना, हलो नन्दिता।’, नील ने शरमाते हुए कहा।

एलीना ने बैंगनी रंग की चन्देरी साड़ी पहनी थी और नन्दिता ने हल्के गुलाबी रंग की प्योर सिल्क की साड़ी। तीनों बहुत ख़ूबसूरत लग रही थीं। नील और मुकुन्द दोनों ने कुर्ता पायजामा पहना था। नील का कुर्ता गहरे नीले रंग का था और मुकुन्द का हल्के पीले रंग का। दोनों ने कोल्हापुरी चप्पल पहनी थी जो ख़ास इसी मौके के लिए जनपथ जाकर ख़रीदी गयी थी।

‘आज की रात है मुरादों की...’ पार्श्व में बज रहा था। वासवी ने दोनों को बैठने का इशारा किया और नील के बग़ल में बैठ गयी। एलीना और नन्दिता उसके साथ बैठी थीं।

‘पल्लवी, प्लीज़ यहाँ आओ ना...हमारी एक फ़ोटो ले लो।’, वासवी ने अपना कैमरा सामने से आ रही लड़की की तरफ़ बढ़ाया।

'हाँ हाँ, श्योर।' सब अपनी सबसे अच्छी पोज़ बनाकर बैठ गये और पल्लवी ने 'वन, टू, थ्री बोलकर फ़ोटो क्लिक कर ली।'

'एलीना, एक फ़ोटो मेरी और नील की लो ना प्लीज़।'

'हाँ हाँ, क्यों नहीं।' एलीना ने वासवी और नील की फ़ोटो ली और कहा, 'बहुत प्यारी लग रही है तुम दोनों की जोड़ी।' वासवी मुस्कुराकर रह गयी थी। पीछे जगमगाते रंग-बिरंगे दरख़्तों के सामने दोनों वाक़ई बहुत प्यारे लग रहे थे। एकदम फ़िल्मी जोड़े की तरह। 'नज़र ना लगे। क्या लग रहे हो तुम दोनों आज।', नन्दिता ने दोनों हाथों से बलाएँ लीं।

'अच्छा अच्छा, बहुत हो गयी तारीफ़। नील...मुकुन्द हम तीनों दोस्तों की एक फ़ोटो लो ना!' मुकुन्द ने नन्दिता से कैमरा लेकर तीनों की फ़ोटो ले ली थी।

'चलो-चलो अब कुछ खाते हैं।', वासवी ने कहा।

'हाँ, नौ बज गये हैं भूख भी लग रही है। जल्दी से डिनर करते हैं, फिर डाँस भी तो करना है।', एलीना ने कहा।

'पर मुझे तो एकदम डाँस नहीं आता।', मुकुन्द ने कहा।

'कोई बात नहीं, वो तुम हम पर छोड़ दो। लड़कियाँ किसी को भी नचा सकती हैं।', एलीना ने मुकुन्द की आँखों में देखते हुए कहा और ज़ोर से हँस पड़ी।

'क्या यार एलीना।', नन्दिता ने उसे आँख दिखायी। पाँचों मेस के पीछे डिनर के लिए सजायी गयी जगह की ओर बढ़ गये थे। सफ़ेद और हल्के गुलाबी रंग के काउंटर बने थे। वेज और नॉन वेज की अलग-अलग व्यवस्था थी।

'चलो पहले चिकन और पनीर टिक्का खाते हैं।', नन्दिता बोली।

सब दायीं तरफ़ कॉर्नर वाले काउंटर पर पहुँच गये थे। लज़ीज़ खाने की ख़ुशबू चारों तरफ़ फैली थी। काउंटर्स पर अच्छी-ख़ासी भीड़ जमा थी। थोड़े इन्तज़ार के बाद सबने टिक्का ले लिया और सींक से उठा-उठाकर खाने लगे। केवल मुकुन्द ने पनीर टिक्का लिया था। संडे को वो नॉन वेज नहीं खाता था।

'बहुत कमाल का बना है चिकन टिक्का, नहीं?', नन्दिता ने कहा।

'हाँ, वाक़ई। शेफ़ अच्छे हैं। चलो थोड़ा कबाब भी ट्राई करते हैं?', वासवी ने कहा। फिर सब कबाब वाले काउंटर पर चले गये थे। चारों तरफ़

सजी-सँवरी चहकती लड़कियों के शोर से फ़ूड कोर्ट की रंगत देखते बन रही थी। कई लड़कियों के मेहमान जेएनयू के लड़के थे तो कुछ ने दिल्ली में रहने वाले अपने रिश्तेदारों को भी बुला रखा था। पाँचों गोल घेरा बनाकर खा रहे थे। नील की नज़रें केवल वासवी पर थीं। उसे वहाँ के माहौल, रौनक़ और दूसरी ख़ूबसूरत लड़कियों में कोई दिलचस्पी नहीं थी। वो खाते हुए थोड़ी-थोड़ी बातें कर रहा था और सबकी नज़रें बचाकर वासवी को देख ले रहा था। डिनर के बाद सब डेज़र्ट काउंटर पर पहुँचे। मीठे में जलेबी-रबड़ी, गुलाब जामुन, रसमलाई, मूँगदाल का हलवा और आइसक्रीम थी। एलीना ने गुलाब जामुन ली, नन्दिता ने रसमलाई और मुकुन्द ने रबड़ी-जलेबी ली।

'वासवी तुम्हें गुलाब जामुन तो पसन्द है ना?', नील ने पूछा।

'हाँ, गरम गुलाब जामुन बहुत पसन्द है।'

'कभी आइसक्रीम के साथ गुलाब जामुन ट्राई किया है?'

'नहीं...ऐसे भी खाते हैं?'

'तुम यहीं रुको, मैं लेकर आता हूँ।' नील दो बाउल में आइसक्रीम और गुलाब जामुन ले आया।

'वाउ, ये तो बहुत डेलीशियस है। एलीना, नन्दिता, मुकुन्द तुम लोग भी ट्राई करो।'

'हाँ हाँ, हम भी ज़रूर खायेंगे।', एलीना बोली।

'मैं लेकर आता हूँ।', मुकुन्द काउंटर की तरफ़ चला गया था। डेज़र्ट ख़त्म हुआ तो एलीना ने सबसे डाँस फ़्लोर पर चलने को कहा जहाँ से तेज़ बज रहे 'फ़ाइनल काउंटडाउन' की आवाज़ बाहर तक आ रही थी। कुछ लड़कियों ने तो बाहर ही डाँस शुरू कर दिया था।

'यार, साड़ी में कैसे डाँस करेंगे। थोड़ी देर में पसीने से भर जायेंगे। मेरी तो साड़ी भी पतली है।' वासवी ने कहा।

'हाँ...बात तो ठीक है। चलो दो-चार मिनट थिरककर चेंज कर आयेंगे।', एलीना बोली।

मेस को ख़ालीकर डाँस फ़्लोर बना दिया गया था। भीतर अँधेरा और शोर था। लड़कियाँ ग्रुप में या फिर अपने ब्वॉयफ्रेंड्स के साथ झूम रही थीं। कुछ लड़कियों ने भड़काऊ कपड़े पहन रखे थे और वाइल्ड फ़ॉर्म में डाँस कर रही थीं।

'अरे हमारे हॉस्टल की लड़कियों को क्या हो गया है। उन्हें मालूम तो है ना कि लड़के भी हैं फ़्लोर पर।', नन्दिता ने चिन्तित होकर कहा।

'अरे यार, समझा करो। हॉस्टल नाइट में लड़कियाँ अपने अरमान पूरे नहीं करेंगी तो कब करेंगी। सब ठीक है।', एलीना बोली। तीनों थोड़ा-थोड़ा झूमने लगी थीं।

'आओ नील...आओ मुकुन्द। हमें जॉइन करो।', किनारे खड़े नील और मुकुन्द को एलीना ने बुलाया। दोनों ने हाथ हिलाकर 'ना' कहा था। म्यूज़िक के तेज़ शोर में आवाज़ सुन पाना मुश्किल हो रहा था। वासवी ने क़रीब आकर नील के कान में कुछ कहा और उसका हाथ खींचकर बीच में ले गयी। नील थोड़ा-थोड़ा यूँ ही झूमने लगा था। फिर उसने मुकुन्द को भी खींच लिया। थोड़ी देर तक यूँ ही चलता रहा। डीजे वालों ने जो कलरफ़ुल ब्लिंकिंग लाइट लगा रखी थी, उसमें कुछ भी दिखाई नहीं पड़ रहा था। बस बीच-बीच में कुछ झलक मिल जाती थी। मुकुन्द को नाचने में भले ही मज़ा ना आ रहा हो, पर कम कपड़ों में तमाम लड़कियों को देखकर वो भीतर ही भीतर गदगद था।

'मैं चेंज करके आती हूँ।', वासवी ने कहा और एलीना, नन्दिता के साथ बाहर निकल गयी। नील और मुकुन्द बाहर इन्तज़ार करने लगे।

'यार, ग़ज़ब है यहाँ का माहौल। लड़कियाँ कितना एक्सपोज़ कर रही हैं। क्या हमारे हॉस्टल नाइट में भी यही नज़ारा रहेगा?', मुकुन्द ने आँखें बड़ी कर पूछा।

'मुझे लगता है कि ये गर्ल्स हॉस्टल है, इसलिए कुछ लड़कियाँ लिबर्टी ले रही हैं। जब लड़कों के हॉस्टल में जायेंगी तो ऐसा शायद न कर पायें। हाँ, एक-दो लड़कियाँ तो किसी भी पार्टी में मिल ही जाती हैं।', नील ने कहा।

'पर जो भी हो...ग़ज़ब झिनटैक नज़ारा है डाँस फ़्लोर का। वैसे मुझे काफ़ी झिझक हो रही है, लेकिन देखने में मज़ा बहुत आ रहा है।', मुकुन्द ने कहा।

'तो फिर लो मज़ा। इसीलिए तो आये हो।', नील ने कहा।

'यार, ग्यारह बजने को हैं। अब चलना भी चाहिए।', मुकुन्द ने कहा।

'वो लोग आ जाती हैं तो थोड़ी देर में निकलते हैं। सुबह का रूटीन भी पकड़ना है।', नील ने कहा।

'हाँ, ये ठीक रहेगा।' तब तक तीनों भागती हुई पहुँच गयी थीं।

एलीना और नन्दिता ने जीन्स के साथ लाल और पीला टॉप पहना था और वासवी ने जीन्स पर गहरे लाल रंग का कुर्ता डाल रखा था।

'चलो-चलो जल्दी चलते हैं। फ़्लोर भर जायेगा तो जगह भी नहीं मिलेगी।', एलीना ने वासवी को खींचते हुए कहा।

'यार तुम लोग डाँस एन्जॉय करो। हमें अब चलना चाहिए। ग्यारह से ज़्यादा बज गया है।', नील ने कहा।

'थोड़ी देर के लिए चलो, फिर निकल जाना।', वासवी ने बहुत आत्मीयता से कहा।

एक बार फिर सब डाँस फ़्लोर पर थे। वासवी प्रशिक्षित डाँसर थी। वो अपने पूरे रंग में झूम रही थी। एलीना और नन्दिता भी उसका अच्छा साथ दे रही थीं। नील और मुकुन्द औपचारिकता निभाने की कोशिश कर रहे थे। मुकुन्द की नज़रें फ़्लोर के दिलकश नज़ारे पर थीं। थोड़ी देर बाद वासवी ने एलीना और नन्दिता के कान में कुछ कहा और नील और मुकुन्द को बाहर चलने का इशारा किया।

'तुम लोग चाहो तो अब जा सकते हो। रुकते तो मुझे अच्छा ही लगता।'

'जाना ही ठीक रहेगा वासु।', नील ने कहा।

गेट के बाहर वासवी ने नील के कान में कहा, 'तुम आये तो बहुत अच्छा लगा। अगर ज़रूरी नहीं होता तो जाने नहीं देती अभी। लड़कों के जाने के बाद देर रात तक ये चलता रहेगा।', नील ने वासवी को बहुत प्यार से देखा था।

'बुलाने के लिए शुक्रिया वासवी। बहुत मज़ा आया। तुम्हें भी हमारे हॉस्टल नाइट में आना होगा।' मुकुन्द ने कहा।

'बुलाओगे तो ज़रूर आऊँगी। तुम्हारा भी आने के लिए शुक्रिया। अंकित, प्रांजल और पुष्कर भी आ पाते तो और अच्छा लगता। चलो गुड नाइट।'

'गुड नाइट।'

नील चाहता था कि वासवी उसके साथ बाहर आये और थोड़ी देर दोनों साथ रहें, बातें करें। पर मौक़े को देखते हुए वो चुप रह गया था।

46

एण्ड सेमेस्टर में दो महीने बाक़ी थे और प्रिलिम्स में तीन महीने। घटनाओं की बहुलता वाले कैंपस में दिन तेज़ हवा की तरह उड़ते जा रहे थे। नील पूरे प्रयास से समय को पकड़ने की कोशिश कर रहा था, कभी कामयाबी मिलती तो कभी किसी न किसी वजह से असफल हो जाता। कुछ दिन बाद होली थी। जेएनयू की मशहूर होली जिसका मज़ा नील पहली बार लेने वाला था। समय की गम्भीरता को देखते हुए उसने वासवी से मिलने के लिए संडे के अलावा किसी और दिन की डिमांड नहीं रखी थी। कभी-कभी ही डिपार्टमेंट जाता। दिनभर लाइब्रेरी में बैठा रहता और एक-एक दिन के अन्तराल पर कोचिंग जाता। कोचिंग के कुछ ही दिन बाक़ी रह गये थे।

होली से एक दिन पहले सुबह उठा तो बाहर शोर हो रहा था। कमरे से बाहर आया तो देखा ग़ुलाम रसूल सर कूलर के पास खड़े होकर ज़ोर-ज़ोर से गालियाँ दे रहे हैं।

'इसकी माँ की...इसकी भैन की...मिल जाये तो साले के...गोली मार दें।' कूलर के पास भीड़ जमा हो गयी थी। कुछ लोग हँस रहे थे तो कुछ गम्भीर मुद्रा बनाकर खड़े थे।

'अरे शान्त हो जाइये ग़ुलाम भाई। होली है, क्या बुरा मानना। ख़ाली आपका ही नाम थोड़े ना लिखा है। दस लोग हैं लिस्ट में।', नीरज सर ने शान्त करने की कोशिश की थी।

'अरे साला भैन...हम पॉण्डी किंग हैं? कब देखे हम पॉर्न। साला पता चल जाये कि किसने लिस्ट बनायी है तो जान से मार देंगे भोस....को।'

'अरे ग़ुलाम भाई। देखिये ना इसमें जयन्त लाल को 'चाट कुल शिरोमणि' लिखा गया है, दीपक दसवा को 'फ़ैशन टीवी का रसिक बलमा' बताया गया है। होली में बुरा थोड़े ना माना जाता है।', शम्भु शुक्ला ने भी ग़ुलाम भाई को समझाने की कोशिश की थी।

दरअसल, 'ब्रह्मपुत्रा की विभूति' और 'बुरा ना मानो होली है' शीर्षक के साथ हॉस्टल के दस महाचाटों की सूची वॉटर कूलर पर चिपकायी गयी थी। उसमें होली के मिज़ाज के अनुरूप ही हॉस्टल के कुछ चर्चित छात्रों

को टाइटल दिया गया था। ग़ुलाम भाई इसी लिस्ट में 'पॉण्डी किंग' के रूप में अपना नाम देखकर आगबबूला थे। वैसे टाइटल देने वाले ने पूरी क्रिएटिविटी दिखाते हुए ग़ज़ब-ग़ज़ब नाम दिये थे। 'भौकालपुर का भक्ति कपूर', 'स्वप्न सम्भोगी संन्यासी', 'पयोधरों का प्यासा प्रेमी', 'गजगामिनी का मरियल आशिक़' जैसे टाइटल देखकर वॉटर कूलर के आसपास जमा भीड़ होली के रंग में रंग गयी थी।

'साला, इस काण्ड में कोई हिन्दी वाला भी शामिल है। ऐसा मारक टाइटल कोई और नहीं दे सकता।', अनुराग ने चढ़ाया था। थोड़ी देर में लिस्ट की ख़बर आग की तरह फैल गयी। जिनके-जिनके नाम थे, उनमें से ज़्यादातर ने इसे होली के स्पिरिट में ही लिया था और ख़ुश थे कि वो इतने चर्चित हैं कि उन्हें हॉस्टल की विभूतियों की सूची में शामिल किया गया है। केवल ग़ुलाम भाई ही अपने टाइटल से काफ़ी देर तक नाराज़ रहे, लेकिन दोपहर होते-होते उन्होंने भी 'पॉण्डी किंग' के ख़िताब के साथ तालमेल बिठा लिया क्योंकि उन्हें मालूम था कि पढ़ाई के साथ-साथ सी ग्रेड फ़िल्में देखना उनका सबसे पसन्दीदा शौक़ था।

दिनभर अनुमान लगता रहा कि इसके पीछे कौन हो सकता है। सबको हमेशा की तरह इस बार भी लग रहा था कि इसमें पद्माकर का ही हाथ है। हालाँकि, पद्माकर ख़ुद चिन्ता प्रकट करने वालों में सबसे आगे थे।

अगले दिन सुबह चाय लेने के लिए नील जब मेस में गया तो वहाँ ठण्डाई बनायी जा रही थी।

'आज लेना है सर!...हैप्पी होली।'

'अरे बनवारी 'हैप्पी होली'...लेकिन मैं भाँग नहीं पीता।'

'खाली ड्राई फ्रूट है सर। भाँग तो नाममात्र का है। ट्राई जरूर कीजियेगा। पूरा स्टाफ लगा है आप लोगों के लिए ठण्डाई तैयार करने में। एक गिलास पी लीजियेगा, पता भी नहीं चलेगा और दिनभर मस्ती के आलम में रहियेगा। और हाँ सर, पैक लंच जरूर ले लीजियेगा आज ब्रेकफास्ट के बाद स्टाफ की छुट्टी है।'

'हाँ, ले लेंगे। अच्छा किया बता दिया बनवारी। चाय ख़त्म हो गयी है क्या?'

'हाँ, बाहर तो नहीं है। भीतर जाकर ले लीजिये...होगी अन्दर।' चाय लेकर नील कमरे पर आया।

'हैप्पी होली नील। झेलम लॉन जाओगे ना?', राजीव भैया ने पूछा।

'हैप्पी होली भैया। हाँ, जाऊँगा। सुना है बड़ा मज़ा आता है वहाँ।'

'हम लोगों का तो कई बार हो गया है, पर तुमको ज़रूर अच्छा लगेगा। पहली-दूसरी बार बहुत मज़ा आता है। चाट सम्मेलन में गये थे कि नहीं झेलम?'

'इस बार नहीं गये भैया। पढ़ाई का बहुत लोड है। अगली बार ज़रूर जायेंगे। प्रिलिम्स और डिपार्टमेंट दोनों का प्रेशर है।'

'जाते तो मज़ा आता। बहुत कड़े-कड़े पीस जुटते हैं। चलो कोई बात नहीं। अगली बार चले जाना।'

घण्टा भर हिस्ट्री रिवाइज़ करने और पेपर देखने के बाद नील ने मेस में ब्रेकफ़ास्ट किया और पैक लंच ले लिया। वासवी के साथ झेलम लॉन जाने का प्रोग्राम पहले से तय था। मुकुन्द वग़ैरह वहीं मिलने वाले थे।

'अरे सर, एक गिलास तो पीते जाइये। बहुत टेस्टी बना है सर।', ठण्डाई घोंटते बनवारी ने एक गिलास भरकर नील की ओर बढ़ाया।

'अरे यार, चढ़ गयी तो आफ़त हो जायेगी।' मेस में चारों तरफ़ लड़के एक-दूसरे को 'हैप्पी होली', 'हैप्पी होली' बोल रहे थे।

'भक...बुड़बक हो। एक गिलास ठण्डाई से नशा होता है? हमको तो चार-पाँच गिलास में भी कुछ नहीं होता। खींचो जल्दी से। आज होली है। बिना ठण्डाई के होली का क्या मजा जी।', मौलेश सर ने एक गिलास ठण्डाई गटकते हुए कहा। जो भी सीनियर पैक लंच और ब्रेकफ़ास्ट के लिए मेस में आ रहे थे, एक-एक गिलास ठण्डाई गटकाते जा रहे थे।

'अरे सोच क्या रहो हो, खींचो जल्दी।', मौलेश सर ने दूसरा गिलास पीते हुए फिर चढ़ाया।

नील समझ गया कि ये लोग मानेंगे नहीं। उसने बनवारी से गिलास लिया और पहले किसी तरह एक घूँट पिया। वाक़ई ठण्डाई बहुत स्वादिष्ट थी। इतनी अच्छी लगी कि वो पूरा गिलास पी गया।

'एक और लीजिये सर।', बनवारी ने गिलास उठाकर आगे बढ़ाया।

'अब नहीं बनवारी। पहली बार है। सब ठीक रहा तो अगली बार ज़रूर ज़्यादा पिया जायेगा। चलो, हैप्पी होली।' भीतर किचन में जाकर नील ने मेस के बाक़ी स्टाफ़ को भी होली की मुबारकबाद दी थी।

थोड़ी देर बाद गोदावरी पहुँचकर उसने शंकर भैया से वासवी को बुलवाया।

'हम होली नहीं खेलेंगे। क्यों ठण्डाई पिला दिया तुम लोग?', नशे में धुत्त एक लड़की रिसेप्शन के सामने ज़मीन पर बैठकर चिल्ला रही थी। कई और लड़कियाँ भी बदहवास नज़र आ रही थीं।

'की रे पॉल्लबी, डोंट यूज रियल कलर्स। पिछली बार तुम्हारा रंग छूटा नहीं था। और तुम भीतर हाथ डालकर रंग क्यों लगाती हो?' पल्लवी ने उस लड़की के चेहरे, गर्दन और बालों पर गीला रंग लगा दिया था। नील ये सब देखकर हैरान था। लड़कियाँ एकदम ख़ूँख़ार होली खेल रही थीं। भीतर से तरह-तरह की आवाज़ें आ रही थीं।

'आ गये। चलो रंग लगाओ नील को।', वासवी, एलीना और नन्दिता तीनों भूत बनी हुई थीं। उन्होंने रिसेप्शन पर ही नील को रंगों से सराबोर कर दिया। नील सोचने लगा कि लड़कों के हॉस्टल में तो सब सूखा रंग लगा रहे हैं, लेकिन गोदावरी में धुआँधार गीले रंग से होली चल रही थी। जिनके पास रंग नहीं था वो पानी भरा बाल्टी एक-दूसरे पर उड़ेल रही थीं।

'अरे इस हालत में झेलम लॉन कैसे जायेंगे?', पूरी तरह गीली एक लड़की ने चिल्ला कर कहा।

'अच्छा डर है ना कि चिपके हुए कपड़ों में तुम्हारे सारे ऐसेट्स लड़कों को नज़र आ जायेंगे। तो जाओ बदल लो। नहीं तो थोड़ी देर में सूख ही जायेंगे।', बाल्टी से रंग डालती दूसरी लड़की ने कहा।

'चलो चलते हैं, यहाँ लड़कियाँ कुछ ज़्यादा ही वाइल्ड हो रही हैं।', वासवी ने कहा और रिसेप्शन से बाहर निकलने लगी।

'तुम लोगों ने ठण्डाई नहीं पी?', नील ने पूछा।

'मरना है क्या? आज तक नहीं पी। चढ़ गयी तो चल भी नहीं पाऊँगी।', वासवी बोली।

'एलीना और मैंने एक-एक घूँट लिया है, ट्रायल के लिए। देखते हैं क्या रहता है।', नन्दिता ने कहा। वासवी उन्हें ग़ौर से देखने लगी।

‘सँभालना होगा तुम लोगों को।’

‘अरे कुछ नहीं होता एक-दो घूँट से। मैंने तो पूरा गिलास पी लिया है। बहुत टेस्टी था।’, नील ने कहा।

‘तब तो तुम पर भी नज़र रखनी पड़ेगी। यानी एक मैं ही सही-सलामत होने का दावा कर सकती हूँ। चलो जल्दी झेलम लॉन चलते हैं, नहीं तो पता चला कि तुम लोग रास्ते में ही शुरू हो गये बक-बक करना।’ चारों कावेरी के पीछे वाली पगडंडी से होते हुए बढ़ गये थे।

झेलम लॉन का नज़ारा दिलचस्प था। सैकड़ों लोगों की भीड़। एक-दूसरे को सूखा रंग लगाते चेहरे। ‘जोगीरा सा रा रा रा रा ऽऽऽऽऽ’ और ‘बुरा ना मानो होली है’ का शोर चारों तरफ़ सुनाई पड़ रहा था। अलग-अलग हॉस्टलों के ग्रुप लॉन में बिखरे थे। कोई टीन पीट रहा था तो कोई ढोलक। कई बन्दे दायाँ हाथ मोड़कर वीडियोग्राफ़ी करने का अभिनय कर रहे थे। किसी के सिर पर टोपी थी तो किसी के बाल खड़े थे। हर मण्डली में नाच-गाना चल रहा था। टीवी वाले रिकॉर्डिंग कर रहे थे। रिपोर्टर जेएनयू की होली का रंग लाइव दिखा रहे थे। बीस-पच्चीस विदेशी पर्यटक भी होली का जश्न देखने के लिए झेलम लॉन में चारों तरफ़ फैले थे। छात्रों ने विदेशी लड़के-लड़कियों को भी रंग लगा दिया था। दो-चार सैलानियों को तो ग्रुप में शामिल कर लोग नागिन डाँस दिखा और करवा रहे थे।

इस सामूहिक होली में किसी को किसी की फ़िक्र नहीं थी। सब अपने ही रंग में डूबे थे। एक और सबसे रोचक बात ये थी कि इतनी भीड़-भाड़ वाले माहौल में किसी भी लड़की के साथ कोई बदतमीज़ी नहीं हो रही थी। सब भरपूर मस्ती में डूबे थे, लेकिन शालीनता का विवेक किसी से भी छूटा नहीं था। भीड़ में जिन पर भाँग का रंग चढ़ता जा रहा था वे किनारे होकर बैठते जा रहे थे। नील ने जल्दी ही अपने क्लासमेट्स को ढूँढ़ लिया। वासवी, एलीना और नन्दिता ने भी अपने हिस्ट्री के क्लासमेट्स को ढूँढ़कर थोड़ा समय उनके साथ बिताया। रंग लगाया। साथ में थिरकीं। फिर वो नील की मण्डली में शामिल हो गयीं। मुकुन्द हॉस्टल नाइट वाले दिन पूरा नाटक कर रहा था कि डाँस नहीं आता और आज यहाँ साक्षात नागिन बना हुआ था। डाँस के क्या-क्या स्टेप्स वो नहीं कर रहा था। अंकित, पुष्कर और प्रांजल बेतरतीब टीन पीटकर उसका उत्साह बढ़ा रहे थे।

नील पर अब भाँग का नशा चढ़ने लगा था। अचानक वो काफ़ी सुस्त हो गया। उसे लग रहा था कि वो अब खड़ा भी नहीं रह पायेगा। उसने वासवी के पास जाकर कहा, 'वासु, मुझे कुछ समझ में नहीं आ रहा। मैं वहाँ किनारे जाकर बैठता हूँ। जब लौटना तो मुझे साथ ले लेना।'

'मैं जानती थी कि तुमसे कंट्रोल नहीं होगा। लोगों ने चढ़ाया और तुमने पी ली। अब भुगतो। ठीक है जाओ बैठो। मैं भी आती हूँ तुम्हारे पास।' वासवी ने लगभग डाँटा था नील को, लेकिन नील को ये डाँट बहुत प्यारी लगी थी। उसे भाँग का नशा भी मीठा लगने लगा था।

होली का हुड़दंग घण्टा भर जारी रहा। नील वहीं किनारे बैठा रहा। थोड़ी देर बाद वासवी उसके पास आकर बैठ गयी। कुछ ही देर में मुकुन्द, अंकित, एलीना, नन्दिता, पुष्कर, प्रांजल भी आ गये। सब थकान से चूर थे। धीरे-धीरे झेलम लॉन की भीड़ छँटने लगी थी।

'कितनी देर यहीं बैठे रहेंगे। अब हॉस्टल चला जाये। चलकर नहाते हैं, कपड़े बदलते हैं।', वासवी ने कहा।

'हाँ अब चला जाये।', एलीना ने बेमन से कहा।

'पर मुझसे तो हिला भी नहीं जा रहा। कोई मुझे ले चलो।', नील मुस्कुरा रहा था।

'नील, ए नील....हॉस्टल जा रहे हो तो मुझे भी ले लेना बाइक पर।', सामने खड़े ब्रह्मपुत्रा के एक सीनियर ने कहा।

'वो तो मैं ले लूँगा सर, लेकिन मुझे कुछ समझ में नहीं आ रहा है। सिर घूम रहा है।', वो मुस्कुरा रहा था।

'अच्छा अच्छा, तुम आराम करो। थोड़ी देर में सब ठीक हो जायेगा। लगता है पहली बार भाँग के सेवन से पिनकिया गये हो।'

वासवी के अलावा सब पर भाँग का नशा थोड़ा-ज़्यादा हावी था। कोई उठना नहीं चाह रहा था। सब वहीं बैठे रहे। क़रीब घण्टा भर। उनके जैसे और भी तमाम लोग थे जो या तो लेटे थे या बैठे थे। सबको लग रहा था कि हालत सँभले तो उठें। जब थोड़ा ठीक लगने लगा तो नील ने ही कहा, 'कब तक यहीं बैठे रहेंगे। अब चलते हैं।'

'अच्छा, अब आवाज़ निकलने लगी बाबू की। तब से तो लग रहा था जैसे हेरोइन और चरस का नशा करके बैठे हो।'

'तुमने करके देखा है क्या?', नील ने मुस्कुराते हुए पूछा।

'हाँ, मैं तो हैबिचुअल हूँ। चलो अब। बहुत पी लिए भाँग। अब कभी मत पीना। बकवास चीज़ है ये।'

लड़खड़ाते हुए सब उठे और सतलज के बग़ल वाले रास्ते से लौटने लगे। नील अभी भी पूरी तरह सँभल नहीं पाया था। बोला, 'जाकर सीधा सो जाऊँगा। भूख भी तेज़ लग रही है। शुक्र है पैक लंच रखा है।'

झेलम हॉस्टल के टर्न पर पुष्कर और प्रांजल बायें मुड़ गये और सतलज के टर्न पर मुकुन्द और अंकित दायें मुड़ गये। बाक़ी चारों धीरे-धीरे चलते हुए कावेरी और गोदावरी वाले तिराहे पर पहुँचे।

'बाइक चला लोगे ना? नहीं तो किसी से लिफ़्ट लेकर चले जाओ। इसे बाद में ले जाना।', वासवी ने चिन्तित होकर कहा।

'देखता हूँ, चला लूँगा।' बाइक पर बैठकर उसने किसी तरह किक मारी। बाइक स्टार्ट हुई और वो बिना कुछ कहे चल पड़ा।

'हॉस्टल पहुँचकर फ़ोन करना। मैं रिसेप्शन पर बैठी हूँ। ठीक है?'

'हाँ करता हूँ, पहुँचकर। उसने बिना मुड़े कहा।' तीनों लड़कियों को दिख रहा था कि नील की बाइक थोड़ी लहराकर चल रही है। वैसे वो चला धीरे ही रहा था ताकि बाइक कंट्रोल में रहे। जैसे ही वो रिंग रोड पर पहुँचा, एक सीनियर ने हाथ देकर रोक दिया। 'भाई, मुझे भी लेते चलो। पैदल बहुत देर लग जायेगी। भूख से जान जा रही है।'

'आइये सर बैठ जाइये। पर मुझे कुछ समझ में नहीं आ रहा है। बस अन्दाज़े से चला रहा हूँ।'

'अरे बुड़बक, भाँग ज़्यादा खींच लिए थे क्या जी?'

'ज़्यादा तो नहीं सर...एक गिलास ही पिया था। पर पहली बार था, ज़्यादा ही चढ़ गयी। लेकिन पहुँचा दूँगा आपको। चिन्ता मत कीजिये।'

'हालत तो हमरा भी गाड़ी चलाने लायक नहीं है जी। चलो धीरे-धीरे चलते रहो। मैं भी देख रहा हूँ। किनारे-किनारे ही चलो।'

किसी तरह इधर-उधर लहराते दस मिनट में नील सीनियर को लेकर ब्रह्मपुत्रा पहुँचा। लेकिन भूल गया कि उसे वासवी को फ़ोन करना है। जैसे ही लॉबी में आगे बढ़ा। पीछे से हॉस्टल ब्वॉय लप्पू चिल्लाया, 'नील भैया। आपका फ़ोन है गोदावरी से।'

'ओह, भूल ही गया मैं तो। वासवी जान ले लेगी।' वो लड़खड़ाता हुआ ही रिसेप्शन पर पहुँचा और रिसीवर क़ान से लगाया।

'भूल गये थे ना तुम? पीना अब भाँग या कुछ और। ठीक तो हो?'

'हाँ वासु...ठीक हूँ। बस भूख लग रही है बहुत तेज़। कुछ खाकर सो जाऊँगा।'

'ठीक है। उठकर फ़ोन करना या फिर मन करे तो आ जाना। चिन्ता हो रही है तुम्हारी।' ये सुनकर नील के कान जैसे तृप्त हो गये थे। कोई ख़ास है जो उसकी इतनी फ़िक्र करता है।

'हाँ जैसा लगेगा बताऊँगा...ओके बाय।'

'बाय।'

कमरे में पहुँचकर नील सीधा बिस्तर पर गिर गया। उसे ये ख़याल भी ना रहा कि उसके कपड़े गन्दे हैं और उसे पैक लंच खाना है। गहरी नींद में चला गया था वो। घण्टे भर बाद तेज़ आवाज़ सुनकर उसकी नींद खुल गयी। उठकर देखा तो पीछे के लॉन में मौलेश सर, अनुपम सर, अनुराग सर समेत दस-पन्द्रह सीनियर चिल्ला-चिल्लाकर बोल रहे थे। उन्होंने छह विदेशी लोगों को घेर रखा था और उन्हें बनारस वाली गन्दी-गन्दी गालियाँ दे रहे थे। विदेशियों में तीन लड़के और तीन लड़कियाँ थीं।

'जोगिरा सारारारारारारारारा.....ऽऽऽऽऽऽऽ।'

'इसको वहाँ रंग दो रे मा...'

'इसकी इसमें....इसकी उसमें...'

निहायत अभद्र, अशोभनीय गालियाँ दी जा रही थीं उन विदेशियों को... और आरजे सर यानी रणन्जय झा सर अंग्रेज़ी में उसका अनुवाद कर उन्हें सुना रहे थे। हालाँकि अनुवाद में बहुत-सी अभद्र और अशोभनीय बातें बदल दी जा रही थीं। उसे प्रशंसात्मक बना दिया जा रहा था। पर कॉरीडोर में चारों तरफ़ फैले जो लड़के बनारसी होली वाली भद्दी-भद्दी गालियाँ सुन रहे थे, उन्हें बड़ा मज़ा आ रहा था...और विदेशी थे कि ख़ुद को दी जा रही गालियों पर तालियाँ बजा-बजाकर हँस रहे थे।

'साले इन फ़ॉरेनर्स को मौलेश और आरजे मिलकर भारी चू...बना रहे हैं। किसने कहा होगा इन्हें ब्रह्मपुत्रा तक आने के लिए।' कॉरीडोर में खड़े एक लड़के ने पूछा।

'अरे ये लोग झेलम लॉन से इन्हें गाड़ी में बिठाकर लाये हैं अपने मनोरंजन के लिए।', दूसरे लड़के ने बताया।

नील ने जब ये दृश्य देखा तो उसका नशा हिरन हो गया। कमरे में खड़ा-खड़ा ही वो ज़ोर-ज़ोर से हँसने लगा। बड़ा ही कॉमिक दृश्य था। थोड़ी देर में विदेशियों के साथ भरपूर मज़ा लेने के बाद जब मण्डली वहाँ से टली तो नील नहाने चला गया। रगड़-रगड़कर आधे घण्टे तक नहाता रहा। ठण्डा पानी शरीर पर पड़ने के बाद उसे अब काफ़ी अच्छा महसूस हो रहा था।

कमरे पर आकर उसने जल्दी से कपड़े पहने और टूट पड़ा पैक लंच पर जो कि उसकी प्रज्वलित जठराग्नि के हिसाब से काफ़ी कम पड़ गया था। उसके बाद उसने कबर्ड से बिस्कुट का डिब्बा निकाला और दस-पन्द्रह बिस्कुट भी खा गया। फिर बाहर आकर देखा तो ढाबे पर सन्नाटा था। साधु जी की दुकान बन्द थी। प्रमोद भी होली खेलकर वहीं स्लैब पर लेटा नींद ले रहा था। शाम के पाँच बज रहे थे। उसने वासवी को फ़ोन किया।

'कैसे हो अब? नशा उतरा?'

'ठीक हूँ वासु। साढ़े छह तक आता हूँ, फिर खाना खाने चलेंगे। उडुपी या मेज़बान, जहाँ तुम कहोगी।'

'आज तो किसी भी हॉस्टल में डिनर नहीं है। क्यों न सब मिलकर मेज़बान चलें? तुम मुकुन्द और बाक़ी दोस्तों को बोल दो...मैं एलीना और नन्दिता को बोल देती हूँ।'

'ये आइडिया अच्छा है। तुम्हें सबका कितना ख़याल रहता है।'

'बस करो...आओ फिर बात करते हैं।'

'ओके-ओके।'

नील ने सारे दोस्तों को प्लैन के बारे में बताया और फिर सात बजे ही सब पैदल मेज़बान के लिए निकल गये। वहाँ भीड़ बहुत थी पर मिलकर होली की पार्टी करने में सबको बहुत मज़ा आया। आख़िर में बिल नील ने पे किया और तय हुआ कि सब मिलकर अपना-अपना हिस्सा बाद में नील को दे देंगे। पेट में चूहे दौड़ने वाली हालत में मेज़बान के खाने से उन्हें भारी तृप्ति मिली थी। बाहर निकलकर दो ऑटो लिया गया और जेएनयू का रुख़ किया गया।

साढ़े नौ बज रहे थे। गोदावरी पहुँचकर नील या वासवी किसी ने भी नहीं कहा था कि और रुकना चाहिए। सब थके हुए थे...जाकर सो जाना चाहते थे। हॉस्टल जाते हुए वासवी ने बस इतना कहा था, 'संडे को आना...या फिर बीच में मन करे तो भी आ सकते हो, बात नहीं हो पायी।'

'ठीक है वासवी। गुड नाइट।'

'गुड नाइट।'

47

होली की अगली सुबह नील ने घर फ़ोन किया।

'माँ, प्रणाम।'

'ख़ूब ख़ुश रहो बेटा।'

'होली कैसी रही बेटा?'

'बहुत अच्छी रही माँ। अलग तरह की होली थी। राँची से एकदम अलग।' फिर नील ने माँ को संक्षेप में बतायी जाने लायक हर बात बतायी।

'पापा, भैया-भाभी सब कैसे हैं माँ?'

'सब होली खेलकर थक गये हैं। आज किसी का जल्दी उठने का मन नहीं था। लेकिन दुकान तो खोलना ही है। पापा और भैया लोग तैयार हो रहे हैं। बात करोगे, बुलायें?'

'हाँ माँ, सबसे बात करवा दो।'

नील ने घर के सभी सदस्यों से बात की थी। घरवाले उससे बातकर ख़ुश हो गये थे। उसे भी राँची के बाहर पहली होली के बारे में बताकर अच्छा लग रहा था।

उसके बाद उसने गोदावरी फ़ोन लगाकर वासवी को बताया कि शाम को आयेगा, कल होली पर ठीक से बात नहीं हो पायी। वासवी ने भी मना नहीं किया। वो भी उससे मिलना चाहती थी। दिनभर पढ़ाई करने के बाद शाम को नील गोदावरी पहुँचा। थोड़ी देर उसी पेड़ के नीचे खड़ा रहा, तब तक वासवी आ गयी। नील ने जीन्स पर हल्के हरे रंग की टीशर्ट पहनी थी और वासवी

ने नीले रंग की टॉप और डेनिम स्कर्ट पहनी थी। बालों में तेल लगा था और उन्हें चोटी बनाकर फीते से पीछे की तरफ़ स्कूली छात्रा की तरह बाँध दिया गया था।

'तुम तो टेन्थ की स्टूडेंट लग रही हो।'

'अरे कल पता नहीं क्या हुआ। झेलम लॉन से लौटी, तभी से सिर में दर्द हो रहा था। फिर बालों में ख़ूब तेल लगाकर मालिश किया। सुबह उठी तो सिर दर्द ख़त्म हो गया, पर बालों पर शैम्पू करने का मन नहीं हुआ। सोचा थोड़ा और न्यूट्रीशन दे देते हैं। अभी तुमसे मिलने आना था तो जल्दी से चोटी कर लिया। तेल में खुले बाल अच्छे नहीं लगते।'

'इसमें भी बहुत प्यारी लग रही हो। यहाँ चाय पियें या कहीं और चलें?'

'यहीं पी लेते हैं। फिर थोड़ा वॉक कर लेंगे।' नील चाय और थोड़े से पकौड़े लेकर आ गया। चाय के बाद वे रिंग रोड पर आ गये और धीरे-धीरे चलने लगे।

'होली पर तुम घर क्यों नहीं गयी?'

'अच्छा जिसके लिए नहीं गयी, वही सवाल कर रहा है।'

'अरे मेरा मतलब है कि पापा-मम्मी तो नाराज़ हुए होंगे?'

'हाँ, पापा बहुत नाराज़ थे। बोले, ये क्या कि दिल्ली में रहते हुए वासवी घर नहीं आयी। पर मैंने माँ को समझा दिया था कि हर बार तो घर पर होली खेलती ही हूँ। इस बार जेएनयू में मेरा पहला साल है। लोग कहते हैं कि यहाँ की होली काफ़ी अलग होती है तो देख लेती हूँ। माँ मेरे तर्कों से सहमत हो गयी थी और उन्होंने पापा को समझा दिया था।'

'तो तुम झेलम लॉन की होली देखने रुकी थी, नहीं?'

'दिमाग़ मत ख़राब करो।', वासवी ने नील के कन्धे पर हल्का-सा हाथ रखा और मुस्कुरायी। अँधेरा हो गया था और बातें करते हुए वे लाइब्रेरी कैन्टीन वाले मोड़ से आगे बढ़ गये थे।

'नील, मुझे लगता है हमारा रिश्ता अब आगे बढ़ गया है। अब हम सिर्फ़ दोस्त नहीं रहे। ऐसे में ये ज़रूरी हो जाता है कि हमारे बीच कोई राज़ ना रहे।'

'हमारे बीच तो वैसे भी कोई राज़ नहीं है वासु। ऐसा क्यों कह रही हो?'

'नहीं, मुझे लगता है तुम्हें मेरी हर सच्चाई पता होनी चाहिए।'

'तुमने तो मुझे सब कुछ बताया है अपने बारे में, अपने परिवार के बारे में। अगर तुम्हें लगता है कि कुछ ऐसा है जो रह गया है तो वो अब बता दो। इसमें इतना संकोच करने की क्या ज़रूरत है।'

'नील, जब मैंने तुम्हें पहली बार देखा तो तुम बहुत अच्छे लगे थे। पर उस वक़्त ये नहीं सोचा था कि हम इस क़दर साथ होंगे और मिलकर भविष्य के सपने बुन रहे होंगे। लेकिन अब जब सब हक़ीक़त लग रहा है तो मुझे लगता है कि तुम्हें मेरा बैकग्राउंड भी पता होना चाहिए।' ये कहते हुए वासवी का चेहरा सख़्त हो गया था।

'तुम क्या पहेली बुझा रही हो वासु। खुलकर कहो। मुझे बहुत ऐंग्ज़ाइटी हो रही है।'

'मैं बहुत दिन से तुमसे इस बारे में बात करना चाहती थी नील। मुझे कहने में कोई परेशानी नहीं, पर ये भी लग रहा था कि तुम उसे कैसे लोगे।', वासवी सामने देखते हुए बोल रही थी।

'वासवी, तुम क्या मुझे हार्ट अटैक देने वाली हो। बताओ तो क्या बात है?'

'नील, आज मुझे हम दोनों के रिश्ते को देखते हुए ये कॉन्फ़िडेंस है कि मेरा सच जानने के बाद भी तुम मेरा साथ नहीं छोड़ोगे। इसलिए अब कह देना चाहती हूँ।'

'वासवी, इतनी भूमिका की ज़रूरत नहीं है। अब बोलो भी।'

'नील, तुमने कभी पूछा नहीं कि वासवी तुम्हारा सरनेम क्या है, क्योंकि मैं केवल वासवी कुमार लिखती हूँ?'

'मुझे कभी ज़रूरत महसूस नहीं हुई, इसलिए नहीं पूछा।'

'नील, मैं अपनी पहचान को लेकर असहज नहीं हूँ, ना ही मुझे फ़र्क़ पड़ता है। मैं 21वीं सदी की एक मॉडर्न लड़की हूँ। लेकिन हक़ीक़त तुम्हें जान लेना अब ज़रूरी है। हम अनुसूचित जाति से आते हैं। मेरे पिता का पूरा नाम दिनेश राम है। हमारे पुरखे चमड़े का काम करते थे और सवर्णों के गाँव में बाहर रखे जाते थे। लेकिन मेरे पापा ने उस व्यवस्था से बग़ावत की। अपना अलग मुकाम हासिल किया। ग़रीबी को धन-दौलत में बदला। इससे उनकी हालत तो सुधरी, पर पूरा समाज तो नहीं बदला ना। इसीलिए उन्होंने हम बहनों

के नाम के आगे कुमार लगाया। शायद उन्हें कुलनाम रखने में हिचक हो रही थी। हमें उन्होंने रईसों की तरह परवरिश दी...यही वजह है कि मैं ख़ुद को किसी से भी कमतर नहीं समझती।'

'एकदम ठीक समझती हो तुम वासु। मुझे भी इन दकियानुसी बातों में कोई यक़ीन नहीं। मैंने तुमसे प्यार किया है, तुम्हारी पहचान या तुम्हारे परिवार के पारम्परिक पेशे से नहीं। तुम आधुनिक ख़यालों वाली एक पढ़ी-लिखी सुसंस्कृत लड़की हो। आज इन सब बातों का कोई मतलब नहीं होना चाहिए। मुझे इनमें कोई दिलचस्पी नहीं। तुमने भी तो कभी मेरी पृष्ठभूमि के बारे में नहीं पूछा। अपनी शिक्षा से मैंने केवल यही जाना है कि हम सब इन्सान हैं। ईश्वर ने हमें बनाने में कोई भेदभाव नहीं किया तो हमें क्यों एक-दूसरे के बारे में ऐसे विचार रखने चाहिए। मैं जाति-वाति बिल्कुल नहीं मानता वासवी...सच कहता हूँ। हमारे देश की तरक़्क़ी को इसी जाति व्यवस्था ने रोक रखा है। मेरा वश चले तो मैं पूरे देश से इसे एक झटके में ख़त्म कर दूँ। पश्चिम के समाज क्यों आगे हैं क्योंकि उनका समाज इन बातों में नहीं उलझा। वो तरक़्क़ी के बारे में सोचते हैं, न कि जाति और कुल के बारे में। एक गुज़ारिश है वासु...प्लीज़ आज के बाद इस मुद्दे पर हम बात ना करें...बस।' वासवी ने नील की तरफ़ देखा था। उसकी आँखों से आँसू छलक आये थे।

'नील, तुम्हें फ़र्क़ नहीं पड़ता मानती हूँ। लेकिन तुम्हारे घर वालों को तो पड़ सकता है ना?'

'वासु, हो सकता है तुम मुझे पागल कहो। लेकिन जब मैंने तुमसे दोस्ती की तो ये नहीं सोचा था कि पहले पूरी कुंडली पढ़ लूँ, फिर बात आगे बढ़ाऊँ। अगर मेरे घर वाले तुम्हारे ख़िलाफ़ होते हैं तो भी मुझे कोई फ़र्क नहीं पड़ेगा।', नील ने रुककर वासवी के आँसू पोंछ दिये थे और उसे कन्धे से थाम लिया था।

'ये विषय अब यहीं ख़त्म हो जाना चाहिए वासु।' वासवी मुस्कुरा पड़ी थी।

'नील, मैं एजुकेटेड हूँ, देखने में भी ठीक-ठाक हूँ। मेरे विचार बहुत प्रोग्रेसिव हैं। अपनी पहचान को लेकर भी मुझे कोई परेशानी नहीं। मैंने तो एक बार पापा से कहा भी था कि मेरा सरनेम 'राम' क्यों नहीं रखा...तो उन्होंने कहा कि 'कुमार' में क्या परेशानी है और ग़ुस्से से मुझे देखा था। मैं कुछ बोल नहीं

पायी थी। मैं तुम्हें किसी भी वजह से खोना नहीं चाहती थी, इसलिए अक़्सर सोचती थी कि जब तुम्हें पता चलेगा तो पता नहीं तुम कैसे रिऐक्ट करोगे।'

'अब तो पता चल गया ना। मैं केवल एक साधारण इन्सान हूँ, बस। ये बात अब यहीं छोड़ते हैं और कुछ ऐसा हासिल करते हैं जिससे अपने प्रयास से समाज में कुछ बदलाव ला सकें। इस भेदभाव को कुछ मिटा सकें। इतनी गम्भीर बात कर दी तुमने कि एक और चाय की ज़रूरत महसूस होने लगी है।' टहलते हुए वे वीसी के बंगले तक आ गये थे।

'चलो मेज़बान में मैं कॉफ़ी पिलाती हूँ। भूख बढ़ गयी तो वहीं खाना भी खा लेंगे।'

'हाँ ये हुई कुछ काम की बात।' फिर दोनों मेज़बान से खाना खाकर ही निकले थे। वासवी बहुत आत्मविश्वास से भरी लग रही थी।

'देखो नील, अब हमारे एण्ड सेमेस्टर में और तुम्हारे प्रिलिम्स में बहुत कम समय बचा है। मैं अब तुमसे पन्द्रह दिन में एक बार मिलना चाहूँगी। मुझे तुम्हें कामयाब देखना है...बस।'

'ये तो बहुत बड़ी सज़ा हो गयी। वासु, मैं दिन-रात पढ़ लूँगा पर हफ़्ते में एक बार मिलने वाला प्रोग्राम तो रहने दो।'

'नहीं, इस बारे में हम अब प्रिलिम्स के बाद बात करेंगे। समझे।'

'ठीक है वासु। जैसा तुम कहो।', नील ने उसे आर्मी की शैली में सैल्यूट कर दिया था। फिर दोनों ने ढेर सारी बातें कीं और हँसते-मुस्कुराते हॉस्टल पहुँचे।

निकलते हुए नील ने उसी तिराहे पर कहा, 'मैं इस दुनिया का सबसे ख़ुशक़िस्मत इन्सान हूँ वासु जिसे तुम जैसी लड़की मिली। हमेशा यही तमन्ना करूँगा कि तुम्हें बहुत ख़ुश रख सकूँ और हम दोनों मिलकर अपनी एक ख़ूबसूरत दुनिया बनायें।'

'टच वुड।', वासवी ने आकाश की ओर देखते हुए आँखें मूंद ली थीं।

'जाओ और जमकर पढ़ाई करो। वैसे लगना तो नहीं चाहिए, पर अगर कभी लो फ़ील करो तो कॉल कर लेना।'

'वो तो अभी ही कर रहा हूँ।'

'जाते हो या नहीं।', वासवी ने उसे मुक्का दिखाया था।

नील की बाइक दूर होती जा रही थी और दिल का बोझ उतरने से वासवी बहुत हल्का महसूस कर रही थी। ऐसा लग रहा था जैसे वो आसमान में उड़ रही हो और चारों ओर आनन्दमय उजियारा फैला हो।

48

नील दिन-रात तैयारी में जुट गया। डिपार्टमेंट बहुत ज़रूरी क्लासेज़ के लिए ही जाता। हर दिन एक घण्टा एण्ड सेमेस्टर की पढ़ाई करता। बाक़ी समय धौलपुर हाउस में प्रिलिम्स के तथ्यों को याद करने में जुटा रहता। बीच-बीच में कुछ पूछना होता तो कोचिंग जाता। वैसे कोचिंग ख़त्म हो गयी थी और उसे ख़ुद से पढ़ने के लिए कह दिया गया था।

ब्रह्मपुत्रा हॉस्टल में उस दिन हलचल थी। यूपीएससी की मुख्य परीक्षा का रिज़ल्ट आने वाला था। जिन लोगों ने मेन्स लिखा था, उनके चेहरे के रंग उड़े हुए थे। तनाव की रेखाएँ साफ़ देखी जा सकती थीं। क्रिकेट टीम के क़रीब आधे खिलाड़ियों ने मेन्स लिखा था। मौलेश, अनुपम, अनुराग सुबह से ही लॉबी से होस्टल के बाहर का चक्कर लगा रहे थे। किसी काम में मन नहीं लग रहा था उनका। चाय और सिगरेट के कई दौर चल चुके थे। कई लोग बेर सराय जाकर जवाहर बुक डिपो में पूछ आये थे कि कितने बजे रिज़ल्ट चिपक जायेगा। तमाम लोग शाहजहाँ रोड पर यूपीएससी हेड क्वार्टर के बाहर खड़े थे कि रिज़ल्ट लगे और वो देखें।

बहरहाल, शाम चार बजे रिज़ल्ट निकल गया। कई चेहरे मुस्कुरा रहे थे तो कइयों के चेहरे पर हवाइयाँ उड़ रही थीं। ब्रह्मपुत्रा से पच्चीस लोगों का मेन्स हुआ था। क्रिकेट टीम के मौलेश, अनुपम, अनुराग सब पास हो गये थे।

शाम के समय प्रमोद की चाय दुकान पर और दिन से ज़्यादा भीड़ थी और चर्चा का विषय था मेन्स का रिज़ल्ट। ये सब देखकर नील बहुत उत्साहित महसूस कर रहा था। वो जिन लोगों के साथ खेलता था, बातें करता था, उनमें से कई लोग मेन्स पास कर गये थे। उसे लग रहा था कि ये कोई असम्भव एग्ज़ाम नहीं, अगर सब कुछ ठीक रहा तो उसका भी हो सकता है। डिनर के बाद टहलते हुए वो आईआईएमसी तक चला गया था। मन में तरह-तरह के विचार चल रहे थे। जैसे ही लौटा हॉस्टल ब्वॉय लप्पू ने देखते ही कहा कि 'गोदावरी से फ़ोन है जल्दी आइये।' फ़ोन पर एलीना थी।

'नील, वासवी की तबीयत बहुत ख़राब है। सुबह से बुख़ार है, पर अभी टेंपरेचर काफ़ी बढ़ गया है। तुम आ सकते हो प्लीज़?'

'अरे...कैसे? मैं बस पहुँच रहा हूँ।' नील ने रिसीवर पटका और तेज़ी से कमरे की ओर भागा। सूटकेस में जो भी पैसे थे, उसे लेकर बमुश्किल दस मिनट में वो गोदावरी के रिसेप्शन पर था। शंकर भैया के बुलाने पर एलीना भागती हुई आयी।

'वासवी के पास कौन है?', नील ने पूछा।

'नन्दिता और हॉस्टल की दो और लड़कियाँ हैं। पता नहीं कैसे उसकी तबीयत बहुत बिगड़ गयी है।'

'तुम लोग वासवी को नीचे लाने की तैयारी करो, मैं दस मिनट में हेल्थ सेंटर से एम्बुलेंस या कोई गाड़ी लेकर आता हूँ।' नील बाहर निकला और बाइक बहुत तेज़ भगाकर हेल्थ सेंटर पहुँचा। उसे एम्बुलेंस मिल गयी थी।

उसने जब वासवी का हाथ छुआ तो घबरा गया। उसका शरीर बुरी तरह तप रहा था। स्ट्रेचर पर लिटाकर उसे एम्बुलेंस में चढ़ाया गया। नन्दिता और एलीना उसके पास बैठी थीं और सिर पर लगातार पट्टी कर रही थीं। नील पीछे-पीछे बाइक दौड़ा रहा था। जेएनयू कैंपस से निकलकर वे प्रिया सिनेमा के पास होली एंजेल्स अस्पताल पहुँचे। रात के सवा दस बज रहे थे। इमरजेंसी ड्यूटी वाली टीम वासवी को तुरन्त आईसीयू में ले गयी। काग़ज़ी कार्रवाई पूरी करने के बाद नील ने एलीना से पूछा कि 'वासवी के घर ख़बर की गयी है?'

'अभी नहीं की है। पर अब कर देनी चाहिए। डॉक्टर ने क्या कहा?'

'कहा कि तेज़ वाइरल बुख़ार लग रहा है। दवा दे दी गयी है। लगातार मॉनिटर कर रहे हैं। पर हमें वासवी के घर ज़रूर ख़बर कर देनी चाहिए। नम्बर है तुम्हारे पास?'

'हाँ, नम्बर तो है।', आईसीयू के बाहर खड़ी एलीना ने उसे नम्बर दे दिया था।

'मैं फ़ोन करके आता हूँ। वैसे तो वासवी का टेम्परेचर थोड़ी देर में उतर जायेगा। लेकिन फिर भी हमें बता ज़रूर देना चाहिए। तुम और नन्दिता यहीं रुको। न हो तो कोई एक भीतर उसके पास चली जाओ। पूछो, शायद जाने दें।'

'तुम फ़ोन करके आओ। हम देखते हैं क्या हो सकता है।'

वासवी के घर फ़ोन उसके पिता ने उठाया था। 'क्या...कब से? तुम कौन बोल रहे हो?'

'अंकल, मैं वासवी का दोस्त हूँ। जेएनयू में ही हूँ। मुझे भी थोड़ी देर पहले ही पता चला। उसके हॉस्टल की दोस्तों ने बताया कि उसकी तबीयत बहुत ख़राब है।'

'थैंक्यू बेटा। हम लोग तुरन्त निकल रहे हैं। दूर है...थोड़ा टाइम लग जायेगा। तुम लोग प्लीज़ मेरी बेटी का ख़याल रखो। कहाँ है वासवी?'

'प्रिया सिनेमा के पास होली एंजेल्स हॉस्पिटल है अंकल। आप बिल्कुल चिन्ता मत कीजिये। आइये, हम हैं यहाँ।'

'हम बस आ रहे हैं बेटा।', उनकी आवाज़ में बहुत घबराहट थी।

नील ने लौटकर देखा कि आठ-दस मेडिकल स्टाफ़ लगातार टेंपरेचर कम करने की कोशिश कर रहे थे। कोई वासवी के सिर पर आइस पैक रख रहा था तो कोई तलवे पर। ड्यूटी डॉक्टर ने कई इंजेक्शन दिये थे। ड्रिप लगा दी गयी थी। आधे घण्टे में वासवी का 105 डिग्री टेंपरेचर सौ के नीचे आ गया था। डॉक्टरों को डर था कि ज़्यादा टेंपरेचर की वजह से सीज़र ना हो जाये। लेकिन अब हालात नियन्त्रण में लग रहे थे। नील वासवी के पास गया और उसके सिर पर हाथ रखकर देखा। वासवी की आँखों में आँसू थे।

'अरे अब तो तुम ठीक हो गयी। टेंपरेचर उतर गया है। अब चिन्ता की कोई बात नहीं। तुम्हारे मम्मी-पापा थोड़ी देर में पहुँच रहे हैं।' वासवी ने उसका हाथ ज़ोर से पकड़ लिया था। एलीना और नन्दिता भी रिक्वेस्ट कर थोड़ी देर के लिए आईसीयू के भीतर आ गयी थीं।

'तुम अब ठीक हो वासु। डोंट वरी...वी आर हियर।', नन्दिता वासवी के पैर सहला रही थी। थोड़ी देर बाद आईसीयू स्टाफ़ ने तीनों को बाहर बैठने को कहा था। वासवी चाहती थी कि नील उसके पास ही रहे। पर ड्यूटी डॉक्टर राज़ी नहीं हुई थी।

'तुम अब आँखें बन्दकर सोने की कोशिश करो। नींद आने से आराम मिलेगा। ये लोग बाहर ही बैठे हैं। जब ज़रूरत होगी बुला लेंगे। आराम करो प्लीज़।', डॉक्टर ने वासवी से कहा।

क़रीब डेढ़ घण्टे में वासवी के माता-पिता आ गये थे। साथ में चार-पाँच और लोग भी थे। सबने सफ़ेद कुर्ता-पायजामा पहना था। माँ लगातार रो रही थी। एलीना ने उन्हें सारी बात बतायी। ड्यूटी डॉक्टर ने माता-पिता को भीतर जाकर बेटी को देखने की इजाज़त दे दी थी। कहा था, 'वो सो रही है, उसे आराम करने दिया जाये। तबीयत सुधर रही है। कल दोपहर तक ठीक हो जायेगी।'

थोड़ी देर बाद माता-पिता आईसीयू से बाहर आये। 'बेटा, आप लोगों का कैसे धन्यवाद करें। आप लोग सही समय पर अस्पताल ले आये। वासवी की जान बच गयी।'

'अरे अंकल, यहाँ तो हम लोग ही एक-दूसरे का सहारा हैं। ये तो हमारा फ़र्ज़ था। नील ने बहुत मदद की। उसकी वजह से ही वासवी जल्दी हॉस्पिटल पहुँच सकी।', एलीना ने कहा।

वासवी के पिता ने नील की तरफ़ देखा था। 'बहुत धन्यवाद बेटा आपका। इन दोनों बिटिया को तो जानते हैं। आपका क्या नाम है बेटा?'

'अंकल, नील।'

'बहुत शुक्रिया बेटा। अब न हो तो आप लोग जाइये, थोड़ा आराम कीजिये। हम लोग हैं यहाँ।'

'नहीं अंकल। हम लोग भी रुकेंगे। वासवी पूरी तरह ठीक हो जायेगी, तभी जायेंगे।', नील ने कहा। वासवी के माता-पिता कृतज्ञ महसूस कर रहे थे। सब वहीं वेटिंग लाउंज में बैठ गये थे। बीच-बीच में जाकर माता-पिता वासवी का हाल पूछ आते। उनके साथ आये लोग भी थोड़ी दूरी पर उसी लाउंज में बैठे थे। सबकी रात बैठे-बैठे ही कटी थी। सुबह रेगुलर डॉक्टर ने जाँच के बाद कहा कि 'पेशेंट को अब घर ले जा सकते हैं। अच्छा खाना खिलाना है। दवाएँ पाँच दिन तक चलेंगी। कोई दिक़्क़त होनी नहीं चाहिए, अगर हो तो हॉस्पिटल में फ़ोन कर लें।' वासवी के पिता ने डॉक्टर का धन्यवाद किया और सीधा बिलिंग काउंटर पर चले गये।

वासवी अब बेहतर महसूस कर रही थी। वो चलकर बाहर तक आयी। दिन के ग्यारह बज रहे थे। वासवी, माता-पिता के साथ उनकी टाटा सफ़ारी में सवार हो गयी थी। साथ आये कुर्ता-पायजामा धारी दूसरी गाड़ी में बैठे थे।

वासवी बहुत ग़ौर से पीछे खड़े नील को देख रही थी। माँ ने उसे ऐसा करते देख लिया था। पिता की अनुभवी आँखों ने भी बेटी के मनोभावों का कुछ-कुछ अन्दाज़ा लगाया था...पर कुछ कहा नहीं था। उन्होंने सिर बाहर निकालकर एक बार फिर एलीना, नन्दिता और नील को शुक्रिया कहा और दोनों गाड़ियाँ आगे बढ़ गयीं। नील दौड़कर वसन्त होटल के सामने से ऑटो ले आया। एलीना और नन्दिता उसमें सवार हो गयी थीं। फिर तीनों साढ़े ग्यारह बजे तक कैंपस लौट आये थे।

'एलीना, वासवी की तबीयत के बारे में मैं उसके घर फ़ोनकर पूछ नहीं पाऊँगा, तुम लोग प्लीज़ मुझे शाम को अपडेट कर देना। ये मेरे हॉस्टल के रिसेप्शन का नम्बर है।', नील ने नम्बर लिखकर दे दिया था।

'हम ज़रूर अपडेट कर देंगे नील। थैंक्यू फ़ॉर योर ग्रेट हेल्प यार। यू आर ए जेम।'

'कैसी बात करती हो एलीना। ये तो फ़र्ज़ था मेरा। वासवी को कुछ हो जाता तो मैं क्या करता।', रुआँसा हो गया था नील।

'ओ...यार। वासवी इज़ सो लकी, शी गॉट यू। चलो अब अपना भी ख़याल रखो। जाकर कुछ खाना और लम्बी नींद लेना। मैं शाम को सात बजे कॉल करूँगी।', एलीना ने कहा। नन्दिता ने भी सिर हिलाकर आश्वस्त किया था।

नील हॉस्टल पहुँचा। नहाकर तुरन्त मेस में गया। खाना अभी पूरी तरह तैयार नहीं हुआ था...उसने जल्दी से दाल-चावल खाया और कमरे में जाकर सो गया। शाम को ठीक सात बजे एलीना ने कॉलकर बताया कि वासवी अब ठीक है।

'कब आयेगी, कुछ बताया?'

'नहीं, इस बारे में तो बात नहीं हुई। कल शाम में पूछकर इसी समय तुम्हें अपडेट कर दूँगी।'

नील ने उसे शुक्रिया कहा और कमरे में जाकर पढ़ने लगा। पर उसका मन नहीं लग रहा था। फिर भी वो पढ़ने की कोशिश करता रहा। उसे पीटी को लेकर वासवी की बातें याद आ रही थीं। अगले दिन एलीना ने बताया कि

'वासवी एक हफ़्ते बाद आयेगी। अब वो बिल्कुल ठीक है।' नील वासवी की तबीयत के बारे में सुनकर ख़ुश हुआ पर हफ़्ते भर बाद आने की बात से थोड़ा उदास भी हो गया...पर उसने कुछ कहा नहीं था।

'ओके, थैंक्यू एलीना। कोई और ख़बर मिले तो मेरे रिसेप्शन पर फ़ोन कर बता देना। मैं वापस कॉल कर लूँगा। अगर हॉस्टल में रहा तो बात भी हो जायेगी।'

'ठीक है नील।'

एक हफ़्ते का इन्तज़ार नील को बहुत लम्बा लग रहा था। लेकिन वो कुछ कर नहीं सकता था। उसने अपनी पढ़ाई का रूटीन जारी रखा...पर वासवी का ख़याल लगातार ज़ेहन में बना रहता था।

49

वासवी क़रीब तीन महीने बाद अपने घर गयी थी। वहाँ का माहौल पहले से बिल्कुल बदला-बदला सा था। उसके घर आने-जाने वालों का ताँता लगा रहता। बाहर एक विशाल बोर्ड लगा था जिस पर लिखा था–

दिनेश राम

अध्यक्ष, बहुजन उत्थान पार्टी, गौतम बुद्ध नगर

'पापा ये सब क्या है?', उसने तबीयत सँभलते ही पूछा।

'वही बेटा, जो तुम देख रही हो।'

'आपने पॉलीटिक्स कब से जॉइन कर ली?'

'बेटा, थोड़ा-बहुत तो पहले से ही सक्रिय था, लेकिन तुम्हारे जाने के बाद बहुत ख़ाली-ख़ाली लगने लगा...तो सोचा कि अब समाज के लिए कुछ करना चाहिए।'

'पापा, वो तो आप ऐसे भी करते रहते थे। इसके लिए बाक़ायदा पॉलिटिक्स में उतरने की क्या ज़रूरत थी...करते रहते ज़रूरतमन्दों की मदद। आपको पता तो है ना कि पॉलिटिक्स कितनी गन्दी चीज़ है।'

'बेटा जिससे हमारा देश चलता है, जिससे हम अपने जनप्रतिनिधि चुनते हैं, वो पॉलिटिक्स गन्दी कैसे हो सकती है?'

'पापा, ये सब कहने-सुनने में अच्छा लगता है, पर आप भी जानते हैं कि राजनीति में सफल होने के लिए क्या-क्या पापड़ बेलने पड़ते हैं।'

'तो बेलेंगे ना बेटा, पापड़। अपनी ज़िन्दगी में बहुत कमा लिया है। कारोबार बाहर के देशों तक फैला है। काशवी शादी करके चली ही गयी। दो-चार साल में तुम भी सेटल हो जाओगी। तो सोचा कि परिवार के लिए तो सब कुछ कर ही दिया है, अब समाज का क़र्ज़ उतारने का वक़्त आ गया है। सो कूद गये राजनीति के मैदान में। अब तो अगला इलेक्शन भी लड़ने की तैयारी है।'

'पापा, राजनीति ही करनी थी, लोगों की मदद ही करनी थी तो कांग्रेस और बीजेपी में भी तो जा सकते थे? क्या आज भी आप अपनी वही पहचान बनाये रखना चाहते हैं जो हमारे पुरखों से हमें मिली है। समाज बदल रहा है पापा...रिज़र्वेशन से काफ़ी चेंजेज़ आये हैं। धीरे-धीरे मिल जायेगा सबको सामाजिक न्याय।'

'बेटा, हमारे समाज के लोग क्यों आगे नहीं बढ़ पाये या हमारे समाज का तेज़ी से विकास क्यों नहीं हो पाया...जानती हो? क्योंकि जो थोड़ा अमीर और साधन सम्पन्न होता गया उसने पीछे मुड़कर देखना बन्द कर दिया। उसे लगा वो तो अब अभिजात्य की श्रेणी में आ गया है, बाक़ी लोग समझें अपना। लेकिन मैं उन लोगों में नहीं हूँ वासवी। अभी दलित और पिछड़े समाज के लिए बहुत कुछ करने की ज़रूरत है। पूरे समाज को जगाने की ज़रूरत है। बाबा साहब ने जो सपना देखा था, वो अभी पूरा नहीं हुआ है।'

'लेकिन पापा, आज तक तो आपने ऐसा कुछ भी नहीं सोचा। अब अचानक क्यों?'

'सोचा था बेटा, लेकिन समय नहीं आया था...अब समय आ गया है। मेरी अवस्था हो रही है। दुनिया छोड़ने से पहले मैं अपने समाज के लिए कुछ करके जाना चाहता हूँ।'

'पर पापा, आपके भीतर ये बदलाव अचानक तो नहीं आया। जान सकती हूँ कि मेरे पीछे क्या हुआ है?'

'अब तुम इतनी बड़ी हो गयी हो वासवी कि पापा के फ़ैसलों पर सवाल उठाने लगी हो। लेकिन तुम्हें जानना चाहिए। मेरे बाद तुम्हें भी इस संघर्ष को

आगे बढ़ाना है। तुम जानती हो कि तुम्हारा बाप आज जहाँ खड़ा है, उसकी दुनिया ऐसी ही नहीं थी?'

'पूरी तरह नहीं जानती पापा। पर मैंने जब से दुनिया समझनी शुरू की तब से मैंने आपको अपने आइडियल के रूप में देखा है। एक ऐसे पापा के रूप में जो मेरी ख़ुशी के लिए कुछ भी कर सकते हैं। आपने मुझे और काशवी दीदी को राजकुमारियों की तरह पाला है।'

'बेटा तुम्हारी बात बिल्कुल ठीक है। लेकिन ये तस्वीर का एक पहलू है। आज तक मैंने तुम्हें अपने संघर्ष की पूरी कहानी नहीं बतायी, इसलिए तुम इस तरह की बातें कर रही हो। तुम्हारी माँ को सब पता है...पर उसने भी तुम्हें और काशवी को बताना ज़रूरी नहीं समझा। बेटी, जब मैं छोटा था तो मैंने अपनी आँखों से अपने दादा को गाँव के बाभनों के लिए सोलह-सोलह घण्टे काम करके मरते देखा। बदले में उन्हें भर पेट खाना भी नहीं मिलता था। पचास की उम्र में मर गये मेरे दादा। अपने पिता को मैंने उन्हीं की तरह बाभनों के हाथों ज़लील होते देखा। दिन-रात हाड़-माँस खपाने के बावजूद वो हम भाई-बहनों का पेट भी नहीं भर पाते थे। एक दिन मैंने देखा की जेठ की दोपहर में मेरे पिता बैल की जगह हल में जोते जा रहे थे क्योंकि बाभन का एक बैल मर गया था। मैं उस वक़्त 13-14 साल का रहा होऊँगा। मुझसे पिता की ये दशा देखी नहीं गयी। मैं गाँव छोड़कर भाग गया। मैंने सोच लिया था कि मैं अपने बाप-दादा की तरह नियति का ग्रास नहीं बनूँगा। बहुत भटका। ख़ूब ठोकरें खायीं। शोषण का शिकार हुआ। मज़दूरी की। रिक्शा चलाया। कुली बना। सूरत में हीरा काटने का काम किया। वहाँ से ठोकरें खाता हुआ बस्तर इलाक़े में पहुँच गया। वहाँ लकड़ी की शिल्पकारी का काम सीखा। धीरे-धीरे अपने हुनर के दम पर मैंने छोटा-मोटा कारोबार शुरू किया और साथ में पढ़ाई भी करता रहा। फिर लम्बी कहानी है...कभी सुनाऊँगा। आज जो तुम देश-विदेश में फैला शिल्प और एंटिक्स का हमारा कारोबार देख रही हो, उसे खड़ा करने के लिए मैंने कितनी मेहनत की है, ये मैं बता नहीं सकता। लेकिन अपने बाप-दादा के शोषण की वो तस्वीर मैं आज भी भूल नहीं पाया हूँ। संघर्ष के दिनों में लौटकर मैं कभी गाँव नहीं गया। गाँव के बारे में सोचकर ख़ौफ़ से भर जाता था। लेकिन बाद में जब मेरी हालत अच्छी हो गयी तो मैं गाँव गया। पता चला

मेरे घर छोड़ने के कुछ ही समय बाद तुम्हारे दादा ने भी बाभनों के शोषण का शिकार होकर दम तोड़ दिया था। तुम्हें मालूम है बाभनों के जिस गाँव के बाहर हम रहते थे, उसकी दशा जानवरों से भी बदतर थी। हमारे बीमार होने पर कोई झाँकने तक नहीं आता था। बाभनों के खेतों की सारी हरियाली हमारे ख़ून-पसीने से थी, लेकिन हम दाने-दाने को मोहताज थे।'

'पापा...दादाजी और परदादाजी के बारे में जानकर बहुत दुख हो रहा है। लेकिन पापा, वो अतीत की बात थी, अब समय बदल रहा है। अब हमारे समाज के लोग सरकारी नौकरी कर रहे हैं...डॉक्टर, इंजीनियर बन रहे हैं, प्रशासन चला रहे हैं।'

'बेटी, ये संख्या नाममात्र की है। आज भी हमारी बहुसंख्यक आबादी वही जीवन बिता रही है जो हमारे बाप-दादा बिताते थे। तुम्हें मैंने ये सब देखने का कभी मौक़ा नहीं दिया, इसलिए तुम्हारा नज़रिया अलग है। तुम जो कर रही हो, करो। अपने जीवन में आगे बढ़ो। लेकिन मेरे हिस्से का काम अभी बाक़ी है। वो मैं ज़रूर पूरा करूँगा।' वासवी अपने पिता का ग़ुस्से से भरा चेहरा देखकर हैरान थी।

'और, तुम्हारी पढ़ाई कैसी चल रही है बेटा?'

'बहुत अच्छी चल रही है पापा?'

'बेटा, एलीना और नन्दिता तो तुम्हारे हॉस्टल में हैं। उस लड़के ने भी तुम्हें अस्पताल पहुँचाने में बहुत मदद की। कौन है वो लड़का बेटा?'

'हमारा बैचमेट ही है पापा।'

'क्या नाम बताया था उसने...हाँ, नील। बेटा पूरा नाम क्या है उसका?'

'छोड़िये ना पापा...बस दोस्त है। आ गया था उस दिन मदद के लिए।'

'कोई बात नहीं बेटा। मैं तो बस नाम पूछ रहा था।'

'नील माधव पाण्डे।'

'बाभन है?'

'हाँ, पापा।', थोड़ी देर के लिए सोच में पड़ गये थे दिनेश राम।

'अच्छा लड़का है...उस दिन काफ़ी मदद की उसने। अगले साल लन्दन जाने की तैयारी तो कर रही हो ना तुम?'

'हाँ, पापा स्कॉलरशिप के लिए अप्लाई कर रही हूँ। मिल जायेगा तो ज़रूर जाऊँगी।'

'स्कॉलरशिप ना भी मिले तो कोई बात नहीं बेटा। मैं दे दूँगा पूरे पैसे। आगे की पढ़ाई वहीं से होनी चाहिए। बाबा साहब के पास कुछ नहीं था, लेकिन उन्होंने अमेरिका, लन्दन में पढ़ाई की और हम दलितों और वंचितों को रास्ता दिखा पाये। आज हम जहाँ भी हैं बाबा साहब की वजह से हैं। तुम्हें भी ऊँची शिक्षा लेकर समाज के लिए बहुत कुछ करना है बेटा। अधूरे कामों को पूरा करना है।'

'जी पापा...ज़रूर। जाती हूँ पापा, कुछ खा लेती हूँ, भूख लग रही है।', वासवी इस बातचीत को अब और आगे नहीं बढ़ाना चाहती थी।

'ठीक है बेटा।'

कुछ लोग बैनर-पोस्टर लेकर आये थे। दिनेश राम ने उसे स्टोर वाले कमरे में रखने का आदेश दिया और उनके बीच जाकर बातचीत करने लगे।

उधर, वासवी पिता की बातें सुनकर गहरी सोच में पड़ गयी थी। उसे कई तरह की आशंका सताने लगी थी। पिता को वो जो कुछ कह सकती थी, कह चुकी थी। माँ के पास जाकर उसने कुछ खाने को माँगा। माँ ने उसे पहले एक गिलास मौसम्बी का जूस पीने को दिया और फिर नौकरानी से सेब काटकर लाने को कहा।

'माँ, पापा को क्या हो गया है। वो पॉलिटिक्स को लेकर इतने सीरियस क्यों हो गये हैं?'

'क्या बतायें बेटा। बहुत समझाया मैंने, लेकिन पापा ने कब किसी की बात मानी है। अपनी ही धुन में रहते हैं। तुम्हारे जाने के बाद घर क्या ख़ाली हुआ, ऐसा लगा जैसे उन्हें कुछ हो गया है। दिनभर या तो बिज़नेस में बिज़ी रहते हैं या फिर राजनीति कर रहे होते हैं। कोई न कोई नेता घर पर आया ही रहता है। नौकर-चाकर हैं, लेकिन मैं दिनभर उनके स्वागत-सत्कार में ही लगी रहती हूँ। मेरी तो पूरी ज़िन्दगी ही बदल गयी है। अब ये सब करने की क्या ज़रूरत थी, पर सुनते ही नहीं। एक दो बार बोला तो पूरा घर सर पर उठा लिया।'

'कह रहे थे कि चुनाव भी लड़ेंगे।'

'क्या पता बेटा, क्या-क्या करेंगे। मैं तो बस अब चुपचाप रहती हूँ। कौन उलझेगा उनसे।'

'माँ, मैं कल जाना चाहती हूँ। अब काफ़ी ठीक लग रहा है।'

'एक-दो दिन और रुकती तो अच्छा ही लगता। बीमार होकर आयी थी। अभी कमज़ोर ही लग रही हो।'

'नहीं माँ। फ़ाइनल परीक्षा सामने है...पिछड़ जाऊँगी। अभी बहुत पढ़ाई करने का समय है। पापा को बोल दो कि मैं कल जाऊँगी।'

माँ ने जब वासवी के पिता से बात की तो उन्होंने यही कहा कि 'घर में अब मन नहीं लग रहा है आपकी लाडली का। एक-दो दिन में ही बेचैनी होने लगी। लक्षण मुझे ठीक नहीं लग रहे। थोड़ा समझाओ और नज़र रखो। ठीक है...बोल दो कल चली जाये, ड्राइवर छोड़ आयेगा। मैं कल सुबह ही लखनऊ के लिए निकल रहा हूँ...एक मीटिंग है।'

'जी, बोल दूँगी।'

अगले दिन वासवी जब जेएनयू लौट रही थी तब रास्ते भर उसके ज़ेहन में पिता के शब्द गूँजते रहे। पता नहीं क्यों पूरा प्रकरण उसे कुछ अच्छा नहीं लगा था। मन खट्टा-सा हो गया था। तरह-तरह की आशंकाओं से घिरती जा रही थी। अपने प्रेम का भविष्य उसे संकट में नज़र आ रहा था। पर जैसे ही नील का ख़याल ज़ेहन में आया, वो मन ही मन मुस्कुरा पड़ी। थोड़ी देर बाद नील से होने वाली मुलाक़ात के बारे में सोचकर मन प्रफुल्लित हो उठा। सारी आशंकाओं और उलझनों को परे हटाकर वो भविष्य के सपनों में खो गयी। नील के साथ अपनी भावी ज़िन्दगी के बारे में सोचते हुए उसके चेहरे पर मन्द-मन्द मुस्कान खिल आयी थी। भीतर यही संकल्प कौंधा, 'जो होगा देखा जायेगा। पर इस जन्म में तो वासवी नील की ही होगी। नील की वासवी।'

दिल्ली की सड़कों पर उसकी कार सरपट भागी जा रही थी। सफ़दरजंग एनक्लेव वाली रेड लाइट पीछे छूट गयी थी। जेएनयू अब ज़्यादा दूर नहीं था...

❑❑